耳中火炬

卡内蒂作品集

Die Fackel im Ohr

〔英〕埃利亚斯·卡内蒂 著
陈良梅 王莹 译

著作权合同登记号　图字 01-2019-1723

Elias Canetti
Die Fackel im Ohr

Copyright © by Elias Canetti 1980, by the heirs of Elias Canetti 1994
Published by kind permission of Carl Hanser Verlag München Wien
Chinese language edition arranged through Hercules Business &
Culture GmbH, Germany
Simplified Chinese edition copyright ©
2020 Shanghai 99 Culture Consulting Co., Ltd.
All rights reserved.

图书在版编目(CIP)数据

耳中火炬/(英)埃利亚斯·卡内蒂著;陈良梅,王莹译.
—北京:人民文学出版社,2020
(卡内蒂作品集)
ISBN 978-7-02-015360-2

Ⅰ.①耳… Ⅱ.①埃… ②陈… ③王… Ⅲ.①自传体小说-英国-现代 Ⅳ.①I561.45

中国版本图书馆 CIP 数据核字(2019)第 112089 号

责任编辑　卜艳冰　欧雪勤
装帧设计　汪佳诗

出版发行　人民文学出版社
社　　址　北京市朝内大街 166 号
邮政编码　100705
网　　址　http://www.rw-cn.com

印　　制　杭州钱江彩色印务有限公司
经　　销　全国新华书店等

字　　数　278 千字
开　　本　635 毫米×965 毫米　1/16
印　　张　23.5
版　　次　2020 年 6 月北京第 1 版
印　　次　2020 年 6 月第 1 次印刷

书　　号　978-7-02-015360-2
定　　价　65.00 元

如有印装质量问题,请与本社图书销售中心调换。电话:010-65233595

献给薇莎·卡内蒂

(1897—1963)

目　录

第一部　通货膨胀与晕厥倒地
　　　　法兰克福（1921—1924）

夏洛特膳宿公寓 ...3

贵客来访 ...13

挑衅 ...22

肖像画 ...28

一个傻瓜的忏悔 ...33

晕厥 ...41

吉尔伽美什与阿里斯托芬 ...47

第二部　风暴与强迫
　　　　维也纳（1924—1925）

与弟弟一起生活 ...59

卡尔·克劳斯与薇莎 ...67

佛教徒 ...77

最后一次多瑙河之行 / 重要信息 ...85

演说家 ...92

拥挤不堪 ...102

礼物 ...110

参孙被刺瞎 ...116

悟性的早期成就 ...122

祖先...128

爆发...140

自我辩解...145

第三部　倾听的学校
　　　　　维也纳（1926—1928）

避难所...159

和平鸽...166

魏因雷朴太太与刽子手...177

巴肯罗特...186

对手...195

摩门教的红发信徒...209

倾听的学校...215

捏造女朋友...225

斯泰因霍夫一瞥...232

死者面模...241

七月十五日...247

树中的信...255

第四部　纷至沓来的名字
　　　　　柏林（1928）

兄弟俩...267

布莱希特...272

瞧！这个人...279

伊萨克·巴别尔 ...287
路德维希·哈尔特的转换 ...295
应邀到空荡荡的公寓 ...301
逃脱 ...308

第五部　火之果实
　　　　维也纳（1929—1931）

疯人院 ...317
驯服 ...325
家庭赡养者 ...334
失足 ...348
康德着火了 ...360

第 一 部

通货膨胀与晕厥倒地
法兰克福
（1921—1924）

夏洛特膳宿公寓

早年生活的四处颠簸,我默默地接受,也从未因那些反差极大的印痕过早嵌入我年少的身心而感到过遗憾。每一个新地方,最初看似陌生,均因其独特以及无法窥见全貌的延伸而将我融入其中。

离开苏黎世——仅此一次令我感到无比的痛苦。那时我十六岁,感觉自己与身边的人及周围的环境,与学校、国家、文学,甚至与在母亲长期反对下学会的语言都紧密联系在了一起,因而从未想过会离开。在苏黎世仅仅生活了五年,年少的我因为精神上的幸福之感不断增加而以为自己再也不会迁往任何其他地方,将会在这里度过一生。

这是一次暴力的撕裂,我在为了能够留下来而进行的争论中使尽的各种理由受到了嘲弄。在那场决定我命运的毁灭性谈话之后,我变得样子可笑而怯懦。虽还没有经受什么考验,却已经表现得像个胆小鬼,仅仅为着书本生活,而不敢再正视生活本身;在还没有有所作为之前就已经成了满脑子装着无用的伪知识的寄生虫、养老金领取者、老朽。

对新环境的选择也许是费了一番周折的,对此,我一无所知。我对这次近乎残酷的变更做出了两种反应:一是思乡,这可以算是我生活过的那个国度中的人们与生俱来的一种疾病。我的思乡情绪是那样强烈,使我对那里的人们产生了一种归属感。二是对新的生活环境持批判态度。完全陌生的事物自由涌入我生活的那一阶段已经过去，我试图将它们拦在身外，因为这一切都是强加给我的。我无法真正做到不加选择的抵制，因为我本就是一个很敏感的人。因此，一段充满审视与嘲讽的时期开始了。那些与我的认识不符的事物在我看来都是夸张和怪诞的，从而使得许多事情在瞬间同时出现在我眼前。

我们搬到了法兰克福。由于时局还不明朗，我们也不知会在这里停留多久，所以我们搬进了一家提供食宿的公寓。我们分住在两个房间里，非常拥挤，与其他人的距离也是前所未有地近。虽然我们感觉是一家人，但是得到楼下同住在这里的其他人一起坐在公寓的长桌上吃饭。在夏洛特膳宿公寓里，我们认识了各式各样的人；正餐时，我一再见到他们，慢慢才发生面孔上的变化。我在这家膳宿公寓待了整整两年，在此期间，其中一部分人一直住在那里，另外一些人则只住了一年或半年。这些人的性格差异很大，但我都一一记住了他们。然而，为了听懂他们的聊天内容，我必须十分留意。我的两个弟弟当时只有十一岁和十三岁，是公寓里年龄最小的，而我很快就迎来了自己十七岁的生日。

公寓的房客们并不总是都到楼下来。拉姆小姐是名年轻的时装模特，身材修长，一头金发，这位时髦的美人就只是偶尔下楼用餐。为了保持体型，她吃得很少。她可是这里的热门话题。没一个男士不向她回头张望，每一个男士都对她充满着欲望。因为大家都知道，除了那位经营男士时装的固定男友之外，还有其他男人来拜访她，所以很多人都在打她的主意，饶有兴致地注意着她的一举一动，为了瞅准时机，或许某一天自己也能轮上这等好事。女人们在背后说她的坏话。男人们要么是在没人的时候，要么就是当着老婆的面斗胆说着她的好话，尤其是赞赏她那优雅的体态。她高挑惹火的身材总引得男人们的目光爬上爬下，无一刻得闲。

公寓长饭桌的顶端坐着库珀佛太太。她棕色头发，因忧虑过度而显得消瘦。这位战争遗孀带着个儿子，靠经营这家膳宿公寓勉强度日；她规矩、仔细，很清楚世事的艰难，这些都体现在各类数字上。她最常说的一句话就是"这个我买不起"。她的儿子奥斯卡坐在她的右手边，这个矮小敦实的少年眉毛浓密，额头平塌。上了年纪又患哮喘的雷布洪先生坐在库珀佛太太的左边，他是银行襄理，待人极为友善，只有在谈到战争的结局时才会变得阴沉而愠怒。虽然他是犹太人，却满脑子德意志民族主义思想，当有人与他观点相左时，他会一反悠然自得的常态，"匕首"如闪电般出鞘。他大发雷霆，直到哮喘发作，最后不得不由同住在这所公寓的妹妹——雷布洪小姐——送回房间。后来，大家都熟悉了雷布洪先生的个性，也知道他深受哮喘病的折磨，所以一般都避免将谈话引到这个痛处上，因而此类事件也极少发生。

只有舒特先生说起话来毫无顾忌。战争带给他的创伤丝毫不逊于雷布洪先生所受的哮喘之苦。他只能靠拐杖行走，忍受剧痛的折磨，面无血色——要靠服用吗啡来止痛——说起话来总是口无遮拦。他痛恨战争，为战争没有在他重伤之前结束而深感遗憾，并强调自己早已预见了战争的结果，并且一直认为德意志皇帝危害公众；他公开自己的独立派身份，在帝国议会中一定会毫不犹豫投票反对战争贷款。让舒特和雷布洪两位先生坐在一起——中间只隔着上了点年纪的雷布洪小姐——实在是不太明智。当话不投机时，雷布洪小姐就转向左边的邻座，噘起她那媚人的老处女的嘴巴，将食指放在上面，久久且恳切地看着舒特先生，同时右手食指朝下，小心地斜指向自己的哥哥。若在其他时候，舒特先生肯定会极为不满，但他能够理解此情形，几乎总会立刻打住，多数时候，甚至话只说了半句。其实他说话的声音本来就很轻,必须仔细听才能知道他在说什么。能有这种结果多亏了雷布洪小姐,她总是很警觉地留意舒特先生的话,及时挽救局面。雷布洪先生从未注意到这些事情,他自己决不会挑起争端,他是所有人中性情最温和的一个。只有当其他人谈到战争结束,并为其叛乱性质叫好时,他突然就会像被捅了一刀,盲目地投入战斗。

倘若认为这张饭桌上只发生这类事件,那就完全错了。这种充满战争味的冲突是我唯一能够记起来的。要不是冲突在一年后还这么尖锐,我可能也已经忘记它了。大家不得不将争论的二人从饭桌上拉开,雷布洪先生总是被妹妹扶走,舒特先生则艰难地拄着拐杖,在昆迪希小姐的帮助下离开。昆迪希小姐是名教师,长期住在这家公寓里,后来成了舒特先生的女朋友;为了能给他建立一个自己的家以及更好地照顾他,她最终做了舒特太太。

这家公寓里总共住着两名女教师,除了昆迪希小姐,还有一位是本泽尔小姐。她长着一张麻子脸,说话带着哭腔,这令她的每句话听上去都像在哀叹自己的丑陋。这两位小姐都算不上年轻了,可能已经四十上下,她们是公寓里受过教育的代表。作为《法兰克福报》的热心读者,她们熟悉发生的重大事件,也了解人们谈论的事情,这令人感觉她们是在暗暗寻找体面的谈话伙伴。当然,就算没有先生愿意对翁鲁[①]、宾丁[②]、斯宾格勒[③]或是对迈耶–格雷夫[④]的《文森特》发表意见,她们也表现得相当知趣。她们知道自己还欠着公寓老板娘的钱,所以很快就会安静下来。本泽尔小姐那讽刺性的哭

[①] 翁鲁(1885—1970),德国重要的表现主义作家和戏剧家。
[②] 宾丁(1867—1938),德国小说家和诗人。
[③] 斯宾格勒(1880—1936),德国历史哲学家。
[④] 迈耶–格雷夫(1867—1935),德国作家。

腔是不用留意就听得出的，与其相比，昆迪希小姐则显得活力十足，她会热烈地同男人们谈论教育一类的话题，而且总是习惯在只有两个人的时候才交谈，因为，那些她无法与之交谈的男士，本来就只对模特拉姆小姐感兴趣。如果她无法解释某人的某些行为，那么这个人就不在她的考虑范围之内。她在与我母亲独处时承认，这也是她——与她的同事本泽尔小姐相比——身为一个富有魅力的女人至今未婚的原因。对她而言，一个从不读书的男人就不是真正的男人。所以，相比之下，她更满意目前的生活，一个人自由自在，不必为了家庭而操劳。她也没有突发奇想地要生孩子，因为她见的孩子实在是太多了。她喜欢去看戏，喜欢听音乐会，喜欢谈论与此相关的内容，而她的见解总与《法兰克福报》上的观点保持着一致。真是挺奇怪的，她说，为什么评论者总与自己的看法相同呢。

在阿罗萨疗养过后，母亲就熟悉了德国的文化基调，与维也纳颓废的唯美主义相比，她更偏爱德国的文化基调。母亲喜欢昆迪希小姐，并且信任她，所以，在发觉她对舒特先生产生兴趣时，也没有指责她。舒特先生太愤世嫉俗了，他是不会参加有关艺术或文学的谈话的。对于昆迪希小姐所推崇的宾丁和翁鲁，这二人的名字当时频频出现在《法兰克福报》上，舒特先生最多瓮声瓮气地哼一下，当斯宾格勒的名字出现时——这在当时是不可避免的——他就会说："这个人又没上过前线，没听说过他上过前线。"而雷布洪先生则会和气地插话道："我认为，对一个哲学家来说，上没上过前线并不重要。"

"对一位历史哲学家来说，也许这很重要。"昆迪希小姐插嘴道。由此可以推断，虽然舒特先生对斯宾格勒不够尊重，但昆迪希小姐还是袒护他。就这个话题，两位先生之间不会发生冲突，因为，当舒特先生期待着别人"上前线"的时候，雷布洪先生已经做好放弃的准备了,因此,气氛还是十分和谐的,好像他们仅仅交换了一下彼此的观点。但是,通过这种方式是无法弄清楚斯宾格勒有没有上过前线的,直到今天,我也不知道答案。很明显,昆迪希小姐是同情舒特先生的。很久以后,她才明白,自己的同情隐藏在了"我们的战争男孩"和"这辈子就这么完了"一类的粗俗话语后面。舒特先生也不记得自己对这种话是否做出过什么反应。他对她的态度很中立,就好像她从未说过针对他的话似的。每次走进吃饭的房间,他都会向她点头致意,但对坐在自己右边的雷布洪小姐却不屑一顾。有一次,我们三人在学校耽搁,没有赶得上吃饭时间,舒特先生就问母亲:"您的炮灰在哪儿?"事后,母亲说起这事时还很气愤。她当时怒声反驳道:"永远不会是炮灰!永远不会!"他则讽刺道:"决不容许再有战争!"

其实,舒特先生十分赞赏母亲坚决反战的立场,只是母亲未曾从他口中亲耳听到。他通过挑衅性的话语正好验证了母亲的想法。在公寓的房客中,还有一类人是舒特先生从不搭理的,这就是坐在他左边的年轻的贝姆贝格夫妇。贝姆贝格先生是证券经纪人,对物质利益的见解总是紧跟时代的变迁。他甚至因拉姆小姐可以巧妙地摆平无数石榴裙下之臣而称赞她"精明能干"。"法兰克福最时髦的女郎"是他对她的评价,他也是仅有的几个从不觊觎拉姆小姐的人之一,最令他印象深刻的是"她对金钱的嗅觉"和她对奉承之辞的怀疑反应。"她不会让自己冲昏头脑的。她总想先知道隐藏在背后的东西。"

贝姆贝格太太是由时髦装饰组成的,也许只有那一头短发才是最自然的。她的轻佻与拉姆小姐的不是同一类型,她出身富裕家庭,但不让人讨厌。值得一提的是,她会一时冲动买下所有想要的东西,但穿戴在身上的只是极少的一部分。她喜欢去看艺术展,对图片上的女士服装很感兴趣。她承认自己偏爱卢卡斯·克拉纳赫，并用他那"棒极了的"现代派风格来阐释自己的观点。由于她过度使用感叹词，所以"阐释"一词听起来显得过于详尽了一些。贝姆贝格夫妇最初是在一次交谊舞会上认识的。一个小时前，他们彼此还很陌生，但正如贝姆贝格先生不无自豪地承认的那样，他们两人对对方都有意思，甚至她对他的好感还要更多一些。贝姆贝格先生当时已经是公认的大有前途的证券经纪人。他认为她很"时髦"，请她跳舞，而且立刻就称她为"帕蒂"。"您让我想起了帕蒂，"他对她说，"一个美国女孩儿。"她想知道那是不是他的初恋。"那就看你怎么看了。"他答道。她领会了，为他的第一个女朋友是美国人而感到棒极了，并且用起了"帕蒂"这个名字。他在所有的公寓房客面前也是这么称呼她的。如果她没下楼吃饭，他会说："帕蒂今天不饿。她担心自己的身材。"

  要不是舒特先生一直对这对与世无争的夫妇这么冷漠，我可能早就把他们给忘了。每次舒特先生拄着拐杖来吃饭，都视贝姆贝格夫妇如空气一般，总是装作没听见他们的问候，没看见他们的存在。库珀佛太太之所以能容忍舒特先生在公寓里这样，仅仅因为他能令她回想起自己在战争中牺牲的丈夫，因此，她从没敢当着舒特先生的面称呼"贝姆贝格先生"或是"贝姆贝格太太"。这对夫妇毫无怨言地忍受着源自舒特先生的封锁。不过，这封锁也没有继续蔓延。他们对这位残疾人多少有着一丝恻隐之心，因为他在各方面都显得很可怜，即便这份同情不多，但它也是一种感觉，可以借此来对抗舒特先生的蔑视。

  在桌子的最远端，差别就没这么强烈了。那里坐着席默尔先生，他是经销纤维的老板。他身体健壮，蓄着八字胡，面颊红润，曾做过军官，从没见他愤世嫉俗或是对什么不满过。他的脸上总带着微笑，这其实是一种精神状态的体现。看到有人心情保持不变，真是感到欣慰，即使遇上再坏的天气也不受影响。令人感到些许不可思议的是，这满足感自为地存在，不需给养。其实，这给养是很容易得到的，因为，离席默尔先生不远处坐着帕兰朵夫斯基小姐，一名售货员。她美丽、高傲，长着一颗希腊雕像式的头颅。她不会因为昆迪希小姐援引《法兰克福报》上的观点而影响自己的思维，也不让贝姆贝格先生对拉姆小姐如雨点般落下的赞美沾上自己。"这个我恐怕不在行。"她说着，摇了摇头。她不会再多说什么，但她不擅长的事情已经很清楚。帕兰朵夫斯基小姐倾听别人说话，自己几乎不开口，这种沉着很适合她。席默尔先生坐在她的斜对面，他的胡须看上去好像特地为她而打理似的。他们两人像是天生的一对。但他从没跟她说过话，他们也从未一起来或是一起走，似乎他们的非亲戚与共关系是事先仔细商讨过似的。帕兰朵夫斯基小姐既没等着席默尔先生从饭桌旁起身，也不担心吃饭的时候在他面前坐得太久。虽然他俩有一个共同点，就是沉默，但他总保持微笑，什么也不想，而她却高昂着头，一脸严肃，像是总有想不完的事。

　　大家都很清楚，这背后肯定有文章，但只有昆迪希小姐才会费尽周折地去探个究竟，结果在这二人那里碰了个大大的钉子。本泽尔小姐曾忘乎所以地在背后称帕兰朵夫斯基小姐为"女像柱"，而昆迪希小姐在跟席默尔先生打招呼时总是愉快地说："骑兵来了。"这立刻受到了库珀佛太太的指责，她无法容忍别人在她寓所的饭桌上说这种评头论足的话。昆迪希小姐借机当面询问席默尔先生是否介意被人称作"骑兵"。"这对我来说是个荣幸，"他微笑着回答，"我曾经当过骑兵。""而且到死都想当骑兵。"这话是舒特先生说的。每次昆迪希小姐做出荒唐的举动时，他都会予以讽刺。在他们发现彼此都有好感之前，情况一直如此。

直到大约半年后，公寓里才来了一位真正有思想的人：卡洛里先生。他善于让所有人都与自己保持距离，是位饱学之士。他的嘲讽皆源自潜心阅读，令昆迪希小姐甚为着迷。有时，她记不起来卡洛里先生的某句话出自何处，甚至会低声下气地去请教他。"请问这句话出自哪里？请您告诉我，不然我今天又要失眠了。""还会出自哪里呢，"舒特先生这时会替卡洛里先生回答，"出自比希曼，就像他说的所有话都出自那里一样。"但是，舒特先生的回答却是大错特错了，令他很没面子。因为，卡洛里先生所说的话没有一句是引自比希曼的。"我情愿服毒也不要读比希曼，"卡洛里先生说，"我从不引用自己没有真正读过的东西。"公寓里的人都认为他说的是实话。我是唯一对此表示怀疑的人，因为他从不理会我们，甚至讨厌受教育程度与他相当的母亲，因为她的三个孩子在饭桌上占了大人的位置，而且，因为孩子在场的缘故，大家不得不避免谈论那些高深的话题。我当时在读希腊悲剧，他引用了《俄狄浦斯》里面的一句话，他曾在达姆施达特市看过一场相关的演出。我说出了他引言的下文，他装作没听到。当我固执地重复时，他猛地向我转过脸来，严厉地问道："你们今天在学校里学了？"我竟然也能说上点什么，这是极少有的情况；但是，刚才他责难我，想永远堵住我的嘴巴，是不公平的，同桌的人也都这么觉得。但是，他的讥讽是众所周知的，所以没人敢抱怨，而我也只好羞愧地不再出声。

卡洛里先生不仅记住了很多东西，还将所有的句子巧妙地加以变化，然后看是否有人知道他想表达的意思。最初，只有身为戏迷的昆迪希小姐会跟着他的思路走。他喜欢讲笑话，在歪曲事物方面更显得技巧娴熟。然而，当他从最敏感的雷布洪小姐口中听说自己是毫无禁忌时，放肆答道："肯定不会蔑视费尔巴哈的。"大家都知道，雷布洪小姐——除了把心血花在她那得哮喘的哥哥身上外——完全是为着费尔巴哈以及伊菲格涅——当然是费尔巴哈笔下的伊菲格涅而活着。她说："我真想成为她那样呀。"这位三十五岁上下、像南欧人的卡洛里先生，不得不忍受女士们说他长着托洛茨基般的额头。他不轻饶任何人，包括他自己。他更希望成为拉特瑙[①]，他说，那是拉特瑙遇害的前三天，那也是仅有的一次，我看到了他不知所措的样子，因为他含着泪眼看着我这个学童说："一切都完了！"

热心而又保皇的雷布洪先生是唯一没有被这次暗杀弄得晕头转向的人。他对老拉特瑙的评价要比对小拉特瑙的高得多，而且无法原谅小拉特瑙投身于共和事业。不过他也承认，瓦尔特以前在战争中为德国立下过功劳，那时的他还雄心勃勃，那时还是帝国。舒特先生则十分愤怒："那帮人要干掉所有人，所有的人！"贝姆贝格先生生平第一次提到了工人阶级，他说："工人阶级是不会容忍此事的！"卡洛里先生则认为："大家应该移民国外！"拉姆小姐不赞成暗杀，认为这总会引起其他事情，她问道："您带上我一起走吗？"这句话被卡洛里先生牢牢记住了，因为从那天起，他放弃了自己的精神要求，公开对拉姆小姐大献殷勤，更令女士们气愤的是看见他进了她的房间，并且一直待到十点钟才离开。

[①] 拉特瑙（1867—1922），即下文的"小拉特瑙"和"瓦尔特"，德国政治家、工业家、哲学家，后被右翼激进分子谋杀。

贵客来访

在夏洛特膳宿公寓的午饭桌上,母亲扮演的角色是令人尊敬而绝非主导。她深受维也纳的熏陶,但也反对维也纳。提到斯宾格勒,她也就只知道他的作品名称而已。在母亲眼里,绘画一向就不重要,自从迈耶-格雷夫的《文森特》面世后,梵高成了公寓饭桌上最高雅的谈资,但母亲插不上话。有一次,她硬是发表了几句见解,却没有给别人留下好印象。母亲说,向日葵不能散发香气,因此,葵花籽应当算是它身上最好的东西了,至少它们还能用来吃。她的话音一落,饭桌上出现了尴尬的沉默。这沉默是由昆迪希小姐发起的,她是这张桌子上时事资讯的权威,又深受《法兰克福报》上此类报道的影响。当时,人们开始讨论梵高的宗教信仰。有一次,昆迪希小姐说,自从她了解了梵高的生平,才领悟到基督教的真谛。她的这一观点遭到贝姆贝格先生的极力反对。舒特先生也觉得这一观点偏激,席默尔先生却只是一笑置之。雷布洪小姐恳切地说:"他对音乐真是一窍不通。"她指的是梵高。当意识到大家都不赞同她的观点时,她仍不为所动,又补充道:"你们能想象《音乐会》会出自他的笔下吗?"

那时候我还不知道梵高是谁,等到了楼上我们自己的房间,就向母亲打听他。母亲所知寥寥,连我都为她感到难为情。她甚至一反常态地说:"那是个疯子,画了几把藤椅和几棵向日葵,总是全用黄色，那家伙根本不喜欢其他任何颜色。后来他精神错乱，开枪自杀了。"我对这一介绍自然很不满意。我感到，母亲认定梵高是个疯子是针对我说的。一段时间以来，她总是反对任何令人欣喜若狂的东西，对她来说，每两位艺术家中就有一位是"疯子"。当然，她仅是就当代艺术家而言（尤其是那些还活着的），对于伴随她长大的那些从前的艺术家，她是不会去说三道四的，她尤其不允许任何人对她的莎士比亚说长道短。如果贝姆贝格先生或者其他冒失者一不留神在饭桌上抱怨，说自己看莎翁的某部剧作演出时备感无聊，认为真该结束此类演出，取而代之上演一些现代作品时，属于母亲的神圣时刻就到来了。

　　这时，母亲终于又回到了原先那个令人敬佩的自我。只需寥寥数语，她就精辟地否定了可怜的贝姆贝格先生，他只能可怜巴巴地四处张望求助，却没人向他伸出援手。只要是谈论莎士比亚，母亲就顾不上其他了，她不计后果，也不管其他人怎么看她。当母亲以"在这个通货膨胀时期，那些浅薄无知的人自然不会把莎士比亚当回事儿"来结束自己的话时，她的见解立刻赢得了众人的共鸣：从昆迪希小姐——她深为母亲巨大的热情所折服，经舒特先生——他本身就是悲剧的再现，尽管他从未提起，直到帕兰朵夫斯基小姐——她是骄傲的代名词，而且认为莎士比亚的作品就是骄傲的、与众不同的。当席默尔先生说出"奥菲莉娅"[①]时，举座皆惊，他还担心自己念错了这个名字，又慢吞吞地重复了一遍。这种时候，就连他那一贯的微笑都似乎带上了些许神秘的色彩。"我们的骑兵看过《哈姆雷特》，"昆迪希小姐说，"谁会想到呢。"舒特先生则立刻打断她道："一个人提到奥菲莉娅，并非就说明他看过《哈姆雷

[①] 奥菲莉娅，莎士比亚作品《哈姆雷特》中的女主角。

特》。"结果证实,席默尔先生的确不知道哈姆雷特是谁,这引得哄堂大笑。从此,席默尔先生再也不敢班门弄斧了。尽管如此,贝姆贝格先生对莎翁的攻击还是被彻底击败,他自己的太太则强调,她最喜欢莎翁剧中穿裤子的角色,那些人真是太时髦了。

那时候,人们经常会在报纸上读到施迪纳斯① 这个名字,当时正值通货膨胀,我本能地拒绝了解任何与经济相关的东西;在与此相关的所有事情背后,我察觉到了身在曼彻斯特的舅舅设下的圈套,他想把我拉去跟他一起做生意。他在苏黎世对斯普伦里② 公司的大举吞并,即使在两年之后让我想来仍心有余悸。由于与母亲发生了激烈的争执,因此他的影响大大加强了。那些被我视为威胁的东西,都与他的影响有关。为了我,他与施迪纳斯合并,也是理所当然的事。人们提起施迪纳斯时的样子,贝姆贝格先生语气里透着羡慕,舒特先生则尖刻而蔑视地谴责:"大家都越来越穷,他却越变越富";公寓里所有的女性都对他怀有好感。(库珀佛太太说:"毕竟他能买得起很多东西";拉姆小姐因为他的缘故而说出了平生最长的一句话:"这样的男人是深不可测的";雷布洪小姐说:"他是不会有时间听音乐的";本泽尔小姐感叹道:"我真为他感到遗憾。没有一个人能理解他";昆迪希小姐则说:"我想看看他收到的乞讨信";帕兰朵夫斯基小姐很想为他工作,她说:"在他那儿才知道自己是在为什么工作";贝姆贝格太太则对他的妻子倍感兴趣:"为了这样一个人,一定要穿得很时髦。")——总之,大家一谈论起他来就没个完,而母亲是唯一的沉默者。也仅有这一次,雷布洪先生与舒特先生的观点一致,他甚至粗鲁地用了"寄生虫"这个词,更准

---

① 施迪纳斯,德国著名物流公司。
② 斯普伦里,瑞士著名巧克力生产商。

确地说是"民族的寄生虫";席默尔先生一改惯常那最温和的微笑,对帕兰朵夫斯基小姐的话作了出人意料的评价:"为他工作,说不定人家已经把我们都买下了,而我们自己还蒙在鼓里不知道呢。"当我问母亲为什么保持沉默时,她答道,作为一个外国人,她不便掺和到德国人自己的事务中去。但我看得出,别人议论纷纷的时候,她明显在想其他事情,想着一些她不愿说出来的事情。

之后,有一天,母亲手里拿着一封信进来,对我们说:"孩子们,后天会有人来拜访我们。洪尔巴赫先生要过来喝茶。"后来才知道,母亲在阿罗萨的森林疗养院结识了这位先生。母亲说,让洪尔巴赫先生到公寓里来拜访我们,令她有些难堪,他完全习惯了另一种生活,但她又不好就这么回绝他,而且现在说也太迟了;他外出旅行,她也不知道怎样才能联系到他。每当我听到"旅行"二字,总会联想到科学考察旅行,而且很想知道他在地球的哪个地方。"他做的当然是商务旅行了,"母亲说,"他是个实业家。"我这才明白她吃饭时一言不发的原因。"我们最好不要在公寓里谈论这件事,那样的话,他来的时候就不会有人认出他来了。"

我对洪尔巴赫先生自然存有一些偏见,在楼下饭桌上我是不会谈这种人的,他是我那个会吃人的怪物舅舅圈子中的人。他来我们这里要干什么呢?我觉察出母亲感到有些没把握,所以我想,必须保护母亲免受他的伤害。起初,我完全不知这次拜访有多重要,直到母亲对我说:"他来的时候,你不要出去,儿子,我希望你能从头到尾耐心地听他讲。他是个很成功的人。在阿罗萨的时候,他就曾许诺,如果我们到德国来,他会帮你们兄弟一把。他总有忙不完的事。但现在我看到,他是守信用的。"

我对洪尔巴赫先生充满了好奇,因为我期待着与他发生严重冲突,因此把他看成自己难以对付的敌人。我想让自己对他印象深刻，以便在他面前更好地捍卫自己。母亲一下子就察觉到了我这"年轻人的偏见"（她是这么说的），于是对我说，不要把洪尔巴赫先生想象成在富人家里长大的、被娇纵惯了的家伙。恰恰相反，他是矿工的儿子，早年历尽艰辛，一步一步才走到今天。在阿罗萨时，他曾向她完整地讲述过自己的经历，之后她才明白，白手起家意味着什么。谈话结束时，她对洪尔巴赫先生说："我很担心，我儿子的成长太一帆风顺了。"他问了我的具体情况，最后说，还不算太晚。他很清楚在这种情况下该怎么做："扔进水里，由着他扑腾。这样他就突然会游泳了。"

洪尔巴赫先生的作风是突然袭击式的。他这边在敲门，人却已经到了房间里面了。他与母亲握手，眼睛看着的却是我。他的句子短促而干脆，绝不会让人误解，不过，他不是在说话，而是在吼叫。从进来的那一刻直到离开——他待了整整一个小时——他都在不停地吼叫。他既不问什么，也不期待别人的回答。母亲也算是他在阿罗萨时的病友，但他对母亲现在的健康状况却只字不问。他没有问我叫什么名字，取而代之的是，一年前与母亲争执中令我惊恐万状的话语又再次响起。他说，尽可能早地开始严格的学徒生涯是最好的。千万别读大学。把书都扔掉，把那些废话统统都忘掉。书上写的都是假的，只有生活本身才有价值，经验和艰苦的工作。要好好工作，直到骨头都感到疼痛。其他的事情根本称不上是工作。谁要是经受不住，谁要是太软弱，谁就该走向灭亡。不必为这种人感到遗憾。反正这个世界上的人太多了。那些没用的人都应该消失。此外甚至不排除，那些没用的人向世人证实自己是有用之才，虽然他们一开始走了弯路。但最重要的是要忘记这些与生活无关的蠢事。生活就是斗争，残酷的斗争，就是这样。人类不会以别的方式进步。一个种族如果是由弱者构成的话，早就灭绝了。万物不会平白无故地存在。男人必须靠男人培养出来，女人都太多愁善感了，成天只想着如何让自己的宝贝儿子干干净净，远离每一粒尘埃。但工作首先就是脏的。工作的定义是：让人感到劳累，把人弄脏，但人们却不会因此而放弃它。——我感到，要想将洪尔巴赫先生的连番吼叫转化成可以理解的话语，简直就是一种严重的歪曲，即便我无法理解他的某些特别的语句，但他每句话的所指都是明确的，他似乎正在等待别人一跃而起，立即投入艰苦的工作。毕竟，其他的事情都不重要。

茶一杯接一杯地斟上，大家围坐在一张低矮的圆桌旁，身为客人的洪尔巴赫先生端起茶杯，送到口边，但每当他可以喝上一口时，就会突然冒出一个新的指示。这些想法都太迫切了，他不得不先一吐为快。于是，他粗暴地放下茶杯，嘴里又冒出新的短句子。无论如何，从中都可以推断出一样东西：他的这些话是毋庸置疑的。就算是上了年纪、有些阅历的人都很难反驳他，更何况现在是妇孺呢。洪尔巴赫先生享受着他带来的影响。他从上到下一身蓝色，穿着与他眼睛的颜色相称，他是完美无瑕的，没有半点瑕疵，不带半点灰尘。我想到很多本来打算说的事情，但脑海里最频频跳出的却是"矿工"这个词。我不由得问自己，这个全人类中最整洁、最自信、最刻苦的人，是不是真如母亲所说的那样，年轻的时候在矿井中干过活。

长达一个钟头的谈话，我居然没有开一次口——哪怕他能给我几秒钟也好，等他什么都讲完了之后，他最后又加了一句——这次听起来倒像是给自己提出的指导方针——他的时间很宝贵，然后就走了。临别时，他大概同母亲握了下手，却无视我的存在，他认为自己已经把我贬得一钱不值，根本不值得让他说一句道别的话了。他还拒绝母亲送他下楼，说自己认得路，最后还不容许母亲说任何感谢的话。他说，在他的介入没有产生作用之前，母亲不必感谢他。有道是"手术成功，病人死亡"。这是句笑话，他大概是想缓和一下刚才的严肃气氛。之后一切都过去了。

"他真的变了很多，在阿罗萨的时候，他不是这个样子的。"母亲说。她感到很尴尬，很惭愧。现在她明白，为了她那新的教育计划，她很难再找出一个更差劲的同盟者了。而我却早在洪尔巴赫先生滔滔不绝的说话声中就已经产生了可怕的质疑，它无声地折磨着我。一直过了很久，我才能够将它说出来。在此期间，母亲一直在絮叨洪尔巴赫先生，说他以前是什么样子，那是一年前的事。令我吃惊的是，母亲居然破天荒地强调了他的宗教信仰。他曾数次向母亲谈起，宗教信仰对他有多重要。他说，这要感谢他的母亲，即使后来的日子再艰难，但他的信仰从未动摇过。他还说，自己一直坚信日子会好起来的，而后来的情况也正是如此：因为他从未动摇，所以他才有了今天的成就。

但这跟他的信仰到底有什么关系呢？我问。"他对我说过，德国的情况是多么糟糕，"母亲说，"而且在好转之前，还要先每况愈下一阵儿。大家必须靠自己的力量走出困境，别无他法，那些弱不禁风和娇生惯养的人是无法在这种困境中生存的。"

"他那时候就已经这么说话吗？"我问道。

"你指的是什么？"

"我是说，他是不是一直都这么大吼大叫，而且不看着别人说话？"

"不是的，现在，连我自己也对他的变化感到意外。那时候他真不是这个样子。他询问我的健康状况，还问我是否有你的消息。因为我经常提起你，所以他对你有印象。后来，他甚至会认真地听我讲你的事情。有一次，我记得很清楚，他叹着气——你想象一下,像他这样的人会叹气——说:你和他小时候的生活简直就是两个样子,他母亲根本没有时间这么细心地照料他们,因为家里有十五个或是十六个孩子,具体多少我记不清了。我想把你写的剧本给他看,他拿到手里,看了看标题,说:'尤尼乌斯·布鲁图——挺不错的题目,从罗马人身上,人们总能学到不少东西。'""他知道布鲁图是谁吗?""是的,你想,他说'这就是那个判自己的儿子死刑的人'。""他大概也就只知道这么多了。他喜欢这一点,这很合他的意。那他到底读了我的剧本没有?""没有,当然没有,他哪有时间读文学作品呢。他一直要研究报纸上的经济版,还劝我移居德国。他说:'那样的话,您的生活开销会很低的,尊敬的夫人,而且会越来越低!'"

"就因为这样,我们才离开苏黎世而迁居德国的吗?"我说这话时的愤怒让我自己都吓了一跳。这比我当初的怀疑还要糟糕。她坚决离开这个世界上最令我喜欢的地方,就因为别处的生活花费低,这种想法使我感觉蒙受了奇耻大辱。母亲立刻意识到自己说得太多了,马上岔开话题:"不是这样的。绝对不是因为这个。当初考虑的时候我偶尔可能会想到这一点,但这不是决定性因素。""那什么是决定性因素?"她感觉自己被逼到了要辩护的地步,而且因为我们都还记得这次令人生厌的拜访,所以,她最好向我说明原因。

我看得出母亲心里没底,她在试图寻找对策,答案就滞留在那里,但没有迸发出来。"他总想找机会同我聊天,"母亲说,"我想,他喜欢我。而且他对我总是恭恭敬敬的,不像其他病人那样随便开些低俗的玩笑。他总是很正经地谈他的母亲。这一点也让我很喜欢。你知道,女人们一般不喜欢被人家拿来和他们的母亲作比较,因为这会让自己感到老了。但我喜欢,因为我感觉到,他对我是认真的。""你确实给每个人留下深刻印象,因为你美丽又聪慧。"这是我的真实想法，否则我不会在这种情形下说出来的，我没心思去考虑礼貌问题，相反，极度的憎恨之情从我心底升起。离开苏黎世，被我视为丧父之后最严重的损失，现在我终于弄清了原因所在。

"他一再对我说，我身为一个女人，独自抚养你是不负责任的行为。你必须要感受一个男人的有力的双手。我回答说，但现在已经这样了，我从哪里去弄个父亲回来？又不能偷回来。正因为我考虑到你们，为了你们好，我才没有再结婚，而现在却受到指责，说这样对你们的成长不利：我为你们做出的牺牲却造成了你们的不幸。这太令我吃惊了。现在我才明白，他就是想让我惊恐万状，为的就是给我留下深刻印象；这个人没什么思想，你知道吗，他总是谈论相同的事情，但他利用你让我感到害怕，并且立刻呈上自己的帮助。'到德国来吧，尊敬的夫人，'他说，'我是忙得不可开交，根本就没有时间，连一分钟都不得闲，但我会关照您的儿子，您可以去法兰克福，我会去看望您，同您的儿子认真谈次话。他还不知道这个世界是什么样子的。我们要帮助他睁开双眼。我会训斥他，但都是最根本的道理，然后，您就撒手让他自己去经历生活吧！他读书读得够多的了，是抛开那些书本的时候了！否则他永远都不会成为男人！难道您希望让儿子像个女人？'"

挑 衅

莱纳·弗里德里希个头高大,是个耽于梦想的小伙子,走路的时候,他几乎不考虑该怎么走,或是往哪里去,倘若看见他右腿迈向一个方向,而左腿却迈向另一个方向,大家也不会觉得奇怪。他身体并不单薄,却对锻炼身体一类的事情毫不感兴趣,也因此成了班上体育成绩最差的一个。他总是在思考,而他思考的事情又分为两种。他真正的天赋是在数学上,总能轻而易举地解题,这是我以前从未见过的。一道题目还没完全出来,他已经解完了;其他人还没弄明白题目的意思,他的答案已经出来了。但他从不以此炫耀,而是低声自然地脱口而出,就好像将一种语言流利地翻译成另一种语言似的。他从来不必为此花费什么力气,数学就像他的母语一样。他身上有两样东西令我惊讶:一是他能毫不费力地解数学题,二是他从不为此感到骄傲。这不仅仅是知识,更是一种能力,在各种情况下,他都可以将其展现出来。我曾问他能否在睡梦中解题,他认真思考了一下,然后简单地回我说:"我想可以的。"我对他的能力佩服得五体投地,却并不忌妒他。对于这种独一无二东西是不可能产生忌妒的,正因为它令人惊异,可比之为奇迹,所以它超越了低级的忌妒疆界。但我妒忌他的那份谦虚与知足。当别人惊叹他那梦游般得出的答案时,他经常说:"这很简单,换了是你,一样行的。"这让人感觉他好像真的相信别人也有同样的能力去解题似的,好像别人只是不愿意这么做,是一种不良的意愿,只是他从未试图去做什么解释,除非是出于宗教信仰的原因。

因为,他忙于思考的第二样东西与数学相差十万八千里,这就是他的信仰。他参加《圣经》的阅读和讨论,是个虔诚的基督徒。我们住得很近,放学会一起回家,他就借此机会努力说服我去信仰他所信仰的宗教。这是我在学校里从未见识过的。他从不试图使用什么论据,谈话也从未变成讨论,而且从中也找不到一丝他那严密的、逻辑性的数学思维。那些只是友好的要求,而且都是以称呼我的名字开始的,还总用一种近乎宣誓的语气强调我名字的第一个音节"E"①。"埃——利亚斯,"他习惯将第一个音节拖长,"就试一下,你也可以信仰它的。你只要愿意就可以了。很简单的。耶稣基督也是为你而死的呀。"因为我一直没有回应,所以他认为我顽固不化。他以为我抗拒"耶稣基督"一词。但他哪里知道,我孩童时期就已经多次接触过"耶稣基督"了,我们和女家庭教师一起唱那些美丽动听的英文颂歌。也许,在我没有意识到的情况下,这个名字已经伴随我很久了,但令我反感、让我感到语塞和吃惊的不是这个名字,而是他"也是为你而死"。我无法赞成"死"一词。要是有人为我而死,这会让我背上沉重可怕的负罪感,好像我成了一场谋杀的受益者。倘若果真存在一些让我有意避开耶稣的东西,我想,应该是因为他成了献祭品,虽然是为了所有人,但确实也是为了我而献出生命的。

我们在曼彻斯特开始秘密唱颂歌之前的几个月,我从宗教课老师杜克先生那里知道了亚伯拉罕将自己的儿子以撒献祭的故事。这在我的脑海里挥之不去,要是不怕别人笑话,我很想说:直到今

---

① 作者名为 Elias。

日，我也没有忘记。这激起我心中对命令的怀疑，而这种怀疑从未停止过。仅此一点，就足以令我有意避免成为虔诚的犹太人了。虽然耶稣是自愿被钉死的，却无法令我感到少许的心安，因为，它意味着，这种死亡始终是因为某个特定的目的而被迫发生的。弗里德里希以为自己找到了最好的理由，每次都能感觉到他声音里的热情，但他怎么也想不到，正是这句"耶稣基督也是为你而死的呀"使得他对我的说服完全失败。也许，他误解了我的沉默，把它当成了犹豫不决。不然的话，很难理解为什么每天在放学回家的路上，他都要重复同样的话。他的固执实在是惊人，但永远不会让人生气，因为我总是感觉到，这出自他的一番好意：他想让我感到，他所拥有的最美好的东西也不会将我拒之门外，我也可以像他一样拥有它。令人折服的还有他温和的态度：他似乎从未因为我在这方面的沉默而生气，我们会谈论很多事情，我们俩之间从不会一直沉寂下来。他只会皱皱眉头，好像从没料到这个问题会这么难解决。等到了他家门口，分别的时候，他握着我的手，还要再强调一遍："好好考虑一下，埃利亚斯。"——就连这话听起来都更像是请求，绝非强调——然后，他就踉跄地走进家里。

　　我知道，每次我们一起放学回家，都会以他试图说服我转变信仰而结束。我已经习惯了这一切。但慢慢地，我才发现，他家里笼罩着的却是另一种截然不同的气氛，与基督教毫无关联，甚至可以说是完全对立的。莱纳还有个弟弟，也在这所福利学校，比我们低两级。我已不记得他叫什么名字了，也许因为他总是刻意针对我，从不掩饰对我的敌意。他虽然个子不高，却是个优秀的运动员，他大概很清楚自己的双腿都可以做些什么。与莱纳的犹豫不决、耽于梦想相比，他总是自信、果断。他们长着同样的眼睛，哥哥的眼神总是疑问的、等待的、友好的，而弟弟的眼睛里却充满了果敢、好斗与挑衅。我仅仅见过他，从没和他说过话，但从莱纳口中，我会得知他对我的最新评论。

那总是一些令人不舒服或是伤害人的话。"我弟弟说，你的姓应该是卡恩，而不是卡内蒂。他想知道，为什么你们要改姓呢。"这些疑问总是来自他弟弟，总是以他弟弟的名义提出来。莱纳期盼着我对这些疑问作答，然后好去反驳他弟弟。他很在意他弟弟，现在想来，我觉得他也喜欢我，可能他把这看成是调解与和平的尝试，所以，在私底下会把他弟弟的每个恶意的言论都告诉我。我要对这些恶意攻击做出驳斥，然后他再将我的答案统统告诉他弟弟。倘若他以为存在和解的可能性，那他就大错特错了。放学回家的路上，我从莱纳口中首先听到的是来自他弟弟的最新怀疑和指责，全都是些愚蠢荒唐的话，我并不把它们当回事儿，虽然我会认真地逐一回答。这些话的主要内容其实都朝着一个方向，即我同所有的犹太人一样，都力图隐瞒自己的犹太人身份。很明显，事实并非如此，而且，更能证明这一点的是，几分钟后，我就用沉默来回应莱纳劝我改变信仰的企图。

也许正是他弟弟的不可教诲，迫使我一次次做出耐心而详细的回答。莱纳把他弟弟说的所有东西，可以说是以放进括号中的形式，都告诉了我。他低声、单调地转述着，不带半点个人感情。他不说"我也这么认为"或是"我不这么认为"，只是传送该传递的消息，好像他从弟弟身体里走出的一样。如果这些没完没了的怀疑是他弟弟以挑衅的口吻说出来的话，我早就被激怒了，而且绝不会回答的。但它们却是在一片安静中到来的，而且总是以"我弟弟说"或者"我弟弟问"开头，跟着就是些闻所未闻的谬论，迫使我做出回答，尽管这些说法本身并没有真正触动我，因为它们是那么的没头没脑，甚至让人对提问者感到惋惜。"埃利亚斯，我弟弟问，为什么你们庆祝逾越节①时要用基督徒的血?"而当我回答:"从来没有,从来没有。这个节我小时候过过。如果有这种事,我肯定会注意到的。我们家里来了很多基督教小姑娘,她们都是我儿时的玩伴。"——第二天,又从他弟弟那里来了下一个问题:"现在可能不是了。现在这个节日太有名了。但是以前,为什么以前犹太人为了逾越节要屠杀基督教的幼儿?"那些古老的指责被一条条翻出来:"为什么犹太人要在井里下毒?"当我回答"他们从没做过这种事"时,他弟弟会说:"做过的,瘟疫蔓延时做过的。""但犹太人当时也和其他人一样死于瘟疫呀。""因为他们在井里投了毒。他们太仇恨基督徒了,结果自己死于仇恨。""为什么犹太人要诅咒其他人?""为什么犹太人这么胆小怕事?""为什么打仗的时候没有一个犹太人上前线?"

  这种情况就一直这么持续着,我的耐心真是无穷无尽。我总是认认真真、尽最大努力去回答,从未感到被侮辱,而是像是为了找出科学的真相,不断翻阅着自己这本大辞典。我想用自己的回答来消除世界上那些荒谬透顶的指责,并且为了能在冷静沉着方面赶上莱纳,我有一次对他说:"告诉你弟弟,我很感谢他提的问题。这使得我可以一劳永逸地消除世界上的这些愚蠢偏见。"没想到这番话居然令虔诚、天真而且正直的莱纳感到惊讶。"这很难,"他说,"我弟弟总会想出新问题。"其实,真正天真的那个人是我,因为在这几个月里,我始终弄不清他弟弟究竟目的何在。有一天,莱纳说:"我弟弟问你,为什么你一直坚持回答他的问题。你完全可以在学校里趁课间的时候拦住他,然后要求和他决斗的。如果你根本

---

① 逾越节为犹太人最重要的节日之一,为纪念上帝击打埃及、拯救以色列百姓而设,详见《圣经·旧约·出埃及记》。

就不怕他，你完全可以和他打上一架的！"

我从没想过自己会害怕他弟弟。我只是很同情他，因为他提了那么多愚蠢至极的问题。但他却一再地想挑衅我，并且选择了一条特别的途径，通过他哥哥来问我，而他哥哥在这整段时间内，没有一天放弃过劝说我改变信仰的尝试。同情变成了蔑视，我不想因挑战而给他带来名誉上的损失，他比我小两岁，同一个比我小的人打架，这是我无论如何也做不出的。所以，我断绝了和他的这种"沟通"。当莱纳下次刚说到"我弟弟问……"时，我立刻打断他道："让你弟弟见鬼去吧！我是不会跟小屁孩儿打架的。"尽管如此，我与莱纳的友谊还是保持了下来，一起保存下来的还有他的每日劝说，劝说我改变信仰。

肖像画

汉斯·鲍姆同我最先成为朋友，他父亲是西门子-舒克特公司的工程师。鲍姆是个非常刻板的人，父亲的教育使他养成了遵守纪律的习惯，总想着绝不可以做有失体面的事，成天一副严肃认真的样子。他是个好工人，虽不会兴冲冲地去工作，但却会很努力。他阅读高雅的书籍，欣赏萨尔茨堡音乐厅上演的音乐会，我们之间总有话可谈。其中一个说不完的话题就是罗曼·罗兰，尤其是他的《贝多芬》和《约翰·克利斯朵夫》。出于对全人类的责任感，鲍姆很想成为一名医生，这让我对他充满好感。他大概也思考政治问题，但总是以温和的方式，他本能地拒绝一切极端的东西。他非常镇定自若，好像身上一直穿着制服似的。他年纪轻轻就已经会全面地考虑问题了，"为了公平起见。"他说。也许还有其他原因，因为他一直讨厌的行为就是做事欠考虑。

去他家玩的时候我惊讶地发现，他父亲原来是个性情中人，非常容易激动，满肚子偏见，不停地发着牢骚；不过，他脾气很好，大大咧咧的，喜欢开玩笑，法兰克福是他最中意的城市。后来我还去过他家几次，每一次，他都会从自己最喜爱的诗人弗里德里希·施托尔策的作品里抽出一段，朗诵给我听。"他是最伟大的诗人，"他说，"谁要是不喜欢他，谁就该枪毙。"汉斯·鲍姆的母亲在几年前去世了，家务由他姐姐操持。她生性开朗，虽然还很年轻，但身体已开始稍稍发胖。

年轻的鲍姆做事循规蹈矩，这引起了我的注意。他是宁肯咬掉舌头也不肯撒谎的。在他眼里，胆怯是一种罪行，可能还是最严重的一种。要是老师因为某事而质问他——这当然不会经常发生，他属于最好的学生之一——他会不计后果，坦然作答。倘若不只关他一个人的事，他会很讲义气，保护同伴，但绝不撒谎。每次被点到名字，他都会笔直地站起来，是班里姿势最僵硬的一个，然后果断而从容不迫地扣上外套的纽扣。在公共场合，他绝不会任由外套的纽扣大开，或许这也是大家跟他在一起时，经常联想到制服的原因。鲍姆这个人，实在是无可指摘，他很早就拥有了高贵的品质，而且绝不愚蠢，但他总是保持原样，在任何情况下都可以预见他的反应，大家从不会对他的举动感到意外；最令人惊奇的，也许就是在他身上找不出任何可以让人惊奇的东西。对待荣誉问题，他却远不只是敏感。很久以后，当我跟他讲起弗里德里希的弟弟冒犯我的事情时，他一下子就失去了控制——他是犹太人——并且异常严肃地问我，现在是不是还可以跟他弟弟决斗。他既无法理解我能够长时间地做出耐心的回答，也不能理解我后来产生的那种复杂的蔑视感，虽然我向他证明过这一点。这件事令他不安，他认为我身上可能有些不对劲，因为我居然可以忍受这么久。尽管我不允许他以我的名义去做任何事，但他还是去做了一番调查。他最后发现，弗里德里希死去的父亲曾陷入生意困境，据说他的竞争对手——当然是犹太人——插手了此事。我对细节问题不甚清楚，其实我们知道的并不多，不足以了解整件事的经过。总之，他父亲很快就去世了。我这才开始明白，为什么这个家庭里会出现这种盲目的仇恨。

费利克斯·维特海默是个非常热情有趣的男生，他从不在意自己是否在学习，或是学到了多少，因为上课的时候，他忙着研究每位老师。哪怕是老师身上的一点点特性都不会逃脱他的眼睛,他把他们当成一个个角色去钻研,当中自然有他最中意的对象。他手上最大的牺牲品要算是脾气暴躁的拉丁语老师克莱默先生了。维特海默模仿起克莱默时像极了,就好像他本人站在我们面前一样。有一次,正当维特海默模仿克莱默时,没想到他提前来到教室,突然感觉自己与自己碰了个面。维特海默正在表演大发脾气,根本不可能停下来,于是将计就计,开始大骂克莱默,好像克莱默本人成了假的,而且厚颜无耻地以维特海默的角色自居。这个场景大概持续了一两分钟,他们二人面对面站着,目瞪口呆地看着对方,仿佛不相信自己的眼睛。维特海默按照克莱默平日里的方式,用最下流的话继续骂着。全班都在等待着一场大爆发,可是什么事都没发生——克莱默,这个脾气暴躁的克莱默,居然笑了起来,他费了好大劲儿才止住笑。维特海默回到自己的位子上,他坐在第一排,虽然克莱默忍俊不禁,但维特海默自己却怎么也笑不起来了。后来,这件事一直没有被提起,维特海默也没有受到任何处罚,克莱默对这幅完全贴切的肖像画甚为得意,也不能做出什么反对自己真实写照的举动来。

  维特海默的父亲是一家规模庞大的服装厂的老板,家境殷实,而且也从不掩饰自己的富有。除夕时,我们被邀请到他家玩,那所大房子里悬挂的全是利伯曼[①]的作品。每个房间里都挂了五六幅利伯曼的画,我觉得他们家不会再有其他人的画了。所有的收藏中,最引人注目的要属这家主人的肖像画了。我们受到了丰盛的款待,甚至感到主人有意在炫耀。主人毫不羞于展示他的画像,而且高声提到自己与利伯曼的友谊。我也同样高声对鲍姆说:"他不过是给

[①] 利伯曼(1847—1935),德国油画家和铜版画家,领导过德国印象派。

他画了幅像，远不能说明两人就是朋友了。"

这个人声称自己与利伯曼是朋友，令我反感，甚至仅仅想一下，一位大师竟然会为这么一个俗人画像都让我觉得心烦。这幅画像的存在比画中人的在场更令我反感。我对自己说，要是没有这幅画的存在，这些收藏会是多么美好啊。根本没有可能去避开这幅画，其他一切的存在都是为了突出它，让人注意到它。虽然我说了句不客气的话，但也不能让它从世界上消失，而且除了鲍姆，没人注意我说了什么。

接下来的几周里，我们之间就此展开了白热化的讨论。我问鲍姆：画家必须为每个求画者画像吗？如果来找他的人不适合作他的艺术表现对象，那么画家可不可以拒绝呢？鲍姆认为，画家必须接受别人的委托，但画家本人可以将对求画者的看法都表现在画里。画家完全有权利画出一幅丑陋或是令人反感的画像，这属于他艺术的范畴，但要是事先拒绝人家，则会被当成他能力不够的标志，这只会让人觉得他对自己的能力不够自信。鲍姆的这一解释听上去很合理、很恰当，但我还是难以接受。我的极端与他的看法形成了鲜明对比。

我说："如果一张脸让他感到恶心，他应当如何去画呢？如果他想报复，把那人的脸画走了样，那么这就不能被称为肖像画了。要是这样的话，他根本就不需要有个人坐在他面前让他画，没有这个人，他也一样可以画的。要是他以这种方式嘲讽了求画者，并且还要收人家钱的话，那他就是为了钱而向这些低俗的东西卑躬屈膝。要是换成个挨饿的穷鬼，大家倒还可以原谅，因为没人认识他，但要是一位知名而且大受欢迎的画家这么做了，那就是不可原谅的。"

鲍姆不喜欢严格的规定，相对于别人的道德准则，他更关心自己的道德标准。他说，总不能要求人人都像米开朗琪罗一样，世间总是存在随波逐流和稍欠自尊的人。我则认为，世上只应存在那些有自尊、有道德的画家，谁要是不具备这些，就该去从事一项普通的职业。不过，鲍姆的说法也引导我去思考另外一些重要的东西。

我想象中的肖像画家究竟应该是什么样子的呢？他是应该按照原貌去创作，还是应该将他人画得完美？要想让画上的自己完美，那我们根本就不需要肖像画家！一个人，长什么样就是什么样，画家就应当遵循他的原貌。这样的话，大家以后也可以知道，以前的人是什么样子。

这番话让我茅塞顿开，我不得不承认自己输了。但这件事让我对画家与他们资助者之间的关系感到很不舒服。我无法摆脱这种质疑，即大部分的肖像画都可看成是为了讨好资助者而作的，因此不要太拿它们当真。也许，这也是导致我当时毅然站到讽刺者行列里的原因之一。对我来说，格奥尔格·格罗兹[①]变得和杜米埃[②]一样重要，为了达到讽刺目的而做的那种歪曲让我大为欣赏，我毫不反抗地就沉入其中，好像它们就是事实一样。

---

① 格奥尔格·格罗兹（1893—1959），德国漫画家。
② 杜米埃（1808—1879），法国素描画家、油画家和雕塑家。

一个傻瓜的忏悔

在我入学半年后，班里又来了一个名叫让·德洛夫斯的新同学。他个头高过我，年纪比我大，长得很壮实，热爱运动，人也长得帅气。他在家说法语，从他的德语里也可以听出一点点法语口音来。他来自日内瓦，但也曾在巴黎生活过一段时间，与其他同学相比，他的世界主义者出身使他显得格外特别。他比较了解世道常情，但从不在人前卖弄；与鲍姆相反，他从没觉得学校里学到的知识有多重要，也从不拿学校里的老师当回事儿，总是以很特别的方式对他们冷嘲热讽，这让我感觉他在很多方面比老师知道得还要多。他非常有礼貌，但绝非刻意做出来的。我也绝不可能事先猜出，他将对某事发表哪些看法。粗俗和幼稚与他无缘，他总能很好地把握自己，让别人感到他的优势，但又不会因此令人觉得受到压制。他是个健壮的小伙子，生理和精神两方面的发展似乎都比较均衡。我觉得他是完美的，只有一点我搞不懂，就是他到底会拿什么事情当真。所以，除了我对他的好感外，这个秘密也一直困扰着我。对此我苦思冥想，猜测这可能和他的出身有关，但一直都没办法理出头绪来。

我觉得德洛夫斯根本不知道，是什么令我对他如此感兴趣。他要是知道了，又要拿这事儿开玩笑了。同他交谈过几次之后，我就决定做他的朋友了，但因为他总是彬彬有礼、很有教养，所以，我们成为朋友还需要有个过程，需要一定的时间。德洛夫斯家族是德国最大的私有银行之一的所有者,所以大家都认为他父亲肯定非常富有。如果换作我处在这个位置上,必然会导致我对此产生猜疑和反感,因为我总能感受到来自远方的自己家族的包围与威胁,而事实却让我感到惊奇,他父亲并没有继承家族传统成为银行家,而是成了一名诗人。事情就这么简单:他父亲不是在写小说方面小有成就的作家,而是一名很少能够有人理解的现代抒情诗人。我猜他大概是用法语写作的。我从没读过他的作品,但他出过书,我也从未试图找一本来阅读,恰恰相反,今天看来,我当时对此是有意回避的,因为我觉得那是些深沉、难以理解的东西,以我当时的年纪去读,很可能会不知所云,而这种尝试也会变得没有意义。阿尔贝特·德洛夫斯对现代绘画也很感兴趣,他写艺术批评,收集画作,结交了许多个性鲜明的画坛新秀,还娶了一位女画家做太太,她就是我同学的母亲。

　　起初,我根本不能完全理解这些,就此,让也只是一带而过,听上去好像并不是什么特别有面子的事——要是人们能从他那些高雅语句中推测出什么的话——而更像是一种困难。直到我应邀来到他家,看到房子里挂满了画,全是强烈的印象主义肖像画,其中还有让儿时的画像时,我才知道这些都出自他母亲之手。面对这些充满活力、技巧娴熟的画作,尽管我在这方面的修养有限,但还是脱口而出:"她才是真正的画家呀!你居然没跟我提过!"让对我的话略感诧异:"难道你怀疑过吗?我可是跟你提起过的呀!"当然,这要看大家是如何理解"提起"一词的,他从没强调过此事,只是附带着随口一提。我总是将艺术家的创作与巨大的热情联系起来,而他的话令人以为他想转移话题,以为他是在用特有的礼貌方式请别人原谅他母亲的绘画。我本来期待的,是类似米娜小姐在雅尔塔公寓中创作的小花一类的绘画,现在的情况却出乎我的意料。

　　当时我根本没有想到去问,让的母亲是不是有名的画家。我看了那些画，它们的存在，它们的丰富多彩，它们的生机勃勃，以及那栋被这些画所充斥的超大公寓，这一切才是最重要的。后来，我又去他家，才正式与这位女画家认识。我觉得她心神不宁、精神涣散，似乎并不幸福快乐，虽然她经常笑不离口。我感受得到她内心深处的温柔，这一点将她与自己的儿子联系在一起。母亲在身旁时，让没有平日里那么沉着，他显得有些担心，像变了一个人似的，询问母亲的身体状况。母亲做了回答，但答案令他不满意，他继续追问，他想知道全部真相，语气中没了优越感，也察觉不到一丝嘲讽和同情——后者本是我对他期待的最后一样东西。要是我能经常看到他同母亲在一起，我对他将完全是另一种看法。

然而，我再也没有见到他母亲，倒是天天都能见到他，所以，从他身上，我得到了自己那时候最需要的：就是认为艺术以及献身艺术的人的生活是完整的、无可置疑的。一位父亲，脱离了自己家族的生意，成了一名诗人，绘画是他的偏爱，也正因为如此，娶了一个画家太太。一个儿子，说一口极好的法语，却在一所德国学校里读书，而且会偶尔自创一首法语诗——父亲这么做更是理所当然的事！——虽然他对数学更感兴趣。此外，还有一位叔父，父亲的一个弟弟，是法兰克福大学的教授、医生兼神经学家，以及他的女儿玛丽亚，她令我惊为天人，我只见过她一次，真希望能再见到她。

这里真是什么都不缺：医学这门科学是最令我尊敬的——我总是一再冒出将来要学医的想法；还有那深色头发、任性的堂妹的美貌，那时，让已略微表现出了解女人的样子，他完全同意堂妹很有魅力，虽然他总是倾向于用更严格的标准去评价她。

同让一起谈论女孩子，是件非常惬意的事；事实上都是他在说，我在听。不久以后，我从他的谈话里获得了足够多的经验，慢慢地可以自己道出一些故事来。这些事都是虚构的，我仍像在苏黎世时一样没有经验；但我向让学习，学他的样子。他从来没有注意到，我馈赠给他的纯粹是故事，而且我喜欢只讲很少的故事，甚至最喜欢只讲一个充满曲折变化的故事。这个故事非常引人入胜，令让不断地追问，尤其是故事中的一个女孩子——为了表示对他堂妹的尊重，我将其取名为玛丽亚——引起了他极大的兴趣。除了赋予其美貌之外，我还让她的个性充满矛盾：某人以为今天获得了她的好感，可第二天，这个人对她来说就完全无所谓了。但事情至此还不算完，两天后，这人会因为自己的坚持不懈而得到她嘉奖的吻，从此，生活中就有了长久的受委屈、被拒绝和最温柔的解释。对女人的天性，我们做了很多揣测。他坦言，自己虽然经历过各种事，但像这个玛丽亚那样难以捉摸的女孩还从未遇到过。他表示想认识这个玛丽亚，对此我没有断然拒绝。我借口玛丽亚脾气变化无常，成功地劝阻了他，他对此也没有起疑心。

　　正是这些几乎没有休止的谈话——它们具有自己的价值，并且持续了好几个月——才唤起了我对那些本来漠不关心的事物的兴趣。对此我一无所知。相爱的人之间除了接吻还会发生哪些事情，我是说不出来的。在膳宿公寓里，拉姆小姐与我们仅一墙之隔，每天晚上，她的男朋友都会来看她。尽管母亲考虑周到，事先用钢琴抵住相通的那扇门，但就算不注意去听，还是什么都听得到的。也许是这种关系本身让我对隔壁传来的响声感到惊奇，但我并没有花心思去想。一开始是奥登堡先生的请求，拉姆小姐给他的答复是粗暴的一声"不"。请求继而升级为乞求，没完没了的央求、哀求，但都被那冷酷的"不"所打断，听起来好像拉姆小姐是真的生气了。"出去！出去！"她命令道，奥登堡先生则心碎地哭了。有时候，她真的会把伤心哭着的他扔出去。我不知道他下楼的时候是不是还在哭，如果在楼道上碰到公寓里的其他人，他是否还有胆量走出去，因为别人会知道发生了什么事。有时候，他会被允许留下来，这时哭声就变成了啜泣，但十点钟一到，他就必须离开，因为公寓里有相关的男性来访规定，不允许他再待下去。

如果哭声太大，影响了我们阅读，母亲就会直摇头，但我们从不就此进行交谈。我知道，这种邻居关系让母亲感到很不舒服，但因为我们这些孩子听不出发生了什么事，母亲似乎对这种关系并没有十分不满。我把听到的都藏在了肚子里，在我的想象中，从没有将这些与让的征服联系在一起。当时的我可能没想到，这些事情对我想象出来的玛丽亚的行为产生了一定的影响。

让的如实讲述和我虚构的故事从不会涉及粗俗的东西。大家只是以从前常见的那种方式说说而已。一切都带上了骑士色彩，关键是勾起对方的羡慕，而并非想从情感上抓住对方。如果可以巧妙地勾起对方的羡慕，让对方对此记住并不忘却，那么，讲述的人就赢了。是否征服了听者，关键是看讲述者有没有给对方留下印象，以及对方有没有认真对待讲述者的话。如果将虚构出来的那些美事说出来，而且不被打断，如果不再仅凭自身的讲述技巧而得到讲述它们的机会，并且受到听者的期待与迎合，那么就证明对方是拿你当真的，你也就是真正的男人了。关键是能经受得住考验，这比冒险更刺激。让经受住了考验，他能说出一大堆这类的考验。虽然我讲给他听的那些东西是彻头彻尾的虚构，但我仍相信他所讲的每一个字，就像他相信我所说的每一句话那样。我当时并没有因为我所讲的都是杜撰出来的而去怀疑他说的话。这种讲述只存在于我们之间，也许他美化了一些细节；而在我杜撰出来的全部故事里，他对一些细节尤为感兴趣。我们之间的讲述会相互调整，它们之间是和谐的，其影响对当时的我们来说是同样深远的。

我与汉斯·鲍姆谈话时则完全是另一种态度。他们二人算不上朋友，让觉得鲍姆太无趣。让鄙视优等生，在他眼里，被鲍姆视为很重要的义务显得非常可笑，因为它们死气、呆板，总是一成不变。他们之间刻意保持着距离，这对我来说是种幸运，因为，倘若他们聚在一起，把我对爱情发表的见解进行一番比较的话，我的名声很快就会臭掉。

我对鲍姆说的话，都是我心里真正想的，而对德洛夫斯说的那些都是闹着玩的。也许我想学德洛夫斯，虽然我只有在交谈中才能与他进行较量，在其他的时候则避免与他一争高下。有一次，我与鲍姆进行了一场异常严肃的交谈，我对爱情发表的最终见解令他吃惊。"世间根本就没有爱情，"我解释说，"爱情是诗人们捏造出来的。人们不知什么时候从书上读到了它，并且相信了它，因为人们还年轻。大家认为成年人对自己隐瞒了它，所以在自己亲身经历之前，才会不顾一切地扑上去、相信它。没有人能够自己想象出它来。现实中根本就不存在爱情。"他迟迟没有做出反应，我感到，他根本就不同意我的看法，但因为他对一切都看得很认真，再加上他又是个性格内向的人，所以，他没发表任何反对意见。否则，他就得吐露藏在内心深处的亲身经历，而他是不会这么做的。

我这种极端的防卫其实是对读过的一本书的反应，从在苏黎世时起，这书就一直放在母亲那里，而现在，我违背她的意愿读了这本书：斯特林堡的《一个傻瓜的忏悔》。母亲特别钟爱这本书，因为我留意到，她总是把这本书放在身边，而将斯特林堡的其他作品全堆放在一起。有一次，我非常傲慢地称奥登堡先生为"卖领带的"，并且暗想，拉姆小姐为什么能够一晚接一晚地忍受他的到来（也许是巧合，也许是故意的，我手里拿着那本《一个傻瓜的忏悔》在桌上把玩着，一会儿将它打开，随意翻看，一会儿又将它合上，翻转过来，然后再打开）。母亲以为我受隔壁每晚上演的重复场景的影响，所以打算从现在开始阅读这本书，因此求我："不要读它！你会破坏自身的某些东西，而且再也无法弥补。等你经历了一些事情以后再读吧，那时它对你就构不成危害了。"

很多年来，我都盲目地相信她，她无须任何理由就能阻止我阅读这本书。但现在，自从洪尔巴赫先生来访后，她的权威受到了撼动。我亲自和他打过交道，他和母亲口中描述的根本就是两样。现在，我要亲自看看这本斯特林堡的书里到底讲了什么。我没有向母亲做出任何承诺，但她相信我不会做出违背她意愿的事。后来，我伺机拿到了《一个傻瓜的忏悔》，背着她，以难以置信的速度通读了一遍，速度之快，就好像我以前读狄更斯一样，但却再也没有兴趣读第二遍了。

我无法理解这种忏悔，在我眼中，它就是个彻头彻尾的谎言。现在想来，可能就是冷峻、试图对超出眼前所发生的事一言不发、压缩和局限于特定情境，让我对它产生了排斥。在这本书里，我找不到活力，发现的活力，我指的是一般意义上的发现，而不是具体细节上的。而真正的活力——仇恨，我则没有识破。我没意识到，这与我自己最早的阅历——忌妒——有关。该书开头部分的不自由扰乱了我的心情，它牵扯到另一个人的太太：这带给我一种充满荆棘的感觉。我不喜欢拐弯抹角地与人相处。带着十七岁的骄傲，我看世界总是直来直去的，鄙视那些遮遮掩掩的东西。对立就是一切，只有这种面对面才有意义。从旁窥视和旁敲侧击被我看作没有意义。也许这本书太容易读了，对我没有什么影响，好像自己从未读过它似的。但其中的一处描写，令我就像被木棒击中一样，这也是书中唯一的一处，其每一个细节都让我记到现在，尽管可能正是因为这一幕，我才没有拿起它来读第二遍。

书中的主人公，那个忏悔者，也就是斯特林堡自己，首次接待自己朋友的妻子来访，她是一名近卫军军官的太太。他脱去她的衣服，将她放倒在地。透过薄纱，他看见她的乳头闪闪发光。这种亲密行为的描写，我还是第一次读到，感觉十分新鲜。这件事就发生在一个房间里，它可以是任何一个房间，当然也可以是我们的房间。也许，这就是我强烈反对它的理由之一：这是不可能的。作者想用被他称为爱情的东西说服我，但我不会让自己就这么被他俘获。我认定他是一个撒谎者。我不仅不想知道这种事情，不管在什么情况下，它都令我感到恶心，因为，这件事是背着朋友发生的，那个女人是朋友的妻子，而这个朋友信任这两个人——而且，我还觉得这事很荒唐，可算是一出非常拙劣的杜撰，令人难以置信并且近乎无耻。为什么要把一个女人放倒在地呢？为什么他要脱掉她的衣服？为什么她愿意被脱掉衣服呢？她就那么躺在地上，而他就那么看着她。这一情景对我来说既新鲜又无法理解，但也让我对作者很恼火，他居然敢堂而皇之地这么写，就好像真发生过这事儿似的。

我内心展开了一场反对它的运动，就算所有人都意志薄弱，都被说服，都相信会发生这种事，但**我**不相信，我永远都不会相信。隔壁房间里，奥登堡先生的哀求与此毫不相关。拉姆小姐在自己的房间里昂首挺胸地走着。有一次，我在我们房间的阳台上看星星的时候，透过望远镜看到了一丝不挂的她。我认为，望远镜对准那个明亮的窗口是个偶然。她裸体站在那儿，高昂着头，苗条且被闪烁着的红光包围，我被这一场景惊呆了，一再地望过去。她走了几步，身体一直保持笔直，好像穿着衣服一样。在阳台上，我听不到哀泣声，但当我尴尬地走回房间时，声音立刻扑面而来，十分清晰。我这才知道，原来我在阳台上的时候，它自始至终都是存在的。当拉姆小姐在她房里来回走动的时候，奥登堡先生一直在哀泣，但她并未把这些放在心上，她的举动就好像没有看见他似的，好像自己独处一般，连我也没有看见他，似乎他真的不在房里。

晕　厥

　　每天晚上，我都会到阳台上看星星，寻找自己认识的星座，一旦找到了，便会心满意足。并非所有的星座都像头顶上位于最高点的天琴座那样，因为有一颗耀眼的蓝色织女星而变得清晰可见，也并非所有的星座都像正在升起的猎户座一样，因为有一颗巨大的红星而变得醒目。我能感受到自己寻找的那份遥远，但在白日里，我是没有这种空间距离感的，只有夜晚看星星的时候，这种感觉才会萌生。有时，为了让这种感觉到来，我会随意说出一个庞大的光年数字，正是这些光年把我同那些星星分离开来。

　　那时候，很多事情让我心烦，我对生活的困苦有着罪过感，因为这困顿就发生在我们眼皮底下，而我们却不受其侵害。倘若我能有一次成功说服母亲，说我们享受这种被我称为"幸福的生活"是不公平的，那么，我的负罪感可能会减少一些。但每当我说起这些，母亲都会突然变得冷漠，有意闭口不谈，而在此之前她还在就某个文学史或音乐史上的话题激动地发表看法。不过，让她重新开口倒也不难。只要我肯放弃那个她不乐意听到的话题，她就会恢复常态。但我一心想逼她发表自己的观点，于是，我告诉她当天看到的一些令人心情沉重的事情，并直接问她是否知道这些情况；她沉默，脸上露出轻微的蔑视或厌恶的表情，只有当这些事情非常糟糕时，她才会开口道："经济危机不是我造成的。"或者："这是战争的后果。"

我觉得，她不认识的人身上发生的事情与她毫不相干，尤其是牵涉到贫困的时候，她更是漠不关心，而在战争期间，当其他人因伤致残，甚至丧命的时候，她是真真切切产生过同情感的。也许，她的同情心已经在战争中耗尽了。有时候，我会觉得她身上的某个东西用尽了一般，因为她过度地使用了它。但这种猜测还是比较能够让人接受的，因为，越来越令我感到困扰的，是怀疑她在阿罗萨时就已经陷入那些她所崇拜的人的影响之下，因为那些人"立足于生活"，因为那些人"愿意做她的丈夫"。当她过于频繁地使用这些以前从未用过的表达，而我对此表示抗拒并抨击她时（"为什么只有这些人才是立足于生活？他们不过是疗养院里的病人。如果他们对你说起这些事，那么他们就是些有病的游手好闲者。"），她勃然大怒，指责我对病人冷酷无情。她似乎收回了对世人应有的同情心，只将它们狭隘地局限在那家疗养院里的人身上。

但在那个小世界里，男人要远远多过女人，因为那些男人都在竭力争取她这个年轻女性，当他们为了引起她的注意而展开竞争时，也许正因为自身有病，他们才会极力表现出男人的本性，并大肆宣扬，好让母亲相信他们，并且接受这些习性和特点，而在不久之前的战争期间，她可能还蔑视甚至厌恶这些男人本性。她之所以在这些男人当中有一席之地，是因为她很乐意倾听他们的心事，是因为她想尽可能多地了解这些人，是因为她随时都愿意聆听别人的忏悔，但从不会利用这些隐私去搞阴谋诡计。多年来，她习惯了只有一个孩子作为聊天伙伴，而现在，她一下有了这么多人可以聊天，所以她特别在乎他们。

她是不可能同他人建立轻浮浅薄的关系的。这就是她最大的优点——认真。除了她的三个儿子，外面那个较大的世界曾是她的全部，但在疗养院期间，正是她的认真令她为了这个小世界而远离了外面的世界，但她又不能偏爱这个小世界，因为这里都是些病人。也许，她又重新变回本来的自己——富人家里最受娇惯的女儿。在她生命的重要时期里，她感到不幸，同时也产生了负罪感，她异常努力地发展儿子们的才智，来摆脱自己那说不清而又近乎不可理解的负罪感。当她集中所有力量，疯狂仇恨战争的时候，她的人生最终在战争中达到高潮——也许，在我意识到之前，这个重要时期已经过去了，而那来往于阿罗萨和苏黎世之间的通信就是一个捉迷藏游戏，我们看似抓住以前的东西不放，其实，它们早已不存在了。

住在夏洛特膳宿公寓，并非就让我能够将这所有的事情清楚、冷静地说出来，尽管在洪尔巴赫先生来访之后，我已开始明白并能正确理解一些事情。发生的一切更多是以斗争的形式出现的，一场旷日持久的进攻。通过这种形式，我试图把自己认为是世界上"真实"的东西向她拉近。对这种进攻来说，楼下饭桌上的谈话经常是一个很好的契机。我学会隐藏自己的动机，有时候甚至伪装得很无辜：我向她请教在楼下没能理解的事情，同她讨论那些令她厌恶的人的行为。在对年轻的暴发户贝姆贝格夫妇的看法上，我们两人是完全一致的。她一生都没有改变对新贵们的蔑视。如果我对自己说，这种蔑视是由她对"良好家庭"的看法决定的，那么，在与她意见一致的片刻里，我就不会感到那么愉快了。

最好的情况是，我试着问母亲问题。一种绝非天真的狡诈促使我问她一些事情，她凭经验就能回答。这让我有了一个较好的切入点，然后，我可以逐渐接近正题。不过，我经常会失去耐心，未加思索地发问，因为有些事情实在太让我感兴趣了。所以，当她完全无法回答，而只好以最狭隘的方式诬蔑梵高为"疯子画家"，以掩盖自己的无知时，就出现了她在梵高问题上的失败。这让我失去控制，对她展开猛烈攻击。我们开始争吵，对双方来说都不是什么出彩的事。就她而言，因为她很明显是错误的一方，就我而言，因为我毫不留情地指责她随意对不知道的事情发表言论——而在我们以前有关作家的交谈中，她曾经激烈地批判过此类做法。在这样的争吵过后，我会极度失望，不得不离开房间，骑车出去——这是在法兰克福岁月里的一种安慰方式。如果她沉默，如果我们并没有争吵，如果什么事情都没有发生，另一种更为必要的安慰就是天上的星星了。

她竭力否认对身边发生的事情承担责任，她以故意的、带有选择性及随时都可视而不见的方式进行抗拒的事情，当时的我是那么迫切地想清楚知道，令我无法将它们埋在心头，我必须跟她谈这些事情，而这种谈话逐渐发展成为一种固定不变的谴责。她害怕我放学回家，因为，我肯定会谈起一些新的东西，要么是我亲眼所见，要么是我听说的。由于我在说第一句话时就已经感觉到了她的不理不睬，所以说出来的话反而更加激烈，而且用她难以接受的口气谴责她。起初，我绝对不是指责她是那些在我看来是不公平或者不人道的事情的制造者。但因为她不愿听到这些事——因为她养成了自己的一种方式，对我说的事只是半信半疑——所以，我的讲述才会演变成一种谴责。由于需讲述的东西带上了个人因素，所以我强迫她去听、去回答我的问题。她试着以"我知道，我知道"，或者"我能想象"来回答。但我不肯就此罢休，而是把自己经历或听说的事情加以强化，将这一切砸向她，就好像受某种力量的驱使，将控告引向她那里。"听着！"我会说，起初是不耐烦，接着就变得气愤，"听着！你必须对我解释此事！怎么可能发生了这些事，却没有人发现？"

一位妇女在大街上突然晕厥，倒了下去。扶住她的人都说"是饿的"；她面色苍白得可怕，十分憔悴，其他人却径直从旁边走过，毫不关心发生了什么事。"你在那里停下来了吗?"母亲刻薄地问,对这种事情她不得不说点什么。还真让她说中了,我回了家,同她和弟弟们一起围坐在桌边,我们习惯在这里喝下午茶。茶就摆在我面前,我的盘子里放着一块黄油面包,我还没开始吃,但我像往常一样坐到桌边,一坐下,就开始讲述自己的见闻。

我在这天看到的事情不属于日常生活中的琐事,这是我有生以来第一次看到大街上有人晕倒在我眼前,而且是因为饥饿和虚弱而倒下。我深为震动,一言不发地走进房里,一言不发地坐到桌边自己的位子上。瞥见那块黄油面包,尤其是看到放在桌子中央的那罐蜂蜜,我的舌头松动了,开始说话了。她很快就看出这情形中的可笑之处,一如她的一贯作风,对此做出的反应过于激烈。真希望她能稍微等一下,等我把黄油面包拿起来开始吃,或者等我把蜂蜜涂到面包上,我当时的可笑行为让她发出的嘲讽差点击垮了我。她又一次没把我的话当回事,也许她认为,既然我坐了下来,那么就会像往常一样开始用下午茶。她太信赖执行程序,而且想以此作为武器,尽可能迅速地击败我,因为对她而言,由于想象饥饿和昏厥而破坏了下午茶是非常讨厌的,仅此而已,就是令人讨厌,同时,也因为她没有同情心,所以,她低估了我对这件事情的严肃程度。我踢了桌子一脚,茶从杯子里溅到了桌布上,我说:"我也不想在这里待下去了!"然后冲出门去。

我三步并作两步跑下楼梯,跨上自行车,失望地在我们街区的道路上漫无目的地骑着,而且能骑多快骑多快,也不知道自己想干什么,因为,我还能想干什么呢。但心里却充满了对下午茶的仇恨,我眼前一直浮现那个蜂蜜罐子,我恶毒地诅咒它。"我真该把它扔到窗外去!扔到大街上去!不要扔到院子里!"只有当它在大街上当着众人的面摔得粉碎时,它才有意义,然后,所有的人就都知道，当其他人挨饿的时候，有些人却可以吃到蜂蜜。但我却什么也没做。我让那个蜂蜜罐子好端端地摆在桌子上，也没弄翻杯子，只是溅出来少许的茶水到桌布上，这就是我干的全部事情。这件事让我很痛心，但我却没做出什么实质的举动，我身上的暴力因素太少——一只温顺的羔羊，没人听得到它悲惨的叫声，母亲为下午茶受干扰而生的气就是所发生的一切。

再没发生其他的事。我还是回到了公寓。她惩罚我的方式是同情地问我，情况是不是真的那么糟糕，人们是可以从昏厥中恢复过来的，这又不是什么无可挽回的事情，可能因为我碰巧看到那个妇女倒下去，所以受到惊吓了。而看到有人死，则完全是另一回事。我很担心她又要提到森林疗养院和那些死在那里的人，她总是习惯说，那些人就在她眼前死去。不过，这一次她没有提起，而是说我应该习惯这些事情，因为我有时候提到自己想当医生。倘若一个医生在病人死的时候自己先晕倒，那他算什么医生呀？也许，我看到这次晕厥也是一件好事，这样我就可以开始慢慢习惯这些事情了。

如此一来，令我愤慨的这次晕厥事件成了我泛泛的职业愿望：做医生的愿望。面对我的粗暴行为，她没有斥责，而是对我今后的生活给予了指点，如果我不变得更坚强、更克制，那么在今后的生活中就会失败。

这件事情过后，那个污点就跟随着我：我不适合做医生。我心肠太软，是不会胜任这一职业的。她指出我未来的变化，让我印象颇深，尽管我从不承认这一点。我思考了很多，下不定决心。我不知道自己能不能成为一名医生。

吉尔伽美什[①]与阿里斯托芬[②]

在法兰克福的那段时光里，我经历到的不仅仅是那些寄居在夏洛特膳宿公寓里的人。由于这样的经历每日都在延续，是一个持续的过程，因而它不可低估。就餐的时候，大家总是在固定的座位上就座，坐在自己对面的也总是同一个人，因而他对自己来说已经成了一个形象。大多数人总保持一成不变，他们嘴里永远不会说出让人感到意外的话。但其中一些人会完整地保存自己的天性，如果他突然发生转变，是会令人感到吃惊的。这就像一出戏，可以是这样，也可以是那样，而我没有一次不是带着急切和好奇走进用餐间的。

对于学校里的老师，除了一个人之外，我都不感兴趣。脾气暴躁的拉丁语老师为了鸡毛蒜皮的小事也会大发雷霆，然后骂我们"大笨蛋"，这还不是他唯一的骂人话。他的教学方法很可笑，要我们必须背出那些"例句"。出于对他的厌恶，我没有忘记在苏黎世学到的拉丁语，这真值得惊奇。他冲动时的那种难堪与喧嚣是我在任何一所学校都没经历过的。战争在他身上打下了深深的印记，他一定是受到了严重的伤害；为了能稍稍感到好受一点，有时候大家

[①] 吉尔伽美什，古巴比伦同名史诗中的人物。
[②] 阿里斯托芬（约前445—前385），古希腊剧作家，被公认为"喜剧之父"。

私底下就这么说。有些老师身上的战争印记尽管不明显，但还是能看得出来。他们当中也真有一个非常热情的，对学生的感情都要漫溢出来了。还有一位出色的数学老师，自身有点精神错乱，不过他的精神错乱只作用于自身，而不会针对他的学生。他上课时全身心地投入，认真的态度几近惊人。

我简直忍不住想通过观察这些老师来描绘战争给他们带来的不同影响，但要想这么做，必须了解他们的经历，而他们对此却从不提起。我只看得到他们的面孔和外形，只熟悉他们在课堂上的举动；除此之外，有关他们的任何事情都只是道听途说。

但在此我要提到一个内向而正派的人——盖尔伯，我们的德语老师，对他我怀有感激之情。与其他老师相比，他为人谨小慎微。通过作文，我们之间产生了某种形式的友谊。作文的题目都是他确定的。起初，这些作文让我感到乏味，它们往往是有关玛丽·斯图亚特[①]或是类似的内容，不过写这些东西不费什么力气，而且他对我的作文也相当满意。然后，题目逐渐变得有趣，我可以表达自己真实的想法。这些想法都是对学校的不满，因此已经是相当地反叛了，而且肯定也不符合他本人的观点。但他却接受了它们，用红笔在结尾处写下长长的评语，给我一些东西去思考。写评语时，他非常宽容，对我发表个人观点的方式大加赞赏。而他表示异议的地方，我也从没当成是反对意见，就算我不同意他的观点，对此我也感到高兴。他不是一个会激励人的老师，却非常善解人意。他长得小手小脚，举手投足的动作幅度也很小。要不是他做什么事情都慢吞吞的话，那就是他所做的一切给人的感觉都稍稍弱化了，就连他的声音都不同于其他老师，不是那种喋喋不休、令人厌烦的男声。

---

① 玛丽·斯图亚特，苏格兰女王玛丽一世。德国诗人席勒曾据其事迹创作了同名诗剧。

盖尔伯将他管理的教师图书馆向我开放，我想读多少，他就借给我多少。我痴迷于古典文学，一本接一本地读着德文译本：历史学家、戏剧家、诗人、演说家，只有哲学家——柏拉图和亚里士多德——我还没有去碰。其余所有领域我真是全都涉猎过，不仅仅是那些大作家，还有另外一些仅仅提供了素材的作家，也令我感兴趣，例如迪奥多拉①和斯特拉博②。我无休无止的阅读欲令盖尔伯惊异不已。两年以来，我从他那里只借阅这方面的书籍。当我开始读斯特拉博的时候，他轻轻摇了摇头，问我要不要换一本，去读读中世纪的作品，但当时我没有接受他的建议。

　　一次，当我们在教师图书馆碰到的时候，盖尔伯小心翼翼地、近乎温柔地问我将来想从事什么工作。我已经感觉到他想得到什么样的答案了，但我却说是医生，虽然有些迟疑。他很失望，考虑了一下，突然想到了一个折中的办法，说："那您可以成为第二个卡尔·路德维希·施莱希③。"他很欣赏此人的回忆录，但他更希望我能清清楚楚地告诉他，我想成为一名作家。从此以后，一旦能扯上些关系，他都会不经意地提起这位经常写作的医生。

　　在他的课上，我们会分角色朗读节选的作品。老实讲，我不觉得这有意思。但这是他的一种尝试，希望让那些对文学不怎么感兴趣的人，通过担任一个角色来融入进去。他很少会选那些无聊透顶的文章。我们读的是《强盗》④、《艾格蒙特》⑤、《李尔王》，而且还有机会去剧院里看这些戏的演出。

---

① 迪奥多拉，古代史学家。
② 斯特拉博（前64—23），古罗马历史学家、地理学家。
③ 卡尔·路德维希·施莱希（1859—1922），德国医生、作家，以其对临床麻醉学的贡献而广为人知。
④ 《强盗》，席勒剧作。
⑤ 《艾格蒙特》，歌德剧作。

在夏洛特膳宿公寓里，人们常会谈起剧院里的演出，还会对此展开深入讨论。他们以《法兰克福报》上的评论为出发点探讨着，即使持有其他观点，也会对那高品位的、印刷出来的主流观点表示自己的敬意，而且因为总有房客中的内行们参与，所以，这类谈话具有一定的水准，也许还比谈论其他事情的时候更加严肃。大家十分关心戏剧，并为此感到自豪。如果演出失败了，人们会感到震惊，而且不会满足于单纯的轻蔑的攻击。剧院是一处得到公众认可的机构，因此，即便是那些平时站在大家对立面的人，都不敢轻易触及这个话题。舒特先生因为重伤致残，几乎从来不去剧院，但是大家可以从他那不多的话中听出，他会从昆迪希小姐那里了解每一次演出。他的话听起来十分肯定，好像他亲自去看了一样。谁要是对这个话题真没什么话说，就会保持沉默，要是在这方面出了洋相的话，那可是最让人难堪的了。

由于一般所谈论的大多数事情看上去都不太确定——一切都摇摆不定，而且并不仅仅限于表面，当各种观点相左的时候——因此，像我这样年纪轻轻的人就会觉得，确实还存在着一些对所有人来说都是毋庸置疑的东西，那就是戏剧。

我经常去剧院看演出，有一场戏尤为吸引我，我甚至不惜一切代价，去看了好几次。剧中出现了一位女演员让我久久不能忘怀。时至今日，我眼前还会清晰地浮现出她的样子：盖尔达·穆勒扮演的彭忒西勒娅[1]。这一狂热融进了我的身体，对此我从没有怀疑过，我对爱情的认识始于克莱斯特[2]的剧作《彭忒西勒娅》。她给我的感

---

[1] 彭忒西勒娅，古希腊神话中的亚马逊女王。
[2] 克莱斯特（1777—1811），德国剧作家。

觉就像自己当时在读的一部希腊悲剧《酒神的伴侣》①。亚马逊人作战时的野性就像疯狂的女人在撒泼,在克莱斯特的作品里,活活地将国王咬得粉碎的不是那些行动如闪电般的人,而是彭忒西勒娅本人,她放出群狗撕咬阿希尔,并且自己也加入其中,将自己的牙齿嵌进他的肉里。从那时起,我再也没有勇气观看舞台上的这一幕,而我每次读到这部分的时候,就会听见她的声音,并且这声音从此未有减弱。我对这位女演员保持着忠诚,她向我说明了爱情的真谛。

我没把这与公寓里隔壁的哀求联系起来,《一个傻瓜的忏悔》也仍被我视作谎言。

在那些经常出场的演员中,卡尔·艾伯特最初是经常登台表演的,后来就只是客座演员。数年之后,他因与此无关的其他事情而名声大噪。早期我见到他的时候,他扮演的是卡尔·摩尔②和艾格蒙特。我习惯看他扮演不同的角色,我会就冲着他去看演出,而且从不为此感到羞愧,因为我在法兰克福的那段时光里经历的最重要的事情就归功于此。在一次周日的早场演出中,他要朗诵一部我还没有听说过的作品,是一首巴比伦的史诗,年代比《圣经》还要久远。我知道,巴比伦那里也出现过《圣经》中所说的大洪水,据称,那里的传说后来被记载到了《圣经》中。这些就是我所能期待的一切,但倘若仅此而已,我是不会去的,然而,朗诵的那个人是卡尔·艾伯特,而我又狂热崇拜这位值得爱戴的《吉尔伽美什》演员,他对我的生活、对生活最本质的意义、对信仰、力量和期待的影响是其他任何东西都不能比拟的。

---

① 《酒神的伴侣》,古希腊悲剧作家欧里庇得斯的剧作。
② 卡尔·摩尔,席勒剧作《强盗》中的人物。

吉尔伽美什因朋友恩奇都死去而作的悲诉深深刺痛了我的心：

> 为了他，我日夜流泪，
> 我不承认人们已经埋葬了他——
> 我的朋友是否会因为我的呼唤而站立起来——
> 七个白昼七个黑夜，
> 虫子已经侵蚀了他的面孔。
> 自从他去了那里，我不知道怎样生活，
> 像个强盗一样在草原上游荡。

接下来是他反抗死亡的行动，他穿越天山的黑暗，横渡死亡之水，找到了自己被从洪水中救起的祖先乌特纳皮施提姆，这个被上天赐予不死之身的人。吉尔伽美什想从他那里得知自己如何才能长生不死。是的，吉尔伽美什失败了，自己也死了。但这却增强了别人对他这种行动必要性的认同。

从听到这个神话起，已经过去了半个世纪，我以多种方式对它进行反复思考，但却没有一次认真地质疑过它。由此我知道了神话对自己的影响有多大。我是把它作为一个整体来接受的，在我的心中它也是一个统一体，对此我不能吹毛求疵。至于我是否相信这个故事，无关紧要，面对我由之构成的这最本质的东西，我怎么能决定自己是否相信它呢。像鹦鹉学舌一样，重复"至今所有的人都是要死的"并不是目的，关键在于做出决定，人们是心甘情愿地接受死亡还是抗拒它。通过抗拒死亡，我获得了感知光辉、财富、痛苦和绝望的权利。我生活在这无尽的反抗中。在时间的流逝中，我会失去周围的亲人，如果这种痛苦毫不亚于吉尔伽美什失去恩奇都之痛，那么，我至少有一点是胜过这位巨人的：我关心的是每一个人的生命，而不仅仅是我的亲人的。

在那个喧嚣的年代里我碰到了这首史诗，它集中表现少数几个人物，与这个时代形成鲜明的对比。记忆中的法兰克福岁月充斥着带有公众性质的事件，它们接踵而至。此前总是谣言满天飞，公寓的饭桌上充满了各种谣言，但未必都是假的。我记得，关于拉特瑙被谋杀这件事，大家是早在报纸报道之前就知道了（那时候还没有收音机）。最常出现在谣言里的是法国人。他们占领过法兰克福，然后又迁走了，突然间，传言他们又要回来了。镇压与赔款成了日常用语。在我们学校地窖里发现的军火库引起了巨大的轰动。经过调查，证实一名年轻的教师要对私藏军火事件负责，我只是看见过他，他非常受欢迎，是学校里最受爱戴的教师。

最令我印象深刻的，是我最早见到的那些示威游行。示威游行并不少见，并且总是反战的。两派人中间存在着严重的分歧，那些站在推翻现政权一边的人，希望通过推翻政府来结束战争，而另一派人的愤怒不是针对战争的，而是对一年后签署的《凡尔赛条约》不满。这是最重要的分歧，那时候就已经可以感受到它的影响了。在一次抗议拉特瑙被害的示威游行中，我第一次对群体有了感性认识。此次经历带给我的影响体现在几年之后的讨论中，所以在此先不多叙，届时再细谈。

在法兰克福的最后一年，我们的小家庭又是一幅瓦解景象。母亲觉得身体不适，也许她是受不了我们每日的争论。她去了南方，就像她以往多次所为一样。我们离开了夏洛特膳宿公寓，三兄弟一起来到另一个家庭，负责照顾这个家的苏塞太太热情友好地接待了我们，就算是自己的母亲也不会这样对我们。这个家庭里有父亲、母亲、两个和我们差不多年纪的孩子、一位祖母和一个女佣。我同他们中的每个人以及住在我们旁边的两三个外国房客都很熟，要想介绍他们的话，非得写一整本书不可，只有这样，才能记下我当时对人的理解。

当时，通货膨胀发展到了顶峰，每日翻番，最终达到了一万亿的程度，这给每个人都带来了极端严重的后果，即便它们不尽相同。关注这一切真是件可怕的事：无论发生什么，发生的事情那么多，都是由于唯一的一件事引起的，即纸币的迅速贬值。向人们袭来的不仅仅是混乱，而是像每日爆炸一样的东西，今天这个人如果还余下什么的话，次日就到了别人的手里。我并非只是看到了其总体的影响，我看得清清楚楚，在每个家庭的每位家庭成员身上，最细微、最个别、最私人的事情都起因于同一件事——纸币的癫狂运动。

为了战胜我自己家里钻进钱眼子里的人，我把蔑视金钱当成了某种合理的道德观。我把钱看成是无聊的、一成不变的东西，它无法赢得才智。那些屈服于金钱的人，会逐渐因此而变得才情枯竭、索然无味。现在，我突然从可怕的另一面认识了它——它像拿着巨大鞭子的魔鬼，鞭打一切，包括人，还触及他们最隐秘的老鼠洞。

也许正是这件事所引起的外在后果，让母亲逃离了法兰克福。她起初对此漠不关心，但我不停地让她想起这些事。她又回到了维也纳。一旦她的病情稍有好转，她就把两个弟弟带出家门，在维也纳为他们找学校。我还得在法兰克福待半年，因为高中毕业考试就要到了，之后我再去维也纳读大学。

在法兰克福的最后半年里，虽然还是住在同一个家庭里，但我感觉到了完全的自由。我经常参加集会，听夜晚在大街上进行的辩论，听到各种见解、各种理由、各种信念与其他的看法产生碰撞。大家热情地讨论着，激昂万分；我从不参与讨论，只是认真地听别人说，思想很紧张，这令今天的我都感到恐惧，因为我没有反抗的力量。自己的见解是无法承载这种过度的重压的。很多我无法驳斥的东西都冲向我,有些还吸引着我,我简直不知道为什么。我还不能理解交织碰撞到一起的语言的分离性。那时,听过他们说话的那些人我都不能知道他们的真实形象,甚至无法模仿他们。我把握到的是那些观点的分离性,认清了各种理由的坚实核心,这就像魔鬼手下热气翻腾的大锅,其中所有的成分都有着自己的气味,都能辨别得出来。

我对人们内心那种不安的感知,后来再也没有像在那半年那样。作为人,他们之间存在很大区别,但这并不重要;在以后的岁月里,假如我回首过去,我几乎是不会注意到这点的。我留意的是每个理由,尽管它们与我意见相左。有些在公开场合进行演说的人,对自己演说所产生的影响很有把握,我却视他们为招摇撞骗者。而在大街上,大家东一群西一堆,那些人并非演说者,而是试图说服对方,这时,我能感受到他们的不安,我会认真看待他们每一个人。

如果我将这个时期称为我跟阿里斯托芬学徒的时期,听上去应该不是狂妄或轻率的。当时,我在读阿里斯托芬的作品,令人感到意外的是,他的每部喜剧都源自一个突发奇想,并且每部作品都通篇一致而有力。在我接触的第一部《吕西斯忒拉忒》中,女性对男人实行的"性"罢工导致了雅典与斯巴达之间战争的结束。类似这种奇特的想法,在他的作品里还有很多。由于他的大部分喜剧作品都失传了,因此他的很多奇想自然也没保存下来。我要是没注意到这些与自己周围发生的事情的相似性,那我肯定是瞎了。现实生活的一切也都源自一个前提条件,即纸币汇率的波动。但这不是突发事件,这是事实,正因为如此,这才不可笑,而是可怕;如果人们试图将其作为一个整体去看待,会发现它与那些喜剧是那么相似。人们也许会说,阿里斯托芬式的看问题的方法虽然残酷,但却是唯一能将碎成千份的小部分组合在一起的方法。

从此以后，我对舞台上单纯表现私人境况的反感变得根深蒂固起来。在形成于雅典的新旧喜剧的矛盾冲突中，虽然我还没弄清楚是怎么回事，但我毫不犹豫地站到旧的一边。只有将公众当成整体去塑造，我才认为它具有在舞台上表现的价值。那种表现具体人物的个人喜剧，即使它本身不错，我也总会感到有点难为情，而且在这种时候，我感觉自己好像退回到藏身之处，只有在迫不得已的情况下，比如类似进食一类的原因，我才会离开这个藏身之处。如同阿里斯托芬所开创了的先河那样，对我而言，喜剧的生命力源于自身的一般利益，以及将世界放到更大的背景中去观察；它可以对之为所欲为，突发奇想，甚至将其推到疯狂的边缘，连接，分离，变换，对比，为新的想法找到新的结构；不重复，不平庸，挖掘观众最后一丝潜力，触动他，攫住他，耗尽他。

肯定是很久之后的反思让我发现，我选择那些戏剧就是为了上述目的，并且在那时就已经定型了。我不认为自己这样做是错误的，否则如何解释我对法兰克福最后岁月的记忆多到了无以复加的地步，而且第一次读阿里斯托芬的作品时我就突然发现，现实与阿里斯托芬式喜剧中的世界是同一个。我看不到有任何东西在这二者之间，一方逐渐变为另一方，这种紧密相连的关系进入了我的记忆，从而使之成为对我来说是当时最重要的事，并且一方对另一方产生着决定性的影响。

与此同时还产生了某个与吉尔伽美什相关但又相对的东西，它涉及的是与其他所有人相分离的单个人的命运：这个人一定会死去，无论他是否接受，死亡都在前方等待着他。

第 二 部

风暴与强迫
维也纳
（1924—1925）

与弟弟一起生活

一九二四年四月初,我和格奥尔格一道搬往普拉特大街22号,住进了苏新太太家里。我们的房间位于她公寓的最后面,采光不好,窗户朝向院子。在那里,我们一起度过了四个月,并不是一段特别长的时光,但独自和一个弟弟在一起生活,这还是头一遭,而且这段日子里发生了许许多多的事情。

我与弟弟之间建立了一种密切的关系,我上升为他的良师益友,他会同我商谈所有的事情,特别是所有与道德伦理相关的问题。人们允许做什么、应该做什么,人们在任何情况下都必须唾弃的事物,当然也包括人们想知道、想认识的事情——在一起生活的四个月里,我们几乎每晚都在工作学习的间隙里谈论这些。我们俩就坐在窗边那张大方桌旁边,每人面前放着各自的书籍与练习本,只需稍稍抬头便可看到对方的正面。他虽然小我六岁,但当时已略高过我,坐着的时候,我们俩是差不多高的。我决定进维也纳大学攻读化学专业(但尚未确定是否会坚持下去),还有一个月就要开学了。由于在法兰克福的中学里没有学过相关科目,所以我急需恶补一下化学知识。在仅有的四周时间里,我打算补上错过的东西。我拿了本无机化学的教材,尽管它太偏重理论,甚至可以说与实践毫不相关,但也让我很感兴趣,飞快地读了下去。

无论我多么专注于某样事情,格奥尔格都可以随时打断我,向我提问题。十三岁的他在位于施督本棱堡的一所实科中学①里读低年级。他非常好学，也学得很轻松，但是在绘画方面遇到了困难，而他们学校又很重视这一科。不过他的求知欲很强，我在他这个年纪时也是这样。他对每样事物都能提出有意义、有价值的问题。这些问题很少涉及他理解不了的东西，因为所有他能阅读的东西，他都可以轻而易举地明白；他关心的是更具体、更细节的问题，他想了解那些讲授一般性知识的教科书之外的东西。对于他提出的很多问题，我都可以当场回答，不用先思考一下或是先查阅资料。我很高兴可以将自己了解的知识传输给他，因为一直以来，我都没有与别人分享过这些东西，没有人和我一起谈论这些事情。他发现，每次我都很乐意被他打断，而且他也可以无限制地提问。短短的几小时里，我们可以谈到很多事情，而且这让我能振作起来学习化学，因为化学对我来说还略显陌生、具有威胁，毕竟我很可能要在未来四年或是更长的时间里同它打交道。格奥尔格询问我有关罗马作家的事情，询问我历史问题——而我总会将话题引向希腊，只要有可能——询问我数学难题、植物学和动物学，他最喜欢问的是与地理相关的事情，例如风土人情之类。他已经知道，从我这里，他可以了解到最多的就是此类知识，有时候，我不得不强制自己停下来，我真是太喜欢将自己从科学考察人员那里获得的知识一一讲述给他听了。我们还会对人类的所作所为做出评价。每次谈到异国人民在与疾病抗争时，我都会十分激动。当时，我还没能完全克服放弃学医带来的痛苦，因而天真地、毫无保留地将自己的夙愿寄托在了他身上。

　　我就是喜欢他的永不知足。当我坐下温书的时候，我已经在期

---

① 实科中学着重教授自然科学和现代语言。

待着他要提出的问题了。我受他沉默的折磨远多过他受我的沉默折磨之苦。他要是有贪权的野心或者工于心计的话,早就可以用沉默这一最简单的方式控制住我了。倘若在桌子旁坐一晚上他都没提一个问题,就会让我感到备受折磨、沮丧万分。关键在于:他的提问是不带任何目的性的,就像我的回答一样。他想求知,而我想将自己知道的都告诉他;他得到的新知识又会促使他提出新的问题。令我惊讶的是,他从未让我难堪得下不了台,他的永不知足总停留在我知识的范围内。也许是因为我们天资相似,也许是因为我那热情洋溢的讲述阻碍了他了解其他事物,他只会问那些可以在我这里得到答案的问题,从不让我难堪;其实,他很容易就可以对我知识的空白处提问的。我们二人都很开诚布公,不会对对方刻意掩饰什么。那时候,我们相互都很依赖,这里没有我们亲近的人,我们只需满足一个要求:他不会令我失望,我也不会令他失望。无论怎样,我都不会放弃我们在窗边大方桌旁的"学习夜晚"。

夏天到了,晚上的时间拉长了,我们将朝向院子的窗户打开。低我们两层、正对着我们窗户的是裁缝芬克的小房间,他的窗子也开着,缝纫机那细微的嗡嗡声一直传到楼上我们的耳朵里。他一直工作到深夜,一刻也不停歇。我们坐下来吃晚饭时,可以听见他工作的声音,我们收拾桌子时,可以听见他工作的声音,等我们坐下来阅读时,还是能听见他工作的声音,只有当我们兴奋地谈论某个话题而忘记周围的一切时,才不会想到他的存在。但当我们疲惫地躺到床上睡觉的时候——因为夏天天亮得早——耳边又响起了他缝纫机那细微的嗡嗡声,这声音会伴着我们入睡。

晚餐我们吃的是面包和酸奶,有段时间只能吃面包,因为我们遇到了一个小麻烦,而对此我要负全责。虽然我们的生活费不宽裕,但我们生活中所必需的一切花费都考虑在内了,晚餐其实也可以吃得再丰盛一些。我会预先拿到每月的生活费，一部分来自祖父，其余的由母亲支付。我把钱全放在自己身边，打算管理好它们。我在这方面是很有经验的，在法兰克福时，我曾带着弟弟们在母亲不在的情况下单独生活了半年。要想在当时那种通货膨胀的情况下将一切都打理得井井有条，可不是一件容易的事情。与那时的艰难相比，目前在维也纳简直就像小朋友过家家一样简单。

情况本该如此简单，但我没有把伍尔斯特公园考虑在内。它就在附近，离我们不到十五分钟的路程；在维也纳度过的幼年时期里，这里对我来讲意义非同寻常，因此，我感觉它距离我还要更近些。我没打算让弟弟远离它的诱惑，而是决定带他同去。一个周六的下午，我带他去看那些珍馐美味，不过有些菜肴已经消失了，即便是那些我再次看到的，也很令人失望。格奥尔格五岁就离开了维也纳，对伍尔斯特公园毫无印象，所以，他完全依赖我的介绍；我尽量使自己的介绍变得生动有趣，因为我这个看上去无所不知的大哥可以向他讲述埃斯库罗斯[①]的《被缚的普罗米修斯》，讲述法国大革命，讲述万有引力定律和进化论，现在却恰恰带他乘坐岩洞轨道经历墨西拿大地震、看地狱之口，这让我感到有些惭愧。

在描述的时候我肯定添加了可怕的色彩，因为，当我们最终找到岩洞轨道，站在魔鬼将叉死的罪人塞进去的地狱之口前面时，他吃惊地看着我说："你以前的确对此感到恐惧吗？""我没有，我那时已经八岁了，但你们很害怕。你们当时还小得很。"我注意到，他对我失去了原有的尊敬。他不喜欢这些，游玩虽然才刚刚开始，他就已经一心想着晚上的谈话了；因此，对于观看墨西拿的地震——这其实是吸引我们来这里的主要原因——他并没表现出什么兴

[①] 埃斯库罗斯（约前525—前465），古希腊悲剧之父。

趣来。我终于可以松口气，可以摆脱这些尴尬的事情了，现在我自己也不想看什么地震了，于是拉着他飞快地离开。因此，我记忆中的游乐场仍是过去的那种豪华场面。

但我没那么容易从刚才的事情中缓过神来，我得做些什么，好让他不那么失望，于是，我参加了自己其实从不感兴趣的伍尔斯特公园的赌博游戏。这里有各种各样的赌博方式，但套圈却深深地吸引了我们，因为，我们看到前面接连有几个人都赢了。我让他去试试，他运气不好，我自己上去试，一个也没套中；我又试了一次，那圈简直就像中了邪似的。我很快就和这玩意儿较上了劲儿，他试图提醒我，在一旁拉我的袖子，但我不肯就此罢休。他亲眼看见我们一个月的生活费是如何溜走的，也很清楚这样做的后果，但他什么也没说，他也没说自己想再去试一次。我想，他明白我这么做的原因，我无法忍受在他面前一次次地投不中所带来的羞耻感，想通过接下来的命中加以弥补。他就那么呆呆地看着，时不时地鼓下劲，这使我感觉他就像岩洞轨道前的一个自动玩偶。我一个接一个地投着，越投越差。两种羞耻感交织到一起汇成一股。我感觉没玩多久，其实肯定玩了很长时间，因为，突然之间，我们五月份的生活费全没了。

如果只有我一个人，我不会感觉这么难受。但还有他，而我要对他的生活负责，可以说，我担任着父亲的角色，我告诉他最美的箴言，我尝试将高尚的道德理念灌输给他。我刚刚开始在化学实验室工作，脑子里整天想的都是晚上要告诉他的事情，这些事情会给他留下深刻的印象，令他永不忘记。那时我想，我要对所说的每句话负责，生怕自己一次说错话会导致他走上歧途，荒废一生，正是出于我对他的兄弟之情，而这种兄弟之情成了我最主要的情感——但现在，我把整个五月份的生活费都给输掉了，而且还不能让任何人得知此事，特别是不能让苏新一家知道，因为我担心他们会因此不让我们再在这里住下去。

值得庆幸的是，我们认识的人中，没人看到我玩赌博游戏，而格奥尔格也立刻明白沉默的重要性。我们用男人的决心相互安慰着。午饭时，我们习惯去紧靠卡尔大剧院的班维尼斯特饭店吃饭，是祖父介绍我们去那儿的。当然我们并不是非得这样才行。我们也可以吃酸奶和面包。晚饭只吃一块面包就够了。我没告诉弟弟怎样才能弄到这笔维持最低生活水平的费用，因为我自己也还不知道呢。

我想，正是这次由我而起的小过错才将我们俩拉得更近，甚至胜过晚间的那种问答式谈话。长达一个月，我们都过着这种极为贫困的生活。要是再没了每天早上苏新太太给我们送来的早餐，我真不知道该怎么挨下去。嘴馋万分的我们期待着牛奶咖啡外加每人两块小面包。我们醒得比以前早了，洗漱也提前了，当她端着托盘走进我们房间的时候，我们已经坐在大桌子旁边等候了。因为担心自己急促的动作会泄露内心的渴望，所以我们笔直地坐在那里，就好像我们还要一起回忆些事情似的。苏新太太很在意早上跟我们聊几句，总是问我们睡得怎样，所幸她跟我们聊的也就是睡得如何之类。

但每天早上她都会特别提起她那在贝尔格莱德坐牢的哥哥。"一个理想主义者！"她每次都是这么突然地开始，每次提到他，她都会用"理想主义者"这个开场白。尽管她不赞成他的政治立场，但她为他感到骄傲，因为他与亨利·巴比塞[①]和罗曼·罗兰是朋友。他是个久病之人，很早以前就得了肺结核，监狱对他来说好似一剂毒药，因为，优质丰盛的饭菜对他的身体健康是很重要的。当她给我们送早餐时，热气腾腾的咖啡会让她想起他生活上的匮乏，这样

---

① 亨利·巴比塞（1873—1935），法国作家。

看来，她提起他也是很自然的事情了。"他很早就开始从事这种活动，在中学时就已经开始了。像他这个年龄——"她指着格奥尔格说，"他已经是一个理想主义者了。他在学校里发表演说，还受到惩罚。虽然他的老师们是站在他这一边的，但他们不得不惩罚他。"她不赞成他的顽固，但也从未吐露一句指责他的话。苏新太太的妹妹没有结婚，同苏新夫妇一起，也住在这处房子里，她们两姐妹听说了哥哥的一些理念。忠于国王的塞尔维亚人和奥地利良民都不喜欢他的理念，因此，她们决定一了百了，不去想与政治有关的事情，把这些事情留给男人去做。

默舍·皮亚德是她哥哥的名字，他一直认为自己是个革命者兼作家。可以证明他的革命者和作家的身份的，是他所结交的法国朋友弗罗因德。监狱，尤其是她哥哥的疾病和饥饿，令苏新太太非常不安。她为我们送来的早餐本来也可以端给自己的哥哥的，这也算是她每天早上想念哥哥的最简单的形式了。尽管她的故事推迟了饥肠辘辘的我们吃早饭的时间，但她通过讲述她哥哥的故事加强了我们的意志。她说，她哥哥从不会说自己饿。还是小孩子的时候，他就已经注意不到自己饿了，因为他满脑子想的都是他的理想。因此，他无形之中成了我们的支柱，我们每天早上期待着牛奶咖啡和美味面包的同时，也期待着苏新太太的故事。也就是在那时，格奥尔格第一次听说了肺结核病，没想到后来这个病也成了他生活的一部分。

我们一起离开家。我们立即就在院子的左边看到裁缝芬克先生，他早就坐在自己的缝纫机前了。那缝纫机的嗡嗡声是我们早晨醒来后听到的第一个声音，也是我们夜里睡着前听到的最后一个声音。现在，我们经过他小房间的窗子，同这个颧骨突出的沉默寡言的人打声招呼。每次我看见他嘴里衔着针，就会觉得他把一根

65

长针横穿过面颊，因此不能说话；如果他在这种情况下开口说什么的话，我反而会感到惊奇；那些针，包括他含在嘴上的那些针消失了。

  他的缝纫机就摆在房间的窗子下边，他从不离开这台机器——一个年轻人，却从来不出大门一步。我跟他比较熟的时候已经是夏天了，窗子开着，在院子里就能听到他缝纫机的嗡嗡声，这成了他房里那个黑皮肤漂亮女人笑声的轻声伴奏，她肥硕的身体让这间小屋显得拥挤。人们想找芬克先生做衣服时，就会去敲那间小屋的门，他们一家人就挤住在里面；进门之前，大家一般会磨蹭一下，为的就是想多听一会儿屋里女人的笑声，确定一下自己没听错。大家清楚，这个小房间接待外人时的这种高兴并不是冲着来访者的，这是她那丰满的身体散发出的快乐，一切都散发着身体的气味。气味与笑声相互交织，时不时地还传出几声呼唤，那是在叫三岁的小女儿卡米拉。这个小孩子最喜欢在门后面的门槛处玩耍，这也是大家开门时迟疑的原因之一，大家在笑声中听到的第一句话就是："卡米拉，让开点，让这位先生进来。"她总是说"这位先生"，尽管我还不到十九岁；如果我已经站在房间里，而一位女士想进来的时候，她也会这么说。一旦她看见进来的是位女士，她会暂时止住笑声，但从不会更正自己的话，对此我不感到奇怪，因为芬克先生是名男装裁缝。这时他会猛地抬起头，嘴里衔着一根针。一根可怕的大针刺穿了他的面颊，他怎么能说话呢，因此就只能笑了。

卡尔·克劳斯[①]与薇莎

有关这两个人的传言同时传到我的耳朵里，是很正常的事情：它们来源于同一个地方，那时候，所有让我感到新鲜的事情都出自那里，倘若我来到维也纳以后仅仅依靠自己，或是只指望着即将到来的入读大学，那么我是很难开始一种新生活的。阿斯利尔一家住在普拉特斯坦边上的海涅大街上，每个星期六的下午，我都可以在他们家里听到很多事情，够我用上几年；那些名字对我来说都是全新的，由于以前从未听说过，因此我觉得它们有些可疑。

我在阿斯利尔家最常听到的名字就是卡尔·克劳斯了。据说他是目前生活在维也纳的最严厉、最伟大的男性了。没人能讨得他的喜欢。他在课上会抨击一切邪恶和腐败堕落的东西。他出版一本名为《火炬》的杂志，全部由他一人撰稿。任何投稿都不受欢迎，他不采用任何人的稿件，也从不回复信件。《火炬》中的每个词、每个音节都是他自己写的。里面的内容就像法庭上的审判，他自己提出控告，又自己审判。里面没有辩护律师，律师是多余的，据说他非常公正，被指控的都是那些罪有应得的人。他从没出过错，也绝不可能出错。他所讲的都丝毫不差，在文学上还从没有过这样的

[①] 卡尔·克劳斯（1874—1936），被认为是二十世纪上半叶最杰出的德语作家和语言大师之一，但在德语国家之外鲜为人知。

精确。对每个逗号，他都要亲力亲为，谁要是想在《火炬》中找到一处印刷错误，恐怕得辛辛苦苦地找上几个星期。最聪明的做法就是根本不要去找。他痛恨战争，第一次世界大战期间，虽然存在种种审查，但他还是成功地在《火炬》中发表了很多反战的观点。他揭露社会弊病，反对贪污，而其他人对这类问题都会闭口不谈。他没进监狱真算得上是个奇迹。他曾写了一部八百页的剧本《人类的末日》，战争中发生的事情都包含在了里面。当他朗诵这部作品的时候，大家都目瞪口呆。整个大厅里没人敢动弹，甚至连呼吸都不敢。他一个人朗读所有的角色，投机商人和将军，成了战争牺牲品的恶棍和可怜虫。他把所有的人物朗诵得十分逼真，令大家感觉那些人就站在自己的面前。听过他朗诵的人会再也不想去剧院看戏，与他相比，那些戏真是无聊至极，他独自一人就能成就一部完整的戏，而且更为出色。但就是这么一个世界奇迹，这么一个怪人，这么一个天才，却有着最最普通的名字：卡尔·克劳斯。

我宁可相信所有有关他的事也不愿相信他的名字，一个叫这个名字的人怎么能够做出大家归到他名下的那么多事情呢。当阿斯利尔一家对我讲述他的事情时——母子二人皆乐此不疲——对我对这个名字产生的质疑进行讥讽；他们总是一遍又一遍地解释，说名字其实并不重要，关键在人，否则我们，他们或者我，仅凭自己好听的名字不是就要比卡尔·克劳斯高一等了吗。他们还问我能否想象出这么可笑而荒唐的事情。

他们把一本红色的册子塞到我手里，我非常喜欢《火炬》这个名字，但让我读它是完全不可能的。我在那些句子上卡住了，我看不懂它们。我要是看懂了点什么，总感觉那像是个笑话，我根本就不喜欢这类东西。其中还刊登有关当地发生的事件和印刷错误的文章，而这些对我来说最不重要。"这都是些废话，你们怎么会读这种东西。报纸要比这个有趣得多，至少报纸能让人看懂，读这种东西真是自己折磨自己，而且还读不出什么内容！"我实在是很生阿斯利尔一家的气，脑海里突然想到在法兰克福时的一个同学的父亲，每次去他们家，他都要向我朗诵当地作家弗里德里希·施托尔策的作品，而且每次结束的时候都会朗诵一首诗，"谁要是不喜欢这个，谁就该枪毙。他是世上最伟大的诗人。"我带着嘲讽的口吻讲述这位法兰克福方言诗人。我强迫阿斯利尔一家听着，毫不让步，这使他们非常尴尬，以至于突然跟我讲起那些每次都来参加卡尔·克劳斯朗诵会的高贵太太。她们对他着迷，每次都会坐在第一排，为的是能让他看见她们多么振奋。阿斯利尔一家对我讲述这些，正好撞到我的枪口上了："高贵的太太们！很可能都穿着皮草！喷了香水的审美人士！而他竟然当着那种人的面朗诵却不觉得害羞！"

"她们可不是那种太太！她们是受过良好教育的女士！为什么他不能为这些人朗诵？每一个影射她们都理解；他一句话还没说完，她们就已经知道他要说什么了。这些人谙熟英国和法国文学，而不是仅仅了解德国文学！她们对莎士比亚了如指掌，更别提歌德了。你都想象不出她们是多么有教养！"

"你们从哪里知道这些事情的？你们和她们谈过话吗？你们和这种人交谈？香水味不会让你们恶心吗？我是绝不会和这种人谈上一分钟的。我根本就做不到。就算她们真的很美丽，我也不会理睬她们，顶多对她们说：'请您不要把莎士比亚挂在嘴上。他要是泉下有知，会感到恶心的。还有，请您放过歌德。《浮士德》可不是写给笨蛋看的。'"

阿斯利尔一家以为胜券在握了，因为母子二人同时叫道："还有薇莎！您知道她是谁吗？您听说过她的事吗？"

这倒是一个令我感到吃惊的名字。虽然我不愿意承认，但这个名字确实让我很喜欢。它令我记起星空中的一颗星星——星空图中天琴座的织女星,但因为辅音的变化而听上去更美①。我只是没好气儿地问道:"这又是个什么名字呀?没听说有人叫这个名字呀。这大概是个不常见的名字。根本就没有这个名字。"

"有的,有这个名字的。我们认识她,她和她母亲一起住在费迪南德大街。离这儿就十分钟路。她非常漂亮,长着西班牙人的脸。她非常有教养,在她面前甚至不能说任何难听的话。她一人读的书比我们加起来的都多。她能背诵最长的英文诗歌和莎翁一半的作品。还有莫里哀、福楼拜和托尔斯泰。""哦,这个聪明绝顶的人有多大年纪?""二十七岁。""这么年轻就已经读了这么多书?""对,远不止这些,她还是细细品味呢。她知道自己为什么喜欢这些作品。她可以证明的。别人是骗不了她的。""听卡尔·克劳斯的朗诵会,她也每次都坐第一排吗?""对,每次都是。"

一九二四年四月十七日,卡尔·克劳斯第三百期朗诵会如期举行,预先订了音乐厅的那个大厅做会场。有人对我说,就是那个大厅也仍然容纳不下所有他的拥护者。阿斯利尔一家倒是及时买到了票,并坚持要我同去。我们干吗总是为《火炬》而争论呢?更正确的做法是我亲自去听一次这个人的朗诵会,那样我就可以自己做出评价了。汉斯脸上露出傲慢的冷笑;只要想象一下,有一个什么人,更不用说一个刚从法兰克福来的高中毕业的毛头小子了,居然能够抵挡卡尔·克劳斯,不仅他会冷笑,甚至他那娇小伶俐的母亲都忍不住要笑,她一再向我保证说,她是多么羡慕我第一次和卡尔·克劳斯接触。

她还煞费苦心地给我提了一些建议,好让我有所准备:我不

---

① 薇莎的德文为 Veza,织女星的德文为 Wega,发音略有不同。

要被听众们那疯也似的赞同给吓倒了,他们不是通常去听轻歌剧的维也纳人,不是那些喝了点新酿的酒就醉的人,但也不是霍夫曼斯塔尔①的那些颓废的艺术至上主义圈子里的人,他们是维也纳真正的精神所在,是这座看上去在走下坡路的城市里最优秀、最健康的人。我一定会感到惊讶的,这些听众这么快就明白了哪怕是最细微的影射,他一句话刚开头,这些人就已经都笑了,他的句子一说完,整个大厅就都会沸腾起来。他把自己的听众调教好了,他可以对这些人做他想做的事情,在此应该考虑到的一点是,这些人可都是很有教养的,他们几乎全是在职的学者,至少也是大学生。她在那里还从没见过一张呆滞的面孔呢,要想找这么一个人出来可够花时间的,而且还是白费力气。一直以来,最让她感到愉快的就是从听众的脸上读出他们对演讲者给出的噱头的反应。这次不能同去令她感到很难过,不过她更喜欢朗诵会在音乐厅内的中厅举行,这样的话就不会错过任何东西了。在大的厅里——虽然他的声音可以听得很清楚——不过有些地方还是会听漏,她对他的每一句话都是那么着迷,不愿漏掉任何一句。因此这次她把自己的票转让给我,去参加他的第三百期朗诵会,更多是出于对他的尊重,因为有那么多人争着要去,因此她去不去也就无所谓了。

我很清楚阿斯利尔一家的生活有多窘迫——虽然从不去谈这个话题,有那么多更为重要的精神上的东西占用了他们的精力。他们坚持这一次由他们请我,也正因为此,阿斯利尔太太才放弃了参加这一盛况的机会。

这晚他们瞒着我的一个目的,我已经猜到了。汉斯和我刚在大

---

① 霍夫曼斯塔尔(1874—1929),维也纳新浪漫主义文学运动的领导者。

厅相当靠后的地方找到我们的位子，我就向四周偷偷环顾了一圈。汉斯也做了同样的动作，一样是偷偷摸摸的，我们都向对方隐瞒自己在找谁，其实我们找的是同一个人。我忘记了那个有着不寻常名字的女士总是坐在第一排的，虽然我从未见过她，但我希望能够突然之间在我们这一排的某个地方看到她。就凭着大家对她的描述，我不相信我认不出来她：她背诵的那首最长的英文诗叫《乌鸦》，是坡①的那首《乌鸦》，而她自己看上去也像一只乌鸦，一只被施了魔法变成西班牙人的乌鸦。汉斯自己心神不定，所以他也不可能正确理解我的不安，他眼睛一眨不眨地望着前面，盯着大厅前面的入口处。突然，他一跳站起来，不是傲慢，而是不知所措地说："她在那儿。她刚进来。""在哪儿？"我问道，都没问他指的是谁，"在哪儿？""在第一排，相当靠左。我就知道她会坐第一排。"

离得这么远，我能看到的真是有限，不过我总算认出了她那乌黑的头发，我已经很满足了。我强忍住肚子里想好了的那些冷嘲热讽的话，留待以后再说。没多久，卡尔·克劳斯本人也到了，那雷鸣般的欢迎掌声是我在任何一次音乐会上都没有见识过的。他看上去——我的眼睛还未适应眼前的场面——并不是很理会观众的热情，只是站在那里停留了一下，他的身体略有些蜷曲。当他坐下开始讲话时，他的声音突然向我袭来，这声音里有着某种不自然的颤抖，就像被拖长了的叫喊。但这种印象又在瞬间烟消云散，因为，他的声音变化得那么快，不停地变化，人们即刻就为它能如此多样地发生变化而感到惊讶。会场上的安静还是让人想起了音乐会，但这里大家期待的却是截然不同的东西。从一开始及整个朗诵会期

---

① 爱伦·坡（1809—1849），十九世纪美国诗人兼小说家。

间，场内都是一种暴风雨前的寂静。当第一个噱头出现的时候——那其实只是一个影射——就已经引得满堂大笑。这着实让我吓了一跳。在真正要讲的东西还没说出来之前，这笑声就已经爆发出来了，它听上去振奋而狂热、满足而又具有威胁。但就算是全讲了出来，我也理解不了，因为它涉及的是地方的事，而且不只是和维也纳有关，同时这已经成了克劳斯与听众之间的一种默契，听众们期盼的正是这些。并非只是个别人在笑，而是很多人一起大笑。当我盯着坐在我左前方的那人看，想弄明白他为什么笑得面目扭曲时，后排和几个座位以外的所有方向传来的都是同样的笑声；这时我才注意到坐在我边上的汉斯——其间我几乎把他给忘了——也跟着这么笑。总之，一直都有很多人在笑，一直都是那种饥渴的笑。很快我弄清楚了，这些人是冲着一顿饭而来的，而不是为了给卡尔·克劳斯捧场。

我不知道，在我与他初次见面的那个晚上他都说了些什么。我后来听的几百场朗诵会都是这么叠加在一起的。也许当时我并没有明白这些，因为我的注意力都放在那些让我感到害怕的听众身上了。我看不到他整个人，他的那张脸越向下看越显得年轻，那张脸那么富于动感，绝不会定格为某种样子；它奇特而强烈，就像一张动物的脸，但是一种新的、另类的、还不为人所知的动物的脸。面对他一阵高过一阵的声音，我不知所措，那个大厅很大，但里面的情形犹如地震爆发一般，椅子和人一样都在这一震动下屈服，要是那些椅子都给震弯了，我是不会感到惊讶的。座无虚席的大厅在那个声音的作用下形成一种惯性，即使那话音停下来，它也不会中断；这种惯性很难描述，就像传说中群鬼的狩猎[①]一样，但我相信，

[①] 德国神话中在主显节之夜由魔王带领的群鬼的狩猎。

这二者最为接近。想象那群鬼被一个人引进一个大厅里，困在里面，被迫静静地坐着，然后一再地被唤起他们的天性。借助这一形象并不能与事实更接近一步，但我也想不到比这更准确的说法了，所以我放弃描述卡尔·克劳斯当时的形象。

无论如何，休息的时候我离开会场，汉斯介绍我与那位女士认识，她被视作见证克劳斯影响的主要证人，我刚刚亲身体验到这一影响对我的作用。她的样子平静而镇定，坐在第一排似乎更容易接受这一切似的。她看上去与当地人区别很大，像一件珍品，一个在维也纳未曾见过的人，倒好像是波斯小画像中的人物。她眉毛挑高呈弧形，长而黑的睫毛忽快忽慢地眨着，让我有些不知所措。我一直盯着她的睫毛而不是眼睛看，她那张小口令我惊叹。

她不会问我喜不喜欢这个朗诵会，她说，她不想让我感到不知所措。"您这是第一次来。"这话听上去像她是女主人，而大厅就是她的家，好像她从自己第一排的位子上将呈献出的所有东西传递给了其他听众似的。她认识到会的人，知道哪个人是常客，而且不失体面地说出我是初来乍到。我感觉自己是被她邀请来的，感谢她的热情好客，因为她注意到了我。我的陪伴者——会说话可不是他的长处——说："这对他可是重要的一天。"然后向我这个方向耸了一下肩。"现在尚不得而知，"她说，"暂时他会感到乱糟糟的。"我没把这话当成讽刺，虽然她的每句话听上去都有讽刺的言外之意；她说的话与我此刻的心情如此相符，这令我很高兴。但也正是这种体谅让我迷惘，就像她的睫毛一样，缓慢地眨着，好像要隐瞒一些重要的事情似的。在这种情况下我也就只说了一句最平淡无奇的话："确实让人感到眼花缭乱。"这话听上去像是没好气儿的回答，但对她来说却并非如此，因为她问道："您是瑞士人吗？"

做瑞士人可是我的最大愿望。在法兰克福的三年里，我对瑞士的热情达到了白热化的程度。我知道，她母亲是西班牙裔犹太人，娘家姓卡尔德龙，现在嫁给了一位姓阿尔塔拉斯的老先生，这是她母亲的第三次婚姻，因此她大概从我的名字看出了我是西班牙裔。她为什么要向我提出这个令我刻骨铭心的问题呢？我没有向任何人提起过告别瑞士给我带来的伤痛，并且特别留意不在阿斯利尔一家面前暴露这个弱点，他们虽然对一切进行讽刺挖苦，但却以自己是维也纳人而自豪，或许正是因为卡尔·克劳斯的缘故。因此，这位乌鸦美女不可能从他人那里了解到我的不幸，而她的第一个问题就问到了我心坎上。这次朗诵会——竟然这也让她说对了——确实让我暂时感到混乱，相比之下，她的这个问题更能触动我。我说："可惜不是。"我指的是可惜我不是瑞士人。我对她表达了真实的感情。"可惜"一词泄露了我的秘密，而当时认识我的人都还不知道这个秘密。对此她似乎很能理解，所有的嘲讽都从她表情里消失了，她说："我很想做个英国人。"汉斯对她说了一大堆废话，他一贯如此，从中我只能推断出他的意思是，人们可以很好地了解莎士比亚，不必非要成为英国人才行，现在的英国人同莎士比亚还有什么共同之处呀。她和我一样，对汉斯说的话没怎么在意，虽然我很快就看出，他讲的每一句话她都听到了。

"您应该听一场卡尔·克劳斯做的有关莎士比亚的讲座。您去过英国吗？""去过，小时候去的。我在那里读了两年小学。那是我进的第一所学校。""我经常去那里看亲戚。您得给我讲讲您在英国的童年。请您尽快来拜访我！"

一切的矫揉造作都消失了，包括她接待朗诵会宾客时的那种卖弄和炫耀。她说了些自己关心并且认为重要的事，以此来回馈在我看来是重要的事；我的这些事在极短的时间里轻轻触动了她，但没有伤害她。当我们回到大厅时，汉斯在那剩下的极短时间里迅速地问了我两三遍，我觉得她怎样；我装作没听见，直到我意识到他要说出她的名字的时候，为了抢在他前头，我才说："你说那个薇莎？"但这时卡尔·克劳斯已经又出现了，风暴又起，而她的名字被淹没在风暴中了。

佛教徒

现在想来,我不认为自己在朗诵会之后很快再见到她,即便见到她,也不意味着什么,因为汉斯的话匣子现在又打开了。他那缺乏内涵的废话如潮水般向我涌来,一点没有发表公开演说的人应具备的要素——自信而有激情,愤怒与蔑视。汉斯所讲的每一句话都击不中身边的人,就好像他的话是针对旁边一个根本不存在的人所说的一样。"自然"与"不言而喻"是他最常用的两个词,为的是加强每句话的说服力,但他的话又恰恰因此而被削弱。他也感觉得到自己的话没什么分量,因此试图将它们变成泛谈,并想借此来确保它们有效。但是,他的泛泛而谈同他本人一样,显得苍白无力,他的不幸就在于,没有人相信他的任何话。并不是说大家把他当成了一个说谎的人,而是他根本没有能力去创造出什么新东西来。一个词就能表达的意思,他偏偏要用五十个词来说明,经过这种稀释,他想表达的意思就所剩无几了。他会将一个问题重复很多遍,而且速度极快,不给别人留一点点作答的时间。他会说"为什么"和"这个我不喜欢",以及"大家知道",并且把它们像感叹词一样塞进他那没完没了的解释之中,或许是想以此来加大它们的强度。

还是个小孩儿的时候,他就很瘦,而现在他单薄到了什么衣服穿在身上都晃荡的地步。只有在游泳的时候,他看上去才是最自信的,因此,他总说这事。就连"费罗帮"的人——下面还要说到他们——在去郊游的时候也让他三分,虽然他根本就不属于他们那个圈子。他根本就不属于任何一个圈子,一直是个边缘人。吸引那帮年轻人的是他的母亲,他们参加她举办的文字比赛,她有意安排不让自己的儿子参加类似活动,就是说出于好客,也为了让活动变得更有趣;但他会仔细地倾听,贪婪地——我应该说是几乎——接受一切,真正的比赛者们还没走,比赛又像余波一样重复起来,在他与同他们家关系比较密切的一个朋友间展开,这个朋友逗留的时间稍长一些,因为他觉得可以拥有他的母亲。因此,每个争论和主题又要重演一番,直到所有原本充满生趣和魅力的东西变得索然无味为止。

那时候,汉斯还没意识到自己在与人交往方面有问题。那么多的年轻人到他家来,在阿斯利尔太太那赞赏的目光鼓励下,房间里总是上演着二人比赛,没什么能逃过她的眼睛,也没什么会让她觉得时间过久。只要参赛者们愿意,他们就可以留下来,随意地来来去去,从不会受到阻拦。阿斯利尔太太善于给人以自由,这也是她的内心需要,多亏于此才使她家没有显得门庭冷落。汉斯生活在对别人思想的模仿中,他就是由此组成的;总有他可以模仿的东西,被称为"启发"的河流永不干枯,这要感谢他的母亲。他也看不出其他人不喜欢邀请他,因为,凡是市民色彩不是太浓的地方,阿斯利尔太太的身影是处处受到欢迎的,而她带上自己那聪明的儿子——她是这么认为的——也是理所当然的事。

四月十七日,这一天对我来说确实是个十分重要的日子,因为在同一天的同一个地方,有两个人走进了我的生活,他们持久地影响了我。那天之后,持续近一年的掩饰阶段开始了。我很想再次见到那个乌鸦女子,但又不想让人看出自己的心思。她提出要我去拜访她,阿斯利尔母子总是一再提起这事,并问我是否有兴趣接受它。我对此没做出什么反应，甚至表现出不感兴趣，他们以为我太腼腆了，鼓励我说，他们愿意陪我前去，还说他们经常去拜访她，下次还要再去，去的时候带上我。这恰恰是我所害怕的。想到汉斯的那些废话，平日里我还能容忍，也不拿它当回事，但在她那儿，恰恰是在那儿，这会让我心里很不舒服；再者就是考虑到阿丽克事后会追着问我，觉得这个如何，那个又怎么样。在他们面前是不可能谈论英国的，而且有他们在场，我也不能谈有关瑞士的事情。最吸引我的，是我可以去拜访她。

阿丽克是不愿放弃这么个机会的，每个周六，只要我去阿斯利尔家，不知什么时候她会冒出来，友好而固执地问："我们什么时候去拜访薇莎呀？"听到他们提起她的名字，我心里就觉得不舒服；这个名字太美了，美得让我不能在别人面前说出它来。我想到了一个办法，装作不喜欢她，以避免提到她的名字，而且还给她加上一些不是很尊敬的头衔。

在阿丽克那里，我结识了弗莱多·瓦丁格，有好几年时间，我们是一对闲聊的伙伴，没有比他更好的聊天伙伴了。虽然我们在几乎所有的事情上都意见相左，但我们之间从未发生伤及自尊或是争吵的情况。他不会被我出其不意地问倒，也不会让我把自己的观点强加于他。对我那猛烈的、暴风骤雨般的经历，他报以平静、愉悦的反抗。我第一次见到他时，他刚从巴勒斯坦回来，他在那里的一个以色列移民区的集体农庄生活了一年。他会唱很多犹太歌曲，也很喜欢唱，他的嗓音优美，唱得也很好。不需别人提出要求，他就会唱上一首，对他来说，在谈话中突然唱起歌来是很自然的事，他把歌曲作为自己的引证。

我在这个圈子里认识的其他年轻人，都自命不凡地推崇高深的文学：如果不是喜欢卡尔·克劳斯的话，那就是魏宁格[①]或者叔本华。仇视女性或悲观主义的语句特别受到青睐，虽然他们中没有一个人敌对女性和人类。他们每个人都有女朋友，并且与之相处很好，会带上她和其他同伴一起去游泳。他们中间有一个人叫费罗，因此这些人就自称"费罗帮"，他们去库修奥游泳，那里的气氛健康、友好而富有朝气。那些严肃、诙谐、鄙夷的表达被这些年轻人看作思想的精华，不能用准确的形象表达它们，是会被人看不起的，并且他们之间的互相尊重，在相当程度上基于认真对待这些事物的语言表达形式，好像这个圈子的真正领袖卡尔·克劳斯要求他们这么做似的。弗莱多·瓦丁格与他们联系得不是很紧密，但喜欢跟他们一起去游泳，因此他不完全是卡尔·克劳斯的坚定追随者，这样一来，其他一些东西的意义对他来说并不小于此，有的甚至还更重要些。

他最年长的哥哥恩斯特·瓦丁格[②]已经有诗作问世。他从战场上重伤归来，与弗洛伊德的一个侄女结了婚，同约瑟夫·魏因黑伯尔[③]是朋友，这种友谊是建立在艺术见解一致的基础上的。他们二人都以古典主义为榜样，十分看重严谨的形式。恩斯特·瓦丁格有一首诗叫《宝石裁缝》，可以视作纲领性作品，他所出版的诗集中有一部就是用它来命名的。弗莱多·瓦丁格的内心自由在一定程度上要归功于他很敬重的这个哥哥。敬重之情是他流露出的全部感情，为外在的事情感到骄傲，不是他的风格。金钱与名声都不能打动他，但这并不意味着他会鄙视一个出了书并逐渐赢得声望的诗人。我认识弗莱多时，魏因黑伯尔刚刚出版了《海湾中的船》。他

[①] 魏宁格（1880—1903），奥地利文化哲学家。
[②] 恩斯特·瓦丁格（1896—1970），奥地利诗人、小说家、翻译家。
[③] 约瑟夫·魏因黑伯尔（1892—1945），奥地利诗人。

把这本书带在身旁，放声朗读，其中的一两首他已经会背了。他这么重视诗歌，让我很喜欢，而在我家里，对诗歌存在着严重歧视。但正如我前面所说的那样，弗莱多说话时真正的引证是歌曲，是犹太民歌。

唱歌的时候，他把右手举到半空中，手心向上摊开，像一只碟子，好像他给别人呈上什么东西，以此进行道歉似的。他看上去是谦恭的，却又很自信，让人想到云游四方的和尚，但不是来化缘的，而是给人带了馈赠的和尚。他从不大声唱，一切无节制的事情与他无缘。他那带着乡土气息的优美赢得了听众的心。他大概很清楚自己唱得不错，也像其他演唱者一样会陶醉其中，但对他来说，比自我陶醉更重要的是信念，并为此作证：他对乡村生活充满乐趣，侍奉土地，双手恭顺而精细地劳作。他喜欢提起自己与阿拉伯人的友谊，他不认为他们与犹太人有区别，他身上也不带有半点建立在教育差别基础上的高傲自大。他生得很健壮，要想打赢年龄相仿的男孩子，真是轻而易举的事，但我从没见过像他这么性情温和的人。他喜欢和平相处，从不与别人竞争。在他看来，第一名或是最后一名都无所谓，对于等级的差别他不屑一顾，而且似乎也没有注意到它的存在。

与他一起走入我的生活的还有佛教。他接触到佛教也是通过诗歌。卡尔·欧根·诺伊曼[①]所译的《和尚与尼姑组歌》令他爱不释手。他记得其中的很多首，有节奏地哼唱出来，别具一格，很是吸引人。他所在的那个环境里，一切都着眼于有才智的辩论，两个年轻人为一组进行比赛，一种观点是否取胜，取决于它是不是被幽默地表达出来，取决于它是否具有说服力；在那个环境里，不提科学

---

① 卡尔·欧根·诺伊曼（1865—1915），奥地利印度语言和文化的研究者。

的要求，关键是看说话者的熟练、机智与善变。在那里，弗莱多一成不变地哼唱，他绝不会大声唱或是怀抱敌意，但也绝不会迷失其中，一定是显得像一口取之不竭的深井，单调而枯燥。

虽然这些歌曲让弗莱多感到十分亲切，但他对佛教的了解并不只局限于这些歌曲的哼唱上，他对佛教的教义也很了解。从卡尔·欧根·诺伊曼的译作中，他了解了巴利语[①]的经典著作：中篇和长篇作品汇编，残篇集锦，真理之径——凡是出版了的，他都会买来看，并在我们二人进行交谈的时候说出来，如同他哼唱歌曲那样。

我内心还充斥着法兰克福发生的那些事件。那时我晚上去参加集会，听人演说，之后在大街上继续的辩论深深触动了我。形形色色的人，市民、工人、年轻人、老人，在那里互相说服，他们说得那么激昂，那么固执，那么自信，好像观点不一样是根本不可能似的。然而，他们要说服的对方却同样固执且坚定地维护自己那完全相反的观点。由于已是午夜时分，这个时候还在大街上对我来说有些不同寻常，因此，这些争论给我的感觉是无休无止的，好像会一直这么持续下去，每个人都觉得自身的信念才是最重要的，回家睡觉仿佛是不可能的。

然而，法兰克福岁月中对我而言最特别的经历发生在白天，就是与群体的亲密接触。就在来到法兰克福一年后，我看到了一次工人游行，是抗议拉特瑙被害的示威活动。我站在人行道上，旁边肯定还站着其他人，跟我一样，从旁注视着，不过，我已经记不起他们来了。我现在还能清楚地回忆起走在"阿德勒工厂"牌子后面的那些高大而强壮的身躯。他们肩并肩地前进，眼睛挑衅地向四周张

[①] 古印度书面语言，多用于佛经。

望，他们呼喊的口号刺痛了我，好像是针对我个人似的。不断有新队伍出现，他们都很相似，而这相似性不在外表，更体现在他们的举止上。队伍一眼望不到头，我感受到他们身上散发出来的强烈信念，这信念变得越来越强烈。我很想成为他们中的一员，可我不是工人，但我把他们的叫喊声与自己联系起来，好像我就是一名工人。站在我旁边的人的感觉是不是也这样，我不清楚，我没去看他们，也没有注意直接从人行道加入到队伍中去的人，那些标明游行人员隶属关系的大牌子也许是阻止我加入其中的障碍。

有意识地亲历这次示威游行，给我留下了深刻记忆。令我无法忘记的是那种形体上的吸引力，它让我那么想成为其中的一员，而且根本无须去斟酌、考虑，并且阻止我最终纵身投入其中的也绝不是怀疑。当我后来屈服于它，真的来到群体中间时，我感觉这一切就类似于物理上的万有引力。当然，这肯定无法真正解释那令人惊讶的全过程。因为，不管是在这之前作为孤立的一个人，还是在这之后到了群体中间，人都变成了无生命的东西。身处群体之中，个人经历着意识上的完全改变，这一改变影响深刻却又令人困惑。我很想知道这究竟是怎么回事。这是一直萦绕在我脑际的一个谜，它追随了我人生最美好的阶段，即便我最终找到了一些答案，它也仍是那么的难以理解。

在维也纳，我遇到与自己年纪相仿的年轻人，并同他们聊天；他们谈到的自己的主要经历，令我感到好奇，如果我讲述自己的经历，他们也同样仔细倾听。他们当中最有耐心的就是弗莱多·瓦丁格，他能做到有耐心，因为他具有不受感染的能力：我讲述的群体经历，当时我是这么来称它的，更多地让他觉得好笑，但他没让我感觉到一丝嘲讽。他很清楚，我关注的是一种令人陶醉的状态，是各种经验可能性的强化，是一个人自身的扩展，他走出狭小的区域，找到与他情况类似的人，同他们组成一个更高级的统一体。他怀疑有这样一个统一体存在，但最令他怀疑的还是，这种陶醉状态的提升所具有的价值。通过佛教，他洞察了生命的无意义，生命无法摆脱各种纠缠。生命逐渐消失，即涅槃，是他的目标，而在我看来，这同死亡是一致的，虽然他用了很多非常有趣的论据来否认这两者是一回事——他受佛教影响，对生命加以否定，这一点是无可争辩的。

这些交谈巩固了我们各自的立场。我们给对方带来的影响尤其表现在我们看问题更加全面、更加审慎上面。他接触了越来越多的佛教文本，并且不再局限于卡尔·欧根·诺伊曼的译作上，尽管他的译作最接近他的心灵。他开始钻研印度人的哲学，找来英文读本，在薇莎的帮助下把它们译成德文。我则尝试去更多地了解我所谈论的群体。我其实无论如何都应该对困扰我的那件事做深入思考，因为它变成了谜中之谜。没有他，我也许可能不会这么早就接触到印度宗教，但轮回说中死亡的多样性又令我对它产生了反感。在我们的谈话中，我很尴尬地意识到，他谈论的都是发展得很完善的学说——是人类创造出来的最深远、最伟大的学说之一——而我只能描述内容贫乏的那唯一的一次经历，他称之为伪神秘主义。当他谈起他的话题时，他可以引经据典，有那么多的解释、说明和起因链可以依据，而我却无法对这唯一让我兴奋的经历做出解释。正因为无法解释它，我才对它表现得那么固执，他肯定觉得我眼界狭小，甚至认为我很愚蠢。事实也确实如此。如果我必须指出自己的不足之处，那也许就是我被这些经历所控制，却又无法对其做出任何解释。还从没有人成功地为我做出解释，我自己也没有给出。

最后一次多瑙河之行 / 重要信息

一九二四年七月，在结束了维也纳大学第一个学期的学习之后，我暑假去保加利亚探亲，受父亲的妹妹邀请，住在她们位于索非亚的家里。这一次，我没打算到鲁斯丘克去看看，我最初的童年时光是在那里度过的，但那儿已经没有亲人了。这么多年间，所有的家族成员都已陆续迁居到索非亚，它已经是保加利亚的首都，并发展成了一个大都市。我没有将这个暑假设想成返回出生地，只想尽可能多地拜访一下亲友。其实，我真正的意愿是顺流而下游览多瑙河。

布科是我父亲的长兄，当时住在维也纳，因为生意的缘故要去保加利亚，所以我们一起出行。这次旅行与我记忆中的童年旅行不同，那时候，我们大部分时间都待在狭小的船舱里，母亲每天会拿着一把硬刷子刷我们身上的虱子；船很脏，坐上去就会弄一身虱子。这一次没有虱子了，我与伯父同住一个船舱。他是个爱说笑的人，在我很小的时候，他经常用他的庄严祝福来取笑我。差不多所有的时间我们都是在甲板上度过的。他需要有人听他讲故事，最初是他碰到的几个熟人，后来发展成一大帮人围着他，他却不动声色，讲着他的笑话，只是偶尔眨眨眼示意一下。他的"节目单"很长，但由于我已听过多次，所以觉得索然无味。跟他是没办法进行严肃长谈的。在船舱里的时候，他感到有必要给我这个刚开始大学生活的侄子提些人生建议，这比他的笑话更让我感到无聊。我对他很了解，他喜欢赢得别人的笑声与掌声，但他的建议真是让我感到厌烦。

他对我心里想的事情一无所知，他的那些建议简直可以送给每个侄子。化学的实用性让我听得腻烦。每一位年长的亲友都会跟我提起这一点，他们都希望我可以开拓一片他们无法开拓的新天地。他们当中最高的学历就是贸易专科学校毕业，而现在，他们逐渐意识到，除了买与卖，科技方面的专业知识变得不可或缺，但他们对此完全没有概念。我要成为这个家里的化学专业人士，并且要用自己的知识拓展他们的生意范围。这成了我们在船舱里入睡前的永恒话题，很像晚祷告，即便篇幅很短。幼年时期，我对他的祝福信以为真，每次都满怀希望地跑到他张开的双手下，因为他的开场白那么动听："伊娥-台伯利乌斯-本迪戈"——这种祝愿很久以来我就不愿再听到了，它已经变成了祖父的诅咒以及父亲的暴卒，而现在他却说得一本正经：我要为这个家族带来好运，用我掌握的新型的、现代的、"欧洲的"知识增长家族的财富。不过，他很快就会结束这个话题，因为在入睡前，他还要讲两三个笑话。翌日，一大清早，他又回到甲板上的听众那里了。

这艘船很拥挤，数不清的人或坐或躺在甲板上，提着脚从一堆人处走到另一堆人那里，听他们谈话，真是一件非常有趣的事情。这些人中有回家过暑假的保加利亚籍大学生，也有已经工作的人：比如一帮医生，在"欧洲"重温了自己的知识。他们当中有一个蓄着浓密的黑胡须的，让我觉得很面熟，这真是个奇迹，当年就是他给我接生的——来自鲁斯丘克的梅纳赫莫夫医生，他是我们的家庭医生，家里人经常提起他的名字，大家都很喜爱他，最后一次见他时，我还不到六岁。起初，我没拿他当一回事，就像我对待所有属于"野蛮"的巴尔干时代的事物一样，但现在——我们很快攀谈起来——我不得不对他另眼相看。他所知甚多，兴趣也极为广泛，紧跟科学前进的脚步,而且不仅仅局限于他的专业领域。他的回答极具批判性,对我所说的一切不会不假思索地抵制——也许,这正是因为同他交谈的是一个十九岁的年轻人。在我们的谈话中,"钱"这个字眼一次都没有出现。

他说,他有时候会想起我,并且一直都确信,在经历了父亲的暴卒之后——没人知道死因到底是什么——我只可能学医,因为我一定会花毕生的精力去解开父亲去世的谜团。即使永远都找不到答案,它也会成为一种特殊的激励,如此一来,我一定会有新的重要发现,如果我献身医学的话。在我严重烫伤之后,父亲从英国匆忙赶回,救了我一条命,当时他也在场。我欠父亲两条命,因为一年半之后我没能在曼彻斯特救活父亲,并对他的死负有责任,因此,我现在有义务通过拯救其他人的生命来弥补这一过失。他讲这番话的时候很简练,没有激情,没有浮华,但他口中的"生命"一词听上去不仅是宝贵的,更是稀有的,看着甲板上密密麻麻的人群,这让人产生一种很独特的感觉。

在他面前,我有一种愧疚感,特别是因为自己说话不算话,我投身于化学的行为证明了自己言行不一。不过,我没提起自己改学化学,否则就太没面子了。我只提到自己想学到所有的知识。他打断我的话,指着星空——当时已是晚上——问道:"你知道这些星星的名字吗?"我们交替着指出一个个星座。因为他的突然发问,我首先指给他看织女星所在的天琴座,然后,他指给我看 α 星所在的天鹅座[①],向我表明他问那个问题是有来由的。就这样,我们相互指着夜空,谁也不知道对方下一个会指向哪个星座。虽然我们没有遗漏一个星座,但所有的星座很快就被我们说完了。我还没有向

---

① 即天鹅座的 Deneb 星。

任何人透露过这次"二重唱"。他问我:"你知道这期间死了多少人吗?"他是指我们刚才看星星的这短短的一段时间。我什么也没说,他也没提到具体的数字。"你不知道的。这与你无关。而一个医生是知道具体数字的,因为这跟他有关系。"

我看见他的时候——是在黄昏时分——他正坐在一群人中间,兴奋地聊着天。离他们不远处,一群大学生在扯着嗓子大唱保加利亚歌曲。我此次旅行的同行者早在维也纳的时候就已经对我说过,梅纳赫莫夫医生会在这艘船上,相距十三年后再见到我,他一定会十分高兴。我听完之后也没怎么把这当一回事,而现在,突然之间,我就站在了这个黑胡子面前。——在这期间我真是十分痛恨这种蓄黑胡子的人!——也许,正是这种旧有情绪的残余将我带到了他的面前。我知道那人是他,那是医生才会留的胡子,我满怀复杂的情感盯着他看,他停住了口——他正与人交谈——说:"是你,我就知道是你。但我没认出你来。我怎么可能认出你来呢。最后一次见你的时候,你还不到六岁。"

与我相比,他更是生活在过往的岁月里。我骄傲地将鲁斯丘克抛在身后,在那里的时候,我还不会阅读呢。我从没期待会在"欧洲"偶遇那里的人们。而他,自从生活在鲁斯丘克之后,就记住了自己的病人,特别是那些孩提时就离开那里的人。我们迁往英国的时候,他知道祖父的诅咒,全城人都在谈论这件事,但他不相信这个诅咒能产生作用,因为这有悖于他对科学的自豪感。此后不久,我父亲暴卒,这对他来说是个谜,因为他未能进行及时抢救,所以,他理所当然地认为我会致力于解开这个谜,或是类似的谜团。

"你还记得当时的疼痛吗?"他说,他的思绪又全都回到了我被烫伤的时候,"你所有的皮肤都没了。只有脑袋没掉进水里。那是多瑙河水。可能你根本不知道这一点。但现在,我们平静地漂浮在这同一条河上。""不是同一条河,"我说,"是另一条。我不记得当时的疼痛了,但还能记得父亲回来。"

"那是个奇迹,"梅纳赫莫夫医生说,"他的返回拯救了你。这会让人成为一名伟大的医生的。如果一个人小时候发生了这种事情,他长大后会成为医生的。根本不可能从事其他职业。也正因为如此,在你父亲去世后,你母亲才带着你们这些小孩子搬到维也纳。她知道,你将在那里找到所有你需要的著名教授。要是没了维也纳医学院,我们该怎么办呀!一直以来,你母亲都是一个聪明的女人。我听说她经常生病。你要多照顾她。她的儿子将成为家里最好的医生。要抓紧时间完成学业,要主攻一个方向,但也不要忽略其他。"

他对我的学业详尽地提了很多建议。在谈这事儿的时候,无论我怎么——小心翼翼地——插入别的话题,他对此都置若罔闻。我们谈到很多事情,对所有其他事情他都做出回答,在回答之前他都要考虑好一会儿。他既顽强又智慧,充满希望,又有所顾虑;渐渐地我才明白,有些事情是他无法理解,也永远不会理解的。他无法相信,我不想成为一名医生;第一学期结束后,很多事情还未成定数。我很惭愧,甚至放弃了向他解释真相的打算,这也避免了尴尬。我还是有可能动摇的。当他问起我的弟弟们的时候,我像平时一样只提起最年幼的那个,夸赞他的天赋,并且十分自豪,好像是我塑造了他似的。梅纳赫莫夫医生想知道他以后学什么。我脱口而出"医学",因为这是已经决定了的事情。"兄弟二人——两个医生!"他笑了,"为什么第三个不学呢?"不过,这只是一句玩笑话,我不必向他解释为什么第三个不适合学医。

他很清楚我的使命。在这次航行中,我们在甲板上又偶遇了几次。他把我介绍给他的同事,简练地解释说:"维也纳医学院未来的新星!"听上去不像吹牛,而像是很自然的事情。我越来越难将事实无情而清楚地告诉他。因为他总是提起我父亲，提起父亲返回令我痊愈的时候他也在场，我不忍心让他失望。

这真是一次美好的旅行，我看见了无数的人，而且和很多人交谈过。一群德国地质学者在铁门处仔细观察层系构造，并用我听不懂的术语讨论着。一位美国历史学者在试着向家人解说图拉真①的远征。他在去拜占庭的路上，那里才是他的研究对象，不过，他的听众只有太太一人，两个漂亮的女儿更喜欢跟大学生们聊天。我们说着英语，有点熟悉了。她们抱怨父亲生活在过去里，但她们还年轻，要活在现在。她们的话让人很是信服。农民们将一筐筐水果和蔬菜拿到甲板上。一个搬运工扛着一架钢琴，越过船舱板，然后放下。他个子很小，脖子粗大，而且全是肌肉，直到今天，我也没有弄明白他是如何做到一个人搬运钢琴的。

在洛姆帕兰卡，我同布科伯父下了船。我们要在那里过夜，次日清晨乘火车穿过巴尔干去索非亚。梅纳赫莫夫医生要回鲁斯丘克，所以还留在船上。当我忐忑不安地与他道别时，他说："不要忘了我对你的期望。"接着又补充道，"不要让任何人把自己弄糊涂了，听到了吗，不要让任何人！"这是他至今说过的最有力的话，听上去像命令一般，我长舒了一口气。

在洛姆帕兰卡度过的那一夜，因为到处是臭虫而令我彻夜未眠，我一直在思考他最后一句话的意思。他肯定知道我背离了原来的意愿，只是假装不知而已。我为自己的欺骗而不安，因为我放弃了向他解释清楚。但他也伪装了。他装作什么事也不知。夜里，我去了布科的房间，在那满是臭虫的房间里，他也没睡着。我问他："你跟梅纳赫莫夫医生说了些什么？你告诉他我学的专业了吗？""说

---

① 图拉真，罗马帝国皇帝。

了，化学嘛，我还能说什么呀？"所以，他是知道实情的，但他努力将我拉回正道上来。他是唯一一个和父亲做法相同的人：留给我自由选择的权利。他见证了我和父亲之间发生的事，并保存了这份记忆，他是唯一的一个。他在把我带回那片国土的船上出现了，告诉我这些重要信息，在世人的眼中，他无权这么做。他要了点小手段，佯装不知发生了什么事。对他来说，重要的是那些信息准确无误，保持原样。他没有顾及我听后的心情。

演说家

在索非亚的最初三周里,我住在父亲的小妹妹——拉赫尔姑妈家。在父亲所有的兄弟姐妹中,她是最让人喜欢的一个。她面容姣好,为人正直,身材高大,热情开朗。她具有两种面部表情,人们见到她时,无论她是微笑,还是心悦诚服,体现的都是她的气质与热情,总是包含着某些无私、信仰和信念。她的丈夫略微上了些年纪,行事谨慎,因为公正而受人尊敬;三个儿子之中,最小的才八岁,和我一样都用了祖父的名字。这个家里的气氛总是活跃的,到处都是吵闹声与欢笑声,隔着房间大声叫唤在另一个房间里的人,没人能藏得住;谁要是想清静一会儿,就得跑到大街上,因为相比之下,人们会觉得大街上更像家里的样子。姑父大人在这种环境下是如何生活的,真是一个谜。他几乎从不说话,只有宣判——这是不可避免的——才能让他开口。即便是这种情况下,他也只会说"是"或"不是",短短的一句话,而且说得又轻,要想听清楚,得费不少力气。如果他想说些什么,大家都会安静下来,不需要他的命令。在那片刻之中,他的影响是巨大的,房子里会真的安静下来,然后是他那轻得几乎听不到的宣判和决定,寥寥几句,还有点模糊不清。他话音刚落,房间里立刻就变得喧闹起来,很难分清是孩子们的嬉闹声大,还是母亲提要求、发出的警告声或者询问声更大。

对我来说，这种喧闹很新鲜。这些小家伙玩的都是较量体力的事，根本不会安静下来读书，大概也不会从事体育运动。他们全都生得健壮有力、精力充沛，没有一刻闲得住，总是十分好斗地互相冲撞。他们的父亲完全是另一类人，却很赞成并提倡这种过度使用体力的做法。我总是期望他能说一句"够了！"在吵闹声达到顶点的时候，我会朝他看去。他肯定注意到了，没什么能逃过他的眼睛，而且他也知道我在期待什么，但他就是沉默不语；吵闹声持续着，只有当三个小孩儿同时离开了房子，才会有短暂的安静。这种支持喧闹活力的背后，隐藏的却是信念与方法。他们全家即将移居国外。几周以后，他们计划与其他家庭一起离开。巴勒斯坦是上帝许诺给他们的目的地，他们是第一批，名副其实的开路先锋，他们自己也很清楚这一点。索非亚所有的西班牙裔聚居地，而且不只是索非亚，全国各地的西班牙后裔都转而相信犹太复国主义的主张。他们在保加利亚生活得不错，没有受到任何迫害，不必生活在强行划定的犹太人居住区里，也没有压得人喘不过气的贫困，但他们中有一些演说家，一遍又一遍地向他们说教，点燃了他们心中返回上帝许诺之地的火种。这些演说的影响之广是显而易见的，针对的都是西班牙后裔分裂主义的狂妄：所有犹太人与其他人都是平等的，任何隔离行为都是可鄙的，在过去的那个历史时期，绝不是西班牙人对人类做出了特殊的贡献而令人刮目相看。恰恰相反，他们的思想沉睡了，现在是该苏醒过来的时候了，将那些无用的嗜好与狂妄抛到脑后。

伯恩哈德·阿尔迪蒂——我的一位表兄是演说者中最热情激昂的一个，他的演说简直可以创造奇迹。他是家中的长子，父亲是鲁斯丘克公正得要命的约瑟夫·阿尔迪蒂，此人会将盗窃犯家里的每一个人都送上法庭，并沉醉于审判之中；母亲贝莉娜是个美人，仿佛从一幅金色的画卷中走出来，满脑子整天想的都是送什么礼物，她可以凭这些礼物博得任何一个人的欢心。伯恩哈德曾做过律师，但对那些事务毫无兴趣，也许是他父亲对法律条款的过度热衷令他失去了所有兴趣。早在很年轻的时候，他就信奉了犹太复国主义，并发现了自己的口才，还将自己的这项天赋运用于实际当中。我来到索非亚以后，所有人都在谈论他。数千人聚集到一起，就为了听他演讲，最大的犹太教堂几乎容纳不下他的听众。大家都祝贺我有这么一位表兄，同时也为我不能亲耳听到他的演讲而遗憾，因为我待在那里的几周里，他没有演讲。所有人都被他深深打动，他赢得了所有人；我结识的许多人中无一例外，好像他们被巨浪卷起抛向海中，然后变成了其中的一部分。我没有遇到一位与他观点相左者，他对大家讲西班牙语，谴责他们身上基于这种语言的狂妄自大。他使用的是古老的西班牙语，其影响让我震惊，他居然可以用这种被我看作儿童和厨房用语的语言去论及普遍的东西，令听众热情高涨，认真考虑后居然愿意放弃几代以来的定居地，不顾当地人对他们的接纳与尊敬，不顾这里生活的舒适，舍弃这里的一切，到一片陌生的土地上去，而那里是几千年前的预言，现在根本不属于他们。

我在非常时刻来到了索非亚。在这种情况下，没人给我预备一张床也不是什么出奇的事情。姑妈的一个儿子要到外面去睡，好为我腾出一块地方，因此，他们对我的慷慨招待就愈加引人注意。所有的东西都整理打包了，很明显，这里的气氛一向是乱哄哄的，但现在又添加了迁居前的那种不寻常的气氛。我听到另外一些家庭的名字，他们那里也发生着类似的事情。他们一大批人一起移居国外，这是第一次此类的大规模行动，人们几乎不会谈到其他的事情了。

当我走在大街上，想看一下索非亚的市容市貌，或是想躲避一下家中的吵闹声时，我经常能遇到表兄伯恩哈德，他的那些演说使他成为眼下发生的一切的始作俑者，或者说，他至少对这最后的行动起了决定性的推动作用。他生得矮小敦实，偏胖，眉毛浓密，大约年长我十岁，一举一动都像个年轻人，从不谈论私事（这与他父亲相反），他的德语说得很纯正，就像他的母语似的，他说的任何事情都显得不可动摇，热情而流畅，好似火山熔岩一般，从不会冷却下来。我只是试着提出的那些异议，他用个笑话就从容地驳了回来，而且还会报以一种大度而又不伤人自尊的微笑，似乎是用来为自己的政治辩论道歉。

他不看重物质的东西，这点让我很欣赏。事务所的事情引不起他的兴趣，那些事令他讨厌，他不干那些有收益的事情。与他并肩走在索非亚那宽阔整洁的大街上时，不禁会问，他是如何维持生计的。很显然，他也需要有自己特有的食粮：那些充盈他内心的东西是他生活的食粮。也许他的话之所以能对他人产生影响，正是因为他不会为了私利去歪曲什么。大家信任他，因为他不会为自己谋私利；他相信自己，因为他不会花费心思去考虑财产问题。

我向他吐露自己不想从事与化学相关的职业。学识只不过是一个幌子，为的是在此期间为其他事情做准备。

"为什么要欺骗呢，"他说，"你有一个很明理的母亲呀。"

"她已经深受一般人的影响了。她在阿罗萨养病期间认识了一帮人，据说都是些'脚踏实地'的人，并且还是成功人士。所以，她现在也希望我'脚踏实地'，走与那些人相同的道路，而不是用我自己特有的方式。"

"要当心！"他说道，而且突然之间十分严肃地看着我，好像是第一次将我作为一个人来看待，"要当心！否则很容易迷失自我。我知道这类人。我自己的父亲就希望我可以继续他的那些审判。"

他说的全部内容就是这些。这件事情太过私人化，他很快就没兴趣再谈下去。但很明显，他是站在我这一边的，只是当我说到我要用德语写作，而不用其他语言时，他不满地摇了摇头，说："为什么？学习希伯来语吧！这才是我们的语言。你认为还有比它更美的语言吗？"

我很乐意遇到他，因为他终于可以摆脱金钱的困扰了。他收入微薄，然而，没有人像他那样受到尊敬，所有商业的忠实奴隶——我家族中的大部分人都属于此类——没有一个人指责他。他善于让他们满怀希望，比起财富与普通的幸福，他们更需要希望。我感觉到，他也想赢得我，但不是以直截了当的方式，就像群体集会上的演讲，而是通过个人之间的接触，因为他认为，对于他所从事的事情，我可以变得像他一样有用。我询问他演讲时的心理状态，他是否一直清楚自己是谁，是否害怕自己迷失在热情高涨的群体中间。

"不会！从来不会！"他十分肯定地回答，"他们越是热情高涨，我就越清楚自己是谁。他们就像我手中的软面团，我可以拿他们做我想做的东西，甚至可以煽动他们纵火烧了自己的房子，这种力量是没有边际的。你自己试一下！你只要愿意就能行！你不会滥用这种力量的！你会像我一样把它用到好的事情上，用到我们的事业上。"

"我有过对群体的体验，"我说，"在法兰克福。当时我自己就是人人揉搓的面团。我是不会忘记这一体验的。我想知道，那到底是怎么回事。我想理解它。"

"这没什么好理解的。到处都一样。你是一滴水，要么在群体中升起，要么就要善于为他们指明方向，没有第三种选择。"

对他来说，倘若要问群体到底指的是什么，似乎是多余的。他把他们当作是既存的东西，为了起到某种效果，可以将他们呼唤出来。但是,是不是每个想这么做的人都有权这么做呢?

"不是,不是每个人都可以!"他极其肯定地说道,"只有那些投身真理的人才可以。"

"他怎么知道那是不是真理呢?"

"他感觉得出,"他说,"这里!"他用力地朝胸口打了几拳,"谁要是感觉不出,他也就无法做到!"

"这就是说,一个人要相信自己所从事的事情。而他的反对者,信奉的可能是完全相反的东西!"

我犹豫着,小心地说道,我不想批评他或是让他难堪。我其实不想这么说,他的语气太肯定了,我只想提出自己不清楚的地方,自法兰克福起,这些事情就困扰着我,而我似乎无法正确理解它们。

我曾被群体深深打动,那是一种心醉神迷的状态,失去了自我,达到忘我的地步,感觉自己心胸无比广阔,同时又被一直以来感觉到的事情所充溢;那不是为了自己,那是人们知道的最无私的事情;由于各方面都在教唆、劝说直至利诱你自私自利,所以你需要这种无私忘我的体验,就像末日审判那短促的喇叭声一样,还要避免贬低它们的价值。但同时,人们也能感到,自己无权支配自己,自己不是自由的,会有些可怕的事情发生在自己身上。一半是心醉神迷,一半是麻痹瘫痪的感觉,这一切怎么可能呢?这到底是什么?

我很清楚,在伯恩哈德这位演说家的影响达到顶峰的时刻,我不可能从他那里得到自己这表述不清的问题的答案。尽管我赞成他,但我也在抵制他。成为他忠实的追随者,也许并不能满足我的需要。人们可以成为很多人的追随者,可以投身于各项可能的事业之中。其实是这样的——但我没对自己这么说——我把他看成一个善于将普通人煽动成群体的人。

我回到拉赫尔姑妈家，那里的一切都处于亢奋状态，这是他数年来通过演讲对这些人以及其他人产生的影响。在那三周里，我见证了这种出发前的气氛。在火车站起程的时候，我经历了它的高潮。数百人聚集在一起，送别他们的亲人。那些移居国外的人，占据了这趟火车，所有的家庭都被淹没在鲜花和祝福声中，人们唱着，祝福着，哭泣着，看上去好像火车站是为了这次离别而建的一般，又好像它一下子变得能容纳所有激动的情绪一样。孩子们被推到车厢窗户边，老年人，尤其是妇女，半截身子都入土的人了，站在月台上，泪水模糊了双眼，也不知是不是自家的孩子，只管挥手告别。孙辈们离去了，而老年人留下了，起程的一刻——尽管不完全真实——就是这个样子。车站大厅被一股巨大的期望所充斥，或许，那些孙辈们正是为了这种期望，为了眼下的这一刻才做开路先锋的。

演说家本人也来了，但他留了下来。"我还有事情要做，"他说，"我还不能离开。还有人畏缩，我要给他们勇气。"在车站上，他双臂抱在胸前，没有往前挤，似乎就想隐藏在那里，不被人认出来，像是藏在隐身帽底下似的。不时地有人跟他打招呼，提起他，这似乎令他很心烦。然后，人们坚持让他讲几句话。第一句的话音刚落，他就变成了另一个人，激情而自信，在自己的演说中，他也变得有了朝气，他找到了那些起程的人所需的祝福，并赠予了他们。

拉赫尔姑妈家已是人去楼空，我搬到索菲姑妈家，她是父亲的大姐。经历了过去几周的混乱之后，一切似乎都变得枯燥、压抑，人们好像开始怀疑那些超出日常生活范围的举动。可能大家也都赞同移居国外者的想法，但没人再谈论这些，人们把力量蓄积起来，准备节庆活动，余下的时间，则做着与往常相同的事情。这里充满着童年时代的重复与例行事务，对现在的我已经没什么意义了，在我们到了英国之后，这些就远离了我，而在曼彻斯特发生的可怕事情阻碍了我通向童年的道路。我听索菲说些家常话，她很擅长控制饮食和做灌肠，很会照顾人，但从不会说个故事什么的。她的丈夫是个态度冷淡的人，我注意听他说话，不过他的话很少；她的长子普普通通，话却很多，然而说的都是些空洞的东西。最让我失望的，是听到她女儿劳里卡说话，她是我童年的玩伴，我五岁的时候，曾经想用一把斧子劈死她。

在身高比例上就出了问题，因为，在我的记忆中她个子高，比我高，而现在，她却比我矮，窈窕妩媚，卖弄风情，关心的是婚姻与男人。她的危险性到哪里去了？她那令人羡慕的习字簿呢？她已经全不记得这些了，这些年里，她把阅读都荒废了，对我曾经用来威胁她的斧子以及她的叫喊也毫无印象了。她说，她没把我推到热水中，是我自己掉进去的，我也没在床上躺了好几个星期，"你只是有些小烫伤"。当我认为她只是忘了自己做过的所有事情，并提起祖父的诅咒时，她哈哈大笑，就像戏中的年轻婢女。"一个父亲诅咒自己的儿子？没这回事，全是你自己想出来的，这简直就是童话，我可不喜欢童话。"而当我当面告诉她，我在维也纳无数次看到祖父与母亲在一起，提到诅咒那件事，祖父盛怒之下冲出房去，不辞而别，而母亲就哭上几个小时的时候，她对我的话却不屑一顾，无礼地说道："这些只是你臆想出来的。"

我可以把想说的都说出来，但什么作用也不起，没有发生过可怕的事情，什么可怕的事情都没有发生，因此我不得不——不情愿地——提到在多瑙河的船上遇到了梅纳赫莫夫医生。我对她说，我们在一起谈了好几个小时，他回忆起所有的事情。他记得那么清楚，就像昨天才发生的一样。在鲁斯丘克的时候，他也是她的家庭医生，她比我更了解他，因为直到迁居索非亚之前，她都生活在那里。但她对此也有一个解释："那些生活在外省的人都这样。他们都是些腐朽落伍的人。这都是他们搞出来的阴谋诡计。他们不会去想别的事。他们就相信那些废话。你是自己掉进水里的。你的伤势根本没有那么严重。你父亲也没有从曼彻斯特回来。路途那么遥远，而且那时候的旅费也没那么便宜。你父亲后来没有再来过鲁斯丘克。外公又如何能诅咒到他？梅纳赫莫夫医生什么都不知道。这种事情只有家人才清楚。"

"那你母亲呢？"此前一天，她母亲还谈到如何把我从水里捞上来，给我脱掉衣服，而全部的皮肤也随之脱落。"我母亲现在已经记不住这些事情了，"劳里卡说，"她变得年老力衰。但其他人又不能告诉她这一点。"

我对她的顽固和狭隘感到十分恼火。什么对她来说都无所谓，只有一点是要紧的：尽快找到一个男人结婚。她二十三岁，害怕人家已经把她当成老处女来看待了。她缠着我，求我告诉她事实：她让我告诉她，她是否还能取悦男人。她认为十九岁的我应该体会得到那种感觉。还问我是否有兴趣吻她。今天的发型是不是比昨天的更能激起别人吻她的欲望？我是不是觉得她太瘦了？她说自己的确身材娇小，但绝不瘦。还问我会不会跳舞，说这是取悦男人的最好机会。她有一个朋友就是跳舞的时候订的婚。但事后那个男的说这不算数，只是跳舞的时候他一时冲动而已。她问我相不相信类似的事情会发生在她身上。

我什么都不相信，对于她的任何一个问题，我都没有答案。她越是这么噼里啪啦地问我，我越是犯倔脾气。我说，尽管我已经十九岁了，但我还没有那种感觉。我根本不知道我会不会喜欢女人。从什么上面能看出来呢？女人全都很笨，能和她们谈些什么呢？那些女人都像她一样，记不起来任何事情。记不住事情的人又怎会让人喜欢呢？她的发型总是那个样子，而且她已经算是瘦的了，谁规定女的不许瘦了？我不会跳舞。在法兰克福的时候我曾经试过，但总是踩到那个姑娘的脚。在跳舞的时候订婚的男人一定是个笨蛋。每一个订婚的人都是笨蛋。

　　我弄得她开始绝望，但也使她变得明智起来。为了从我这里得到答案，她开始回忆。很多事情她都记不起来了，但那高高举起的斧子还清楚地留在她的记忆里，她还经常梦到它，最近的一次是在她的女友订婚失败后。

拥挤不堪

九月初，我们搬进了奥尔佳·林女士的家里：她异常美丽，有着鲜明的罗马人的轮廓，骄傲又热情，不收受任何礼物。她丈夫很久以前就去世了，在朋友圈子中，他们夫妇之间的爱情已经成为一种传奇，但这份爱情在奥尔佳女士那里没有蜕变为对死者的祭祀，因为她没有做过任何对不起丈夫的事情。她不怕想起他，从不虚构他的形象，并一直保持从前的样子。很多人追求她，但她从未动摇过，直到生命最后一刻到来时，她仍旧保持着美貌。

她大部分的时光是和已经出嫁的女儿在贝尔格莱德度过的。她在维也纳的住处没有发生任何改变，或者更准确地说，在她从前住的那最偏僻的角落、最不起眼的小房间里住着她的儿子约翰尼，一个酒吧钢琴师，在他自己和他母亲的眼里，他一点都不缺乏教养，但在家族其他人的眼里就不是这样了。他也长得很美，和母亲长得一模一样，但又有很大区别，因为他很胖。人们奇怪的是，他并不像女人那样穿着打扮，却经常被看作是个女的。他是个老奸巨猾的马屁精，别人给什么，他就拿什么，他伸着胳膊，手总是张开的。他认为，所有的一切，甚至更多的东西都应该归他，因为他弹得一手好钢琴。在酒吧里，他是客人们最喜欢的人，他既演奏流行歌曲，也弹一些鲜见的曲子；凡是他演奏过一遍的，都会过耳不忘。他是夜间制造嘈杂声的牲口，白天的时候，就在自己的小房间里睡觉，那里面正好能摆下一张床。

有一阵子，他的工作就是帮母亲收房租，然后将其中一部分划账给在贝尔格莱德的母亲。这就是他的任务，然而那些税款就占去了所有的房租，对他母亲来说，什么都没留下。她得到的所有东西，就是些没有结账的账单，因为她不知道如何支付这些账单——那场幸福的婚姻留给她的只有这套房子——所以必须采取更好的措施来解决。她的侄女薇莎接管了这项工作，负责房屋的出租和每月收取租金；她还负责支付账单，如果约翰尼需要钱的话，她才会把剩下的那部分钱给他。他自然是一直需要钱，对奥尔佳女士来说，还是一个角子都不剩。但她不会抱怨，因为她很宠爱自己的儿子。"我儿子是个音乐家"，她习惯这么称自己的儿子，她的每一句话都透着自豪，所以，不认识他的那些人还当他是一个神秘的舒伯特，尽管在酒吧里人人都称他约翰尼。

我们对搬进这处房子感到很满意，虽然它是备有家具出租的，但终归是自己的房子。绍伊希策大街的景貌就在眼前，尽管这里不是我心中的天堂苏黎世，但这里毕竟是维也纳——是母亲心中的天堂。自从我们从那里搬走，到现在已经过去了五年。在这期间，我住过苏黎世的"雅尔塔公寓"，母亲住过阿罗萨的森林疗养院；后来我们就去了法兰克福，住在膳宿公寓里，经历了通货膨胀。真是奇怪，在经历了这一切之后，我的脑海中居然还能浮现出当时在一起和平共处的日子，每个人都用自己的方式谈起那段时光。现在，一段崭新、健康、和平的大学时光开始了。

但我们还有一个麻烦，就是约翰尼·林。我们的卧室和餐厅就在他的小房间边上，当我们这最终团聚的一家人坐到桌边吃饭时，门开了，约翰尼那胖胖的身影出现了，裹着一件旧的家常睡袍，里面什么也没穿，急匆匆地说一句："你好！"穿着拖鞋就从我们身边

103

走过，进了卫生间。他要求拥有卫生间的使用权，但他忘了我们在用餐的时候不希望受到打扰，因而在这段时间他是不可以使用卫生间的。每当我们把勺子放进汤里，他就会准时地出现——也许是我们的声音吵醒了他，让他想起要上厕所；也许是他自己也很好奇，想知道我们吃什么，因为他不会立刻回到自己房间，而是总要等到我们的主菜上来后，才会簌簌作响地回去。尽管他身上裹着的不是丝绸，但听上去真的是簌簌作响。响声来自他走路的方式以及那一连串的"您好对不起尊敬的夫人您好请您原谅您好请您原谅尊敬的夫人您好请您原谅"。他必须经过母亲的座位后面，借助一个充满艺术感的舞蹈旋转动作，从饭菜和椅子中间挤过去，却从不会碰到它们一下。母亲等待着，等着被他那又脏又旧的睡袍碰到，只有当危险解除，他也消失在门后的时候，母亲才长舒一口气，说着同一句话："谢天谢地，不然真是让我没有胃口。"不用去想原因，我们也知道母亲感到恶心的程度，但令我们三人惊奇的是她回应他的招呼时的礼貌。她的"早上好，林先生！"自然是带着讽刺的，但在她的语调中一点儿也听不出来，反而让人感到很友好，而且是发自内心的。在他经过后，她松了一口气的声音总是很小，他在小房间的门后面是绝不会听到的。然后，饭桌上的谈话会继续，就好像他从未出现过一样。

其他时候，尤其是傍晚时分，他会拉着母亲聊天，弄得母亲不知如何抽身。谈话一开始，他先称赞母亲有三个很有教养的儿子。"真让人难以相信，尊敬的夫人，他们就像伯爵的儿子一样漂亮可爱！""我的儿子们长得不漂亮，林先生。"母亲生气地回敬，"对男人来说，外貌不重要。""您可别这么说，尊敬的夫人，在生活中，这还是有帮助的！如果他们生得漂亮，会让他们在生活中更好地前进的。就这一点，我可以跟您讲些故事！年轻的蒂萨常来我们酒吧。蒂萨是什么人——这我就没必要告诉您了。在匈牙利，现在还有这种人呢。这个年轻的蒂萨可是个很有魅力的人！翩翩美男子，不只是俊男，还是个善于征服女人的风流人物！一切都拜倒在他脚下。为了他，我演奏他喜欢的曲目，而他每次都会感谢我，对每支曲子他都会特别感谢我。'太美了！'他说，并且只盯着我一人看，'您演奏得太美了，亲爱的约翰尼！'从他的眼中，我能看出每个愿望。为了他的愿望，我可以赴汤蹈火。我甚至愿意和他共穿我最后一件睡袍！那么，为什么他会这样呢？是教育，尊敬的夫人，所有的一切都归于教育。得体的举止会赢得一半欢心。这些全都取决于母亲。是啊，谁会有这样一位母亲呢！您的三位天使是否知道，他们有这样一位母亲意味着什么！我是过了很久以后才对我母亲说声谢谢的。我不愿将自己与您的三位天使作比较，尊敬的夫人！""为什么您总是说天使呢，林先生，您大可以说淘气鬼，我不会觉得受侮辱的。他们不笨，这是事实，但这不是功劳，对他们的教育，我花了足够多的精力。""您看，您看，尊敬的夫人，现在您亲口承认，您花费了精力！您，只有您！没有您，没有您为他们牺牲全部精力，也许他们真会变成淘气鬼。"

"牺牲自己"——他就是用这个词俘获了母亲的心，要是他知道"牺牲"一词及其全部的引申含义对母亲意味着什么，他可能会更经常地用这个词的。早在很久以前，母亲就习惯说自己为了我们牺牲了她的生活，这是宗教对她的唯一影响。当她对上帝存在的信仰逐渐减弱，当上帝渐渐离她远去、几近消失时，她所认为的牺牲的意义却增长了。这不仅仅是义务，还是人类的最高境界——牺牲自己，但这不是遥不可及的上帝的命令，这是自我牺牲，出于自愿，这才是关键所在。虽然它有一个集中的名字，但它是合成的、延伸的、超越小时、天、年的概念持续着——一生，在组成生命的所有小时中，一个人如果没有生活过，那么，这就是牺牲品。

一旦约翰尼凭借这个词俘获了母亲，他就可以随意规劝她，多久都行，她不会离开他，离开的往往是他，他要去遛他的狼狗内罗，或是因为有人来拜访他。一个年轻人出现了，然后和约翰尼及内罗一起，消失在那个小房间里，在里面待上几个钟头，直到酒吧开始营业，是演奏钢琴的时间了。那个小房间里传不出任何声响，内罗已经习惯在里面睡觉了，从来不叫。我们无从得知约翰尼和那个年轻人是不是在里面谈话。母亲从不会降低身份地跑到门口去偷听，她只是猜测他们根本没有说话。母亲从没对那个小房间投去一瞥，她像躲避瘟疫一样避开它，那个房间很狭窄，放了一张床后，几乎没剩下什么空间了，两个人——其中一个还是肥胖的约翰尼——和一条大狗可以在里面待上几个钟头，外人却听不到一点声响，这让母亲思索良久。她嘴上没有说，但我感觉得到她心里在想什么。其实，她真正担心的，是我可能想到一些根本没想过的事情，但这根本引不起我半点兴趣。有一次，她说："我想，那个年轻人是睡在床下面的。他看上去总是那么苍白、疲惫。也许，他没有自己的房间，约翰尼是出于同情才让他在床下睡上几个钟头的。""是的，但为什么不睡床上呢？"我毫无恶意地问道，"你认为约翰尼太胖了，那张床容不下两个人？""我刚说了，是在床下。"她严厉地看着我，"你有什么特别的看法？"我根本没有什么特殊的想法，但她认为我肯定有，而且还强迫我接受睡在床下的观点，这样的话，还有些地方留给那条狗。她认为这种想法是安全无害的。倘若她知道我根本没有去想小房间里发生的事情，她真是要感到奇怪了。因为，其他一些事情分散了我的注意力，这些事与母亲有关，而且对我来说很猥亵——尽管当时我没有用这个词去形容。

每天上午，怀孕待产的丽施卡太太都会到我家来做钟点工。她要等到洗完午饭的餐具后才会回家。她干的主要都是些重活：洗衣服，抖地毯。"如果只为了那些轻活，我也不需要请她来了，"母亲说，"那些我自己就可以做。"母亲还说，没人愿意在这种情况下雇用她，大家担心情况发展过快，她不可能干好那些家务。但她保证自己能干得很好，可以让她先试一下的。这触动了母亲的同情心，允许她来我们家干活。这其实是在冒险，要是她突然感到不舒服，或是突然要分娩，就不好了——考虑到我们年纪尚轻，母亲没有详细地告诉我们分娩的细节。丽施卡太太已经保证过了，孩子还有两个月才出生，这期间她什么都能干。事实表明，她说的是实话，而且人也异常勤劳。"这给那些没有怀孕的人做了很好的榜样。"母亲说。

有一次，我回家吃饭，从楼梯间向院子里望去：丽施卡太太站在那里抖地毯，她努力让肚子不要处在地毯中间，每次用力抖的时候，都要特别地旋转一下身体；看上去她好像很厌恶地避开地毯，似乎地毯很令她讨厌，看都不想看一眼。她的脸通红，从我这个高度向下望去，还以为她生气了呢。汗水流过她红红的脸颊，她在叫嚷着，不过我没有听懂。我想，也许是因为没有人可以说话，她就通过击打的时候叫几声来让自己高兴一下。

我惊愕地走进房里，问母亲有没有看到丽施卡太太在下面院子里。她很快就会上来的——这就是母亲的回答，今天她会得到些吃的，每次抖完地毯，她都会得到些吃的。按照协定，母亲根本没义务这么做——她用了"按照协定"这个词——但她很同情这个女人。她曾经对母亲说过，她已经习惯整天不吃东西，只有晚上的时候，她才在家做些东西吃。母亲不忍心看到这样，所以，在她抖地毯的日子，会给她些吃的。这让丽施卡很高兴，所以她抖得也尤为卖力。等她拿着地毯上来的时候，已经是浑身大汗淋漓，散发出的汗臭在厨房里是无法忍受的，因此母亲会在这种时候亲自把饭菜端进餐厅，而把饥饿的丽施卡留在厨房里。母亲给她的那只硕大的盘子装得满满的，我们三人中没有一个人能吃得完，年纪最小的格奥尔格甚至从未吃过这么多。然后，她的那只盘子会变成一干二净，或许她把那些饭菜打包装进了自己的手提袋里。她从不在母亲——"尊敬的夫人"——面前吃，她认为这么做不合适。在饭桌上，我们谈起这些。我问，为什么她不总是得到食物，她洗衣服的时候，也应该得到一些，只是没这么多罢了。母亲说，在干比较轻的活的日子——不行，按照协定，她根本没必要这么做，另外，丽施卡对自己的所得已是非常感激了，不管怎样，她比我知道感激。

"感激"是我和母亲之间经常出现的一个话题。当我对某件事感到气愤并批评母亲的时候，她立刻就抓到了我没良心的例证。我们之间是不可能进行平静的讨论的。我会毫不留情地说出自己的所想，但我只有在生气的时候才会这样，所以，我的话听上去会比较伤人。她尽力维护自己。当她被逼到没有退路时，就会回到自我牺牲这件事上来，说自己已经为我们牺牲了十二年，并指责我从来没有为此表示过感激。

她的思绪全都围绕着房子里那个人口过剩的小房间，以及这种拥挤给我们三人带来的危险，但她嘴上只提到懒惰，提到这个成年人做出的坏榜样，整天躺在床上，要不就半裸着，裹条脏兮兮的睡袍到处走；而心里却暗暗想着所有我不知道的恶习。我的思绪都飞进厨房，围绕着丽施卡，她为自己时不时得到的食物而感激，每次见到我都高兴万分地宣称"你有一个好母亲"，还要使劲摇着脑袋来强调自己的话。我和母亲成了她不间断自我确认的契机，母亲是因为好心，"在协定之外"给她食物，我是因为道德观念，觉得在这种情形下不应该让她工作。我们陷入了自以为是的比赛当中，两个坚持不懈的骑士。要是用我们花费在这种争斗中的力气，我们可以把家里所有的地毯都拍干净，可能还有力气洗衣服呢。但我们两人都知道这是信奉的原则问题：她信奉的是知恩图报，我坚持的是正义公平。

就这样，这种不信任也随我们一起搬进了这所房子。母亲因为约翰尼那人口过剩的小房间存在着秘密而心里不安，我则是因为即将临盆的丽施卡要在院子和厨房里操劳而担心。我总是担心她会突然昏倒，接着我们听到叫声，赶紧跑到厨房里，发现她已经倒在血泊之中，叫声是她那新出生的婴儿发出的，而丽施卡已经死了。

礼 物

在拉德茨基大街的那一年里,我们一家住得很挤,这也是我记忆当中心情最为压抑的一年。

刚踏进家门,我就感觉自己处在监视之下。不管我说什么、做什么,总之没有一样是对的。房子里的一切都离得很近,供我睡觉和摆放书籍的那个小房间位于客厅和母亲与弟弟们的卧室之间,每次,我都像逃命似的快速钻进去。要想不被其他人看见是不可能的,于是,在客厅里先打招呼并解释一番,成了每次回家的必做之事。我受到盘问,而且在指责到来之前,那些问题就已经泄露出了怀疑我的意思。我是待在实验室了,还是去大课上消磨时间了?

这类问题是我自己讨来的,我太直率了,习惯介绍一下那些大课,因为它们的内容一般人还是比较能理解的。自法国大革命以来的欧洲历史要比植物生理学或是物理化学更为人所熟悉。我对后者闭口不谈,并非意味着我对它们缺乏兴趣。但只有我说的那些事情才有意义,才更持久,我自己告发自己:我花在维也纳会议上的时间要多过花在硫酸上!"你在浪费时间,"母亲说,"这样下去,你是不会有前途的。"

"我非得去听这些课不可,"我说,"否则我会闷死的。我总不能仅仅因为学了不感兴趣的专业,而将自己真正感兴趣的东西放弃殆尽。"

"那你为什么对它不感兴趣？你已经在准备放弃职业了。你害怕自己突然之间对化学有了兴趣。这毕竟是一个职业，是属于未来的——而你现在自设障碍来抗拒它。千万别弄脏了手！唯一干净的就是书了。你去听每一门可以听的大课，就是因为想多读些相关内容的书。这是没有尽头的。你难道还不知道自己的情况吗？你小时候就已经开始这样了。你要是从一本书里得到些新知识，就会去看另外十本书，从中学到更多。你感兴趣的课其实是一种负担。那些内容会让你越来越感兴趣。苏格拉底之前的哲学！很好，你要为此参加一个博士学位的口试。肯定会是这样。你记笔记，已经记了满满几本了，但那些书怎么办，你为此而想读的那些书怎么办？你以为我不知道你已经把它们都列在清单上了？我们不能支付这些。就算我们能支付，这对你也没好处。这会越来越吸引你，使你离开你的正事。你曾经说过，高姆佩茨在这一领域很有名，难道不是你说过，他父亲已经凭借《希腊思想家》而名声大振了吗？"

"是的，"我打断她的话，"有三本书，我想买，我想买到它们。"

"我仅仅是提到你教授的父亲，你就已经想买三本学术著作了。你不会以为我真的会把它们送给你吧。听那个儿子的课就够了。只要记下笔记，然后从你的笔记本上学就行了。"

"对我来说，这样太慢了。要等啊等的，你是无法想象的。我现在就想接着读下去，我没法再等了。高姆佩茨讲到毕达哥拉斯[①]的时候，我已经想了解一下恩培多克勒[②]和赫拉克里特[③]了。"

"你在法兰克福的时候不就已经读了很多古典作家了嘛。很明

---

① 毕达哥拉斯（前569—前475），古希腊数学家与哲学家。
② 恩培多克勒（约前495—前435），古希腊哲学家，原子唯物论的先驱。
③ 赫拉克里特（公元前500年前后，具体生卒年不详），古希腊哲学家。

显，你读的都是些不合时宜的书。那些书总是扔得到处都是，样子要多难看就多难看，而且所有的书看起来都长得一样。为什么这些希腊哲学家没有包含在其中？那时候你就对一些日后用不着的东西感兴趣了。"

"我那时候不喜欢这些哲学家。柏拉图的理念说妨碍了我，他将世界看成假象。我从来就没喜欢过亚里士多德，他为了合理分配的缘故才成为无所不知的人。在他面前，人们就像是被困在了无数的抽屉中。你要相信我，倘若那时候我就认识了这些苏格拉底之前的思想家，我肯定会读完他们的每一句话。但从来没有一个人对我说起这些。一切都从苏格拉底开始，好像在他之前从没有人思考似的。你知道吗，我从来就没有真正喜欢过苏格拉底。也许正是因为那些大哲学家都是他的学生，所以我才没有读他们的著作。"

"要不要我告诉你，为什么你没有喜欢过他？"我真希望不是从她那里知道这一点的。就算对自己不熟悉的东西，她都有自己的一套见解，就算我知道她说得不对，她的话还是每次都会给我留下深刻印象，而且就像粉霉病一样，留在我喜欢的事物上。我感到她是故意要扫我的兴，就因为她想拖着我往前走。她认为，以我的年纪，我对很多事物的短暂热情都是可笑的，而且是缺乏男子汉气概的。这是我住在拉德茨基大街那会儿从她那里听到的最多的指责。

"你不喜欢苏格拉底，因为他很理智，他总是从日常生活出发，他有实实在在的东西，他喜欢提起手工业者。"

"但他不勤奋。他整天只知道说。"

"这不适合你们那些大沉默者！哦，我是多么理解你们！"又是讽刺，早在跟她学德语的时候，我就对这讽刺习以为常了，"或者是这样，你一直以来只想自己高谈阔论，害怕苏格拉底这样的人，因为他们会认真检验说话的内容，不让任何一点溜掉？"

她就像苏格拉底之前的学者一样，让人无可辩驳，谁又知道，我对自己现在才认识的这些思想家的偏爱，是不是和母亲的这种方式有关呢，而我已经完全将这种方式变为己有。一直以来，她是多么自信地表明自己的见解啊！能把她的那些话称为见解吗？她说的每一句话都有着信条的力量：一切都是那么肯定。她不知道怀疑，无论如何，她是不会怀疑自己的。也许这样更好，因为，如果她知道怀疑，那么这些就和她的断言一样具备了同种力量，她就会彻底怀疑自己。

　　我感到了这种困境，奋力朝各个方向挺进。我退回到这困境里，又从自己感觉到的阻碍中汲取新的挺进力量。夜晚，我感觉很孤单。弟弟们已经睡了，他们支持母亲，用自己的放肆行为强化母亲对我的批评；母亲自己也睡了。我这才得到自由，在那斗室之中，我坐在小小的书桌边，停下正在阅读或是书写的东西，深情地望着书脊。它们的长度不像在法兰克福时那样骤升骤长，但也从未完全停止过增长，总会有机会得到赠书。谁又敢不送书，却送些别的礼物给我呢。

　　夜间，我想学习的有化学、物理、植物学及普通动物学，如果我夜里还认真看这些书的话，是不会被看作浪费电的。但那些教科书打开的时间并不长，听课的笔记簿经常是跟不上课程的进度的，不一会儿，我就把自己那些真正的笔记本拿出来，我把每一次欣喜，当然也包括苦恼都记录在了里面。母亲入睡前看到我小房间门缝下面露出的灯光，住在苏黎世绍伊希策大街时的关系颠倒了过来。她能想象出我在我的小桌子上干什么，但因为我不睡觉是为了学业，而这是她坚决赞成的，所以，她必须同意我这样，而不做出什么反对的举动。

　　她认为自己有必要监督我现阶段的每一步。她对化学没有真正的信心：它对我既没有足够的吸引力，也不可能让我慢慢产生兴趣。当初考虑到她在经济上的困难——虽然我感到这是不充分的——而放弃读医科，就是因为医科可能要花费很长时间，她接受了，还称赞我做出这种牺牲，她全看在眼里了。为了我们，她牺牲了自己，而她隔段日子就会发作的病痛恰恰证明了这种牺牲的程度有多大。那么现在，轮到我这个年纪最大的儿子做出牺牲了。我把医学看作是一个不谋私利的职业，看作是造福人类，我放弃了学医，选择了同样是不谋私利的专业；正如母亲从各方面所听说的那样，化学是属于未来的。在工业上，有很多前景很好的职位。化学是有用的，而且是大有用处，谁要是从事这一行业，就会有很高的收入，我想投身于这一有用的领域，在她看来是一种牺牲，她给予了认可。然而，我要在这个专业学习四年，对此她深表怀疑。只是在一个特定的前提下，我才决定学化学的，即格奥尔格——这是我自一起住在普拉特大街的日子以来最爱的人——代替我学习医学。我已经令他感到我的兴趣倾向，他自己也不希望学习别的，因为我是因为他的缘故才放弃学医的。

母亲的怀疑是有理由的。对这件事，我有自己的想法，这不是什么牺牲，因为我学化学的真正目的不是想成为一个高收入的化学家。对于人们是因为想多赚钱、而不是出于内心使命感才从事的职业，偏见是无法克服的。我让母亲平静下来，所用的方法就是让她相信，我有一天会以化学家的身份去工厂上班。但我从未提及这一点，这只是她的暗自揣测，我容忍着她的假设。也许，这可以称为一种停战：如果一项职业不是出于内心的渴望，那么，它是不值得从事的；如果一项职业对他人的用处没有对自己的大，那么，它是算不上什么的——对这些，我绝口不提。她没有忘记几年前的战争中因为使用了毒气而发生的事情，我不相信她能摆脱这一幕，因为，即使在她冷静下来之后，她仍成了一个反战者。所以，我们俩都不提我面临的、作为"牺牲"的后果的可憎将来。重要的是，我每天都去实验室，通过那里有规律的时间安排来习惯一种工作，这种工作有自己的纪律，同时又不助长贪婪的求知欲和诗意的宣言。

她没料到，我在这件事上大大欺骗了她。我没有一分钟是认认真真打算做化学家的。我去实验室，我每天的大部分时间都在那里度过，我做着那里应该做的事，不比别人差；我为自己的行为找了一个理由，它可以向我自己解释我这么做的原因。了解一切，掌握这个世界上有科学价值的东西，这些仍是我的愿望，我仍旧毫不气馁地坚信，这是值得追求并且有可能实现的。在我看来，任何地方都不存在界限：人类大脑的接受能力是这样，愿意接受新事物的天性也是这样。我那时还不知道，自己投身进去的某种科学，也许并不会如我所愿地掌握。大概我也遇到了一些不好的老师，要么根本就传授不了什么知识，要么就将自己的喜好灌输给学生。在法兰克福时的化学老师就是这个样子的。除了水和硫酸的分子式，我对他的课根本就没什么印象，他给我们演示实验时的动作让我深感厌恶。他就像一只穿了衣服的树懒，在仪器上慢慢地磨蹭几个小时。所以，我没有学到一丁点儿化学知识，有的只是一个巨大的知识缺口。现在要补上这个缺口，它是那么大，为了补上它，甚至不得不把化学当作大学的专业来学习。

自我欺骗是不存在界限的，我还能记得，当家人坚持要我不要分心去做很多其他事情，而是专心研究化学时，我经常会给出这个理由：我了解最少的东西将成为我最基本的知识。这就是我为不可饶恕的无知所做出的牺牲，而我所放弃学习的医科，就是我送给弟弟的礼物，以向他证实我的爱。他是我的一部分，只有合在一起，我们才能获得值得学习的知识的全部，所以，也没有什么能把我们分开。

参孙被刺瞎

这一年里我经常听到的指责中,有一个尤其令我感到苦恼:说我不知道生活是什么样子,我的双眼被遮蔽,并且根本不想知道,我戴上了护眼罩并坚决要戴上它去看世界;说我总是在寻找从书本上了解到的东西。我要么是过于局限在一种类型的书里,要么就是从它们当中汲取了错误的东西——和我谈些现实中发生的事情的任何打算,都注定要失败。

"你要么想行为高尚地获得一切,要么什么都不要。你一直把自由一词挂在嘴边,真是个笑话。再也找不到比你更不自由的人了。你根本不可能不带偏见地面对一件事,总是满脑子成见,直到把事物本身都淹没其中。在你这个年纪,这么做的后果可能还不是很严重。真希望你没有这种固执的反抗,真希望你还没打定主意,就这么下去,不做任何改变。对于成长,对于逐渐的成熟,对于自我提高,尤其是对于一个人对他人的用处,你是一无所知,只会说大话。这些弊端的根源就是你的盲目。从米歇尔·科尔哈斯的身上你可能也了解到了一些东西。只是你并非什么有趣的个案,因为他一直说自己有事情要做。而你都做了些什么呢?"

是的,我不想了解这个世界究竟是什么样子,我感到,了解世上某些让人不认同的东西,会让我有共同参与了犯罪的感觉。如果了解意味着我必须走相同的道路,那么,我不想了解。我抗争的正是这种仿效式的学习。我是因为抗拒它才戴上眼罩的。一旦我发现，别人仅因为某样事物在这个世界上很普遍而将它推荐给我时，我就犟起来，装作不明白他们的意思。但现实在以其他方式接近我，比他们任何人都近，当时我也许还没有意识到这一点。

因为，通向现实的一个途径是经由绘画达成的。我认为，再没有比这更好的途径了。人们死守着一成不变的东西，并从中汲取不断在变的东西。绘画就是无数的网，出现在上面的，就是被捕获的猎物。有些溜走了，有些腐烂了，然而，人们会再去尝试；人们随身带着网，将它抛将出去，通过它所捕获的猎物而增强自身。重要的是，这些画也外在于人，它们在人的内心当中也经历着变化。肯定有这么一个地方，人们可以在那里找到尚处于原始状态中的它们；不只是他，每一个变得不自信的人都可以在那里找到它们。当他感到自己的经验不够时，他会求助于一幅画。经验静止了，他直面它们。他因为认识到了现实而安静下来，这是他自己的知识。尽管在这里，它们是被展现在他面前的。仿佛没有这个人，它们也还在那里，然而，这一外表制造了假象。这幅画有赖于他的经验才能被唤醒。由此表明，这些画为什么一代代地沉睡，因为没人会带着可以将其唤醒的经验去看它们。

找到那些画的人需要有自己的经验，这种感觉很强烈。有一些画被找到了——不可能是很多画，因为它们的意义就在于集中保持了现实，现实的发散性一定令它们四处迸射、沉积；但也不会只有唯一的一幅，它对其拥有者施加暴力，永远不离开他，并且禁止他发生转换。一个人的一生需要一些这样的画，如果他很早就找到了它们，他不会损失太多自身的东西。

幸运的是，当我最需要这些画的时候，我身在维也纳。为了抗拒别人用来威胁我的虚假现实，即平淡、呆滞、追求利益的狭隘的现实，我必须找到另一个足够广阔的现实，以便能驾驭它的严酷，同时又不屈服于它们。

我与勃鲁盖尔①的画作不期而遇。我见到它们并不是在悬挂着真品的艺术历史博物馆里。在物理和化学研究所听课的间隙，我短暂地参观了一下利希滕斯泰因宫。我从勃茨曼胡同三两下就跃下旋转楼梯，置身于今天已经不存在的奇妙绘画中了；在那里，我第一次见到勃鲁盖尔的作品。我并不介意它们都是摹仿品，我想看的是那份坚定沉着、那份漫无目的和那份神经松弛状态。突然之间与这些画作面对着面，人们不禁会问：这是摹制品还是原作？对我而言，可能它们已经是摹仿品的摹仿品的摹仿品了，但这并没有过分妨碍我，因为我面对的是《六个盲人》和《死亡的胜利》。后来我所见的盲人都源于这两幅画中的前一幅。

我在很小的时候得过一次麻疹，有几天的时间都看不见东西。从那以后，失明的恐惧一直如影随形。现在，六个盲人一溜儿斜着排开，要么抓着拐杖，要么扶着肩膀。他们中的第一个是领路人，已经掉进了水沟里，紧跟在他后面的第二个人，整张脸都朝向观众：空荡荡的眼窝，嘴巴惊恐地张着，露出发光的牙齿。他与第三个人之间的距离是整幅画面上最大的，他们俩还紧紧抓住连接他们二人的那根拐杖，但第三个人感觉到了猛地一动，感觉到了危险的震动，他的脚尖略带迟疑地点着地。人们可以从侧面看见他的脸——只有一只失明的眼睛——他的脸上没有流露出恐惧，但略带困惑；而他身后的第四个人尚满怀信任地将手搭在他的肩膀上，脸朝向天空。这个人的嘴巴张得很大，像是在等着接住从上面掉下来的东西，他的眼睛是看不见这些东西的。他的右手拿着一根很长的

---

① 此处指老彼得·勃鲁盖尔，十六世纪荷兰著名画家。

118

拐杖，但没有挂着。他是六个人中最充满信心的一个，从头到脚都满怀信心。他身后的那两个人顺从地跟着他走，每一个都是前面一个人的依附者，他们的嘴巴也都是张着的，只是没张那么大。这两个人距离水沟最远，因此，他们没有期待，也没有任何担心，自然也就没有疑问。倘若不过分关注那些失明的眼睛，不得不提的还有这六个人的手指，它们抓取及触碰的方式与正常人不同；而且，他们的脚着地的样子也很特别。

一个画廊拥有这一幅画就已经够了，但接下来让我感到意外的是——我今天还能感觉到那份震惊——我站在了《死亡的胜利》面前。几百个活跃的骷髅正忙着将同样数目的活人拉到自己那里去。各种各样的形象都有，或是成群，或是独个儿，从他们样子可以看得出他们都异常努力，其活力远远超过活着的人。观众也知道这些死人会取得胜利，但他们现在还没有成功。观众站在活着的人一边，希望能增强他们的抵御力，但令人不解的是，死人看上去比活人还要有生气。死人的活力——如果可以这么称呼的话——所具有的唯一的意义，就是将活人拉到自己这一方来。他们没有散开，没有做这做那，他们的目标只有一个；而活人却以各种各样的方式存在着。他们每一个都很勤奋，没有一个人投降，在这幅画上，我没有找到一个厌世的人，死人要从他们手中夺取的东西，自然是他们不愿意放弃的。这种抵抗以成百上千种方式进行，其活力转移到了我身上，从此，我经常感到自己与这些反抗死亡的人在一起。

我明白，这里显示的是群体的力量，双方都是。每个单独的人都强烈地感受到了自己的死亡，对其他任何个体来说，情况也都如此，因此观众才应该将他们当成一个整体去看待。

在这里，死亡确实赢得了胜利，但它并不像一场屠杀，只一次就结束，而是持续进行着，正如人们在这里看到的那样，它是绝对不会结束的,而且结局总是相同的。勃鲁盖尔的这幅《死亡的胜利》最先让我对自己的斗争充满了信心。我在艺术历史博物馆看到了他的其他作品,它们还让我发现了现实不可缺少的一面。它的每一幅作品我都看过几百次,我对它们就像对自己身边的人一样熟悉。在摆在我面前的一堆书中,我一直责怪自己没有读完它们,有一本里包含了勃鲁盖尔的全部经历。

但这些并不是我最早见到的绘画。在法兰克福,只需跨过美因河,就到了施特德尔美术馆。望着河水和城市,做一个深呼吸,会给自己增添勇气,从而抵御迎面而来的可怕事情。伦勃朗[①]的《参孙被刺瞎》让我感到害怕、痛苦,引起我的良久思索。我看着它,感觉这一幕正在我眼前上演,又因为上面画的正是参孙失去光明的那一刻,所以,这种见证是最可怕的。在盲人面前,我总有一种恐惧感,而且从不敢长时间地注视他们,尽管他们吸引着我。由于他们看不见,我在他们面前有一种负罪感。但现在,这里描绘的不是失明的状态,而是参孙被刺瞎的那一刻。

参孙躺在那里,胸膛裸露着,衬衫被拉到下方,右脚斜伸向高处,脚趾因为剧痛而痉挛。一个戴着头盔、身穿盔甲的雇佣兵在他面前弯下腰来,将铁条刺入他的右眼。鲜血溅满了参孙的额头,他的头发被剪得很短,身子下面还躺着一个雇佣兵,抓住他的脑袋,迎向铁条。另一个雇佣兵占据了画面的左边,他两腿叉开站在那里,身体倾向参孙,双手拿着长柄刀,瞄准参孙紧闭的左眼。这把长柄刀贯穿了半幅画面,突出了被刺瞎的危险。参孙与每个人一样有两只眼睛,至于那个拿着长柄刀的雇佣兵,观众则只能看见他的一只眼睛,那只正专注于参孙满是鲜血的面庞和任务执行的眼睛。

---

① 伦勃朗(1606—1669),荷兰画家。

画面的亮点落在这群人之外的参孙身上，观众绝不可能忽略掉的一点，就是刺瞎并不等于失明，他即将失明，这是毋庸置疑的。这一幕希望被人看到，而看到这一幕的人都知道什么是刺瞎，并且在任何地方都能目睹到它。画面上有一双眼睛直视着刺瞎这一幕，一直没有躲避，这就是大利拉的双眼。她在胜利中匆匆离去，一手拿着剪刀，一手拿着参孙被剪下的头发。她害怕他吗？她想逃避他尚存的一只眼睛吗？她回头看着他，脸上露出憎恨和谋杀者的紧张，落在她身上的光线与落在参孙身上的一样多。她的嘴巴半张着，而她正大叫着："在你之上的是腓力斯人，参孙！"

他听得懂她的语言吗？他听得懂"腓力斯"这个词，这是她的人民的名字，而他杀戮了他们。她立在一片残肢断体中，向他看去；她不会向他投去爱慕的眼神，她不会高呼着"阁下"投身到屠刀前，她不会用手中拿着的他的头发、用他旧有的力量去覆盖他。她在回头看什么？她在看那正被刺瞎的眼睛和将要被刺瞎的眼睛。她在等着铁条又一次刺过去。发生的这一幕全是她的意愿。那些身穿盔甲、手持长柄刀的人是她的雇佣兵。她汲取了他的力量，占有了他的力量，她憎恨他，现在还害怕他。只要想到刺瞎，她就会恨他，而且为了恨他，她会一直想着刺瞎。

我经常站在这幅画前，从中我学会了什么是仇恨。我很早就体会到了它，很早，五岁的我就想用斧子劈死我的玩伴。但人们不会认识到自己感觉到的东西，直到亲眼看见发生在别人身上的这一幕，人们才会意识到这一点，也只有到这个时候，人们对以前经历的认识才变得真实。在无法命名它的时候，它长眠于人的内心，然后突然以绘画的形式出现，发生在其他人身上的事情唤醒了自己的回忆：现在它才是真实的。

悟性的早期成就

我接触的那些年轻人，在各方面的差别都很大，但他们有一个共同之处，就是他们只对精神的东西感兴趣。对于报纸上的内容，他们全都一清二楚，不过，只有在谈论书的时候，他们才会变得情绪激动。有少数几本书是特别受关注的，倘若对它们一无所知，就会被人鄙视。这些年轻人并不是机械地重复一个一般的或是主流的观点，而是自己阅读这些书，再当着别人的面朗读节选部分，并凭记忆引用其中的内容。不仅允许提出批评，批评其实更受欢迎。找到令一本书的公开声誉受到动摇的薄弱点，然后就此热烈而详尽地进行讨论，在此过程中，大家看重的是逻辑能力、思维敏捷和诙谐幽默。除了卡尔·克劳斯的观点之外，在这里没有什么是固定不变的，大家都非常喜欢去撼动那些过于轻易且过于迅速就被公众所接受的东西。

这里涉及的书，主要是一些留给人们很多讨论空间的书。在法兰克福那家膳宿公寓的饭桌上，我曾目睹了斯宾格勒所带来的重要影响，但现在，他的时代似乎已经过去了；他在维也纳的影响似乎并不大。悲观主义基调在这里也是很明显的。奥托·魏宁格的《性别与性格》尽管在二十年前就已出版，但仍会出现在每一次的讨论中。战争时期，我在苏黎世所喜欢的和平主义书籍全都受到《人类的末日》的排挤。颓废派文学在这里根本就没有立足之地。赫尔曼·巴尔①已经失去威望，他笔下角色的数量曾是那么庞大，但现在，没有人再拿它们当回事儿了。对一个作家来说，其声望取决于他对战争的态度，尤其是他在战争期间所采取的态度。因此，施尼茨勒②的名声没有受到影响，他已经不再具有现实性，却也没有遭到讥讽，因为他与其他人不同，从未投身于战争宣传。对昔日的奥地利来说，现在也不是一个有利的时期。刚刚崩溃的君主制度丧失了信誉，人们告诉我，拥护君主制度的人还是有的，但只存在于无知的妇女当中。奥地利变得面目全非，维也纳的继续存在令人惊讶——现在成了一个过于"臃肿庞大的首都"，对这些情况，大家心里都很清楚。不过，人们决不会放弃精神上的要求，这种要求只属于世界级的大都市所有。人们对世界上的一切都很感兴趣，甚至于大家如何看待这些事物，仿佛都对这个世界具有重要意义。人们坚守着维也纳长期以来形成的特有的爱好，尤其是对音乐的爱好。不管有没有音乐细胞，就算是买站票，大家也会去听音乐会。那时，外界对作曲家古斯塔夫·马勒③还不熟悉，但在维也纳，对他的狂热崇拜已经掀起了第一次高潮，他是无可争议的大家。

几乎每一次谈话中间都会出现弗洛伊德④的名字。这个名字与卡尔·克劳斯的名字一样简练，但因为有了深沉的复合元音和结尾的"d"，再加上它本身的含义⑤，所以，比卡尔·克劳斯的名字更具吸引力。当时广为流传的人名中有一系列是单音节的，几乎可以满足各种不同的需要，但弗洛伊德这个名字却有一个特点：通过弗洛

---

① 赫尔曼·巴尔（1863—1934），奥地利文学理论家、作家。
② 阿图尔·施尼茨勒（1862—1931），奥地利作家。
③ 古斯塔夫·马勒（1860—1911），奥地利作曲家及指挥家。
④ 弗洛伊德（1856—1939），奥地利精神分析学家。
⑤ 弗洛伊德的德文为 Freud，而 Freude 的意思是"愉快"。

伊德本人创造的一些新词，它已经进入常用语中。大学里的权威人物还高傲地拒绝他，但他的失误①概念已经成为一种社交游戏。为了能经常使用这个受人喜爱的词，人们不断地制造失误。在每一次兴奋的并且看似自发的谈话中，总会有一个时刻，看一下同伴的嘴就知道：现在要出现一个失误了。一旦它真的出现了，人们就可以得意地对此进行说明，揭示它的形成过程，还会详细地、不知疲倦地谈起自己的情况，但不会让人觉得这是些令人讨厌的私事，因为大家参与的是对一个过程的解释，而这个过程受到普遍的甚至是科学的关注。

我很快发现，弗洛伊德理论的这一部分一直都是最具说服力的。每次谈起失误这个话题，我从不会感到大家是为了适应一个一成不变，并因此很快会变得乏味的模式而去不惜一切地刻意为之。同时，每个人都有自己的方式制造失误。发生的都是充满睿智的事情，有时甚至真的会出现失误，而且看得出，那不是有意为之的。但在俄狄浦斯情结②上，情况就完全相反了，它令大家扭作一团。每个人都想讲出自己的这种情结，或者干脆当着其他人的面就说出来。谁要是经常参加这种集体活动，谁就会知道：如果他不自己讲出自己的恋母情结，别人会先对他投来冷酷、锐利的目光，接着就会谴责他。不管用什么方式，每个人（甚至是遗腹子）都会道出自己的这种情结，最后，所有人都一样是有罪的，坐在那里，被这神话中的名字弄得精神恍惚，一个个都成了潜在的爱恋母亲的人，成了弑父的凶手，成了来自忒拜的神秘国王。

在这件事上，我持着怀疑态度，也许是因为我从小就了解残酷

---

① 指心理学上研究的口误、错读、忘记等。
② 即心理学上的恋母情结。

的妒忌，而且非常清楚各种不同的杀人动机。无数的人赞成弗洛伊德的这一理论，但就算他们当中有人能说服我，让我相信这一理论的普遍有效性，我也绝不会认可这一理论的名字。我知道俄狄浦斯是谁，我读过索福克勒斯①的作品，不会忘掉这可怕的命运。我来到维也纳的时候，人人都在重复着俄狄浦斯的故事，无一例外，即便是最骄傲的、蔑视下等群体的人，也在谈论《俄狄浦斯王》。

不过，今天也必须承认，当时人们尚处在刚刚结束的战争的影响之下，对杀人的残酷无情还记忆犹新。很多曾积极参战的人现在都归来了。他们很清楚在接到命令的情况下自己会做出什么举动来，现在他们急于抓住所有对人类的谋杀天性给出的解释，而精神分析为他们提供了这种依据。他们处在集体的强迫之下，其无意义反映在这种解释的陈词滥调上。令人奇怪的是，每一个找到自己俄狄浦斯情结的人都变得那么和善与无辜。最可怕的命运在被复制、增加了千倍之后，也会变成粉尘挥散开去。这个神话抓住了人们，扼住他们的喉咙，令他们发抖。它被归结为一个"自然法则"，但不再是神话应该遵循的法则。

与我打交道的那些年轻人都没参加过战争。然而，他们都去听卡尔·克劳斯的朗诵会，并且知道——可以说，都会背诵——他的《人类的末日》。这让他们现在有机会补上战争这一课，战争令他们的青年时代变得阴暗，为了让他们了解战争，很难再有比这更浓缩、同时也更合法的办法了。因此，战争对他们来说也是记忆犹新的。他们不会忘记它，因为他们摆脱不了它，会不停地思考它。他们不探究人作为群体的精神状况，这种精神状况令人顺从，愿意投身战争，而且在战争失败几年后——即便是以另一种方式——还牢

---

① 索福克勒斯（前496—前406），古希腊三大悲剧家之一。

牢地留存了下来。对此，几乎没有人发表见解，解释这种现象的理论还不存在。我自己很快发现，弗洛伊德在这方面的说法绝对是远远不够的。人们满足于分析个人心理过程的心理学，弗洛伊德坚信不疑地为他们提供了这一理论。自法兰克福时代起，群体之谜就困扰着我，而我就这个问题一直想对人们谈论的东西，在他们眼里是不值得讨论的，毕竟，对此还没有一个理智的说法。无法表达的东西是不存在的，它肯定是一种幻觉，不能持久，否则弗洛伊德或是克劳斯肯定会以某种方式提到它了。

在这里我发现了一个暂时无法填补的空缺。这种情况并没有持续多久，在一九二四年到一九二五年的初冬时节，我突然"灵光一闪"，这决定了我今后的岁月。我不得不称它为"灵光一闪"，因为这一经历与一种特殊的光联系在一起，它突然出现在我的上空，有一种猛然扩散开的感觉。我快速走在维也纳的一条大街上，异常地有活力，这种运动持续的时间与"灵光一闪"的时间相当。我从没忘记那天夜里发生的事情。只一眨眼工夫，它就来到我身边，五十五年后的今天，我把它看作无法完全领悟的事。也许，这一光芒的思想内涵太简单，让人无法解释它的作用。但我就像获得了上帝的启示一样，将人生的三十五年——其中有整整二十年——投入到这上面，想弄清楚到底什么是群体，权力如何从群体中产生，又如何反过来对群体产生影响。当时我没有意识到，从事这项研究应十分感谢这一事实：维也纳有弗洛伊德这么一个人，大家都在谈论他，好像通过自身的意愿和决心，自己就可以对事物做出解释似的。因为他的理论不能满足我，没有对我认为是最重要的东西做出解释，我真心地以为——即便这种想法很天真——这些事情与他完全无关，而我要研究它们。我当时很清楚，我需要他作为自己的对手。他同时对我也起到了榜样的作用，在当时没有人能够说服我相信这一点。

我清晰地记得,"灵光一闪"就出现在阿尔泽大街上。当时是在夜里,天空中城市的红色反光引起了我的注意,我仰头看着。我没有留意自己是如何走的,被绊了好几次;我伸长脖子向上看着,那红色的天空并不让我喜欢,但就在绊跤的一瞬间,我脑子里突然出现一道闪光:世间存在着一种集体欲望,它一直处在与个人欲望的对抗中,从二者的争斗中,可以解释人类历史的进程。这也许不是什么新思想,但对我来说,它是崭新的,因为它给我带来了巨大的触动。我仿佛觉得世间发生的一切都源于此。在法兰克福的时候,我就已经知道群体的存在,现在,在维也纳,我再次经历了这一切。有某些东西强制人们成为群体,这在我看来是显而易见、毋庸置疑的。同样明显的是,群体会分解成个人,而个人又愿意再成为群体。对于群体的形成以及脱离群体的倾向,我不抱怀疑态度,我感觉到这些趋向的强烈和盲目,所以称之为欲望。但群体到底是什么,我不知道,这是一个谜,我打算解开它,它是我眼中最重要的一个谜,无论如何也是我们这个世界上最浮面的一个谜。

现在我提起这些,听起来是那么的无力,像精力耗尽了似的,又像血流尽了一般。我用了"巨大的威力"一词,事实也的确如此,因为那突然充斥我全身的能量迫使我走得更快,几乎跑起来。我飞奔过整条阿尔泽大街,感觉一瞬间就走完了它,耳边呼啸作声,天空还是那么红,好像从那一刻开始,这颜色就归它所有了似的。我大概又磕碰了几下,但没摔倒,跟跄成了整体运动中不可缺少的一部分。我再也没有经历过这种方式的运动,我也不能说自己希望它们再次降临到我身上。因为这太特别、太奇特、太快了,不适合我;这是源于我自身的一种陌生感,而我却驾驭不了它。

祖　先

　　大家处处都觉得薇莎是外国人，无论她走到哪里，都那么引人注目。一个从没去过塞维利亚①的安达卢西亚②人，在谈起那里的时候，却让人感觉她就在那里长大似的。人们第一次读《一千零一夜》时，就在里面遇见过她。在波斯小画像上，她也是一个经常出现的人物。抛开这些无处不在的东方色彩，她并不是一个幻影，她在人们脑海中的样子总是十分确切，她的形象不会走样、消失，总保持着清晰的轮廓和表面的光亮。

　　她的美貌令人瞠目结舌，我努力抗拒着它的吸引。作为一个没有经验的家伙，我几乎还没走出男孩儿的年龄，做事慢吞吞，举止粗俗，是她身边的一个卡利班③，即便非常年轻，但笨手笨脚，没有自信，而且粗鲁。当着她的面，我无法控制自己的语言。在见到她之前，我找出最荒唐的骂人的话，作为对抗她的盔甲："忸怩作态"是最轻的，"多愁善感"，"宫廷色彩"，一个"公主"；我只能驾驭语言中的一半，就是那些高雅的语言，所有本义的、肆无忌惮的、严肃和无情的词语于我都是陌生的。但只要想起四月十七日的朗诵

---

① 塞维利亚，西班牙城市。
② 安达卢西亚，位于西班牙南部的地中海西岸。
③ 卡利班，莎士比亚剧本《暴风雨》中的半兽人。

会，就足以使这些指控无效。整个大厅都向卡尔·克劳斯欢呼，不是因为他的高雅，而是因为他的严厉。中场休息的时候，当我与她本人认识时，她看上去那么镇定、文雅，丝毫不准备逃避朗诵会的下半部分。从此，每一次的朗诵会——现在每一场我都去参加——上我都会悄悄地用目光寻找她，并且总能找到。我远远地同她打着招呼，从不敢到她近旁去，倘若她没看见我，我会不知所措，大多数时候，她都会对我的招呼做出回应。

即使在这里，她也很引人注目，她是观众中最奇特的一景。她总坐在第一排，卡尔·克劳斯肯定注意到她了。我突然想知道她在他眼里是什么样子。她从不鼓掌，这点肯定也逃不过他的眼睛。但她每次都坐在相同的位子上，对他的这种崇敬恐怕也不会被他当作无所谓的。尽管她邀请了我，但我没敢去拜访她。早在第一年里，我对她坐在第一排的位子上就感到恼怒，而且这种恼怒不断增强。因为弄不清这恼怒的缘由，所以我自己产生了一些很奇怪的想法。坐在前面实在是太吵了，怎么受得了这种不断扩大的声音？对于《人类的末日》里的某些角色，人们真应该出于羞耻和惭愧而钻到地下去；当她听着《织工》，听着《李尔王》，想要哭泣的时候，她会怎么办？如果他看见她哭了，她又会如何忍受这一切？或许她就是想让他看到这些？她会为这种影响而自豪吗？她当众哭泣，是不是以此来表示对他的崇敬？但她绝对不是没有羞耻心的人，我感到，她肯定比其他任何人都更有羞耻心，所以她才坐在那里，向卡尔·克劳斯展现出他给她带来的一切。朗诵会结束后，她从不会走近主席台一步，而很多人都努力往前挤，她就待在原地看着。每次我都受到震撼，脑子里一片混乱，也会久久不离开大厅，站在那里鼓着掌，直到手都疼了。在这种情绪下我会忽略她。要是没有她那醒目的、中分的淡黑色头发，我恐怕不会再找到她。朗诵会后，她不会做出任何让我觉得有失身份的事情。她在大厅里待的时间不比其他人长,当卡尔·克劳斯出来鞠躬的时候,她不会是最后一批走出去的人中的一个。

也许她允许我寻找她,因为在朗诵会结束后,激动之情会持续很久,无论朗诵的是《织工》,还是《泰门》,或是《人类的末日》,它们都是生存的最高境界。我期待着这种机会一次次的到来,而在它们间隔的时间里发生的事情,都属于一个世俗的世界。在大厅里,我独自一人坐着,不跟任何人交谈,而且故意一个人离去。我观察薇莎,因为我有意回避她,我不知道,自己想坐到她身边的愿望有多强烈。但只要她坐在第一排,处在众目睽睽之下,我是不可能坐到她旁边去的。我很嫉妒这个充斥自己内心的上帝;虽然我从没试图在任何地方拒绝接受他,虽然我的每一个毛孔都向他敞开,但我不愿看见他赢得了这个黑发中分、充满异域风情的人,让她为他笑,为他哭,在他带来的风暴中弯下身。我想到她身边去,但不是去她坐的前排,我只想和她坐在那个上帝看不见她的地方,在那里,我们可以用目光交流他带给我们的影响。

就在我恪守自己那骄傲的决定,不去拜访她的时候,心里对她又充满嫉妒,我没有意识到自己在积蓄力量,把她从卡尔·克劳斯身边抢走。在家里,我的行为引起母亲的言语攻击,在我为此而感到要窒息的时候,眼前突然浮现出自己站在薇莎家门口按铃的画面。我猛地推开这一幕,像推开自己身上某一部分似的,但它越来越靠近我。为了不让自己动摇,我开始想象阿斯利尔一家那潮水般的废话将如何向我袭来。"是怎么来着?她说了什么?我就知道会这样!她不会喜欢的。当然了。"我已经听到了母亲的警告声,她会获悉一切最新的消息。我在脑子里想象着与母亲的对话,这些后来真的应验了。我有意回避薇莎,这让我倍感为难,我也想象不出自己能跟她说些什么，担心自己的话太粗鲁、太无知，与此同时，我已经想象到了将在家里听到的针对她的恶毒攻击。

虽然我给自己下了禁令，但我一直很清楚，我会去她那里的。每次朗诵会上看到她，我的这种感觉都会增强。不过，当那个自由的下午真的到来时，距离她最初的邀请已经过去了一年。没人知道是怎么回事，我的双脚自己找到了去费迪南德大街的路，我绞尽脑汁想找出一个有说服力的解释，让它听上去既不是不成熟也不谦卑。她以前说过，她想成为一个英国人，当她问起英国文学的时候，比较有可能会提到什么呢？我不久前刚听了《李尔王》，那是卡尔·克劳斯最伟大的朗诵会之一，它也是莎士比亚所有剧本里最让我深思的一个。我忘不了这位老人在荒原上的那一幕。她脑子里肯定清楚地记得英文原文。在《李尔王》中，有些东西是我承受不住的，我不想跟她谈起这些。

我按响了门铃，开门的正是她本人，她招呼我进去，似乎一直在等我。几天前，我才在朗诵会上见过她。那次我站在大厅中央，我想我不是有意走到她近旁的，我当时与其他人一样站着鼓掌。我猛烈地鼓着掌，双臂伸向高处，高呼："万岁！万岁！卡尔·克劳斯！"我一直未停，其他人也没有停下，直到双手疼痛，我才把手放了下来，发现有个人像是神志不清一般站在身边，但是没有鼓掌。那人就是她，我不知道她有没有看到我。

她带我穿过黑暗的走廊，走进她的房间，欢迎我的是温馨的灯光。我在堆着书和画的地方坐下，但没有仔细去看这些，因为她对着我坐在桌子旁，说："您没发现我。我去听了《李尔王》。"我对她说，我当时看到了她，所以才来了。然后我问她，为什么李尔王最后必须死去。他年纪相当大了，这是肯定的，而且遭遇了可怕的事情，但我更希望他能挺过这一切，最后没有死。他应该没有死的。如果是另外一个主人公，一个年轻点的，在剧中死去，那我会愿意接受，尤其是自我吹嘘和打架成性的人，正是这些被称作英雄的人，我希望看到他们死去，因为他们的声望就是建立在为他人献出生命的基础上的。但李尔王已经这么老了，应该再多活几年，不应该让人知道他死了。这个剧本里已经有很多人死了，应该有一个活下来，而那个人就是他。

"为什么偏偏是他？他不配得到安宁吗？"

"死亡是一种惩罚。他应该得到生存的权利。"

"年纪最大的、最老的人应该活得更长一点？而年轻人要在他之前死去，被骗取了生命？"

"年长的人死掉，意味着更多的东西死亡。他生活的所有岁月都跟着死了。跟他一起走向灭亡的还有多得多的东西。"

"您是希望人们能像《圣经》里的祖先那样活那么长？"

"是的！是的！您不希望如此吗？"

"不希望。我可以给您举个例子。他住在距离这儿两扇门远的地方。说不定您在这儿的时候，他会出来呢。"

"您是指您的继父。我听说过他。"

"您听说的事情绝对与事实相去甚远。真相只有我们知道，我和我母亲。"

这个话题对她而言来得太快，她不想这么快就提起他。她成功地做到了令自己的房间、自己的氛围不受他的破坏。要是我知道她为此付出了什么代价，我可能会回避这个话题，不说起老人因为已经活了这么大年纪就应该再活下去。可以说，我是带着对《李尔王》的盲目认识去她那里的；我很感谢我们在一起经历了一些奇特的事情，我必须去谈它们。我处在李尔的罪责中，因为他驱使我到她那里去。如果没有他，我的拜访肯定还要再推迟很久，现在我坐在那里，满脑子全是他，我怎么能不崇拜他呢？我知道莎士比亚对她的意义有多大，我深信再没有比这更让她感兴趣的话题了。我来她家，不是为了询问她的英国之行，她不会想起我在那里度过的童年。她最初邀请我，是想让我跟她讲一讲我在英国的童年。我触及了她的最痛处，与继父在一起的生活，对她和她母亲而言，是一种折磨。他快九十岁了，而我现在来对她说，如果人活了很大年纪，那么他最好能继续活下去。

我第一次拜访就深深刺痛了她，这差点就成了最后一次。她克制着，很显然是被我的话吓了一跳。她感觉必须对此进行辩解，尽管十分为难，但她还是对我讲起了她是如何适应这地狱般的生活的。

薇莎和母亲居住的房子由三个一字儿排开的大房间构成，窗户都朝向费迪南德大街。这处房子位于楼的夹层，没有多高，从大街上很容易就能看到。从房门处开始，有一条走廊，左边是房间，右边是厨房和剩余的空间；厨房的后面是一间又小又黑的佣人房，很隐蔽，一般不会有人想到它。

左手边的三个房间里，第一间是她父母的卧室。薇莎年近九十的继父骨瘦如柴，要么是躺在床上，要么就穿着睡衣，笔直地坐在角落里的炉火前。接下来的一间是饭厅，多数时候，只在有客人来时才会用。第三间就是薇莎的房间，她按照自己的喜好布置，用自己喜欢的颜色，有书有画，轻盈而不失庄重，令人进来的时候觉得轻松，走时又恋恋不舍，这个房间与其他房间的区别之大，使人站在门槛处就觉得自己在做梦——这是通向生气勃勃之地的一道严格界限，只有少数人可以越过它。

这间房间的主人对他人行使着统治权，并且这一权力令人难以

133

置信。这不是恐怖统治，一切都在无声中进行，挑高的眉毛就足以将入侵者从门槛处赶走了。主要的敌人是继父门托·阿尔塔拉斯。早期，那段时光我不可能再亲身体验了，一切都还以公开的形式进行，界线尚未划清，大家不确定会不会达成一个和平协定；那时候，这位继父习惯突然之间撞开门，用他的手杖威胁地敲打着门槛。这个又高又瘦的人穿着睡衣站在那里，他细长、瘦弱，又板着脸，脑袋看上去很像他从未听说过的但丁①的脑袋。当他暂时停止敲打的时候，他嘴里会发出可怕的西班牙语的威胁和咒骂；他站在门槛处，一会儿敲，一会儿骂，直到别人满足他吃牛排或是喝葡萄酒的愿望。

  还是未成年的小姑娘时，薇莎就已经开始寻找解决办法，她把通向自己房间的两扇门——一扇通往饭厅，一扇通往走廊——锁上。然后，当她长高并且变得更有吸引力时，钥匙会经常失踪，开锁匠拿来的新钥匙也会不见。母亲出去了，女佣也不是总在家里，当那个老头迫切地想得到某样东西时，尽管他已是高龄，却有打败她们三个人的力气。这就是让人害怕的原因。母亲和女儿不愿最终分离。为了能待在母亲的房子里，薇莎发明了一个制服老头子的策略。这需要理智、力量和恒心，对一个十八岁的女孩儿来说，这是前所未有的。她坚持，如果老头子离开自己的房间，他就什么都得不到。他可以敲打、怒吼、咒骂、威胁，但那都是白费力气。葡萄酒和牛排远离他，直到他重新坐在自己的房间里，如果下次他还要求这些东西的话，会立刻送到。这是巴甫洛夫②式的方法，是薇莎在对巴甫洛夫一无所知的情况下，自己想出来的。几个月后，他屈服了。他看到，如果自己放弃突然袭击的话，就会得到美味的牛排

---

① 但丁（1265—1321），意大利诗人、文学家。
② 巴甫洛夫（1849—1936），俄国生理学家。

和陈年的葡萄酒。如果他再次大发脾气,站在禁止逾越的门槛处大吼大骂的话,他就会受到惩罚,一直到晚上都得不到吃的喝的。

他一生大部分时间是在萨拉热窝度过的。在那里,还是小孩子的他卖过热玉米。早年的这些事情一再被提起。这还是上世纪中期的事,已经成了他传奇一生中最重要的部分。之后的事情,大家就毫不知情了,总之,出现了一次巨大的飞跃;在他因上了年纪而抽身生意场之外以前,他是萨拉热窝和波斯尼亚最富有的人之一。他拥有数不清的房产(一直以来,大家听到的数字是四十七)和大片的森林。他的儿子们继承了他的生意,过着大手大脚的日子,他们想远离这个老头子也就不足为奇了。他认为人们应该过俭朴和退隐的生活,不应该把自己的财富炫耀给人看。他的吝啬和他的顽强一样出名;他拒绝慈善捐款,这被看成是罕有的耻辱。他不打一声招呼就突然出现在儿子们举办的盛大酒会上,用手杖赶走所有的客人。在他年过七旬的时候,他们成功地让这个死了老婆的人到维也纳去再婚。对方是个非常漂亮的寡妇,名叫雷切尔·卡尔德龙,比他年轻许多,这是个诱饵,他抵挡不住。他刚到维也纳,他的儿子们就松了一口气。最大的儿子买了架私人飞机——这在当时还是很不寻常的事情——以此提高自己在家乡的威望。现在,他时不时地来维也纳,给他爸爸送钱,一捆捆厚厚的钞票,这种形式是老头子要求的。

刚来维也纳的时候,他还会出去走走,而且不让任何人陪同。他穿一件开了线的外套,在身上直晃荡,下面穿一条破成一缕缕的裤子,左手拿一顶破帽子——看上去像个装大便的粪桶——他把帽子藏在一个隐蔽的地方,不让人清洗,大家都不明白他用它来干什么,因为从没见他戴过。

有一天,女佣颤抖着跑进来,说她刚在内城大街的一个角落里看见了先生,帽子放在他面前,口朝上,一个行人往里面扔了一个硬币。他一踏进家门就受到了质问。他大怒,让人以为他会用那只从不离身的手杖打死他太太。她是个温柔、善良的人,一直避让着他,但这一次,她没有让步。她从他身边拿走帽子,扔掉了。没了帽子,他不再去乞讨了。然而,出门的时候,他仍然穿上那条破裤子和那件开了线的外套。女佣被派出去暗中跟踪他,走了很久,一直跟到小摊贩市场。她太害怕他了,结果跟丢了。他抱着一纸袋梨回来了,凯旋一般地将它举到老婆和继女面前:他没花一分钱,一个卖东西的女人给他的,不要一分钱,真的,他站在水果摊边看着,那么饥饿,那么穷困潦倒,甚至让麻木不仁的老板娘动了恻隐之心,暗中塞给他一袋一点儿也没变质的水果。

在家里,他的注意力放在其他事情上:他要把一捆捆厚厚的钞票藏起来,当然是藏在他的卧室里,以便随时都能拿到它们。两张床的床垫都因此而塞满了,纸币在地毯与地板之间构成了第二层地毯,那么多双鞋子里面,只有几双他必须穿的是空着的,其余的鞋子里都塞满了钱。在他的衣柜里有好几十双袜子,任何人都不许碰,他会经常查看。只有两双他替换穿的袜子才是真正被当成袜子用的。他太太每周会得到一笔家用,仔仔细细地当面点清,这是她与他儿子在协定里规定好了的。他试图从她那里骗取其中的一部分,但这钱是花在他的葡萄酒和牛排上,他在这两样上的消费惊人,因此他也就打消动这笔钱的念头。

他食量惊人,而且不遵循正常的用餐时间,这让人不得不为他的健康担心。早饭的时候,他就要求吃牛排喝葡萄酒,到了上午茶时间,离午饭还早着呢,他又要这些,其他的什么也不要。当他太太企图用配菜、米饭和蔬菜来满足他的胃口,不希望他吃那么多肉时,他蔑视地拒绝了这餐饭。当她再次这么做时,他盛怒之下把饭菜掀翻在地，坐在位子上只吃肉，而且因为给他的肉太少，他还要求加肉。对这唯一带血的东西，他的饥饿感是那么强烈，几乎无法满足。他太太找人请来一位沉着而有经验的医生，他本身也来自萨拉热窝，他了解这个老头子，能听懂他的语言，可以用这种语言流利地与他交谈。尽管如此，他也没能给他做检查。老头子说，没感觉有什么不舒服，他一直以来都很瘦，他唯一的良药就是牛排和葡萄酒，如果得不到自己想要的分量，他就去大街上乞讨。他发现，没什么比他的乞讨欲望更让他家里人感到害怕的了。她们像他一样把这个威胁当真；医生警告说，如果他再这么吃下去，最多只能再活两年，对此，他以一句可怕的咒骂来回答。他说，他想吃肉，就这些，他从来没吃过别的，他没想过八十岁还健壮如牛，就这样，没了！

　　两年后，他没死，倒是那位医生死了。有人死的时候，他总是很开心，但这一次，他高兴得几夜没合眼，用牛排和葡萄酒来庆祝。请来给他检查身体的下一位医生不到五十岁，身体硬朗，精力充沛，本身也很爱吃肉，但这个人就更不幸了。老头子背对着他，没跟他说一句话，人家走的时候，也没诅咒人家。这位医生也像前一位医生一样，死了，只是中间间隔的时间要长一些。对他的死，老头子没有理会。现在，对他来说，活下来已经成了很自然的事，在饮食上，有牛排和葡萄酒就足够了，而且他也不再需要医生做牺牲品了。后来，大概还有一位医生来过，那是因为他太太病了，她向自己的医生诉苦。她睡眠太少，半夜的时候会被丈夫叫醒，他要吃东西。自从他外出的次数少了，情况就越来越糟糕。这位医生极其勇敢，可能他还不知道前面两位医生的命运，他坚持要检查一下那个老头子。当时，老头子正坐在旁边的床上大嚼着带血的牛排，毫不关心生病的太太。医生抽走他的盘子，厉声斥责道："你眼里到底有什么？这是危及生命的！你知不知道自己要瞎了？"这让他吓了一跳，这还是第一次。但大家是后来才知道他害怕的原因。

他的饮食方式没有发生任何变化，但他不再外出，有时候，会把自己关在卧室里一两个小时，这在以前是从没有过的。别人敲门他也不理，只听见他在里面拨着壁炉里的火。大家都知道他对火的偏爱，所以猜测他坐在火前，认为想吃东西的时候他自己会出来的。情况一直这么持续着。然而，有一次，继女拿了卧室和饭厅之间那扇门的钥匙——她已经习惯藏起自己的钥匙了——听到他在里面咕噜作响的时候，突然把门打开了，看见他手拿一捆钞票，在她眼前扔进火里，他旁边的地板上还有几捆钞票，其他的已经在火里烧成灰了。"不要管我，"他说，"我没时间了。我还没完成呢。"然后指了指地上那些还没烧的钞票。他烧了它们，不想留给任何人，他的钱那么多，结果卧室里仍旧满地是钱。

老阿尔塔拉斯烧钱，这是虚弱的第一个信号。第三个医生根本不是为他而请来的，他没接待人家，好像那人与他无关，他只想通过自己正常用餐，来向那位医生展示他对自己太太的冷漠和她的痛苦。但医生的粗鲁行为给他留下了深刻印象，让他震惊。也许，他现在有时候确实会怀疑情况会不会一直这么继续下去，不管怎样，有关他失明的那句威胁把他搞糊涂了。他一有时间就盯着钱和火，看着钱在火中消失是他最喜欢的事。

自从他的所作所为被发现后，他也不再有意把自己关在屋里，而是光明正大地坐下来，忙着他的事。要想阻止他，恐怕得花费好几个男人的力气。他太太没了主意，稍作考虑，给他在萨拉热窝的大儿子去了封信。虽然那人平时很慷慨大方，但对这种故意毁灭钱的做法也很恼火，他立刻就来到维也纳，劝诫老头子。他是如何威胁他的，母女俩不得而知，但肯定是些比那位医生的预言更令他害怕的事——或许是告诉他,要剥夺他的行为能力,把他送进一家疗养院,在那里,他将吃着牛排,喝着葡萄酒,直到死去——总之,他儿子的话起了作用。他把剩下的钱保存好,不再烧了,并且允许别人定时进来监督他。

这个令人害怕的人敲打手杖、威胁、咒骂,十八岁的薇莎成功拯救了属于自己的小天地。现在,他很少出现在门槛边。每隔几周,他还会撞开门,还是那么高高瘦瘦的,但总会保持一段距离,出现在拜访她的人面前,令来者更多感到的是惊讶而不是害怕。他仍把那只手杖拿在手里,但不会敲打了,也不再咒骂,不再威胁,他是来求助的。恐惧驱使他来到这禁止逾越的门槛前。他说:"您偷了我的钱。钱正在燃烧。"所有人都受不了他,所以他很多时候都是一个人,而他的恐惧总与钱有关。自从不允许他再烧钱了,他就认为自己被抢劫了,火焰在他房间里燃烧着,他不能再随心所欲地烧钱,但他要想尽办法保证它们都在自己身边。

薇莎一个人的时候,他从不会过来,只有听到她房间里传出声音才会来。他听力还很好,如果有客来访,没什么能逃过他的耳朵:门铃响,从他房间旁边经过的脚步声,走廊里热烈的谈话声,然后是她房间里的交谈声,用的是他听不懂的语言——由于一切都不是发生在他眼前,这激起他内心的恐惧,让他以为别人在预谋抢劫他的钱。我最初去拜访的那段日子里,就亲身经历了两三次这样的情形。他与但丁的相似令我惊讶。

他就像是从坟墓里爬出来的。我们正谈论着《神圣的喜剧》,突然,门被撞开,他站在那里,像是裹着一条白色的床单,手杖不是用来防卫,而是为了控诉而高高举起:"您偷了我的钱!"——不,他不像但丁,他是阴间里爬出来的鬼。

爆　发

　　一九二五年七月二十四日，在我二十岁生日的前一天，终于爆发了。从此以后，我再没提起它，今天，我仍觉得很难对其进行描述。

　　我计划和汉斯·阿斯利尔一起徒步穿越卡文德尔山脉。我们打算尽量减少开支，睡在山间的小屋里，这样开支就不会太大。汉斯在皮具制造商布罗希克先生那里打工，刚好从自己微薄的薪水中攒够了这笔钱。他计算得非常精确，他必须这样，因为他同母亲和两个弟妹过着异常贫苦的生活。

　　他计划了旅行的一切事宜，这次徒步旅行不会超过一周。旅行结束后，或许还可以在某个地方住上一周，因为我想利用这段时间着手那本有关群体的书。为此，我最好能独自一人待在山里的某个地方。但这一点我没有明说，我不想伤害汉斯的感情。相反，我们非常仔细地规划了穿越卡文德尔的旅行。汉斯做事井井有条，他俯身在地图上，计算出了每段路程和每个山顶。七月份最初的几个星期就在这种商量中度过了。在家里，吃饭的时候，我提到了这次旅行。母亲认认真真地听我讲完，没说同意，也没说不同意。但随着细节的增多，家里就只回荡着卡文德尔这个名字的时候，她如果再有反对理由的话，就会显得不可思议，我甚至感觉到，在意念中她已经加入到这次旅行中来了。我们计划的目的地是阿亨湖边的佩蒂兹。有一次，她甚至考虑在假期的时候去那里，然后在那里等我们；但她也只是说说而已，在我与汉斯讨论细节的时候，我们将它否决了。七月二十四日早晨，母亲突然对我说，我应该放弃这次打算，这趟旅行不可能，她没钱供我挥霍；我应该为自己能够读大学而高兴，当其他人还不知道靠什么生活时，我是不是应该为自己提出这种要求而感到惭愧。

这是一个沉重的打击，因为它来得太突然，在经历了对我们的计划数周之久的友好甚至是饶有兴致的容忍之后到来。同住一所房子，在经历了将近一年的压制与摩擦之后，我十分有必要离开这里，去体验一下自由。在最后时刻，这种压制变得越来越厉害，每次尴尬的言辞交锋过后，我的思绪都会飞向这次旅行。关于光秃秃的石灰岩，我听说了无数次，感觉它们就在最明媚的阳光下，而现在，在吃早饭的时候，无情的断头台到来，斩断了我的呼吸与希望。

我很想冲墙上打几拳，但我控制住了自己，没当着弟弟们的面爆发出任何肢体冲动。所发生的一切都是在纸上进行的，但不是平日里那些理智的句子，我也没用熟悉的练习本，而是拿来一大本几乎全新的书写纸，用巨大的字母一页接一页地写满它。"钱，钱，又是钱"，然后另起一行，还是同样的话，然后再另起一行，直到写满整张纸，将它撕掉，而下一张纸还是以"钱，钱，又是钱"开头。我以前从没写过这么大的字，所以，每张纸很快就都写满了，被撕下的纸张丢在我周围，越来越多，从餐厅的大桌子上掉到地上。它们布满了桌子周围的地毯，我无法停下不写，那个本子有几百页，我把每一页都写满了。弟弟们注意到有些反常的事发生了，因为我一边写，一边读出来，虽然声音不是非常大，但还是能听得很清楚，"钱，钱，又是钱"的声音响彻整个房子。他们小心翼翼地走近我，捡起地上的纸，大声地读出上面的内容："钱，钱，又是钱。"然后，年纪较大的尼西姆冲进厨房，对母亲说："埃利亚斯疯了。你快来!"

她没过来,而是让他转告我:"跟他说,让他立刻停下来。那是昂贵的信纸!"——但我听不到他的话,继续飞快地写着。也许,在那一刻,我是疯了。但无论别人怎么称呼它,那个单词里集中了所有我认为的压制和低级的思想,威力无穷,完全控制了我。我注意不到任何事情,既听不到弟弟们讽刺的叫声——年纪较小的格奥尔格不是有心这么做的,他太害怕了——也没留意母亲,最后她还是到我这里来了,也许是因为浪费纸张而生气,也许她不再肯定这是不是她起初说的"喜剧"。她来的时候,我没注意到她,也没注意弟弟们,我根本就注意不到任何人,我满脑子全是那一个单词,我把它当成一切不人道行为的核心。我写着,这个单词对我的驱动力没有变小,我的仇恨不是针对她的,是针对这个词本身的,只要还有纸张,就没什么东西可以耗尽我的仇恨。最让她印象深刻的,就是她面前上演的飞快的书写速度。在纸上奔跑的大概是我的手,但我已经喘不过气来,好像自己在跑一样,我还从没以这种速度做过什么事。"就像一列快车,"她后来说,"那么沉重,装得满满的。"她不能经常提起那个词,但她很清楚,那个词让我有多痛苦。她一遍遍地发誓,说我几千次违背了它的本质,挥霍得惊人,好像真有钱供我浪费似的,好像它们够用到最后似的。不排除的是,她为双方的命运担忧,我的和钱的,因为我花起钱来大手大脚。

我没注意到她是怎样离开这个房间的,也没注意她是怎么回来的。只要那本书写纸还没写完,我恐怕什么都注意不到。突然,劳伯博士来到了房子里,他是我们的家庭医生,一个年老的医务顾问。母亲站在他的背后,但她把脸转过去;我知道她在那里,但我看不到她的眼睛,她躲在他身后,现在我知道了,刚才的敲门声很大。"这孩子怎么了?"他问。他的语速缓慢,每个句子后都会停顿，每个单词说得都很夸张，他那郑重其事的解释中没一句有价值的话，上次他来访时的敲门声还回荡在耳边——那次是黄疸病，现在这是怎么了？——这一切合在一起发挥了作用，我恢复了理智。虽然还有几页纸，但我停了下来，不再写了。

"在这儿勤奋地写什么呢？"不知过了多久，劳伯博士才说出这句话。我一直在纸上疾驰，现在，我从快车上掉了下来，将最后一页纸递给他，递送的速度更符合他。他庄严地读着。他念出了声，那个单词，我写下它时犹如火山爆发一般，但让他读出来后听上去没有充满仇恨，而是不慌不忙，好像在说出这么一个宝贵的单词前，人们应该认真考虑十遍似的。因为他口齿不清，所以听上去显得很有节制。尽管我心里这么想着，但我保持着冷静，没有让怒火重新燃起，这一点让我自己都感到惊讶。他把最后一张纸上的内容全都念了出来，因为那张纸的一多半被写满了，而他也没加快速度，因此用了很多时间。他没有漏掉一个"钱"字，等他念完后，我误解了他的一个动作，以为他还想从我这里拿一张，继续他的朗读。然而，当我又递给他一张时，他拒绝道："好了。到此为止吧。"然后他清了清嗓子，把手搭到我肩膀上，问："现在请您告诉我，我们为什么需要钱？"他一字一顿，好像蜂蜜一滴一滴从他口中滴下来一般。我不知道他这么问是因为聪明还是因为真不知道，但我开口说话了。我从头至尾地讲述了整件事，告诉他数周以来，大家在家里认真地听我说去卡文德尔旅行的计划，没提出半点反对意见，就好像也为这个计划出一份力似的，但现在，突然之间，母亲推翻了一切。整个计划期间没发生任何变动，因此，现在的这种做法完全是专断的，家里的大部分事情都体现着专断。我想离开这个家，离得远远的，想走到世界的尽头，在那里我就不必再听这该死的字眼了。

"原来如此，"他说，然后用手指着布满地板的纸，"我们把这个词写了这么多遍，就是想知道，我们再也不想听到的东西是什么。但在我们去世界的尽头之前，我们更想先去卡文德尔山脉看看。这对我们大有益处。"想着这次旅行，我的心开始活跃了，他的话听上去那么肯定，好像他有这笔钱，好像这次旅行的费用由**他**保管着。我的注意力转移了，我开始将希望寄托在他身上；倘若他没有立刻用自己不可原谅的智慧破坏一切，现在我想起他来也许还会对他抱有感激之情。"这件事的后面隐藏着其他的东西，"他解释道，"这不是关系到钱。这关系到俄狄浦斯情结。很明显的一个例子。这与钱毫无关系。"他轻轻地拍了拍我，离开了。通往前厅的门开着。我听到母亲战战兢兢的问题以及他的诊断结论："您让他去吧。最好明天就走。这对俄狄浦斯情结有好处。"

事情就这么定了下来。对母亲来说，医生是最高权威。如果关系到她自己，她喜欢多听几个医生的意见。这样，她就可以从所有诊断中挑选出最适合她的，并且不会反对任何一个诊断。对我们来说，一个医生、一种诊断就足够了，人们必须遵循。旅行的事已经决定了，不必为此再费神了。她允许我和汉斯在山里待十四天。我在家里又待了两天，她没再责备我。我被认为是受到了威胁，我的情绪不稳定，那些被我写满的纸全都被从地上捡起来，小心翼翼地堆放好，拿到了一边。因为这么多纸都被浪费了，所以，应当将它们作为精神困扰症状的证据保存起来。

在那两天里，我受压制的感觉丝毫未减，但我有了希望，很快就可以远离这里。我一反常态，做到了沉默不语。她也一样。

自我辩解

二十六号，我和汉斯一起去了沙尼茨，从那里，我们开始了穿越卡文德尔山脉的徒步旅行。那光秃秃的崎岖的石灰岩山脉给我留下了深刻印象，对当时那种心境下的我大有裨益。尽管我还不知道自己的心情有多坏，但感觉像是将一切都抛在了身后，所有多余的东西，尤其是与家庭相关的。在光秃秃的岩石上，一切从零开始，只有一个旅行背包，装着少得可怜的东西，却足够十四天之用。也许，完全没有旅行包会更好。不管怎样，包里面装着几样重要的东西：两个本子和一本书，是为假期的第二周准备的。到时候，我想去一个自己喜欢的地方，安顿下来，开始写作我的"作品"。我随身带了一本有关群体的书，其中的一个本子用来记录注释和自己的反对意见。我考虑把这作为自己写作的基础，与已经流传的相关内容划清界限。我很清楚，粗浅地了解了这方面的东西后，我很不满意，并决定远离一切被我称为"乱写"的有关群体的东西，而把它当成自己面前一座纯净的且尚处于原始状态的山脉，并且不带偏见地，作为第一个人去登上它。在第二个本子里，我打算将自己从家里那积聚的压力中解脱出来，并记录下这新的地方以及居住在这里的人们给我带来的感触。

对这些"庞大"的规划来说，在徒步旅行中一直被压抑，倒是件好事。实施它们的装备静静地躺在背包的最底下，我从没把本子或是书拿出来,也从没向汉斯提起过它们的存在。我尽情地接纳着这条山脉,好像可以把它吸进内心似的。虽然我们奋力向高处攀登,但这一次我关心的不是风景,而是被我们留在身后的以及延伸在我们面前的没有尽头的光秃。这里除了石头还是石头,连天空都让我感觉不完全是轻松的。每当我们到了水边,汉斯都会猛冲过去,而不是从旁经过,不去碰它,这令我极为反感。

他不会知道我是带着什么心情踏上这次旅行的。他对我在家里遇到的困难一无所知。我太骄傲了,从没泄漏过半句。而且,就算我告诉他了,他也很难理解我。在阿斯利尔一家人心中,母亲的形象是伟大的,她被认为是智慧和独特的,有自己的判断和思想,远离她那市民阶层的出身。在阿罗萨,与她出身相关的一切重又被唤醒,而阿丽克·阿斯利尔对阿罗萨给她带来的这一影响毫不知情。她仍像以前一样,把母亲当成是我们第一次去维也纳时的那个骄傲、独特的年轻寡妇;还把她当成富裕的人,并为她感到高兴,全然没有感觉到与这种富有紧密联系在一起的狭隘的价值观念。也许,母亲在她面前也有意隐藏自己的巨大变化,否则,她如何当着自己生活困顿的童年好友的面提起钱,却又不帮助她呢?就这样,钱成了我和她之间谈论的主要内容,我们一直单调地重复它,它也一直引起我们之间的大声斥责。但她在与阿丽克的谈话中却绝口不谈钱,而汉斯认为自己有理由羡慕我那"健康良好的"家庭关系。

我们谈论着与此无关的所有话题,从无间断,与汉斯在一起,几乎不可能出现沉默。因为他处在与我竞争的压力之下,所以我刚说一句话就被他打断,由他把句子说完,由他补上后面的内容,而他的补充似乎是不会停下的。为了说得比我多,他的语速比我快,而且不给自己留下思考的时间。我感谢这次徒步旅行,这是他的主意,也是他准备的,我同他玩起了一个特别的游戏:只要谈话不涉及这山脉，我就准备和他谈论一切。他注意到，每当他提起向山顶和往上攀登的可能性时，我就会把话题引向书，所以他认为谈论山脉让我感到无聊。因为除了光秃秃的岩石之外，到处都是同样的景象，几乎看不到别的东西；或许他认为就这个话题长时间的争论真的没有意义，所以他也很快不谈论山脉，而我正想将它作为自己的任务完整地保存下来。并不是说我当时可以将它称作任务，现在我只想试图告诉大家，当时它在我心目中是什么样子。我必须让这份光秃秃的贫瘠在我面前堆积起来，因为我要投身于一项任务中，投身于"作品"中，或许长时期内都会收效甚微。这里不是矿山，不允许从这里攫取任何东西，必须保存它那受到威胁的整体特性，必须让它完整地保留下来，不然，我会讨厌或是憎恨它。我应该纵横交错地在它上面行走，从一端到另一端，在很多个地点接触它，并且一直清楚地意识到，我还没有了解它。

就这样，卡文德尔山脉未被谈论地屹立在那里，刚过二十岁的我踏上了它，我一生中最宽阔、最重要的一段时期开始了。

现在想来，真要惊奇：在那五六天时间里，我每一分每一秒都跟同一个人在一起，他不停地说着，而我要回答他，要对他的话做出反应——我觉得，我们之间没有一刻是安静下来的——却不谈我们所处的空间，没有提到那些在过去的几年里逐渐变成让我痛苦的压力的事情。我们聊着与书有关的话题，都是些无关紧要、没有实质内容的闲话，我对自己说的话很满意，而汉斯只要能在这个话题上展现自己的实力，也感到很满意，但它不再是可替换的泛泛而谈。或许，谈论其他的书籍也能带来同样的效果。谈话让他很满意，因为他不仅能够有话说，而且还能抢在我前头；我也很知足，因为我没有提起真正充斥自己内心的东西。我无法重复这种空洞谈话的任何一个句子或是音节；它们是那次穿越岩石之旅的真正的水流，渗进岩石，消失得无迹可寻。

不过，这种谈话似乎不会不受惩罚地继续下去，因为，当我们到了佩蒂兹的阿亨湖边时，灾难出乎意料地降临了。汉斯张开四肢，躺在湖边的太阳底下，我没有这么做，而是来来回回地散着步。他把双手交叉放在脑袋下面，闭上了眼睛。天气很热，太阳升得高高的，我以为他睡着了，所以没有留意他，而是沿着湖岸散步到离他不远处。我那双沉重的登山鞋下，沙子在"嚓嚓"作响，我不知道这会不会把他吵醒，就向他那边望去。他把眼睛睁得大大的，呆呆地注意着我的一举一动，充满了憎恨，我甚至可以感觉到那份憎恨的强烈。我不相信他有什么强烈的感情，大家都不相信他有，这种仇恨现在让我感到惊讶；起初我并没想到这仇恨是针对我的，而且后果还相当严重。我站在水边的护栏旁，这样可以从侧面看到他：他一言不发，一动不动地盯着我看，慢慢地我明白了，他是因为仇恨而说不出话来。他的沉默就像看似支配它的感情一样让我感到新鲜。我没做出什么反抗的举动，我尊重它，我们之间的所有谈话都因为数量太多而失去了价值。这一状态一定持续了一会儿。他躺在那里，像瘫痪了一样，但他的目光没有，仇恨在其中升腾，令我突然想到了"谋杀"一词。我的背包就放在他身边的地上，我向那里走了几步，拎起它，还没背上就离他而去。他看到我们的背包分开了，停止了呆视的状态，跳将起来，拿起了自己的背包。他站起来，像一把打开的刀刃，看都没看我一眼，就大踏步地朝延巴赫方向走去。

他走得很快，我犹豫着，直到他从我的视线中消失，才大踏步地走上这同一条路。在延巴赫，我打算乘火车去因斯布鲁克。很快，我意识到一个人是多么轻松，就我一个人。我们之间没说一句话——倘若想用一句话来补救，那它立刻就会变成千百句话，只要想一下，我都觉得恶心。他的沉默割断了一切。我没试图为他的沉默找个理由。他离开得那么坚决，一反常态，没有详尽地解释这么做的意图，但我也不为他担心。向前走的时候，我伸手摸了摸后面的背包，感到本子和书还在。我没把它们拿给他看，甚至一次都没提过自己随身带着它们。他知道，这次徒步旅行后，我打算在一个地方住下来，为了工作——我是这么跟他说的。但我们没有说起这个星期里他会不会跟我一起待在同一个地方。也许，他在等我提出明确的要求，第二个星期也跟我在一起。我没有说出来。在佩蒂兹的时候，徒步旅行就结束了，卡文德尔山脉被我们抛在了身后，通往延巴赫和山谷的路途很短，那里有火车站，可以坐车去因斯布鲁克，而在相反的方向，是他回维也纳的火车。

情况也确是如此，在延巴赫，我看到他在铁轨对面的站台上。他站在离我不远处，在等着开往维也纳的火车。我感觉他有些拿不定主意，也不再是呆呆的样子；背包松垮垮地搭在他那瘦削的肩上，登山杖的尖儿也被磨平了。他没向我的月台这边靠近。也许，他还跟着我，但是不知躲在哪个车厢里。我坐在自己的火车上，问心无愧地驶向因斯布鲁克，最后一刻和解的危险消除了，我对他只有感激之情，因为，他没有站在我的边上，否则，一场对立就很难避免了。直到很久以后，我才明白，他的不幸在于自己制造距离，将自己与身边的人隔开。他是一个距离制造者，这是他的天赋，他制造的距离令他自己以及其他人都无法逾越。

在因斯布鲁克，我乘火车去了科马藤，它位于通往塞润谷的入口处。我在那里过了一宿，次日去了塞润谷，打算在格里斯找间房，与笔记本一起单独过上一周。

我出发的那天，下着大雨，我在浓雾中前进，雨点打在脸上，这是我第一次独自徒步旅行，旅行的开端并不好。很快我就湿透了，衣服贴在身上；我走得飞快，想逃脱这暴风雨，因此上气不接下气。在刚刚过去的那个星期里,阳光灿烂,一切都很轻松。我感到自己要为这独处付出代价。雨水流过我的脸,我饮着那雨滴,只能看见自己前面几步的距离。有时候,可以认出路上农舍的《圣经》引文,它们在暴雨中同我打着招呼。当全身湿透的时候,看着这么多诱人的听天由命的语句,真觉得有点讽刺,而我也避免去敲这种用箴言警句装饰的农舍的门。没过太久,大概两个小时之后,我到达了山谷上一梯级的平坦地带。在山谷中心地带的格里斯,我很快在一个农民家里找到一个房间,他正巧是当地的裁缝。我受到友好的款待,把自己的东西烤干,傍晚时分,天空放晴,这预示着第二天的好天气,我可以为下面的行程做准备。

我对旅馆主人说,在我打算逗留的十日里,我必须学习,并打算上午的时间一直用来工作。我得到一张小折叠桌,可以把它摆在房子旁边的小花园里。我很早就起床,喝完咖啡后,带着铅笔、两个本子和那本提到过的书,立刻开工。那真是个美好的早晨,天晴得很透,气温凉爽宜人。旅馆主人的摇头并未让我感到惊讶,更让我惊奇的是我自己,我在这里打开了这本书,从书的第一个单词开始,我就反对它,甚至五十五年后的今天,我对它的反对之情丝毫未减:弗洛伊德的《大众心理学和本我分析》。

同弗洛伊德的很多作品一样,在这本书里,我首先发现他引用了其他研究过相同题材的作者的观点,大多数都引自勒庞[①]。他行文的方式就已经让我感到困惑。这些作者里,几乎所有人都对群体不理不睬:对他们来说,群体是陌生的,或许他们害怕群体。当他们开始研究群体时,他们的姿态是:保持离我身体十步远的距离!好像对这些作家而言,群体就像得了麻风病一样,他们是一种病,作

[①] 勒庞(1841—1931),法国医生和社会心理学家。

家要做的是找到症状并描述出来。对他们来说，最重要的是和群体面对面，保持清醒的头脑，不被迷惑，不迷失其中。勒庞是唯一尝试对其进行详细描述的人，他对早期的工人运动，可能还包括巴黎公社，都记忆犹新。在他的作品里，他深受丹纳[①]的影响，其在法国大革命时期的事情吸引了他，尤其是九月谋杀那段历史。弗洛伊德处在另一类型群体那令人厌恶的印象之中。在维也纳，身为一个成熟的人，将近六十岁的他经历了战争的亢奋情绪。作为孩子的我也了解这类群体，他对他们的反对是可以理解的。但对自己从事的工作，他却缺乏有用的工具。在他一生当中，他把事情经过放到个人身上，逐个地研究。作为医生，他见到的病人会在整个漫长的治疗期间一直出现在他面前。他的一生就在诊病室和书房里度过。军旅生活和教会生活，他都很少参加。他至今所提出并应用的概念，无法应用到军队和教堂这两种现象上。他太严肃、太认真，结果忽略了它们的意义，而在后期的研究中，又抓住它们不放。对于自己经验不足的地方，他找来了勒庞的描写，而他的描述源于完全不同的另一类群体。

对用这种方式写出来的东西，就连一个才二十岁、没怎么受过教育的读者都感到不满意，并认为与事实不符。虽然我没有理论上的积累，但在实践方面，我从内部了解群体。在法兰克福，我毫无反抗，第一次融入其中。打那以后，我一直清楚一点：个人是多么乐于融入群体之中。正是这一点变成了令我惊讶的对象。我看见自己周围的群体，但我也看到自己身上的群体成分，并且找不到一条解释性的界线。我认为，在弗洛伊德的著作里，首先缺乏对这种现象的认可。在我看来，它与性欲和饥饿一样都是最基本的。这里涉

[①] 丹纳（1828—1893），法国评论家与史学家。

及的不是人们通过将其归为性欲的某种特殊情况而把它从世界上铲除掉。相反,人们应该全面地去看待它,把它作为一直存在的东西,只是现在它的存在比以往任何时候都更为突出,人们应当把它作为一个事实,从根本上去加以研究,也就是说,先去亲身体验,然后再去描述它。如果没有亲身经历,那么,这种描述就成了欺骗。

我还没发现什么东西,只是打算去做一些事情。但在这种打算的背后,是一种意愿:我将毕生投身于此,不管耗费多少年光阴,只要能完成这项任务就行。为了表明这件事的重要和无法回避,我当时谈到了群体冲动,将它放到与性欲同等重要的位置上。最初研究弗洛伊德时的注解是在摸索中前进,而我显得拙于言辞。我仅仅表达了对自己所阅读的东西的不满与反对,并坚决表示自己不会被说服或是被欺骗。因为最令我担心的,是那些自己曾经亲身经历、因而不会怀疑它们存在的事物突然间消失了。通过在家里进行的交谈,我很清楚,如果一个人愿意盲目的话,那他会变得有多盲目。我开始明白,对待书的态度也是这样,人们必须保持警惕;由于自身的惰性而推延批评并接受现成东西的做法是危险的。

就这样,在塞润谷的那十个上午里,我学会了在阅读中保持警惕。一九二五年的八月一日到十日这段时间,是我思想独立的真正开始。在开始阅读那本书的时候,我与弗洛伊德划清了界线。直到三十五年后,即一九六〇年,我才将这本书公之于众。

在这些天里,我也为自己赢得了作为人的独立性。因为日子很长,我又是一个人,除了上午五个小时的工作外,其他时间我就是自言自语,下午徒步郊游的时候就是我独白的时间。我考察了这个山谷,一直爬到上面通向其他山谷的隘口处。有两三次,我登上了位于格里斯上方的罗斯考格山。我为自己的勇气和到达了目的地而高兴,因为我给自己定的这些目标,与那个我设在遥远的将来的伟大目标相比，它们是可以实现的。我放声说着，大概是想把这些年来累积在自己身上的怨恨与苦闷发泄出来；我将它们用句子的形式组织起来，从我身上驱逐出去。我对着周围的空气倾诉，这里很空旷，视野清晰，也有风。看着那些难听的话被风带走，远离了我，我很高兴。这不会成为别人的笑柄，因为没人听见。但我避免肆意妄为，我发泄的都是长期受压制而产生的愤恨。我驳斥对我的谴责，它们令我深受侮辱并且害怕，我的话完全属实，根本没考虑还要顾及听众。我释放了体内形成的所有回答，它们那么有力，那么有生气，根本不会局限在规定的形式内。

所有这些话针对的中心人物就是她，对我而言，她已经变成了一个无法和解的敌人，她把我地盘里耕种的东西全都拔掉，种上她的东西，她把这当成了自己的任务。这就是她给我的感觉。能有这种感觉算是不错，因为，不然的话，我从哪里汲取抗争的力量并且不屈服呢？我并不公正，我怎么能做到公正呢？在这场生与死的较量中，我看不见自己瞄准的目标，这么多年了，我已经用自己的粗暴和信念的冷酷为自己培养了一位对手。现在不是讲公正的时候，现在要争取的是自由，在这里没人能曲解我的话，没人能截断我的呼吸。

晚上，我坐在旅馆里，将自己的这些话记到第二个本子上，它本来就是用来记录个人观点的。

现在我找到了这个本子，重新读起来。五十四年后的今天，当我读着其中的内容时，我感到震惊。何等的奔放！何等的激昂！我找到了别人威胁我、侮辱我的每一句话。没有忘记一句，没有遗漏一句，谴责我的最难听、最不公正的话都被记录了下来。但我也找到了对这些话做出的每一句回应，并感受到了其中的激情，它深深地穿透目标，泄露出我自己都没意识到的杀人力量。假如情况就这么维持着，假如从那时起，我没有从各方面寻找知识，让它们为这激情的事业服务，那么，事情的开端会很不好、很粗暴，而我也不会还能为自己十天里的巨大愤怒做出辩解。

  晚上，很多人都聚集在旅馆里，有农民，也有外地人，他们喝酒、唱歌，但我没有参与进去。我坐在那里，面前放着一杯葡萄酒，一声不吭地写着，一个瘦削、戴眼镜、不怎么受人欢迎的大学生，他本应该通过询问和干杯令人忘记自己的其貌不扬。但我在忙着我的自我辩解，尽管我睁着眼注视着周围的一切，但我什么也没看到，而是完全沉浸到我的写作中，最终没人再留意我了。由于我面前放着一杯麝香葡萄酒，所以没有人羡慕我这个位子。我感到，自己不允许加入任何一个谈话。那些谈话会破坏我的独白，并削弱这自我辩解的力量。面对这些完全陌生的人，我不能再是我自己。那充斥我内心的仇恨会让他们感觉很荒唐，而我也没有心情在他们面前饰演某个角色。

  在这种不寻常的环境里，我大概也赢得了几个朋友。他们都是些孩子，早晨六点的时候，他们会在我窗前跟我打招呼。这三个男孩子，最小的五岁，最大的八岁。第一天的时候，他们看见我坐在我的小桌子旁写东西，这在他们眼里很不寻常，结果站在那里看了我好一会儿，最后，一起来到我身边，问我的名字。我很喜欢他们，说了自己的名，但这对他们毫无用处。三个小家伙用怀疑的口吻重复了它，然后摇摇头。这个名字让我在他们眼中比以前更为陌生。不过，年纪最大的那个想到了一个解围的方法，对其他两个解释说："这大概是一条狗的名字！"从那一刻起，我在他们眼中就像一条狗一样可爱。他们成了我早晨的闹钟，叫着我的名字，让我醒来。当我开始工作的时候，他们站成一排，长久地默默注视着我，不会打扰我。然后，他们感到无聊了，一溜小跑着离开了，去寻找其他更有趣的狗了。

　　下午，我结束工作后，他们会陪着我走一段路。我向他们打听那些动植物的名字用他们的话怎么说，也问起他们的父母和亲戚。他们知道自己不能走得离村庄太远，突然之间停下脚步，像要道别似的。他们最喜欢挥手致意。有一次，我把这给忘了，次日一早就受到他们的责备。在那沉默不语的日子里，他们就是我的伙伴。我处在一种亢奋之中，它源自我的辩解所遭受的威胁、咒骂和预言。在这种状态下，除了这几个孩子，没人再能让我感动。当他们早上在我的桌子旁一字儿排开地站着——不会离得太近，怕打扰了我——看我写东西的时候，我把他们当成一种应得的恩赐。

第 三 部

倾听的学校
维也纳
（1926—1928）

避难所

将近八月中旬的时候，我回到了维也纳。我已经记不起和母亲再次见面时的情形了。通过在山里的"清算"，我赢得的自由，其影响真是翻天覆地。没有畏惧，没有负罪感，我去探望那唯一能够吸引我的人，唯一一个我可以按照自己的真实情绪与之交谈的人。每次我到薇莎那里，和她聊起我们喜爱的书籍与画作时，我都不会忘记，她是凭借何等的力量与坚定才获得自己的自由的：房间是按照她喜欢的样子布置的，东西的摆设也合她的心意。

她的斗争远比我的要艰难：那个老态龙钟的男人，整天待在家里，即便他不能再通过突然袭击而引人注意了；他是每个人的敌人，他只知道自己。为了摆脱他的围困，就要自己去围困他，不断留意他，这不符合薇莎的天性。这种斗争的性质也不同于我和母亲之间的斗争：我与母亲是两个对手之间的真正较量，双方都很清楚在指责对方什么。

就是说，这里是薇莎自己一手创建的避难所，当然也是我的避难所。我任何时候都可以去那里，绝不会不合时宜，我的来访是受欢迎的，不是别人给我规定的义务。我们总会谈论一些令其中一方激动的事情。来的时候，心是满的，离开时，也是满载而归。两个小时里，令一方思考的事情会像在炼丹过程中被转变一样：变得更纯净、更清楚，但仍是那么迫切。甚至在接下来的日子里，它还会

159

以另一种出人意料的方式让人思考，直到产生许多新问题，而这些新问题又成了下次拜访的基础。

五月份的第一次拜访，由于我为李尔王永不完结的生命激烈陈词而没有谈及的事，现在都成了我们的话题。但我并没有抱怨家里的情形。我太自负，因而没有告诉薇莎真相。我紧紧抓住别人对母亲的看法，好像它的力量可以让母亲回到早期的样子似的。她才刚过四十，在别人眼里还很漂亮，认识她的人都说她博学多才。我不相信她那时还会读很多新东西，但因为记忆力好，她总是可以运用早年读过的东西，倘若不涉及一些从我口中才了解到的事情，她在与别人谈话时的表现总是高贵而又理智。只有我才让她意识到自己的那些旧思想是多么腐朽。如果我们两人闹得很不愉快的话，她就会说，我简直要杀了她。

在拜访薇莎的最初日子里——大概有半年时间——我从没提起过这些。我对母亲只字不谈，薇莎也觉得很平常。她把母亲想象得高高在上，能力很强，直到有一次，她几近羞怯地问我，为什么母亲没有发表作品，我才开始有些担心。她深信母亲写了书，当我予以否认时（尽管这让我感觉很得意），她仍然坚持己见，还为母亲秘密写书找了个理由。"她认为我们都是空谈家。她是对的。我们感叹那些伟大的作品，总是一再地谈论它们。而她则是自己去写，她非常看不起我们，所以没有向任何人提起。将来我们会知道她是用什么笔名发表的，之后我们会为自己竟从未觉察到而惭愧。"我坚持认为这不可能，如果她写书，我肯定会发现的。"她只有在一个人的情况下才会这么做。当她离开你们去疗养的时候，她并非真的生病了，她只是想找个安静的地方写作。当您读到您母亲的著作时，您会再次惊讶的！"

我突然间希望事实就是如此，但我很肯定这是不可能的。薇莎令每个人都对自己充满信心。现在，尽管只能说是成功了一半，但她还是让我对自己已经丧失信心的人又充满了期待。她不知道，她这种琐碎的影响大大减轻了我背离母亲的苦恼。因为，当母亲不放过任何机会指责我不知感恩图报时，当她把自己的将来描述得一片漆黑时——大儿子没有了，那时他可能已经毁掉了自己，或者变得无足轻重，对她来说就跟不存在一样——我的内心就会产生她在秘密写作的错觉；也许这的确是真的，而她也能通过写作寻找到安慰。

这些拜访同我所熟悉的一切完全不一样，这一点也许是更重要的。最近的过去也消失了，我是个没有过去的人。已经根深蒂固的错误观念在没有经过什么抗争的情况下进行了自我修正。我没感觉被迫固守某事，仅仅因为它们受到了攻击。

薇莎会背诵很多诗歌，但不会让人感到厌烦。有一首是我们都会的：歌德的《普罗米修斯》。她想听我朗读，我于是就朗诵给她听。她没有跟我一起念，这对她来说本是很容易的，她真的是想听；之后，当她说"您把握了它的精髓"时，我抑制不住地开心，后来才发现，她还准备了一首长诗，打算帮我校正音调：埃德加·爱伦·坡的《乌鸦》。她对这首诗真是着了迷，这首诗很长，她以前会背，现在，她拖长了音调朗诵给我听。她对此的着迷程度令我感到惊讶，但这并没有令她动摇（要是在其他时候，她对别人的反应是极其敏感的）。我感到自己不可以打断她，并且担心自己如果忍不住叫一声"够了"的话，她也许再也不会请我来她家了。所以，我一直听完这首《乌鸦》，结果自己也被它吸引住了。《乌鸦》把我带进了它的意境里，我开始跟随诗的韵律一起颤动，当她读完时，我还在颤抖，她高兴地说："现在，您也被它捕获了。就跟我当初一样。人们就应该把诗歌大声朗诵出来，而不是自己默读。"

当然，我们很快就谈到了卡尔·克劳斯。她问我为什么在这些朗诵会上要避开她。她认为自己知道其原因何在，倘若真是如此，她会对此表示尊重的。她认为我在朗诵会上被深深触动,所以不想跟任何人进行交谈。我想将一切完整地、不受讨论地带走。她也喜欢一个人去,但听过之后,她更喜欢发表看法,而非沉默。人们不可能同意朗诵会上的所有观点。她对卡尔·克劳斯无比崇敬,但她不会听他的话去读什么、不去读什么。她给我看了海涅的《法国形势》①,问我知不知道这本书。三年前去过巴黎一趟后,她开始读这本书,而现在,她已经是读第二遍了。

我拒绝将此书拿到手里。没有谁比海涅更让卡尔·克劳斯唾弃的了。我不相信她,我以为她是在跟我开玩笑,但仅是这个玩笑就已经让我害怕了。但她坚持向我证明她的独立性。她将这本书递到我的鼻子底下,大声地读出来,然后还在我眼前翻看,说:"我没说假话吧?""但您肯定没有读过它!您把它放在那儿就已经够糟糕的了!""我有海涅全集,在那里,您看!"她打开一个书柜的门,那是她的小图书馆。"要是没了这些书,我都不想活了。"虽然不是在最顶层,但那里确实放着全套的海涅。在给了我这一击之后,她给我看了我所喜爱的作品,歌德、莎士比亚、莫里哀②、拜伦③的《唐璜》、维克多·雨果④的《悲惨世界》、《汤姆·琼斯》、《名利场》、《安娜·卡列尼娜》、《包法利夫人》、《白痴》、《卡拉马佐夫兄弟》,然后还有她最喜爱的读物之一——黑贝尔⑤的日记。这些并非她的全部藏书,只是她找出来的认为是最重要的。长篇小说对她来说意义不凡,她给我看的这些书都是她一再阅读的,她也凭此证明了自

---

① 原文的名字叫 *Französische Zustände*。
② 莫里哀(1622—1673),法国演员和伟大的喜剧作家。
③ 拜伦(1788—1824),英国诗人。
④ 维克多·雨果(1802—1885),法国浪漫主义文学运动的领袖。
⑤ 弗里德里希·黑贝尔(1813—1863),德国剧作家。

己是不依附于卡尔·克劳斯的。"他对长篇小说不感兴趣。他对画作也不感兴趣。他对一切可以削弱自己愤怒的东西都不感兴趣。他这么做是了不起的。但人们不应该效仿他。愤怒应该存在于个人内心，是不可能借给别人的。"

这听上去很自然，对我却是一个打击。我看见她坐在我前面，坐在第一排，靠近卡尔·克劳斯，热情洋溢，充满期待，但她可能不久之前还在读海涅，读《法国形势》。她怎么敢在他面前出现呢？他的每一句话都是要求，谁要是不照做，谁在那里就一无所获。半年以来，我去参加每一次的讲座，像信奉《圣经》一样信奉他。我没有怀疑过他的任何一句话。从来没有，无论如何，我都不会和他唱反调。他是我的信仰。他是我的力量。要不是想着他，我一天也忍受不了实验室里那愚蠢的烹饪术。当他朗读《人类的末日》片断时，他对我来说就是全部维也纳。我只能听见他的声音。还有其他的声音存在吗？只有在他身上人们才能找到公正，不对，人们没有找到公正，他就是公正。他只要蹙一下眉头，我就可以和最好的朋友绝交。他的一个示意，会让我赴汤蹈火。

我跟她提到了这些，我必须说出这些话，我还说了更多的事情，我说出了全部。一种巨大的放肆感向我袭来，迫使我说出埋藏在心底的奴性冲动。她认真听着，没有打断我，一直听我说完。我越说越激动，她极其严肃，突然之间——我不知道她从哪里拿出来的——她拿了一本《圣经》在手上，说："这才是我的《圣经》！"

我感觉她在为自己辩解。她反对的并不是我对自己所信奉的上帝绝对性。虽然她本身不信教，但她看待"上帝"一词显然比我严肃，她不承认任何人有权成为上帝。《圣经》是她读得最多的一本书。她喜欢里面的故事、赞美诗、格言和先知书，但最喜欢的是爱情和婚礼颂歌。她对这些很熟悉，都不需要从中引用。她不会以此来令人反感，但她基本上会拿这些与文学相比，而且她也是按照这些要求来衡量人们的行为的。

现在我谈论的是她生活中的精神内容，其实，我对此所给出的描述只是一幅苍白无色的画面。那些著名作品名字的罗列，听上去像是概念一般。必须先挑出其中的一个单独形象，并按照从她的描述中逐渐形成的样子去改写，这样才能大概相像，知道这一形象在她心中具有怎样鲜活、独特的生命。没有一个形象会立刻形成，它们产生于很多次的谈话中，并且只有在若干次拜访后，才会感到对她所提到的形象有了真正深刻的认识。那时就不会再出现什么意外了，她的反应定型了，这时可以信赖它了，知道这一形象的秘密和薇莎的完全重合。

从十岁起，我就感觉自己是由很多人物形象组成的，但这种感觉很模糊，我无法说清，也说不清为什么一个形象会替代另一个形象。这就像一条变化多端的河流，因为有了明确的新要求和新信念的融入而永不干涸。我愿意，并且也有能力汇入这条河流，但我看不见它。现在，在薇莎身上，我认识了一个人，她会为了自己的多样性去寻找伟大的文学作品中的形象，并且使用它们。她让这些形象在自己身上生根发芽、枝繁叶茂，现在，只要她需要它们，她就可以随时使用；令我惊讶的是其明晰和确定性，与偶然的、不真正属于自己的东西绝不会混淆。一种有意识存在于其中，就好像从崇高的戒律牌上读到的一样。那里记录了它们全部，都是些纯粹的形象，每一个都明确区别于其他，引人注目并具有生命力，不亚于真实的人；仅由自己的真实性来决定，不会因任何诅咒而消失。

当薇莎在她的形象中慢慢运动时，在一旁看她就好像看一出情节紧张的戏剧。这些形象是她反对卡尔·克劳斯的依据，他永远都不能加害它们，而拥有它们是她的自由。她永远不会是他的奴隶；

当我戴着枷锁去见她时，是她的高尚与宽容容忍了我。但是，除了她那不为人知的财富外，人们还能觉察到很多其他的东西，这就是她的秘密。

薇莎的秘密隐藏在她的微笑中。她有意识地微笑，并且现出笑脸；一旦她现出微笑，她就不愿收回它：持续地微笑，好像这才是她本来的面目，不笑时的美丽是假象。有时候，她微笑的时候会闭上眼睛，黑黑的睫毛低垂，轻扫着脸颊。这时候，好像她从里面审视自己一样，而微笑就是她用以照明的火炬。她展现什么样的自己，这就是她的秘密。尽管她沉默不语，但不会让人感到被她拒于千里之外。她的微笑就足够了，好像一道弧线，连接了她与观看者。再没有什么比进入一个人的内心世界更具诱惑力的了。如果一个人想说出心里的话，那么，他的沉默会将其诱惑力提升至最大。别人会想将他的话掏出来，并希望能在微笑的后面找到它们，希望它们正在那里等待着。

薇莎的矜持是无法化解的，因为她满心的悲哀。悲伤不停地注入她体内，她对每一个疼痛都很敏感，即使那是别人的疼痛；别人受到的屈辱会令她难受，就好像她自己经历了一样。她不会留下同情，而是会给予受辱者大量的赞美与馈赠。

即便那些伤痛早已平复，但她还是背负着它们。她的悲哀是深不见底的：她将一切不公正都保存了下来。她的自尊心非常强烈，但也因此很容易受到伤害。不过，她认为每个人都同样容易受到伤害，在她的想象中，周围的人全是敏感的，这些人需要她的保护，她每时每刻都想着他们。

和平鸽

十日自由产生的效果真是惊人。一九二五年的八月一号到十号,我独自一人度过。在这些天里,我与弗洛伊德划清了界限,也针对母亲的谴责为自己做了辩解——更严厉、更强硬、更有效,好像除了我之外,还有一个人参加进来一样;为了让自己舒心一点,我没有让母亲知道这些,白日里我对着风儿说出自己夜间写下的文字,令我终生回味的这短暂的自由时光永远留在了我身旁,因为,不管发生什么事,我都会不时地想起它。

那时,当我写下自己的指控时——语句是那么粗暴,今天读起来还会让我心惊——我面前出现了一张根本不合时宜的面孔,它的微笑我曾错过,然而它现在不笑了,而是严肃又坚定地谈论着它所引起的战争。这就是薇莎的面孔。它诉说着她的自由,而那个干瘦的老头——我只是从她那可怕的话语中了解到他,因为没料到从她嘴里会说出这种话,所以听上去更让人害怕——在对她的斗争中失败了;令人惊讶的是,我居然也试图将他的样子从脑海中拭去。话是从薇莎的嘴里说出来的,但却增加了我自己行动的力量。通过自己的斗争她也参加到了那十天的自由之战。返程之后,我就迫不及待地去她那里,与她开始了一场永无休止的谈话;我一趟又一趟地去她家,我们之间过去的谈话被取代了,异化成一场权力斗争,而且斗得不可开交——这其实不会令任何人感到惊奇,除了一个人,这就是在斗争中落败的母亲。

九月份的时候,她又回来了,情绪也变了。我们在拉德茨基大街又一起生活了两个月。使我们头脑发热的火苗已经熄灭。我七月份的那次情绪大爆发让她震惊不已,当时医生的诊断结论对她不利。她不再攻击我,不再给我规定任何事情。我也不批评她,因为我可以与薇莎交谈。我没有隐瞒去拜访她的事情,即便没有将细节一一说出,但我还是很坦率地谈了她对文学的热爱。或许我对她的博学多才、欣赏品位以及观点的赞扬过于公开了,母亲有时候根本就不做出什么具体的反应,但她对用餐时间受到打扰表现出了极度的气愤。当约翰尼·林从他的小房间出来上厕所,从她椅子后面挤过去时,她拉长了脸,满是厌恶,而且不再回应他的问候。他从厕所回去的路上,说话就结巴起来,她的沉默令他很难堪,他那些讨好的话就卡在喉咙口,她继续沉默着,直到他消失在那间小屋的门后。

很快她开始厌恶维也纳,把它看作是堕落罪恶之地,没有什么是好的。她说,已经上午了,还有人躺在床上睡觉;还有那些艺术至上者,只会对着书本喋喋不休,他们大白天的就站在博物馆的画前,真是一群不知羞耻的白痴。到处都是这个样子,没有人愿意工作,而且,当没有人认认真真地对待生活的时候,人们居然还为失业感到惊讶。倘若维也纳只是一个堕落罪恶之地还好,但它又变得褊狭闭塞起来。整个世界都没有人关心维也纳发生了什么,只要一提到这个名字,人们就会轻蔑地撇撇嘴。甚至卡尔·克劳斯(要在其他时候,她根本就不会提起他)也被当作证人来证明维也纳的卑劣。他很清楚自己在谈论什么,而他所提到的那些人却还向他奔去,嘲笑自己的过错。在维也纳皇宫剧院鼎盛的日子里,一切都不是这样。那时候,维也纳还是一座重要的城市。也许那要归功于皇帝,无论对他提出怎样的异议,皇帝还是一个有责任感的皇帝。已经高龄的他不分昼夜地处理文件。但现在呢？我还能不能找出一个不是首先想到自己享乐的人来呢？应该在这样的城市里把年轻人教育成人吗？这里根本就没有前途，但是巴黎，巴黎却是另一番景象！

我感觉，她这种突然针对维也纳的仇恨是针对某个人的，她没有提到这个人的名字。虽然她小心翼翼地避免用指控来烦扰我，但我仍觉得很不舒服。她第一次将博物馆列入罪恶行列，当她指责人们在画作前闲逛的时候，我就起了疑心。每个提到薇莎的人，都会把她比作一幅画，因为每人的比喻不尽相同，所以他们提到的画简直可以构成一个小博物馆了。她很可能在愤怒攻击维也纳的时候说出薇莎的名字来。倘若如此，我该怎么办？在她第一次侮辱**这个人**的时候，我会离开这个家，永远地离开。

但在这种情况出现之前，母亲于初冬又搬回了里维埃拉河畔的芒通，从那里给我写了些恳求的信。她在信中描述了自己的孤寂，旅馆里的人不喜欢她，不信任她，女人们都很害怕她的目光，尤其是当她与她们的丈夫在餐厅里的时候。她的信给我留下深刻印象，因为这些描述中残存着她过去曾有的力量。其中还详细地描述了各种可能的病痛。虽然自阿罗萨时期开始，我就知道她经常虚张声势，但我对此却无半点的掉以轻心。她信件的最后、最高潮的部分爆发出所有的愤怒，盲目而又野蛮，使我不得不开始担心薇莎的生命。

因为她现在在信里点名道姓提到薇莎，指责薇莎动机极其卑劣，并狂放不羁地用最恶毒的话来攻击她。她说，薇莎知道我最弱的一面，也就是对书籍的热爱，现在，她肆无忌惮地利用了我的弱点，除了书以外，不跟我谈论其他任何事情。她是个无事可做的女人，放任自己成为一个艺术至上者。倘若她不觉得这样做很恶心，那么这是她的事情，但她把一个在为生活而奋斗的年轻人也拖下水，那她就是犯罪。她这么做，纯粹是出于自负，无非就是她的网里多了一个新的牺牲品，因为像我这样一个可笑的小孩子对她这种深谙世事的人来说又能算得了什么呢？等到下一个男人出现在她身边的时候，我就会猛然惊醒。母亲还说，我是这么纯洁、天真，只要一想到我，她心里就会不安。她下定决心要拯救我。离开，只有离开维也纳！对于这个有约翰尼和薇莎存在的罪恶之地——而且她还是他的堂妹——我们是没什么好留恋的。

母亲说，她打算和弟弟们移居巴黎。他们先在那里读中学，以后再读大学。很明显，我们无法再生活在一起。现在我二十一岁了，该走自己的路了。但也还有很多城市的氛围没有被那些艺术至上者污染，例如德国，我可以在那里继续学业。她不再担心我会突然脱离化学专业，因为我已经熬过了两年。她所担心的是维也纳，我会在这里走向毁灭，等等。我现在不应该相信薇莎是独一无二的，在维也纳，还有成千上万像她这样没有廉耻、追求享乐的人，为了满足自己的虚荣心，她是绝对敢做出拆散人家母子这种事的。一旦她们觉得厌倦了，又会将别人抛弃。她说自己见过无数这样的例子。她从没跟我说起这些，就是不想让我对女性产生怀疑，但现在，她必须让我知道世界究竟是什么样子的——与书本上完全两样。

她在芒通一直待到三月份，在这段日子里，我给她回了信。我知道她一个人很孤寂，她提到的来自各方面对她的不信任令我不安。我还说，她的信里有一半内容是侮辱薇莎的，这深深刺痛了我。我担心这会升级到进行身体伤害的地步，我试图说服她，尽管知道希望渺茫。我告诉她发生在维也纳的其他事情，例如，我与实验室的一个女生进行的讨论，她是来自俄国的流亡者，我很喜欢她；还有一个侏儒，来了之后嗓门又大，人又霸道，占了整个大厅；还提起卡尔·克劳斯所做的每一次讲座——现在她公认他是维也纳的蔑视者,不像以前那样,一提起他就把头转过去。我在每封信里都讲得清清楚楚,自己已经决定留在维也纳。我反驳了她对薇莎的攻击,没把它们太当回事。有几次,不过不是经常,我以一个深受侮辱的人的身份回信,说自己简直是这个世界上最受侮辱的人了。她于是做了让步,将仇恨抑制了大约一周之久。隔了一封信后,又回到了老样子,而我只好从头再来。

她的情况让我忧虑,但我更担心的是薇莎。我清楚她的敏感,她觉得自己要对周围发生的一切以及其他很多事情负责。倘若她知道一丁点母亲对她的看法,她肯定会离开我,绝不会再见我。只要她什么都不知道,情况就一切都好。每个星期,都会有一封来自芒通的信让我心烦意乱:我特意在这几天不去见薇莎,免得让她觉察到什么。

年初的时候,那套房子就已经交了出去,弟弟们住到了另一户人家里,我找了一间房。三月份,母亲去了巴黎,那里有很多她的近亲和好朋友。她四处看了一下,开始筹备夏天里搬家的事情。她通知说五月底会到维也纳来。然后想在这里住一个月,把事情办妥。时间过去了半年,我们该好好坐在一起谈谈了。

当我获悉她即将到来时,我害怕了。现在,形势严峻,我一定会不惜代价保护薇莎,无论如何,不能让她们两人见面,而且也不能让薇莎知道母亲对她的仇恨,这不仅会令她心神不宁,而且会改变我们之间的一切。怎么对待母亲,在她到来之前我不能确定。她想住在歌剧院后面的旅馆里,而不是住在雷奥保德城,因此我不用担心她们俩会突然碰到。我还有时间让薇莎做好心理准备。无论如何,不是她非知道不可的事,就不让她知道,她只需遵循我的愿望,避开母亲就够了。

因此,我向薇莎坦白道出母亲想让我离开维也纳的事。有人跟母亲说，如果我能去德国一所规模较大的高校，跟着一位世界著名的化学家读博士的话，对我会大有益处。维也纳没有这种有声望的教授，而我的博士论文的质量又直接关系到我今后从事化学工作的前途。母亲认为，这并不意味着我以后都不回到维也纳来，没人知道将来的事情。现在，母亲显然发现维也纳这里有事情绊住了我。我写信告诉她，不管怎样，我都不想离开维也纳。她现在要来，坚决要做最后的尝试，而且会尽全力劝服我。但她绝不会成功，化学对我来说根本就是无所谓的，我没打算从事化学这一职业。薇莎最清楚我想从事什么，最清楚我无论如何都想做的事。

她问我为什么这么不安，如果我不愿意走，没有人能逼我走的。

"事情不是这样，"我说，"你不够了解我母亲。如果她想做什么，会想方设法做到的。她打算拜访你，跟你谈这事。她想说服你，离开维也纳对我来说是最好的选择。她会让你来劝我离开的。这样的话我永远都不会原谅你的。她要拆散我们。她要同你谈话，我害怕极了。"

"不会的。不会的。不会的。她永远不会成功的！"

"但我心里很怕，如果她来这里，我一刻也不会安宁。只要一想到她要来，我就会发抖。你很清楚她的智慧和坚强意志。你根本猜不到她会说什么。我也猜不到。她会临时想到什么并说出来，听的人会突然觉得她说得很有道理，从而向她承诺一切。那我们呢——我们怎么办？"

"我不会见她的。我向你保证。我发誓。这样就什么也不会发生。这样你就会安宁了吧？"

"对，对，如果这样的话就没事了，也只有这样才行。"

我说，她既不要接她的电话，也不要看她的来信，她必须机智而谨慎地避开她。毕竟，母亲将住在维也纳第一区，避开她并不难。但如果意外地收到母亲的来信，她不许拆，而是要原封不动地交给我。看到她这么快就相信了我时，我有了希望。她说，她不仅会把母亲的来信原封不动地交给我，就算我愿意让她看，在我看过之后她也决不会去读它，决不会回信。

母亲来了，第一次交谈中，我就注意到她本人也想避免对抗：她想把自己设想的"对手"那令人讨厌的样子完整地保存下来。她感到，哪怕自己只见了一回真实的薇莎，她设想的样子都会消失得无影无踪。她在巴黎又把我的信件都读了一遍，从中得出，我是无论如何也不会立刻离开维也纳的。她认为，比起薇莎，我更加看重卡尔·克劳斯。在芒通，她感觉自己受到孤立，因为她不认识任何人，那时候，她理所当然地以为我每天都会看到薇莎。在巴黎的时候，她有很多亲戚和朋友，她的这种想法就不那么肯定了。她的猜疑开始分散，变得更细致入微，从信中她读出了以前没有注意到的东西。我写了实验室女同学，说她令我想起陀思妥耶夫斯基。跟她谈起他，真是痛快，因为她的缘故，我甚至喜欢去实验室了。现在母亲注意到了"真是痛快"这一表达，而她在芒通收到这封信时，根本没有留意这一点。她想到，我整天待在实验室里，在那属于定量分析的乏味程序之外，我还有很多时间去交谈。

"你有时候会看到爱娃吗？"母亲这时问道，"你实验室的那个俄国女生？"

"当然了，我们几乎都是一起去吃饭的。你知道吗，我们一谈起她所讨厌的伊万·卡拉马佐夫就停不下来了。然后，我们就会一起去'雷吉娜'小酒馆吃饭，继续讨论。接着经魏林格大街回到研究所，一刻也不停歇，然后又站在我们的烧瓶前，你知道我们谈论什么吗？"

"谈论伊万·卡拉马佐夫！你们真是投缘！她自然是非常支持

阿辽沙[1]！我开始慢慢了解伊万了，这些年来，我都认为他是兄弟们当中最有趣的一个。"

她对这位女同学的存在感到相当满意，结果开始加入文学人物的讨论中来，就像过去一样。她回忆起我一年多前在拉德茨基大街生的黄疸病。这是我唯一乐意回忆的一次生病经历；我在床上躺了几周，读了全套的陀思妥耶夫斯基，从头到尾。"你应该感谢黄疸病，"她说，"否则，你现在就没法和你的爱娃讨论了。""你的"一词像根刺一样刺痛了我，听上去就像是她亲手把爱娃送入我怀中似的。我确实喜欢她，这引起我内心的斗争。但我突然变得狡猾起来，任由事情这么发展，因为我发觉，她开始严厉观察起我来了。我甚至说：

"对，当然了。讨论真是精彩。她就生活在陀思妥耶夫斯基的世界里，拿里面的一切都当真。整个实验室里，再没有人能和她一起讨论的了。"

文学刚重新回到我们之间，我就已经喜欢母亲了，虽然我还不知道她到底是什么企图。她想知道这位颇具魅力的同学与另一个女人的分量孰重孰轻。她对我有多重要？她是不是对我更为重要？她又回到陀思妥耶夫斯基身上，她想知道，爱娃与陀思妥耶夫斯基笔下的女性形象是否存在共同之处。这听上去已经像是新的担心的征兆，但我能够安慰她，因为情况正好相反，爱娃是个格外聪明的人，她真正的天赋在数学上，她在物理化学方面的成就胜过所有的男同学。她的情感——与她的智力有些矛盾——相当丰富，但总是保持自己的方向。母亲问这个问题时想到的可能是，爱娃的感情会突然发生转变，而这在她那里是不可能的。

---

[1] 《卡拉马佐夫兄弟》中的人物。

"你真的这么肯定?"母亲说,"在这方面,人们可能会犯致命的错误。你以前想过你会恨我吗?"

我不去理会她来到维也纳之后首次发表的粗鲁评论,更愿意停留在谈话本身的内容上。

"我当然肯定了,"我说,"我每天都和她在一起待很长时间,马上就要一年了。你认为我们之间还有什么没有谈到的吗?"

"我想,你们谈的只是陀思妥耶夫斯基。"

"这是最经常的话题,我们最喜欢谈论这些。通过与她谈论陀思妥耶夫斯基作品中出现的一切去认识她,你还能想到比这更好的方式吗?"

我们俩都紧紧抓住这只和平鸽。要是爱娃知道母亲把她想象成了什么角色,她肯定要惊讶了。她根本不习惯成为聊天的话题,因为我们所关心的是避免谈论另一个对象。但我说的有关她的事情都是我的看法,而且通过谈论她,我更加喜欢她了。虽然母亲如此强调她,但我没对她产生反感。她真是我们的和平鸽。在与母亲分别半年之后,在经历了二人之间这种惊险的书信来往之后,我等待的是一场不愉快的冲突。明显可以感到,我们两人都是如何摈弃反感与畏惧。

"让我们言归正传吧,"她突然说,这是她信奉的一句谚语,在我们后期的斗争中她也不止一次用过它,"你应该知道我有何打算。"移居巴黎的时间定在这个夏天,这对她来说是一段辛苦的日子。为了能对付这段日子,她想先疗养一下,像去年一样去格莱辛贝尔格温泉,那里很适合她。她问我在这段日子里能否照顾一下弟弟们。他们需要有个很好的假期,因为过不久他们将遇到困难:要适应新的法语学校,而且要插班读很高的年级,他们离高中毕业考试也不远了。我们可以三人一起去萨尔茨卡默古特,那里会让他们平静下来，而且我也可以向她和弟弟们证明自己在为他们服务。

我听出了她的言外之意，毫不迟疑就答应了。我说，没什么比这更让我喜欢的了：我也许有一年见不到弟弟们；我自己也想在假期里去旅游，我们可以找一处美丽的地方。她愣住了。我感觉她的问题已经到了喉咙口，但她没有说出来。我几乎是为了她才这么做的。这是一种妥协。她说："你这个夏天没有其他的计划吗？"我说："我应该有什么计划呀？"

谈话本可以到此为止了，结果对双方来说都不错。唯一压在我心头的担心就是她可能伤害薇莎。现在，薇莎一次也没被提到。但接下来还要做到万无一失。我还处在与她谈论那位女同学的良好感觉中。拯救我的是魔鬼吗？或者真是为薇莎担心？我说："你知道吗，我的那个同学爱娃问我夏天会不会到山里去。我没跟她说定。如果她也去同一地区，你会反对吗？当然不是同一个地点，也许离我们一个小时的路程。这样，我们可以时不时地进行一次远足。她肯定会给弟弟们带来好影响。我只是想有时候能见到她，大概每周一两次，剩下的时间全花在弟弟们身上。"

我的这一提议令她异常兴奋。"你为什么不多见她几次？原来你已经打算好夏天怎么过了。我很高兴你告诉我这些。这种安排很好。她是个很好的年轻人。她先问了你，也不能怪她。这要在以前是无法想象的，但现在女生们都是这样。"

"不对，不对，"我说，"你想错了，我们之间真的没有什么。"

"现在没有，将来可以有。"她说。她的言行不是很得体，我以前从没见过她这样。为了把我和薇莎分开，她还有什么做不出的。但我突然想到了唯一保护薇莎的可能。我必须谈起其他女性。这一次，一个碰巧在实验室里坐我旁边的女生帮了我的忙。我确实喜欢她，如果我像母亲那样想着她是我的女朋友，或是她有可能成为我

175

的女朋友，那我就太不道德了。即使我跟她说起此事，像她这种人肯定会对此耿耿于怀，但会表现出乐于助人和理解，对我的行为表示同意——但这种事总会令人有些尴尬。现在，事情已经发生了，而我必须制造另外一些事：我必须捏造出更多的女性，跟母亲聊起关于她们的事情。再不能让她知道我和薇莎之间更多的事了。等她远在巴黎，而薇莎在维也纳的时候，她就不可能再加害薇莎了，而我也就挽救了薇莎。

魏因雷朴太太与刽子手

　　我在海德胡同的魏因雷朴太太家里租了一个宽敞、漂亮的房间。她是一位报界人士的遗孀，先生去世时已是高龄，她则要年轻许多，所以比他多活了很多年。房子里到处都挂着他的照片，他是一位祖父辈的先生，蓄着胡须，让人感觉很善良。魏因雷朴太太面相似狗，脸色发暗，提起丈夫时态度总是谦卑，好像他身为一个死人，在思想和道德上都远远胜过她自己一样。她还将这种尊敬的一小部分传染给了大学生们。他们中的每一个人都可能成为像魏因雷朴博士先生一样的人物，她总是用"先生"和"博士"的字眼来称呼丈夫，从不用其他方式。我不得不站在他与同事的集体照前面停留一会儿。相片上的他，不仅仅胡子醒目，所处的位置也是中心。她很少说"我丈夫"，即便他已经去世这么多年，她还是无法忘却这场婚姻带来的荣誉，一旦说出这话，她会立刻惊恐地打住，好像自己亵渎了神灵一般，稍作迟疑后，她会陶醉地在后面加上全名和头衔"**魏因雷朴博士先生**"。大概早在嫁给他之前，她就已经这么称呼了他很久，说不定结婚后也是这么称呼的。

　　通过相识的一户人家我得知这里有一间房，他家的儿子曾在这儿住了一年，结果很不好，人们都想知道为什么。这位腼腆的年轻人是出了名的好脾气，却陷入尴尬的境地，甚至还被拖上法庭。大家都提醒我，不是要我提防这个寡妇，而是要小心和她住在一起的

177

两个人。我估计这里是藏污纳垢之地，但我就想住在这个区，这样可以离薇莎既不太远，也不太近，因此海德胡同很适合我。我当时的生活环境为普拉特大街所包围，而海德胡同是塔布尔大街的一条支巷，不属于普拉特大街，但与它相邻。我来看房子的时候，这家的整洁令我惊讶，再没有比它更能显出中产阶级特色的了，到处都是受尊敬的老先生的照片，还有一位在每张照片前都要赞颂他的遗孀。就连我要租的房间里也少不了他，虽然照片比其他地方要少，但加起来也有三四张。魏因雷朴太太告诉我，她喜欢大学生来租房。前任房客是个银行职员，肯定已经自己赚钱，不靠家里养活了，但生活得很拮据，没读过大学的人是成不了大气的。但魏因雷朴太太很小心，再没多说什么。提起他，只是因为他在我之前住过，而且从那以后，那个房间就空着。然而，她既没说他的好，也没说他的不是。她的看门女佣，也就是那场诉讼的提起者，就站在旁边的厨房里。所有的门都是敞开的，魏因雷朴太太每说一句话，都要立刻打住，谨慎地朝厨房方向探下耳朵。

虽是初次拜访，但我很快觉察到她生活在压力之下，而且没有什么能令她解脱出来。因为她两句话中就有一句，有时候甚至每句话都是关于她死去的丈夫的，所以我认为这种压力是与她的寡妇身份联系在一起的。也许，她没有像那个老先生希望的那样去好好照顾他。虽然我觉得这种可能性不大，因为我肯定，在她的生命中，再没有其他男人有他这么重要了。但她总在听从一个声音，服从其命令，而这个声音不是来自死者的。

和她住在一起的女管家给我开了门，带我到了她的女主人那里，然后很快就消失在厨房里。她是个强壮结实的中年妇女：她的模样与我当时对刽子手的想象一样，颧骨暴出，一张愤怒的脸，而且微笑的时候更令人觉得危险。倘若她在接待我的时候打我一耳光，我也不会觉得奇怪的。不过,她做出一副媚态的猫脸,与她的身高相比,这张脸让人觉得阴森可怕。她就是大家提醒我要提防的人。

魏因雷朴博士太太为我用力推开通向待租房间的门——她走起路来总是这样,好像下一刻就会栽倒似的——跟着自己也进来了,等她确信身后的房门是大开着以后——这令我摸不着头脑——还要高叫一声"马上,马上!"就像一个佣人对主人说"我马上就来"一样。然后,她就开始跟我说这个房间的优点,还特别赞颂她死去的丈夫的照片。她每说一句话都期待着别人的认可和鼓励。

起初,我以为她等待着我的认可与鼓励,但我很快发现这认可是来自外面的,而由于在这个房子里我没有见到其他人,所以,我想到了那个给我开门的可怕的人。在整个看房期间,我眼前总会不由自主地浮现出她的模样,但她其实一直都待在厨房里,并没有加入到商谈中来。

我心中暗想,住在这里的第三个人在哪里,我前任房客的那场诉讼就是关系到她的。但她没有露面,也许她已经不住这儿了,也许正是因为这场牵扯到她的官司,令人担心很难将房子出租出去,因而辞退了她。关于她那乡土气息的美貌,她那巨大的金黄色辫子——据说一直垂到地上——以及她诱惑人的花样,我听说了许多,尽管别人说得不是很清楚。她的名字令我喜欢,因而就记住了它。我喜欢波希米亚的名字,对卢采娜这个名字更是偏爱有加,我甚至希望给我开门的是她,而不是她的姑妈,那个刽子手。因为我对卢采娜的好奇,所以她若是给我一耳光,也是我罪有应得。这种不友善的接待也许是想给我一个警告。那场风波上了报,很容易让人联想到来访者不是为了看房子,而是为了见卢采娜。

现在,对我来说,见不到卢采娜的踪影更好,我不用担心不必要的麻烦,可以租下自己喜欢的房间。我想立刻搬进来,魏因雷朴太太对此很满意,她像是松了一口气,因为我不作考虑就想搬来。她还说:"您一定会喜欢他的这种氛围的,他可是位博学的先生。"现在,她不用说名字,我也知道她指的是谁。她带我出来,对厨房叫了一声:"这位年轻的先生很快就回来,他只要去拿下行李。"那个我已经忘了名字的女管家——因为从一开始她就令我想到"刽子手"——出现了,一直面带微笑,说:"他不用担心,我们又不会吃了他。"她站在厨房门口,高大结实的身躯填满了那个门框,双臂放在身后,抵着门框柱子,好像要扑向别人似的。我没再看她,回去拿行李了。

搬来后的最初几天,房子里非常安静。我一早出门去化学实验室,中午待在学校附近,习惯在"雷吉娜"小酒馆吃午饭。晚上,等实验室关门,薇莎来接我,然后我们一起散步;要么就是我到她那里去,待到很晚,大概十一点钟的样子,我才会回到海德胡同的家里。我总是发现床已经铺好,但不知道是谁为我就寝而准备的。我没有多想,认为这是女管家分内的事。夜里,我听不到一点声响。魏因雷朴太太住在隔壁,我想象着,她穿着柔软的毡拖鞋,一声不响地从一幅照片走向另一幅照片,做着她的祈祷。

那个星期快结束的时候,有一晚我很早就回了家。我应邀去看戏,想回来换身衣服。我发觉有人在我房里,走进去一看,惊呆了。在我的床前,一个农家女孩儿深深弯下腰,浑圆白嫩的双臂使劲敲打着我的羽绒被,她似乎没有听到我进来,因为她把腰弯得更深了,背对着我,留给我一个巨大的背影;她一遍又一遍地敲打着羽绒被,像是想要痛打它一顿似的。她那发光的金发结成了发辫,盘在头顶,在这种弯腰的姿势下,正好碰到了隆起的羽绒被。她身上的乡土气息来自那条垂到地上的百褶裙。我不得不看着它,它就在我眼前。她又敲打了几下羽绒被,好像全然不知我就站在她身后。因为看不到她的脸,我不想先开口说话,就尴尬地轻咳了几下,她听到了,直起身,猛地一转身,几乎碰到了我。我们面对面站着,离得很近,也许中间除了能放下一张纸,再也容不下其他了。她比我高,很美,就像北欧的圣母。她手臂半举着,像是要代替羽绒被立刻围住我一样。但她慢慢放下手臂,脸红了。我感到,她是故意脸红的。她身上散发出类似酵母的味道。我沉醉于她的美貌,距离这么近,倘若她像双臂那样裸着,我肯定会失去理智的,其他人也一定会的,但我一动不动,什么也没说。最终,她张开了樱桃小口,尖声道:"我是卢采娜,尊敬的先生。"这名字让我感到很舒服,我甚至品味了一会儿,那句"尊敬的先生"也不是毫无理由的,因为我只应被称为"年轻的尊敬的先生"。她的称呼使我听上去像个有经验的人,似乎愿意为我献出一切。但那尖尖的声音完全破坏了她外形上的美感以及专注工作给人留下的好印象。这声音听上去就像一只小鸡在叫。之前的一切都消失在这可悲的声音里——那收拾床铺的有力而白嫩的双臂,发光的发辫,高高翘起、略带神秘感的臀部,虽然它对我没有吸引力;甚至那曾经令我充满期待的名字也不复存在了。卢采娜的神话完全被打破了,被她这种声音诱惑住的人,肯定是个可怜鬼。

这些想法在我脑中闪过,我还没来得及跟她打招呼,这显得很冷漠,结果她以更快的语速尖声说,很抱歉在我房间里,她不想打扰我,只是想帮我铺床,她每晚都这么做,没想到我今天这么早就回来了。我变得越来越轻蔑,只是说着"嗯,嗯"。等她离开时——对于她的体重而言,她走路真够轻盈的——我脑子里又想起报上登载的整个事件,以及其他人亲口对我说的事情。

一天晚上,那个年轻人(我的前任房客)从银行回到家,看见她在床前。她诱使他同她交谈,并立刻俘获了他。他非常腼腆,又没有经验,他从没交过女朋友,这在维也纳真是稀罕。她姑妈知道他束手无策,又因为他不愿结婚,所以将他告上法庭。他否认了一切,像他这样的人,法庭几乎相信了他的无辜,但是卢采娜怀孕了,他被判赔偿卢采娜。他的孤立无助令他成了众人的话柄,大家都认为他是无辜的,但正因为如此,这件事颇受关注。大家觉得很可笑,恰恰是这么一个人被告强奸和悔婚,并被判有罪。

卢采娜又尝试着为我铺了两三次床。但她知道是没有希望的,她姑妈早就告诉她,我有女朋友,有时晚上会来接我,当她看到来的都是同一个人时,她也不对卢采娜铺床抱太多的期望。那接下来的几次尝试也许是习惯所致。我很快就忘记了一切,直到几周后,经历了房子里可怕的一幕,我才重又想到卢采娜。

一天下午,我比以往早到家,听到厨房里传来很吵闹的声音。打在肉上的啪嚓声、尖叫声、乞求声、"嗖嗖"的呼啸声,还有"啪!啪!啪!"的声音,中间还夹杂着低沉、严厉的声音,直到我听清这些声音是谁发出的,我才明白这些话的意思。它听起来像是男人的声音,但其实是那位姑妈发出的:"让你去那儿!让你去那儿!那儿!那儿!那儿!"哀求声和尖叫声越来越高,有增无减,连那低沉的威胁声也越来越大,越来越快。我开始以为声音很快会停下来,所以安静地站在那里,但它没有停下,反而愈演愈烈。我冲进厨房,卢采娜跪在桌前,光着上身,旁边是她姑妈,手里握着一条鞭子,正举起来,"啪"地抽向卢采娜的背。

她们的位置正好可以让来者看得清清楚楚、完完全全:卢采娜的前胸和后背,刽子手狰狞面孔上的愤怒,"嗖嗖"作响的鞭子。在我的房间里听起来还没那么可怕,但一旦我亲眼看到,不再是听,简直无法相信眼前的一幕。这就像看戏一样,但是距离要近得多,而且位置可以让人毫无遗漏地看到全景。不过,我知道,这很快就会停下来的，因为我知道，发出这些声音的目的就是为了引起我的注意。那位姑妈没有立刻放下鞭子，而是又举了一会儿，但卢采娜没反应过来，还一直尖叫着，好像鞭子又抽到了她似的。她姑妈严词训斥道："不知羞耻！光着身子！"然后转身对我说："可怜的孩子，不听姑妈的话，必须受到惩罚。"

卢采娜停止了尖叫，一听到说她不知羞耻，立刻用双手捂住乳房，但这一动作令其更加凸出和清楚，然后像放慢镜头一样爬到桌子后面，真像个地板上的怪物。她姑妈巍然屹立在我面前，一动不动，继续像训小孩儿一样责骂着，作为对这一幕的解释。"要听话，孩子。要知道，你在这个世界上除了姑妈再没有其他亲人。可怜的孩子，没有姑妈的话你早就完蛋了。看着我！听我说！"她语速不快，但深沉而有力，每说一句话，就抽一鞭子。然而，她并没有抽到犯错孩子的背部，她现在蹲在桌子的另一面，已经够不着她了。即使她躲起来，还是能看到她赤裸的身体，她肯定属于那种有魅力的女人，但那些骂这个性感尤物的儿童用语令她降为弱智一类的人物。她故作顺从，也许是这一幕中最重要的，但这与她姑妈的刽子手模样一样令我恶心。我离开厨房，好像相信了这一幕似的：不听话的孩子得到了惩罚。我没表现出尴尬就从厨房消失了，回到自己的房间。对她们二人来说，**我**变成了傻瓜，而这正好拯救了我，她们不用再鞭打给我看了。

现在，我获得了安宁，再也看不到她们了，既没看到她们在一起，也没单独看到卢采娜。有时候，我能听到那位姑妈在隔壁同魏因雷朴太太说话。鞭打从此消失，但令我惊讶的是，她用同样的语气跟太太说话，就像跟孩子说话似的，只是听起来少了威胁，多了平静。很明显，魏因雷朴太太做了不该做的事，但我想象不出是什么事，暂时就这么算了。只隔着一面墙，听到刽子手的声音真是不舒服。我一直等待她们之间不愉快的爆发,但既听不到尖叫,也听不到啜泣,有的只是类似保证的声音。魏因雷朴太太的声音低哑,我很想多听一会儿她说话,当她不作声时,我几乎有了遗憾的感觉。

一天夜里,我醒过来,看见有人在我房间里。魏因雷朴太太身穿睡裙站在她先生的相片前,小心翼翼地将它从墙上拿下来,看着后面,像是在找东西。我看得很清楚,窗帘没有拉上,房间被外面的路灯照得很亮。她的鼻子几乎碰到墙,就这么悄悄沿着墙走过去;她一边闻着,一边双手紧紧握住那幅照片。然后,她又同样慢慢地闻着照片的反面。房间里很静,只听得见她闻的声音。她背对着我,我看不到她的脸,不过我一直觉得她的脸像一张狗的脸。她动作极快地将这幅照片放回原处,又滑向旁边的墙,去看下一张。这张照片要大很多,镶着重重的镜框,我不知她独自是否有力气能拿起来。但我没从床上跳起来帮她,我觉得她在梦游,不想惊醒她。她也把这幅相片取下,稳稳地拿在手里,只是后来用鼻子嗅墙的时候没那么容易了。我听见她吃力地喘着气,呻吟着。然后,一个趔趄,照片险些掉了下来,但她没让它掉到地上,而是弯腰向前,抓住了它。她又直起身,指尖刚触到镜框的上端,就又开始闻墙上挂照片的地方。等闻完了,她蹲下身,摆弄起照片的反面。我以为她又开始嗅起来,因为声音是相同的;在这么短的时间里,我已经习惯了这种声音。但是,我惊讶地看到她开始舔照片的背面。她是故意这么做的,舌头伸出来很长,像狗的舌头一样,她变成了狗,而且看起来相当满足。过了很久,她才舔完,那幅照片太大了。她站起身,有些吃力地将照片举到高处,也没打算看看或是摸摸正面,就把它挂到钉子上,然后一声不响地又急急忙忙飘到下一张照片处。我的房间里挂着四幅魏因雷朴博士先生的照片,她一张都没忘记。值得庆幸的是，另外两张同第一张大小相仿，这样她可以站着完成所有的程序。而且，因为她没有蹲在地上，她也没有再去舔，只是闻闻就满足了。

　　之后，她离开了我的房间。我想起她那里挂着很多幅死去的丈夫的照片，要完成这同样的程序，估计得花上半个晚上。我不知她以前是否也因为同样的原因来过我的房间，而我可能因为睡得太死而没有发现。我决心以后不睡得那么死，以避免这种事情再发生。我希望她再来的时候，自己是醒着的。

巴肯罗特

第三个学期,我从位于魏林格大街街口那"烟雾弥漫的"老研究所搬迁到了位于鲍茨曼胡同口的新化学研究所。最初的两个学期是进行质的分析,现在则是在赫尔曼·弗莱伊教授的带领下做定量分析。他矮小瘦削,不会烦扰别人,秩序观念很强,因此很适合做定量分析的工作。他的动作小心谨慎,几近纤细,喜欢给别人示范如何以特别规范的方式做成一件事,这些分析涉及最小数量的物质,但他似乎都不怎么用砝码。他对自己得到别人好处的感激超出了全国通行的标准。他的任务不是让学生对科学的表达留有深刻印象,他要做的就是实践,就是进行真正的分析;在这方面,他熟练、自信、敏捷,虽然心很细,却不乏果敢。

他说的所有话中,给人留下深刻印象的就是有关服从的观点,他经常重复它。他曾是里本教授的助手,受到其提携,有时候会引用他的话,但总是以下面这种激越烦琐的方式开始:"正如我最尊敬的老师阿道夫·里本博士教授经常说的那样……"这位化学家给自己留下了好名声,一个以他的名字命名的协会形成了,任务是促进科学进步、提携他的门徒。在弗莱伊教授的嘴里,里本成了一个神话人物,他并没有说起他很多事情,只是提到他的名字。然而,还有一个过去的人对他意义更为重大,尽管他很少提起这个人,也从没提到其名字。提到这个人时他总说同一句话,此时他那矮小瘦削的躯体中所充斥的热情令人钦佩，虽然在这偌大的化学研究所里，没有人和他信仰相同。

"如果我的皇帝来了，我会双膝跪在地上迎接！"他是唯一等待并希望皇帝回来的人。当人们想到十年前老皇帝还活着的时候，人们可能要惊讶于没有人、根本没有人能理解这种愿望。对所有人来说，不管是他的助手还是学生，每个信条都像一个愚蠢的标记，也可能正因为此，它们才被如此强烈而坚决地表达出来。尽管与他的坦率不符，但弗莱伊教授不会对这些抱任何幻想：他孤零零的一个人在那里热情希望皇帝的归来。我不知道他所说的"我的皇帝"指的是谁：是那个头脑不清醒的年轻的卡尔，或是那个又活过来的皇帝弗兰茨·约瑟夫。

也许，这与他极为崇敬的老师阿道夫·里本教授有关，他来自一个受人尊敬的犹太银行世家，因此弗莱伊教授不会让人感到哪怕是一丁点儿的反犹情绪。他致力于公正公平，按各人的功劳待人。甚至在他说加利西亚犹太人的名字的时候，都与说其他名字没什么两样，但总有一两个助手的名字令他忍俊不禁。当他不在时，大家就把这种名字拉长，让它舒舒服服地溶化在舌头上。有个叫尤希亚斯·科尔贝格的小伙子，活泼又机灵，从不会因别人用疑惑的口气将其名字拖长而生气；他工作做得又快又漂亮，不会对任何人阿谀奉承、卑躬屈膝，与其他助手都只保持着工作关系。在他边上的霍洛维茨与他正好相反，他上了年纪，多愁善感，声音低沉，动作迟缓。如果人们将科尔贝格想象成一名足球运动员，那么老霍洛维茨则被认为总是趴在书上的人，尽管我一次也没见到他在看与化学无关的书。

这两个人是很好的互补，而且是分不开的，他们总在一起做事，就像一对孪生兄弟；这不禁令人想到，他们再也不需要其他人了。不过，这么想就错了，因为紧挨着他们还有另一个人，也是来自加利西亚：巴肯罗特。我一直不知道他叫什么名字，也许是我不记得了。他是我们实验室唯一的美男子，高高瘦瘦的，眼睛清澈明亮，红头发。他因为几乎不会说德语而很少与人交谈，也很少看人家的脸。但是，如果他真的这么做了，会令人想到有时候在画上看到的年轻耶稣。我对他一无所知，在他边上时会感到害怕。我能听出他的声音，他跟两位同乡讲意第绪语或是波兰语，当我发现他在说话时，会不由自主地靠近，想听听他的声音，虽然听不懂说的内容。他的声音柔软而陌生，充满深情，我不禁问自己，这里面掩盖的那么多深情，是不是因为波兰语有很多"喊喊喳喳"的语音。然而，他说意第绪语的时候听起来还是这个样子；我对自己说，这也是一种充满感情的语言，它同前一种一样乖巧。

  我发现，霍洛维茨和科尔贝格跟他说话的时候不同于他们二人之间的交谈。霍洛维茨的语气里摆脱不了悲伤，但听上去比平时要客观一些；科尔贝格不开玩笑，感觉像是手里拿着足球站在巴肯罗特·哈贝塔赫特面前。很明显，他俩都将他看得比自己重要，但我从没敢问为什么他们这么尊重，或者说是爱护他。他比他们高，但也更纯真，更敏感。感觉他们像是向他透露了某些生活状况，并想保护他。但他从未失去自身发出的光芒。我跟一位成为朋友的同事谈起这一点，他也感觉到了，但他想避开，而且试图对此进行嘲讽。他说，这不过是他头发的颜色，不是真正的红，不是真正的黄，是介于二者之间的一种色彩，产生的效果类似太阳光。此外，其他助手们也对巴肯罗特充满畏惧。因为语言上的困难，他们与他打交道时经常通过霍洛维茨或是科尔贝格。而且，奇怪的是，他们在说"霍洛维茨"和"科尔贝格"的时候，都很有嘲弄的意味，但"巴肯罗特"在他们口中却显得很异样，很拘谨，甚至有很害怕的感觉。

  显而易见，他们两人，尤其是科尔贝格，都努力保护巴肯罗特不受侮辱，而他们能够抵抗住这些，他们对此已经习以为常了。我不知道这是否真的有必要。我感觉，他是因为语言不通而受到保护，但也因为某种令人畏惧的原因——我认为是他的光辉，当时，我对世俗的或者宗教的尊贵都毫无好感，并且倾向于挑剔它们。但我每次走进实验室，都要先确定巴肯罗特是不是站在他的位子上，穿着白色长外套，摆弄着与他不相称的烧杯和燃烧器。在实验室干活时，他看上去就像是故意打扮成这样；我不相信这种装扮，等着他将外套脱掉，以真实的形象站在那里。但我对这真实的形象还没有一个清楚的设想，不过有一点是可以肯定的，这忙碌的化学实验室，这种溶解、煮沸、蒸馏、称量的环境是不适合他的。他是一块水晶，但更敏感，更坚硬，他是一块有灵性的水晶，不允许任何人拿在手里。

当我向他的位子望去，看到他在那里，我会安下心来，但只是暂时的；第二天，我的心里又会不踏实起来，担心他不在。我只能将自己的不安告诉旁边的爱娃·莱希曼，也就是那位来自基辅的乌克兰女孩儿，我与她无话不谈。我并没有将自己的担心当真，但她却对一切都较真——只要是牵扯到人的，对她来说都是神圣的——她责备我说："您这么说，好像他生病了似的。但他根本没病。他只是漂亮。为什么您对男性的美印象这么深刻？""男性？男性？他的美是神灵的美。我不知道他为什么来这里。一个圣人在化学实验室里做什么呢？他肯定会突然消失的。"

我们思索良久，他将以何种方式消失。他会消失在红色的烟雾里，飞向太阳，回到他原来的地方去吗？或者他会放弃化学，转去学其他专业？去学什么呢？爱娃·莱希曼希望他能成为新的毕达哥拉斯。她认为几何与星球和天体声响的结合很适合他。她会很多首俄国诗歌，喜欢朗诵给我听，但不喜欢翻译。她是一个优秀的学生，学起物理化学来比任何一个男同学都要轻松。"这是最简单的了，"提到数学时，她习惯这么说，"一旦涉及数学，它就变得像儿戏一样简单。"

她高高的个子，身材丰满，我再没见过比她的皮肤更诱人的了。她说出数学公式的时候，样子迷人又轻松，就好像在聊天一样——不像朗诵诗歌时那么庄严——那样子太讨人喜欢了，令人不禁想摸摸她的面颊，但抚摸她的胸部——在我们起争执时，她的胸部会猛烈地起伏着——却让人想都不敢想。我们也许相爱了，但因为一切都在陀思妥耶夫斯基的小说世界而非真实的世界进行，所以我们从没有承认这一点，直到五十年后的今天，我才发现我们两人身上相爱的痕迹。我们的句子像头发一样交织在一起，我们的言语长达几个小时拥抱在一起，那漫长的化学实验给我们留下了足够的时间。而且，情侣喜欢在谈恋爱时谈论身边的人，并利用他们提升自己的感情，以增加自己的分量，我们的想象围绕着巴肯罗特转。我们一直担心巴肯罗特会离开，我们会失去他，由此对他真的消失的不安烟消云散。

我问爱娃·莱希曼想不想跟他交谈。她坚定地摇摇头，说："用哪一种语言呀？"

她自幼受俄语的教育长大。她家属于城里最富有的家庭，十二岁的时候，他们离开基辅。搬到切尔诺维兹①后，她进了一所德语学校，但她的德语听起来总是有些稚嫩。她家即便没有失去全部，也丧失了大部分家产，可她不会满腔怒火地提起俄国革命，而是习惯坚定地说："任何人都不允许这么富有。"只要一提到当时奥地利那些通货膨胀的得利者，大家就能感到她立刻想到自己家过去的富

---

① 原属罗马尼亚，现在乌克兰境内。

有。她在家从不说意第绪语。我感觉，她像我一样对这种语言感到陌生。她既没把它看成是特别的东西，也没带着人类对语言的感情去看待它，这种感情已经消失了。伟大的俄国文学就是她的命运，她完全被它们所占据，她思考并体会俄国小说里的人物，尽管人们很难找到一个比她更自然、率真的人，但她从俄国书籍里所熟悉的一切都定了型。她固执地拒绝我的建议：同巴肯罗特的波兰语较量一番（我认为，倘若一个俄国人故意去听，是应该听得懂波兰语的）。也许，她真的听不懂波兰语，也许，她视为乳汁的陀思妥耶夫斯基及其对波兰的偏见令她如此。每次我迫切地提出请求，都被她以其人之道拒绝："您希望我同他结结巴巴地说话？波兰人是很重视自己的语言的。我不了解他们的文学，但他们有自己的文学。俄国也是如此。"最后一句很简短，因为她原则上是反对一切沙文主义的，所以她也不会说出比"俄国也是如此"更多的话了。

她避免同巴肯罗特交谈，因为中间没有媒介存在。她也把他想象得"很崇高"，因而当听见他同科尔贝格或是霍洛维茨说话时，会觉得有些不舒服。她看不起科尔贝格，认为他长得像足球运动员，而且总在吹着小曲。她觉得霍洛维茨很没趣，觉得他看起来"跟每个犹太人一样"。她对待犹太人是很严肃的，他们借助所属文学的力量而完全吸收了一种语言，并且没有沦为民族主义的狂暴斗士。她一向反对民族主义的偏见，所以，她的反犹也只是反对阻碍她通向自由的思想道路上的东西。她无法确定巴肯罗特有没有到达这一步。"也许，他只是一个年轻的犹太教的神圣信徒，"有一次她这么跟我说，让我吃了一惊，"而且还是一个没意识到这一点的一个。"事实证明，她不是犹太教改革运动的支持者。"他们都是宗教狂热分子，"她说，"为了自己的信仰奇迹献身，他们饮酒，然后四处乱舞。他们对数学一窍不通。"她没想到，数学是她的信仰奇迹。

然而，她现在乐于跟我谈论巴肯罗特了。他成了我们之间的恋爱话题。但我属于另一个女人，薇莎来化学实验室接我的时候，见过她。爱娃·莱希曼是个骄傲的女生，不会受自己的好感驱使，让对方感觉受到束缚。只要我们谈论巴肯罗特，就不会提及对对方的爱慕，对他会突然消失的担心，变成了担心这种爱慕会消失。

一天早晨，他没有出现，他的位子是空的。我想他大概是迟到了，所以什么也没说。后来我注意到，爱娃变得十分不安，而且有意避开我的目光。"他们三个都没来，"她终于开口了，"肯定有事情发生了。"科尔贝格同霍洛维茨的位子也是空着的，我刚才没注意到这一点。她与我不同，不是孤立地去看他，而是总把他与其他两人一起看待，他们是唯一与他交谈的人，这让她略感放心。我为他的孤僻担心，她对此不是完全认同。

"他们一起去参加宗教庆典了。"我说。我试图从中看到好的一面：他们三人都不在，不是他一个人。但她看上去却正为此而烦心。"这不是好兆头。"她说，"他出事了，他们俩去他那里了。""您认为他病了，"我有些生气地说道，"倘若如此，他们不会两个人都不来实验室的。""好了，"她想让我平息下来，"如果他病了，其中的一个会去看他，而另一个会来这里。""不会的，"我说，"他们俩从不分开。您见过他们单独做什么事吗？""正因为此，他们大概也住在一起。您去过他们家吗？""没有，但我知道他们住一个房间。巴肯罗特住得离他们很近，就隔三座房子。""您怎么什么都知道呀！您是侦探吗？""有一次，他们从实验室回家的时候，我跟在他们后面走。科尔贝格和霍洛维茨一直陪他走到家门口。然后，他们就像是陌生人一样同他很正式地道别，接着，又往回走了几步，回到自己的家。他们没有发现我。""您为什么要这么做？""我想知道他是不是一个人住。也许，我是想等他最终一个人的时候，装作偶遇一样突然出现在他面前，然后跟他打招呼。我会出其不意，他真的会因此而感到惊讶，这样，我们肯定就可以交谈了。""可是，用哪一种语言呢？""这并不难。我能和一句德语都不会的人随意交流。这是从我祖父那里学来的。"她笑了："您用手语呀。这不好。这不适合您。""我平时又不这么做。但我这样可以消除隔阂。您知道吗，我早就期待能和他说话了！""也许，我应该试着跟他说俄语。我不知道您这么看重这件事。"

就这样，我们继续着巴肯罗特这个话题，没有谈论任何其他事情。那边的座位都空着。上午过去了，我们打算忘记这件事。我岔开话题，谈起自己几天前开始阅读的一本书：坡的小说集。她不知道这些作品，我跟她讲起其中引起我恐惧的一篇：《背叛的心》。但就在我讲述这个故事，想摆脱恐惧时，我感到自己每看一眼那些空位子，恐惧就增加一分。直到莱希曼小姐突然说道："这担心弄得我很不舒服。"

就在此时，弗莱伊教授出现在大厅里，带着他的随从（通常是两个人，这一次，他后面站了四个人）。他做了一个不明确的手势，让我们靠近，等到实验室里大部分人都站在他面前，他说："发生了一些让人伤心的事，我必须告诉大家。巴肯罗特先生昨天夜里服用氰化钾死了。"他又站了一会儿，然后摇摇头说："他看上去太孤独了。你们当中没人注意到吗？"没有人回应他。这个消息太可怕了，大厅里每个人都觉得自己有责任，但没有人为他做过些什么。就这么简单，没有一个人做出过什么尝试。

教授和他的陪同人员刚离开，莱希曼小姐就控制不住自己的感情，心碎地大哭起来，好像失去了自己的兄弟一样。她没有兄弟，现在，他成了她的兄弟。我知道，我们之间现在也发生了一些事情，但面对一个二十一岁的人的死亡，这太微不足道了。我和她都很清楚，我们为了自己能有话可谈，滥用了这个年轻人那神秘的外表。数月以来，他存在于我们之间，我们为他的美而生气。他是我们的秘密，我们保守着这个秘密，但也提防着他。我们俩都没跟他说话，她没有，我也没有，但我们却找了各种借口，为自己的这种沉默辩解。我们感到自己有罪，我们的友谊也因此而破裂。我从没原谅自己，也没有原谅她。当我今天回忆这些时，我重又听到她的话——那陌生的语调曾经那么令我着迷——我心中燃起怒火，我知道，我错过了唯一可以拯救他的办法：说服她去爱他，而不是跟她一起玩。

对 手

在实验室里，还有一个人几乎不说话，但他不属于语言不通那种情况。他来自乡下，我猜大概是上奥地利州的一个村庄，给人营养不良的感觉，人看起来也怯生生的。他衣衫褴褛，而且就那么几件，穿在身上还直晃荡，大概是别人不穿了送给他的。不过，也可能是来到城里以后才异常消瘦的，因为他没什么吃的。他的头发没有光泽，那种红色是没有生气的、疲倦的，与他病态的苍白面容很相配。他叫洪特①，可这是只什么狗呀，嘴巴从不张开，别人对他说"早上好"，他也从来不搭理；就算他对别人的问候做出反应，也只不过是闷闷不乐地点点头；大多数时候，他的眼睛还是看向别处。他从不请求别人帮忙，从不借东西，也从不向人打听什么。每次我朝他那个方向看去，都觉得他又瘦了一些。他一点儿也不灵巧，总要在他的分析上花很长时间，但他的动作既微弱又寒酸，别人根本觉察不出他忍受的巨大痛苦。他说什么话都没有开场白，总是猛地就开始了，而且刚开始，就已经结束了。

有一次，他发现自己的位子上有一个黄油面包，并且还是包着的，有人趁他不注意的时候放的。我怀疑是莱希曼小姐干的，她有一颗同情心。他打开包装，看了看里面放的什么，然后又把黄油

---

① 洪特，德语原名为 Hund，本义为"狗"。

面包包好，拿着它一个个地问人。他把它递到每个人面前，恶声问道："这是您的吗？"然后，又走向下一个人。他一个人也没漏掉，他跟实验室里每个人都说了话，这是仅有的一次，但他只说了同样的五个字。没人承认那个面包是自己的。等他走到最后一个人那里，听到同样的否定回答时，他高高举起那个纸包，用威胁的声音叫道："谁肚子饿？它要进废纸篓了！"没有人出声，不想被当成这次失败行动的发起者。洪特愤怒地将这个小纸包投进废纸篓——突然之间，他好像有了使不完的力气——当听到有人说"真可惜"时，他咬牙切齿地说："您可以把它再捡起来！"其发音之清晰，语气之果断，令所有人都不相信自己的耳朵。就这样，洪特为自己赢得了尊重，使这次慈善的施舍成为徒劳。

没过几天，他拿着一个小包进了实验室，放在上次放黄油面包的地方。他没打开它，就那么放在身旁，开始忙活自己那费时又没结果的分析。大家都暗自猜测那个小包里放的是什么。他自己买了个黄油面包，而且现在想展示给人看——我很快否定了这种猜测，因为那个小包看上去装了些有棱角的东西。他拿起它，径直走到我这里，把它在我眼前晃了晃，说："照片！您看！"这听起来像是命令，但正合我意。大家都没想到，他居然愿意给别人看些东西，而且据大家以前观察所得，他所做的事绝不会与他人相关。因此，所有人立刻都领会了他的意图，来到我座位旁，在他周围围成一个半圆。他静静地等待着，好像这事儿经常发生一样，直到所有人都聚集过来，他才打开小包，一张接一张地递给我们看，这些照片几乎包括了所有的东西，拍得棒极了，有小鸟、风景、树木、人和物。

就这样，他从一个饥饿可怜的穷鬼变成了一个摄影迷，把所有的钱都花在了自己的爱好上，因此才穿得这么寒酸，因此才会挨饿。他用新的照片来回应别人的赞扬；他有很多照片，这第一次就带来了大概五六十张，其鲜明的反差令人惊奇，有几张是同一类型的，接着会突然出现意想不到的其他类型。现在，他以自己的方式让我们屈服，当一个女同事说"洪特先生，您真是一位艺术家！"并确实这么认为的时候，他微笑了，什么也没说，但大家可以看到，他是如何狼吞虎咽下"艺术家"一词的，再没有比这更美味的菜肴和饮料了。当展示结束时，所有人都觉得意犹未尽。那位女同事说："洪特先生，您是如何想到这些题材的？"她问得很认真，就像她刚才发出的惊叹一样。他简短而又庄严地回答道："这全靠练习！"喜爱谚语的人肯定会脱口而出"熟能生巧"，但没有人再笑了。

洪特成了大师，为了自己的艺术可以做出任何牺牲。对他而言，只要能摄影，吃饭不重要，此外，他对学业也没有表现出什么兴趣。一两个月后，他拿着新的小包来了。同事们立刻聚拢过来，大家发自内心地赞叹着，这一次的照片像第一次那样富于变化；很快就成了约定俗成的事是，洪特到实验室来的目的就是为了给我们——他的观众——偶尔展示一下他令人惊叹的新作品。

在洪特进行第二次展示后不久，实验室来了一个新人，他将大家的注意力吸引了过去：弗兰茨·西格哈特，一个小矮子。他长得很匀称，身材纤巧，相当精致，实验台对他来说太高了，他就在地板上架起了自己的仪器。凭借他那灵巧的小手指，他迅速完成了这一切，比我们任何人都要快。他一边在下面进行着煮沸和蒸馏，一边不停嘴地、不知疲倦地跟我们说着话，声音急促而略带沙哑。他想说服我们，相信他什么都经历过，相信他知道的事情比"高个子的人"还要多。他告诉我们，他弟弟要来看他。这位联邦陆军的上尉比我们当中任何人都要高，一米八九，他们俩像一个模子刻出来，外人是分不清的，如果他弟弟穿着制服迎面走来，别人都不知道他们谁是搞化学的，谁是军官。大家都信任西格哈特，什么他都知道得比任何人清楚，他的话有一种让人信服的力量，大家都很羡慕他这一点，但他是否有弟弟，对于这一点大家都抱怀疑态度。

"如果他身高只有一米六五的话，那还差不多，"莱希曼小姐说，"但他一米八九呢！我才不相信。而且，他干吗要穿着制服来我们这里？"来实验室虽然才几个小时，他一边还在地板上忙活着，就认识了我们所有的人，而且没过多久，他就把第一批分析结果交给了助手。一般情况下，这些工作要花相当长的时间，但他很快就做好了，他灵巧的手指为他赢得了这样的速度——但在弟弟的来访上，他犯了一个错误。拜访迟迟未到。虽然没有人会不知趣地提醒他，但他似乎看穿了同事们的心思，因为他时不时地会说些与弟弟有关的事。"这个星期他不能来了。他们纪律是严格的。你们都不知道那有多严格！他经常后悔去参军，但他没说出来。不然的话，以他这种身高还能做什么呢！"他变着法儿地说着弟弟因身高而遇到的各种困难。弗兰茨·西格哈特其实为他感到惋惜，但他不去说这些，还找到了令弟弟听了高兴的话，那就是年纪轻轻就当了上尉。

最终这还是让人感到无聊，大家都不再听他说了。一提起他弟弟，大家都堵上耳朵。西格哈特习惯有一大群听众，现在突然感到自己四处碰壁，于是立刻转移了身高这个话题。除了他弟弟，他还提到一群女朋友。西格哈特所认识的姑娘，就算没他弟弟那么高，但也都是很正常的身高。现在，更换女朋友与交女友的数字比身高更为重要了。他泄漏她们外貌的任何细节并非出于没有教养，他其实是个绅士，会保护自己的每一个女友。他不提她们的名字，为了区分，也为了让别人知道他说的是谁，他给她们编了号，在说起她们的事情之前，会报出编号。"我的三号女朋友拒绝了我的求婚，今天她估计会在办公室干很久。我自我安慰了一下，然后就跟我的四号女朋友去看电影。"

他告诉我们，他有她们所有人的照片。他给每个人都拍了照。他的女朋友们最喜欢让他拍照了。每次约会时，第一个问题都是："嘿，今天给我拍照吗？""耐心一点，耐心一点。"他总是这么回答，"要等时机成熟。一个个来。"她们特别钟爱裸体照。所有的都是规矩的照片，但只有遮住脸，他才愿意给别人看。他不觉得这么泄密欠妥。他早就打算给我们看一些了。他以后会带一堆过来的，全是他女朋友的裸体照，但他不急着带来，我们应该有点耐心。一旦他开了头，别人就会缠着他。"西格哈特，有没有新的照片？"他可不能老想着这种事情，他脑子里除了女朋友外还有其他的事情。而且，我们应该学会克制自己的急躁心理。如果时机成熟，他会请女同事们到一边去，这些不适合她们纯洁的眼睛，这些仅供男人们观看。但是，他强调说：他拍摄的都是规矩的照片。

西格哈特很善于提升实验室里人的好奇心。他带着一个包扎精致的鞋盒进了实验室，将它塞进他的柜子里。接着又对它摆放的位置不满意，将它拿出来，然后再放进去，考虑了一下说："这样更好。"接着他又把它拿出来，解释说："我必须小心。我什么都不能对你们说。这里面全是裸照。但愿你们中间还没有小偷。"他总能找到理由，拿着鞋盒在我们眼前晃来晃去。"背着我，谁都不能打开它。我知道自己是如何放置的。我记得很清楚。只要有一点不对劲，我就会把盒子带回家，再也不会给人看！大家都明白了吗？"这听起来像是威胁，也的确是威胁，因为现在每个人都相信盒子里面的内容了。莱希曼小姐在两性关系上特别保守，她早就说："您知道吗，西格哈特先生，没有人对您的鞋盒感兴趣！""噢，是吗？"西格哈特说着，朝实验室里每一个男性眨了眨眼，有一些人也对他眨眨眼，所有人都知道，为什么大家对这个盒子的内容这么有兴趣。

西格哈特让我们等了几个星期。他听说了我们当中的摄影大师洪特，还让我们详细地描述一下洪特所用的题材。然后，他轻蔑地说："真过时！所有的都过时！以前有这类的摄影家。我自己也喜欢大自然。但每个人都能做到这些。大家只需要去野外，拿着机子咔嚓咔嚓，不一会儿就能拍上几十张。所以我说这些过时了。这太容易了！而我的姑娘们是需要我一直寻找的。得先找到她们才行。然后，还必须向她们献殷勤。当然，夏天的时候并不难，可以抓住洗澡的时机。但在冬天就不一样了，得先给她们热身才行。否则的话，她们会很容易就拒绝了我。但我有经验，没人会拒绝我，每个人都让我拍。现在你们也许认为，我个子小，她们把我当成一个孩子。错了！大错特错。对她们来说，我像任何一个男人一样。这样，她们才能骄傲地站在镜头前——你们真应该看看这种骄傲！——之后她们才能得到一张照片！每人一张，不会再多。如果成功的话，每张照片她们都会得到一张。我不会因此而索要什么。但我也必须考虑到花费问题。如果有人想要更多的拷贝，她必须支付相关费用。这种情况也是有的，送给她们的朋友，我的收入因此也相当可观。我总是说，钱是不能被小看的。"

这正说明了为什么西格哈特有这么多女朋友。这种"男女朋友关系"的存在，是因为他是她们的身体摄影师，但他很小心，对这一点不会更清楚地解释。他的原话是："各位，更详尽的事情我是不会说的了。有些事情就是秘密。对我来说，秘密是有关荣誉的事情。我的女朋友们也很清楚这一点。她们很了解我，我也很了解她们！"

一天上午，一个身穿军装的巨人站在门口，打听弗兰茨·西格哈特。我们都在期待着那些照片，早把他弟弟忘得一干二净。大家吃惊地看着这位顾长的上尉，他脑袋很小，长着弗兰茨·西格哈特的脸——就像戴了面具一样。有人指给他看那个小矮子的位子，他正跪在地板上,小心翼翼地将一盏本生灯放到装着酒精的烧杯下面。他一看到弟弟穿着军装的双腿,立刻跳起来,呱呱叫道:"你好。欢迎到我们这里来。化学定量分析实验室欢迎你。我来给你介绍下我的同事。首先是女士们。不要这么拘谨,大家都认识!"上尉的脸红了。"他害羞了。"小矮子解释,"追逐裸照——他对此毫无兴趣!"

这种挖苦可把他弟弟完全给镇住了。他正准备向我们的一位女士鞠躬,结果小矮子突然说到裸照,上尉刚鞠了一半的躬又弹了回去,涨得满脸通红。我们的小矮子的脸是绝不会变得这么红的。现在,二人的脸明显地区分开了。"你不用怕,"侏儒说道,"我会照顾你的。他很有礼貌的,你们都想象不出。一切都会非常顺利的,就像阅兵一样。这位以前是希腊人,这位是俄国女士。这里的这位就变成维也纳女士了,弗勒利希[①]小姐。她人如其名,就算别人没有搔她的痒,她也会笑个不停。但这位俄国女士不喜欢这种玩笑,没人敢去搔她的小腿肚,连我都不敢,虽然我正好够得着。"莱希曼小姐拉长了脸,扭过头去。上尉轻轻耸了下肩,来表示自己对哥哥这种放肆言行感到遗憾。而小个子已经注意到莱希曼小姐的冷漠引起了弟弟的好感:"这是个很优秀的女士,修养好,出身高贵,无可挑剔。你相信吗,人人都想亲她一口。要学会克制自己。留点神儿,要知道你是军官。"

然后,轮到我们了。他紧紧抓住弟弟,片刻也不让他离开。我们每个人都被介绍给了他弟弟。他给每个人都送了一句恰当的挖苦。很明显,他对我们观察得很仔细。虽然他这种介绍的方式很尖酸刻薄,并且绝不是友好的,然而一切进展得都那么快,一个接

[①] 德文的"弗勒利希"(froehlich)为"高兴"的意思。

一个，大家还没从笑声里回过神来，还在原地不动地笑着的时候，他就已经对两个人做完评价了。让大家感到庆幸的是，洪特那天不在实验室。从一开始，早在谈到裸照之前，他就毫不掩饰地用仇恨的目光看着西格哈特，似乎第一眼看到这个侏儒，就知道其过分热情的举动会给自己带来什么不幸。尽管西格哈特从未直接针对他，虽然他打听他摄影的类型，并毫不掩饰自己的蔑视，但现在，他不得不提到他的名字，并介绍些他的情况，因为他要介绍弟弟与每个人都认识，甚至要介绍他与冯特尔认识，他是我们这里过着极为隐秘生活的乡下白痴。假如不可避免地要介绍洪特，他肯定会说些与"狗"有关的话，而这会让敏感的洪特大为恼火的。

事实上，整个介绍过程并没有持续多久，我们同他弟弟似乎都是西格哈特的囊中之物，他只需一个接一个地拿出来，一旦得到自己想要的东西，就又把我们放到一边去了。而他弟弟却像是屋漏偏遭连日雨，他一个人得到的嘲弄比我们加起来还要多。我开始明白他为什么要穿着军装来了。面对侏儒的控制欲及永不停歇的讽刺，他只有通过参军来拯救自己，至少还能像听命令那样，而且不必担心小矮人的突然袭击。我不知他为什么偏要来我们这里，他应该能料到从哥哥这里都得到些什么。在他告别后，我立刻知道了答案。

"我对他说，如果他有勇气的话，就应该过来看看化学。这里的一切可不像在联邦军队里那样要规矩听话，大家工作的时候还能说话。但他，他一直以为工作的时候就必须安静，每个人都应该闭上嘴，就像训练新兵一样。你们都不相信我劝他过来多少次！你胆小，对，就是这样，胆小！我对他说。你不了解真正的生活。在联邦陆军里，你们都成了文物保护对象，不会发生什么事。战争结束了。再不会有新的战争了。人们还要军队干什么？胆小鬼才需要他们，害怕生活的人才需要他们。一米八九的身高却害怕化学！

在每个女人面前都会脸红。我们实验室有五个女士，他就红了五次脸。要是换成我，在我那八个女友面前，我还不得一辈子脸红呀。我现在一共有八个女友了。顺便说一下，我跟他谈起过我们这儿的女士，尤其是那位高贵的俄国小姐。她很适合你，我说，她不朝右看，她不朝左看，这是有教养，不是胆小！哪，他还是犹豫了很久，但最终还是来了。现在你们都看见他了，这个土包子，一米八九的身高，谁要是有个这么高的弟弟，谁都要觉得难为情。他怕什么呀！他怕我！我们都还小的时候，我就把他弄哭过，他就这么怕我。现在，他不会让别人看出来，但他一直害怕我。你们有没有发现：他害怕我！这个胆小鬼！上尉先生这么胆小！真让人笑话！我什么都不怕。他应该能从我身上学到很多东西。"

西格哈特大嗓门地说着大话，有时候让人觉得很讨厌，但这没有影响他的工作。他的分析做得敏捷而灵巧，但他也理解冯特尔这个骗子。冯特尔看起来像个乡下白痴，一脸奸笑，小心翼翼、蹑手蹑脚地穿过实验室，弯着的手里拿着一个装有某种物质的玻璃罐，而手又藏在长罩衣右边的口袋里。他非常轻地从一个人移向另一个人，走着之字形路线，而且顺序也是出人意料的；他突然之间来到人家面前，用恳求的目光，脸凑得很近，说："同事先生，您认识这种物质吗？它闻起来有树林的味道。"他把打开的小罐子凑到别人鼻子底下，那人深吸一口气，又看了看那东西，说："当然认识了，我曾经有过这种东西的。"或者说："不认识，我不认识这东西。"若是第一种情况，冯特尔会想知道如何制成这种物质，并且请求别人把记载着称量和计算的小本子暂时借给他。然后，他暗地里抄下结果，接着再信心十足地开始工作，而结果是他事先已经知道的。

所有人都知道他在撒谎，但没有人会出卖他。他这么做，结果是没有一个人知道他所有的事情。看着他架好仪器，烧杯里沸腾着，看着他紧闭双唇给他的坩埚称重，大家都以为他在做着自己的工作，并通过乞讨来的数据检验实验的结果。如果大家知道他所有的工作程序从头到尾都是骗人的，知道他仅仅是在制造工作的假象，大家一定不会再帮他的忙了。他不会总去找同一个人，他的之字形路线令他可以避开曾经被他利用过的人，虽然大家每隔几周就能看见他蹑手蹑脚地走着，但大家对他秘密探查的结果都不是很清楚。他的天赋就在于他能巧妙地令别人看低自己。这种狡猾竟然还带有系统性，也许是这个奸笑的大饼身上最不能让人相信的东西了。他戴着的假面具看上去就像是一块大饼。他的眼睛像采蘑菇者的眼睛一样，总是盯着地板，他的奸笑以及尖而拖长的声音与此很不相配。

  因为他干这种事情时必须小声，所以他避开一向大嗓门的西格哈特，但他无法阻止的是，西格哈特很快就发现他是蘑菇采集者，并且这么跟他打招呼："我们是认识的，同事先生！"他突然扑向他，朗声说道——这让冯特尔吓得缩作一团——"您知道我们怎么认识的吗？我们已经认识很久了！现在，请您猜一下我们在哪儿认识的！您记不起来了？我可什么都记得。我什么都没忘。"冯特尔做出无助的举动，好像要游出这间实验室似的，但他没有成功，西格哈特紧紧抓住他长罩衣下面的一颗纽扣，又问了几次："您不记得了？当然是找蘑菇时认识的，不然还能在哪里！在树林里，我总能看见您在那里找蘑菇。但您总是盯着地上，您只认识蘑菇。所以您的篮子里总是装着满满的蘑菇。我也是，因为我同地面的距离很近。我不知道咱们俩的篮子里到底谁的蘑菇更多。但我看人同样看得很仔细，我是个充满好奇心的骗子，这都源于摄影。现在，我要是给您看张我在您采蘑菇时捕捉到的照片，您会说什么呢？"冯特尔不喜欢"捕捉"这个词，这个侏儒亲切的话语对他是一种折磨。以后为了能避开这个侏儒，他尽全力设计了合适的之字形路线，但并不是每次都能奏效。西格哈特偏爱抓住他不放。如果他突发奇想而想出如何去称呼这个人的话，那他是绝不会轻易放过他的，而冯特尔，这个真正的蘑菇专家，就成了他最喜欢的牺牲品之一。

然而，这只是小打小闹。冯特尔更令他感到亲切，也许，他觉察到了他的狡猾，因为每当别人轻蔑地称他为"乡下白痴"时，他都会坚定地说："他？他可不是乡下白痴。他清楚自己想要得到什么。他轻易不会乱说的。"他这话大概是针对实验室的另一个人，他想将那人击败，仅仅因为那人被看作是摄影家。

那个富含希望的鞋盒现在已经在他的柜子里放了很久。虽然他时不时地把它拿出来，长时间满屋子地摆弄它，有时候甚至开始解上面的带子——盒子上打了很多结，但同事们刚提到它，并朝它走近一两步，他就像突然有了灵感似的停下来，说："不行，今天我不想这么做。你们还不能看。总有一天你们会看到的！"他没做进一步解释。他在等待着，没人知道他在等什么，他解开那鞋盒上的绳结，让实验室的傻瓜们一个个垂涎三尺，并以此为乐。很快，他又把盒子捆扎好放回去，而"啊，盒子里什么也没有！"一类的话也不能令他动摇。

后来的一天，洪特又带了一个包进来，这次真的很厚，他"啪"的一声把它放到桌子上。这本不是他的作风，这是他跟西格哈特学来的。西格哈特令很多人印象深刻，实验室里学起了他那炫耀的方式。洪特等了一会儿，但没像前几次那么久，然后，他比以往任何时候都大声地说道："我这里有照片！谁想看？""我太想看了！"小矮人嗓音嘶哑地说，第一个跑到洪特那里，站在他旁边。"我等着呢！"他挑衅地说道。其他人则慢吞吞地聚拢到洪特身边。这一次，人都到齐了，手头的事情能丢开的都来了。"我占到了最好的位置。"小矮人说。这听上去本应是高兴的，但现在却是充满

205

敌意，同样带着敌意的还有洪特的回答："您再往前面站点，不然，以您的身高是什么都看不到的！"

"身材并不重要，关键是照片。我都迫不及待了。看完之后，我立刻打开我的大盒子。全是年轻女士的裸照。您现在没有专攻人体裸照，同事先生，这真让我遗憾——我们是不是还停留在自然处？是窗户里的小猫，还是风中的银白杨？去年冬天山上的雪景？我想是一座可爱的山村小教堂加上一圈的神灵，还有几个虔诚的十字架。死人是不希望被忘记的。或者您拍了一只公鸡在一堆粪便上，我这么说当然不是指那张照片是粪便。同事先生，请您不要误解我，我说的是一只真的公鸡在一堆真的粪便上！"

"您现在要是不离开，我什么也不给看了，"洪特说，"要么您离开我的座位，要么我就什么都不拿出来。""他什么都不拿给人看，那叫我们可如何是好啊！那我就别无选择了，"侏儒这时大叫起来，"只能用我那些年轻女士的裸照来应对了！都到我这儿来，女士们先生们，这里有值得一看的东西！"

西格哈特抓住两名同事的胳膊，用力将他们拉到自己的位子。其他人跟了过去。现在，人们期待已久的时刻终于到来了。洪特那搏击风浪的燕雀还能吸引谁呀。有几个人还留在洪特身边，另外一些人在半路上，还没下定决心要不要回去。

"大家都过去吧！"洪特说，"今天我什么也不拿出来给大家看。今天我还有重要的事。大家过去吧，去看他的垃圾吧！"

他用胳膊肘推那唯一还没离开的人——他也许是出于同情才留下的——直到他同往常一样，孤零零地站在自己的工作台旁。他也没准备妨碍西格哈特的展示。他板着脸，静静地站在自己的纸包前，右手放在上面，好像防止别人对它突然下手似的。

与此同时，西格哈特在解绳结。一眨眼的工夫，鞋盒已经打开了，他已经拿起一堆照片，撒满了台面，好像它们算不上什么似的。

"诸位请自便，能满足各种口味，每个人都能找到适合自己口味的女士。每个人都能立刻找出好几张来。不必过谦！每个人都可以精心挑选自己的后宫佳丽。这是怎么了？没人敢向幸福伸手？要我帮诸位伸手吗？这么胆小，我的先生们？这我可没想到。现在请大家想象一下，这都是真人摆在我面前！抓住镜头，按快门，大家知道吗，要是我没有果断地按下快门会怎样——这些年轻的女士很可能在第二次的时候就不愿脱衣服了，她们会怎么看我！如果你们不拿起来看，她们又会怎么看你们！"

他抓起站在他身边的一个学生的手，把它伸向那堆照片中，当中他还有意让手哆嗦了一下，像是畏惧即将到手的美好。他把一摞照片放到他手上，叫道："下一位先生！"现在，其他人已经开始自己动手了，很快，所有人都傻呆呆地盯着那些没穿衣服的姑娘看，她们并不诱人，目光平淡而调皮。对所有的观众来说，这种行为都带有风险，要是现在进来一个助手，或是教授带着随从进来会怎样？但这些照片是不能被称作下流的，否则，一些人也不敢当着别人的面拿在手上看了。只是女同学都被排除在外，令人有些尴尬。莱希曼小姐的位子就在不远处——她的眼睛直视前方，似乎什么都没听见——在她面前，每个人都有负罪感。

洪特已经被大家完全遗忘了，大家已经不记得他还在实验室里。突然，他出现了，站在同学和照片中间，"呸"了一声后叫道："婊子！全是婊子！"然后就走了。情况顿时发生了转变。西格哈特认为自己的女朋友受到了侮辱。"我的女朋友不应该得到这种评价，"他说，开始飞快地将照片收回，"早知如此，我什么都不带来。要是我的女朋友们知道了这些，我们之间就完了。我必须请各位先生严守秘密。出了这个实验室的门不许说任何有关于此的话。道歉是

207

没用的,就算我们集体向这些女士再三道歉、请求原谅都是没用的。只有沉默才行。先生们,我能相信你们会严守秘密吗?我们刚才没有打开任何东西,没有说任何侮辱性的话。我自己也会闭口不谈的。我绝不会对我高个子的弟弟提起这些的。"

摩门教的红发信徒

一九二六年的夏天,我同弟弟们是在位于高伊泽和哈尔施泰特湖之间的圣阿加塔度过的。那里有一个古老而漂亮的客栈,以前是铁匠铺,附带一间宽敞的饭厅。半成年的男孩子本来不适合住在这里,但它旁边就是一处很小也很新的房子——"阿加塔铁匠"膳宿公寓,由一名老妇经营着。房间狭小,布置简单,就连餐厅也不例外,不过是放着三四张桌子而已。店主是个坚强的妇人,说话的时候看上去更为严肃。我们与她同坐一张桌子,因此,看得出她对情侣没有偏见。

真正的客人是我们旁边的一对情侣:一位中年导演和他非常年轻的苗条女友。男的长着浓密的深色头发,有些憔悴,开着玩笑,女的要比他高很多,金灰色的头发,不无魅力;他不停歇地说话令她深为感动。他一刻不停地解说着一切,没有他不知道的事情。我喜欢与他交谈,因为在我回答他的问题时,他会聆听我的话,甚至对此表现得很认真。不过,他很快就开始自己说,我的话都被吹到一边;他嘲弄着,讥笑着,讽刺着,就像舞台上的一个个角色——而且永不停息,全不考虑他的女朋友阿菲。他的话总是对的,对她来说是理所当然的,但我不这么认为。她不会试图发表任何看法,可我不同,我还会尝试几次。他刚把我击倒在地,我就出人意料地说起来,反驳他,结果就是招来他辛辣的驳斥。但布赖特施耐德先生并不是怀有恶意,他只是想拥有阿菲,不让她长时间听其他男人说话，包括半成年的男孩儿。店主邦茨太太一言不发地听着，她不加入任何一方，不会让最细微的面部表情出卖自己的想法，但大家知道，她正仔细听着面前的交谈。

布赖特施耐德先生与阿菲住在我旁边的一个小房间里，墙壁很薄，我听得见那里的每一个声响：口哨声、打趣声、窃笑声，经常是满意的鼾睡声。但从不会安静下来，也许布赖特施耐德先生在睡梦中有时候会沉寂下来，倘若真是如此，我也不会知道，因为那时我也在睡觉。

我们关注这对不协调的情侣并不奇怪，他们是这里除了我们之外的唯一客人。但在那段日子里，我想得更多的是其他一些事情：燕子。那里有数不清的燕子，它们把巢筑在古老而华丽的铁匠铺里。当我坐在花园里的木桌旁，往本子上写东西的时候，它们在我头上飞来飞去，离我相当近。我一连几个小时看着它们，被它们所吸引。有时候，弟弟们要出发了，我说："你们先去，我随后就到，我还有些东西要写完。"但我写得很少，大多数时候我都在看那些燕子，不想和它们分开。

圣阿加塔用了两天的时间来庆祝教堂落成，这是留在我记忆中最鲜明的一件事。售货摊建在古老的铁匠铺前，围绕着巨大的椴树，它们也延伸到我们住的房前。就在我窗户底下，一个年轻人放了一张桌子，上面的男士衬衫堆成了小山。摊主将衬衫扔得乱七八糟，动作迅猛，他举起这件或是那件，通常手里总是抓着两三件，然后又把它们扔向那一堆，还一边叫喊着：

"今天对我来说一切都一样！不管我有钱还是没钱！"

他深信不疑地吆喝着，还不停地做着手势，好像不愿再与这些东西有什么关系似的，要把它们全都扔掉。一直有农妇光顾他的小摊，想从这被丢弃的礼物中为自己挑选出几件。有些人带着怀疑的眼光检查一件衬衫，似乎很在行，他从她们手里夺过衬衫，然后再扔给她们，像是要送给她们。每个把衬衫拿在手里的人都会买下来，就像衬衫粘在她们手上，拿不下来一样。她们付钱时，他似乎看都不看一眼就把钱扔进一个大盒子里，盒子很快就满了，而那堆成山的衣服也在飞速减少。我从窗户那里正好可以看见他，我还从没见过这么快的速度，他的吆喝声也一直不断：

"今天对我来说一切都一样！不管我有钱还是没钱！"

我发现，他话里那看似的漫不经心传染给了农妇们，她们把钱交出来，好像那不是钱似的——他的摊位突然被一扫而光，一件衬衫都没剩下，他举起右臂，高声叫道："停！等一下！"然后拿着装满钱的纸盒消失在角落里。从我站的角度看不清他去了哪里，我以为已经结束了，就离开窗边，但我还没走到自己那个小房间的房门口，就听见比以前更卖力的吆喝声："今天对我来说一切都一样！……"他的桌子上又堆满了衬衫，他满脸痛苦地将它们举起来，又带着讥讽地扔回去。农妇们从四面八方拥来，一个个落入他的圈套。

这个年集规模不大，当我下去逛小摊的时候，发现自己总在他的周围。没人比他更精通卖东西了。他很留意我，我站在上面窗户前面的时候，他就已经注意我了。有一瞬间，我是他摊位旁边唯一的人，他问我是不是大学生。我不觉得奇怪，他看上去就像个大学生。他说着就抽出了维也纳大学的报到通知，递到我的鼻子底下。他是法律系的学生，读第四个学期，现在是在年集上挣生活费。"您看这有多容易，"他说，"我能卖出所有的东西，但衬衫销路最好。这些笨女人以为这是送给她们的。"他看不起他的牺牲品，他说，一个星期后，这衣服就会破掉，这种衬衫只能穿四五次，然后……他就不在乎这事了，等这些人来找他的时候，他早就远走高飞了。"那明年呢？"我问。"明年！明年！"他不知该如何回答这个问题，"明

211

年我就翘辫子了。如果明年我还没有翘辫子,我会去其他地方。您以为我会再来这里吗?我要小心一点。也许明年您会再来?您也要小心。您是因为无聊,而我是因为衬衫。"我想起了燕子,也许我会为了它们而再来的,但我没有把这些告诉他,他是对的。

除此之外,教堂庆典上还有其他可看的东西,但我交的唯一一个朋友是一个红头发的男人,他的一条腿是木头的,坐在古老的客栈前面的台阶上,旁边放着一根拐杖,那条木头腿伸向前方。我不知道他在那里做什么,也没想到他是在乞讨。但我后来注意到,时不时地有人给他一枚硬币,而他也不失体面地说声"谢谢!"我很想问他从哪里来。他那巨大无比的红胡子让他看上去很另类,那胡子似乎比他的头发还要红,但他所说的"谢谢"又很像本地人。我不好意思把他当成乞丐去问他,我装作什么也没看到,暂时什么也没给他,打算事后再补。我问他来自哪里的时候,听起来肯定不是那种居高临下的感觉,但他既没说出一个地方,也没说出一个国家,而是回答:"我是摩门教信徒。"这让我大跌眼镜。

我不知道欧洲有摩门教信徒。不过,说不定他以前在美国,生活在摩门教信徒中。"您在美国待了多久?""我从没去过那儿!"他知道他的回答会让我吃惊,停了片刻后又向我解释道,在欧洲,甚至在奥地利,都有摩门教的信徒,而且为数还不少。他们会集会,彼此都有联系。他可以给我看他们的报纸。我感觉自己影响了他的工作,毕竟,他得留意进出客栈的人,所以我离开了他,并说晚些时候会再来找他。但是,他消失了,令我不解的是,我居然没注意到他的离开。他的木头腿、拐杖和红头发我不可能看不到的。

我走进客栈,里面挤满了人,在那宽敞的酒馆里,我突然看到了他,与很多人一起坐在一张大桌子旁,面前的一小杯红酒和他头发的颜色一样。他看上去像是一个人,没有人跟他说话,也可能是他不跟任何人说话。这真是奇怪，他刚才还在酒馆前乞讨，现在却像其他人一样成了这里的客人。但他表现得并不介意，安静、笔直地坐在那里，也许他两边的空间要比其他位子的间隔大。在所有人中，他火红的头发和胡子令他尤为醒目，即便我之前没跟他交谈过，他也是那张桌子上首先吸引我眼球的人。他似乎很喜欢争论，但没人与他争论。他一看见我，就友好地招呼我，邀请我到那张桌子去。他稍微挪了一下，给我留点空当；边上有人起身走了，我居然还找到了一张椅子。终于，我们像老朋友一样紧挨着坐在一起，他还坚持请我喝一杯红酒。

他感觉，他说，自己很快就会开始讲述，因为我对摩门教信徒感兴趣。所有人都反对摩门教信徒。就因为这样，没人愿意和他有牵连。他们都以为他有很多老婆。如果其他人对摩门教有所了解的话，他们也就只知道这些。这真是荒谬，他根本就没有老婆，她离开了他，正因为如此，他才加入摩门教。他们都是好人，每个人都工作；没有人游手好闲，没有人饮酒，摩门教的信徒根本就不饮酒，不像这里的人，他愤怒地指着我的杯子——他的杯子已经空了，或者是他把它给忘了——然后手臂一挥，指着屋子里所有的杯子。他很喜欢说，而且反复提到摩门教信徒都是好人。但人们就是讨厌他们，他刚开口，就有人说"闭上臭嘴！"或是"去美国找你的摩门教吧！"他甚至有过被赶出酒馆的经历，就因为他在里面说了这些。就这样，所有人都反对他。当他在酒馆里的时候，他不想从别人那里得到任何东西，他从未从任何人那里拿走什么，只有在酒馆外的时候，他才不这样，但这又不关这些人的事，也许这让他们感到很难受？但他们忍受不了别人觉得摩门教好，对他们来说，它就是异端邪教，甚至有人问他是不是所有红头发的人都是摩门教信徒。他老婆以前就经常说："你这红头发，不要靠近我。你喝醉了，一身臭气。"那时候，他还喝很多酒，而且因为生气会拿起拐杖打老婆，她因此离开了他。全是酒精的错，有一次一个人对他说："摩门教的人会帮人戒酒，他们中没有一个人喝酒。"他就去了他们那里。他们真的治愈了他，现在他是滴酒不沾，他又愤怒地盯着我的杯子看，我根本就不敢喝光它。

我觉察到了桌上其他人的不满。虽然他从未盯着他们的酒杯，但他的话还是很清楚的。他反对酒精的说教变得越来越大声，越来越激烈，他早就喝光了酒，没有再点什么。我不敢给他一杯酒。我出去了片刻，请女服务员给他拿一杯来，但不要立刻端来，先等我坐一会儿再拿来。我感觉到她的问题到了嘴边，但我没让她说出来，就立刻付了钱。突然之间，一满杯酒就摆在了他面前，他道了声"谢谢"，举杯一饮而尽，说道，为了健康，人们必须喝酒，现在如此，与摩门教徒在一起的时候也是如此。别人根本想象不出他们是怎样的好人。他们每个人都会做出贡献，他们对穷人还有一颗同情心，一桌子人会为一个穷鬼一直点酒，为他的健康干杯，直到所有人都醉了，但这不是出于怜悯，完全是另一码事；出于怜悯的话，人们就允许饮酒了。为什么我不和他干杯呢，他出于同情，为我点了一杯酒，现在，别人出于对他的同情，也给他点了一杯，我们尽管喝就是了。与摩门教徒一起的时候也是如此，他们都很严厉，一旦这些严厉的人允许这么做，没人能说不可以。

那里真的是没人说什么了；一旦他喝酒了，别人就不再敌视他。桌上人的目光——其中有几个壮实的年轻人，原来恨不得痛打他一顿——变得友好而和善。别人和他为了美国而干杯。他说我来自那里，是来拜访他的，我应该说些什么，好让他们知道我对那语言有多精通。我尴尬极了，吐出几个英语句子。他们与我碰杯，也许是想试探我是否真的喝酒，因为他们肯定我与他有联系，把我当成了摩门教的使节。

倾听的学校

每当我回到海德胡同的魏因雷朴太太家,都要不情愿地竖起耳朵听厨房里"刽子手"那恼人的声音。这也是没办法的事,自从魏因雷朴太太夜晚拜访过后,我就睡得很轻,以防此类事情再次发生。房子里到处都挂着她先生的照片,她与照片的这种不正常关系尤其令我不安。那么多照片,除了大小与装帧之外,差别很小,但每一幅都有意义,每一幅都发生着影响。魏因雷朴太太轮换着对着这些照片出神,但由于我白天都不在家,所以无法确定这种循环。我感觉她每天都会在我房间里。怎样才能让她忽略我房里的照片呢?

晚上她来的时候,是处在一种类似昏睡的状态里;那白天,在刽子手不睡觉,追踪着她的一言一行时,会是什么样的呢?可能她一直处于这种状态中,可能这种状态是因为看到这些照片而造成的,她每分钟在每面墙上都能看见它们。一双眼睛接着一双眼睛,都是同样的两只眼睛,而且一直看着她。所有照片上的魏因雷朴先生都是老年的,似乎不存在他年轻时的照片,估计她认识他的时候,他就已经是大胡子了。就算在他死后找到了他年轻时的照片,可能也被作为一个陌生人的照片给悄悄拿走了。倘若认为他看人的时候总是严肃的,那就错了,他的目光一向都是亲切和善的。就算在跟同事们一起拍的集体照上,他的目光也不具威胁,而是劝慰的,像一个争执调解人,一个调停者,一个中间人。因此,魏因雷朴太太的不安更令我不解。究竟是什么驱使着她不停歇地从一幅照片走到另一幅照片?他究竟给她留下了什么命令,让她不停地忙碌,像处于"多发性催眠状态"之中,以新的生命出现在他每双眼睛前?

每当我在前厅遇到她,跟她交谈几句后,我都不得不极力克制自己,不问她有关魏因雷朴先生的事情。但她每次都竭力宣称,魏因雷朴博士先生曾经那么友好、优秀、正派,那么有学问。有一次,我遗憾地说:"很遗憾,他去世那么久了。"她吃了一惊,立刻说道:"没那么久。""那有多久了呀?"我问,并且尽量表现得与他一样友善,但我没有胡子,没有成功。"这我不能说,"她说,"我不知道。"然后飞速奔回她的房间。我一进这所房子,就会像她一样心神不宁,但我没有表现出来,而且努力不去看那些照片,它们令我反感。这些照片的镜框总是一尘不染,上面的玻璃也擦得干干净净。我看着它们,好像它们只由镜框和玻璃组成一样。我知道,我在等待一场灾难,等待这些照片被摧毁,等待这个可怕的解决办法。

有一晚,我梦见那个平时从未进过我房间的刽子手,那个厨子,也就是卢采娜的姑妈,一脸狞笑地来到我房间,手里拿着一个巨大的燃烧着的火把,从一幅幅魏因雷朴先生的照片前走过,从容不迫地将它们一一点燃。她的胳膊和手与火把处于同一高度,她是飘过,而不是走过。在那长长的、直拖到地上的裙子底下,我看不见她的脚,它们隐匿其中。照片很快燃烧了,但很安静,像蜡烛一般。我的房间变成了一间教堂,但我知道我的床还在那儿,知道自己还躺在上面,并且惊醒,知道自己在教堂里躺在床上是亵渎神灵。

我跟薇莎说起了这个梦,她对梦的态度一向很严肃,不会胡乱地解梦。她觉察到了魏因雷朴太太对那些照片的所作所为多么困扰我。"也许,"她说,"是那个刽子手要求她进行这种祭拜的。她很清楚整件事,她借助这些照片来控制自己的女主人。那是撒旦的教堂，你住在里面，睡在里面，只要你身在那里，你就得不到安宁。"我发现，她寥寥数语就把这个梦翻译成了我们熟悉的语言，而且不会混淆其中细微的联系。

我知道，我必须离开那个房间，离开那所房子，那条胡同，那个地方。可那样的话，我就不可能在十分钟内到达薇莎所住的费迪南德大街——这也是我租那个房间的真正原因。我可以出人意料地出现在她房间前面的大街上，冲她吹着口哨；我心神不定，以这种方式来监督她。我不仅知道她是在家还是外出，是一个人还是有客人——即便她在阅读或是学习，只要我什么时候出现了，她就一定会请我上去。她从没让我有打扰她的感觉，也许我真的是从未打扰过她，但这对她来说确实是一种强迫——因为她从来不能确定我会不会突然出现；对我而言，因为我是出于不体面的动机，想清楚地知道她在做什么。

不管怎样，她那里吸引着我，因为跟她在一起，让她吃惊，并在这种惊讶中告诉她自己想些什么、做些什么，比做任何事情的感觉都要好。她倾听着，不会遗漏任何地方，她留意每一句话，但会保留自己的评论，没什么能扰乱她的思维与判断。她会记住自己认为明智的地方，然后在谈话中重又谈起。致力于思想方面的事情，这既不是闲着没事做，也不是高傲自大，而是完全自然的。其他人的想法会像回声一样对此进行反驳，但这也会强化一个人的信念。她知道这些情况，她打开黑贝尔的日记，指给别人看刚才说过的话，但对方不会羞愧，因为他们不知道这日记。她从不死板地引用，只在能产生生动影响的时候才引用。这许许多多她所熟悉的东西又会促使她自己产生新的想法。当时，是她带领利希滕贝格[①]走进我的生

[①] 利希滕贝格（1742—1799），德国物理学家兼讽刺作家，以其嘲笑形而上学和浪漫主义的欠缺节制而知名。

活的。我反对其他一切东西，很快就发现，对所有与女性有关的事情，她都带着一种沙文主义，她是不折不扣的女性赞扬者。她经常能见到彼得·阿尔滕贝格①——还是小姑娘的时候，她有时会在城市公园里遇见他，他对她的宠爱就像他自己对女性和小姑娘的宠爱一样。这令我觉得很可笑，而且口无遮拦地说了出来。有些东西可以帮助我与她划清界限，这样很好，否则我就会逐渐屈服于她的博学多才。我用我的瑞士人戈特赫尔夫②的《黑蜘蛛》和凯勒③的《正直的卡玛切尔》来反对她的阿尔滕贝格。

  我们有一些重要的意见分歧：她喜欢福楼拜④，我喜欢司汤达⑤。当她因为我的怀疑和过分嫉妒（她慢慢品尝到了）而生气，打算和我争论时，她用托尔斯泰来冲撞我。安娜·卡列尼娜是所有女性形象中最令她喜欢的一个，只要一提起这个人物，她就变得异常激动，竟然对果戈理⑥——我眼中伟大的俄国人——发出战争宣言。她要求我做出道歉声明，恢复安娜·卡列尼娜的名誉，这让我很厌烦，因为她简直都不像薇莎了。但我决不会让步——在这些问题上，我像殉教者一样立场坚定，宁可粉身碎骨，也不会为了一个错误的女神而牺牲，她毫不畏惧地抓起她的刑具，转而抨击果戈理。她了解他的弱点，立刻谈到《塔拉斯·布尔巴》，那个哥萨克人，他令她想起了瓦尔特·司各特⑦。

---

① 彼得·阿尔滕贝格（1859—1919），十九世纪下半叶奥地利著名的"咖啡馆诗人"。
② 那雷米阿斯·戈特赫尔夫（1797—1854），瑞士德语作家，主要描写瑞士埃门塔尔的乡村生活，《黑蜘蛛》是他的短篇小说名作。
③ 戈特弗里德·凯勒（1819—1890），瑞士德语作家，主要描写十九世纪中产阶级的生活。
④ 福楼拜（1821—1880），法国十九世纪伟大的批判现实主义作家。
⑤ 司汤达（1783—1842），法国十九世纪杰出的批判现实主义作家。
⑥ 果戈理（1809—1852），俄国十九世纪前半叶最优秀的讽刺作家、讽刺文学流派的开拓者、批判现实主义文学的奠基人。
⑦ 瓦尔特·司各特（1771—1832），英国作家。

我避免为塔拉斯·布尔巴辩护,当我试着把话题引向那些伟大的作品时,引向《外套》,引向《死魂灵》时,她假装遗憾地说,这部小说的第二部分留存下的东西太少。还说,也许这一部分比前面的章节写得更好。还问我如何看待果戈理返回故乡后那些年的所作所为:他为自己的影响而害怕,不惜一切代价想证明自己是多么虔诚,多么忠于政府,可怜兮兮地写了《致友人书信选集》,并把自己原来的著作付之一炬。

在整个世界文学当中,再没有比果戈理最后几年的作为令她害怕的了,他死的时候才四十三岁。就算是因为害怕地狱之火,但人们还会尊重这么一个胆小到极点的人吗?她还问我,与前者相比,我如何看待托尔斯泰后期的发展,他比前者多活了一倍的时间,但在创作完《安娜·卡列尼娜》——我对此一点都不理解——之后,仍进行了不同的尝试,她认为,就算我是固执地憎恶妇女的人,也应对此表示出尊敬。尤其是他在生命的最后时刻还表现出空前的顽强、勇气,甚至高尚,这就是被英国人称为"精神"的东西。谁要是把果戈理看得比托尔斯泰还重要,她会看不起这个人的。

我虽然被摧毁了,即便如此我还是不让步。我问她,身为伯爵的托尔斯泰这么有勇气,他遭遇如何?有没有被投进监狱?有没有被人起诉?有没有被要求离开他的庄园?有没有死在流放途中?

发生在他身上的变故是女性,薇莎说,而且他离开了他的"庄园",并死在流放途中。

我也试图挽救果戈理的名誉。我说,他的所作所为已经先人一步了。在他那些重要的作品中,他比其他人都表现得要勇敢。由于他不知道自己有多勇敢,所以当他突然与自己的勇敢面对面时,他被自己吓得要死。别人指责他是什么人,他就把自己看作是什么人。自从返回故乡,他就一直被宗教狂热者包围着,他们拿地狱来威胁他，甚至拿地狱的刑罚来威胁他所有的人物形象。他的可怕结局证明了他笔下人物的力量和新颖。她可以嘲讽他，但这嘲讽其实是针对他的信仰的。她崇拜晚年的托尔斯泰，不正是因为她崇拜他的信仰吗？

我将那些对果戈理产生影响的正统主教们的狂热信仰，与托尔斯泰后天赢得的、不断经过良心考验的信仰相提并论，这让她很不舒服。她说，这些问题根本无法用同一标准来衡量。我们之间尖锐而长期的争论以一种妥协的形式结束，我们讨论的对象又是一部文学作品，但它令我们两人都称奇：我给她看的高尔基关于老托尔斯泰的描述。这是他写过的最优秀的作品，都是些松散的记录，写完之后，过了很久他才将它们出版，而且是在表面的统一未遭破坏的情况下。①

老托尔斯泰的这幅画面令薇莎深为感动。她称这是我送给她的最好的礼物。当我们在他附近，我们两人都知道，最糟糕的事情已经过去了。但接下来她说的话令我心碎："在这个世界上，我最期望你能做到的，就是你也能写出这样的东西。"

人们根本不应该给自己定这种目标。这不仅仅是因为可能达不到，有很多事都是做不到的，但人们会朝那个方向努力。然而，这些记录所达到的高度，其最大的决定因素不是它们的作者，而是它们的描述对象。今天的世界上还存在一个托尔斯泰吗？如果存在，人们会知道这个人就是托尔斯泰吗？就算有人能够成为又一个托尔斯泰，其他人也会遇见他吗？这是一个狂妄的愿望，她也许不该将它说出来。不过，尽管每次我想到她说的这句话都会感到它当时给我带来的剧痛，但今天我认为，将无法达到的事情说出来是正确

---

① 指高尔基的《关于列夫·尼古拉耶维奇·托尔斯泰》单行本，笔记本，共三十六则。

的。这样人们就不会再空谈了,而无法企及的仍然是无法企及。

这些谈话令人惊异的地方是,我们没有对对方产生影响。她保持原样,那些东西原本就属于她自己。我提供给她的某些东西会给她留下印象,但只有当她在自己身上发现了这些后,她才会真正占有它们。我们之间有战斗,却从没有一个胜利者。这些战斗持续数月,后来的情况表明,它们实际上长达几年之久;不过,缴械投降始终未出现过。我们期待着对方表态,但事先不会将这种期待说出来。如果要说的事情被从错误的一面说了出来,那它就会被扼杀在萌芽状态。薇莎所做的努力正是要避免这种情况,她的细心是悄悄的,她的关怀是无微不至的,但这不同于母亲对孩子的那种。尽管她言辞激烈,但从不会表现出优越感来。不过,她也从不会屈服,如果她为了和气或者因为意志薄弱而保持沉默,她也绝不会宽恕自己的。也许,"战斗"一词不适合描述我们之间的这种争论,因为参与其中的是对方的全部知识,而不仅仅是对其机智应变和能力的评价。她不可能出于恶意而故意伤害我。全世界她最不想伤害的就是我了。然而,有一种对思想真实性的强迫,它不亚于我在早年所熟悉的那种强迫。

就算在这里,我也没有摆脱自己所遗传的不宽容。但我学会了如何与一个有思想的人亲密交往。在交往过程中,重要的不是只听他说每一个字,而是还要努力去理解他的话,并通过细致、毫不失真的反应来证实这种理解。对一个人的敬意,始于关注他所说的话。我想将之称为这个时期的寂静教育,尽管它是在很多次的交谈中进行;因为与之相对的另一种教育是公然的、大张旗鼓的。

我从卡尔·克劳斯那里知道了,人们可以用他人的话成就所有的事情。他以令人窒息的方式运用自己读过的东西。在以其人之道还治其人之身上,他是个大师。这并不是说,他避免用他的表述去提出指控，而是两样都用，能运用到令人窒息的地步。人们享受着这一幕，因为他们认可操纵这些话的准则；当然也因为自己与许多人在一起，感受到了巨大的反响，这就是群体，人们在这里不会再与自己的界限起冲突。人们不愿错过任何一次这种经历，不会放走任何一次这种机会。哪怕是生病了，发着高烧，人们也会去听这些朗诵会。人们也沉湎于对不能容忍的偏爱，这种偏爱与生俱来，现在可以说是在以几乎无法想象的方式合法地强化着。

更为重要的是，人们同时学会了倾听，每时、每地、每个人说出来的所有的东西都可以供人倾听。人们对于世界的这一纬度还一无所知；由于它涉及语言与人类的结合，并且变化万千，所以这个纬度也许是最重要的，无论如何都是最具多样性的一个。只有放弃自己的激动，倾听才成为可能。一旦人们开始倾听，他们就退了回来，只是接受，并且不会让任何评价、任何愤怒、任何喜好阻碍自己倾听。在此，重要的是那没有掺假的、纯粹的形象，任何一个这种声音面具（我后来就这么称呼它）都不会与另一个混淆起来。长期以来，人们根本没有意识到自己收集、储备的量是多么巨大，人们感觉到的只是对表达方式的渴望，希望能将它界定得清清楚楚，可以将它拿在手里，像拿一个物体似的；尚未看清它与其他事物的关联，突然之间想起了它，不得不大声将它说出来；人们惊讶于它的圆润以及那份自信的盲目，这种盲目令其将世上存在的其他所有可说的、绝大多数的东西全都排除在外，因为它们只好保留着唯一一个特性：不得不一而再、再而三地重复。

今天想来，我是在一九二六年的夏天，在圣阿加塔一个小时接一个小时地观察燕子的时候，第一次感觉到了自己对这些面具的需求，感觉到了它们的独立性，它们不依赖于我从卡尔·克劳斯《人类的末日》里听到的那些人物。燕子们敏捷、轻盈地飞舞着，总是发出相同的叫声。尽管这叫声一直重复着，但与它们飞行时那美妙的动作一样，从没令我感到厌倦。如果不是教堂庆典开始，我窗下出现了卖衬衫的小贩和他那不变的吆喝声："今天，对我来说一切都是一样！不管我有钱还是没钱！"我也许后来就把它们给忘记了。我小时候就喜欢听人吆喝，而且希望那些人能留在我附近，不要立刻就走。那一次，那个人留下了，两天时间里，他都在我窗下同一个地方，没有挪动。不过，每次我因为这响声而坐到自己习惯在上面写东西的小花园里的木桌旁时，我都能一再地看见燕子，它们没有受到年集喧嚣的影响，做着同样的飞舞动作，发出同样的叫声。一个重复似乎与另一个重复一样，所有的都是重复，萦绕在人们耳边的叫声也是由重复构成。那个卖衬衫的小贩戴的是一个假面具，他在与我的谈话里揭穿了自己法律系学生的身份，他很清楚自己想要什么，并且说了出来，他这种持续使用面具的做法，连同燕子那一直在重复，但却是天然的叫声给我留下了深刻印象，使得我后来一到维也纳，就一刻不停地在夜间穿越雷奥保德城的街道和酒馆，寻找说话的方式。

　　年底的时候，我就已经觉得那一区域对我来说太狭小了。我开始向往更长的街道、更远的路程以及与其他人结识。维也纳很大，但海德胡同与费迪南德大街之间的路太短了。我和弟弟一同住过几个月的普拉特大街已经让我感觉没什么新意了。这里的道路已经成了例行的事务。在海德胡同，我夜复一夜等待着灾难的爆发。可能正因为如此，我脑海中才会经常产生那些不好的想法，只能跑去费迪南德大街薇莎的窗前，在她房间的灯光中平静下来。如果房里是黑的，她外出了，我会生她的气，哪怕她已经提前告诉过我了。我内心的某个东西总好像在期待她一直在那里，不管她有什么要紧的事要去做。

我渐渐发现，监督的可能性，离她一步之遥的距离，屈服于每个冲动的诱惑，提升了我的不信任感，成为对我们的一种威胁。我们之间必须保持一段距离，我必须搬离海德胡同，我们二人之间最好是隔着整座维也纳城，这样，每次去她那里及从她那里回来时，我都有机会去熟悉这个城市的所有胡同、门面、窗户和酒馆，可以倾听它们的声音，不必害怕任何人；我可以走到它们面前，吞下它们，而且为永远新鲜的人与物保持敞开的状态。我打算给自己找一套属于自己的住处，并且它要位于城市的另一头，她应该来拜访我，至少有时候要来看我，远离那个被驯服的可恶老家伙的暴政。她总要留意他在干什么，因为没人知道他会不会突然离开他那堆火，从他的地狱里闯入神圣的地方。

捏造女朋友

一九二七年复活节假期期间,我去巴黎看望母亲和弟弟们。他们在那里安顿下来已将近一年,而且在新环境里生活得挺不错。弟弟们成功地适应了新学校,还是很小的时候,他们在瑞士洛桑的男童寄宿学校里学过两年法语,因此,语言没给他们造成任何困难。他们在这里感觉很好,尤其是年纪较小的格奥尔格——现在他被叫作格奥尔格——正像我所希望的那样成长着。他个头高大,深色的眼睛,善于言辞,哲学课的成绩尤为突出。他对逻辑的偏爱令我吃惊(我的影响已经无迹可寻了),而且让十六岁的他具有了一定的独立思维,他在给我的长信中以及这次探亲期间的交谈里都证明了这一点。他机智又灵敏,在学校里,大家都认为他将来会投身于哲学研究。像我对德语的认同一样,他深深喜爱法语,然而这两种语言都不是我们的第一语言。但我们彼此用德语交谈,他也是《火炬》的忠实读者,每一期我都要从维也纳寄给他。随着时间的推移,他掌握了很多种语言,而他说起每种语言来,听上去都与当地人无二,多数时候甚至比当地人还要好,这也成了他令人敬佩的一个方面。

虽然他思想敏锐、思路明晰,但他是一个温柔体贴的人,在对母亲的关怀、照顾方面不遗余力。她从我身上失去的东西,在他那里得到了补偿,而且他避免和她发生任何冲突。他很清楚我深深伤害了她。心灵上的早熟使他很早就明白我们之间发生的事情,而他对此也一直记忆犹新。他耐心听着她对我的指责，不会进行反驳，但也不会表示十分赞同她，以免令和解的大门完全关闭。他像是吸收了我早年对母亲的爱，以此来丰富和完善自己的温柔体贴，而我身上是不具备温柔体贴这一点的。我被排除在外，对这个家以及对我自己来说，这都是一件幸事。但为了能让她和我都真正得到幸福，我必须将她心里最深的一根刺拔除，而这根刺是有名字的。

在她迁居前，我明白了一点，那就是：要想减轻她的痛苦，而且对我来说，更重要的是保护薇莎不受她的憎恨，唯一的办法就是捏造女朋友。在信里，我开始这么做，很快，我就对这不断变换的故事产生了兴趣。要是杜撰出一些女性，我认真对待她们每一个，每一个都坚持交往下来，那就会让她害怕，形成她的仇恨。她会担心她们对我的影响，会把她们想象成令她无法安枕的魔鬼。因此无论如何要变换花样。根据经验，我找到了最令人愉快的解决办法：杜撰出两个女性，我在她们之间摇摆不定，其中一个不住在维也纳，另一个住得离我也不近，这样一来我的学业就不会受到影响，而且她们中的一方不会取得对另一方的胜利，不然这占优势的一方又会让她感到危险；正如她在信中所写的那样，我就会受到这个胜利者的摆布了。编造这些故事并没有让我良心不安，我没把这当成是原意上的谎言，奥德修斯一直都是我的偶像，他帮我走出了这一为难的境地。只要杜撰得好，就是故事，而不是谎言，并且这么做的目的也是好的、令人舒服的，其作用很快就证明了这一点。

最困难的是，我必须让薇莎知道这些。如果她不知道，如果得不到她的同意，那我就既不能杜撰也不能继续编造我的故事。因此，我不得不逐渐地、一点一点地、尽可能不给她带来伤害地将母亲对她的深深敌意告诉她。值得庆幸的是，她读过那么多优秀的长篇小说，这令她很快就明白发生的事情。因为在她知道之前，我就已经开始了行动，所以她根本无法挽回此事。她担心的是母亲从别人那里知道真相：这只会让情况变得更糟。我用赢得时间作为反驳她的理由。我说，等到日后，当母亲习惯了我的独立生活，当我出了书，而母亲对此也信服地表示认可，那时她再了解真相，对她的打击就要小得多。我成功地说服了薇莎，尽管我没说出来，但她感觉到我极为担心母亲出于妒忌而对她大打出手。

然而，有一点是我怎么也没想到的：我那根本没有充分发挥而编造出来的故事令母亲的想象力大为活跃起来。我去巴黎过复活节的时候，信里提起过一个在萨尔茨堡的"玛丽亚"和一个家在罗当的小提琴手"埃里卡"，还说已经与薇莎不怎么见面，并且不喜欢她了。我刚站在巴黎家里的前厅，大家还没带我参观一下房子，仅是彼此匆匆打了个招呼后，母亲就问起了埃里卡，而等弟弟们一离开，我们俩只有片刻工夫在一起的时候，她立刻问我："我没跟你弟弟们提起玛丽亚，她现在怎么样？你是直接从维也纳来的，还是途中在萨尔茨堡逗留了一下？"她认为，让弟弟们知道我脚踏两只船，不大合适，这可能会让他们道德败坏。她说，她跟他们提起过埃里卡，这没什么，因为威胁整个家庭的魔鬼薇莎终于被驱除了，大家对我在维也纳就不会太担心了。

现在情况变成这样，我不得不满足母亲的好奇心，她提了无数的问题。她想知道一切，但她的问题会根据弟弟们在不在场而有所区别。来自萨尔茨堡的玛丽亚成了我和母亲之间的秘密，这给母亲带来无穷的乐趣。她还提醒我，在亲朋面前不要提起玛丽亚，否则有损我的声誉。她说，这看起来毕竟有点像生活放荡，而她必须向我指出的是，她从不相信我在处理生活的实际问题上会如此明智，也许事情就是这样，但她绝不会表扬我，因为这只是一个例外。

几天后，我与格奥尔格第一次外出散步，走了很久——他想给我看一些我早年在巴黎肯定没有见过的东西,在我们讨论了其他"真正的"事情,即思想问题后,他对我说,现在母亲的情况好多了。薇莎那件事结束,对她产生了奇迹般的作用。然后,他异常严肃地看着我,犹豫着,像是有话要说,但又不知如何开口。我催他说出来,虽然我猜到他要说什么。"你不必问我是如何看待此事的,"他说,"我只希望,你不要总是像玩弄薇莎一样去玩弄其他人了。"他又犹豫了,"你到底知不知道她现在怎样?你难道不怕她自杀吗?"

我一直都很喜欢他,现在我更爱他了。我打算将真相第一个告诉他。但现在还为时过早。让他误以为,一个与我那么亲近的人的命运,对我显得不及对他那么重要,又让我心情沉重。我根本没考虑到愚蠢的谎言故事会产生这种后果。不过,我现在就面对这个问题,还是不错的。

只要和我单独在一起,格奥尔格总会考虑这些问题。他坚信,一个人被这么可怜地抛弃了,是会受到伤害的,需要特别的关怀与照顾。他对母亲在巴黎的生活考虑周到,照顾入微,现在他同样关心薇莎在维也纳的生活。他试图让我心里充满对她的热情,但没有提到她,更没给我提建议。我们有时候会一起去卢浮宫,在那里他停留在列奥纳多·达·芬奇的《圣安娜与圣母子》前,长久地注视着安娜,然后又看着我。她的微笑让他想起了薇莎的微笑,他还记得很清楚;他见过她,但没和她说上两句话。他问我喜不喜欢列奥纳多,好像我们现在只谈论画家,其他的一概不谈似的。他说,有些人觉得列奥纳多笔下人物脸上的笑容很甜美,但他不这么认为。我说,这要看人们认不认识一些这样的人了,尽管生活中没有什么值得他们发出微笑的东西,但他们仍会微笑。他对我的回答很满意。我感到,他想知道我对薇莎的真实看法,在他看来,我对她的行为太恶劣了。但我也感到，他想为她讨回公道，因为在家里他听到针对她的最恶毒的言语时，总是保持沉默，尽管他想知道得更清楚一些。

我们来到席里柯①的《美杜莎之筏》前，它吸引了我们俩。十六岁的他居然没有从这里挣脱，真是让我惊讶。"你知道，为什么这些头这么真实吗？"他问，然后对我说，席里柯为了能表现好这幅画上的人物，曾经画过判处死刑的人的头。"这一点我是绝对做不到的。"我说。我是第一次听到这些。"因此，你也不会做医生。你绝对无法胜任尸体解剖。"这让我知道了他还没有放弃学医的打算。我很高兴，虽然他现在在哲学这门课上成绩优秀，但他不会学哲学的。他的同情心，他对痛苦的认识，他能承受目睹死亡而不会失去理智的能力，他的耐心，还有他的公正——认为应该重视每个人的生命，这一切都让我感到他能胜任医生这个职业。虽然这一职业让人崇敬，可我做不来，而他会成功的。

在细致方面，我们俩都敢与对方较量一番。让人感到有点可笑的是，我们在自己不怎么喜欢的画前面逗留，实际却被自己熟悉的另一些绘画所吸引，因为我们特别喜欢它们。他礼貌地问我愿不愿意去看一下古巴比伦的文物，其实是暗指我对吉尔伽美什的热爱。就连这个他都没有忘记，他什么都没忘，拉德茨基大街的动乱并没有拭去他早前的记忆。我放弃去看令他感到无聊的巴比伦文物，作为回报，他带我去看勃鲁盖尔画的一幅小巧却异常精美的《残废者》。"这样你就会再来看我们，"他说，"你会吗？我不明白你为什么不离开维也纳。是不是因为勃鲁盖尔和卡尔·克劳斯，还有……"最后一个名字，其实是他早就想说的，但他没有说出来。

---

① 席里柯（1791—1824），法国浪漫主义画家，《美杜莎之筏》为其代表作。

我们比以往任何时候都要亲近，那个曾是我生命中最重要的人，我却对她犯下罪过，现在有他为她操心，令我感到欣慰。我很清楚自己是无辜的，不然还能怎样呢，尽管如此，我感觉自己有罪，只有与母亲单独在一起，目睹她因有问不完的"玛丽亚"问题而兴奋不已的时候，因为我都详细地一一作答，我才感到自己无罪。她只对玛丽亚感兴趣，而不是对那个已经开演奏会并受到评论界关注的小提琴手。她为玛丽亚感到遗憾，因为她离我那么远，住在萨尔茨堡，但正是这段距离让她放心。她对她的美貌印象深刻，高兴地称赞我，但她对玛丽亚喜欢我却没有表现过分的惊讶，虽然在英俊的弟弟格奥尔格面前，我真是一点吸引力也没有。"你本就是个诗人。"就在我给她继续编着故事的时候，她突然说，"你可以杜撰一些东西。你不会像现在那么多的年轻人一样，让人感到乏味。在像萨尔茨堡这样的城市，人们是十分欢迎诗人的。她没把你当成是从事化学的人。这是你的幸运。"

我在巴黎待了三周，住在位于科佩尼克大街的房子里，没有一天她不从我嘴里套出一些关于玛丽亚的新信息的。我抵制不住她提问的方式。我没有隐瞒一些令人担忧的事情，例如玛丽亚母亲那可恶的贪婪。"在显赫的家族里也会出现这种事情的，"她说，"想想薇莎的继父就知道了！"——这一句就已经足以说明她情绪的骤变了。她肯定有时候也会想到薇莎在家里受到的可怕压力。临别的时候，在叫出租车送我去火车站的半小时前，她情绪激动，像以前那样宽容地说："不要对她太苛刻，我的儿子！"——她指的是薇莎。"她现在受到打击，倒落在地。不要告诉她所有的事。她不必知道你的两个爱人有多漂亮。不要忘了，她现在必须一个人生活了。对一个女人来说，在经历这样的失败后是很难保存自己的自尊心的。对一个女人来说，最困难的就是要一个人生活。她没对你做什么坏事，因为你逃脱了她的网。她再也找不到第二个像你这样的人了，因为没人会像你那时一样那么纯真。我把你教育得那么纯洁，她立刻就发现了。她看中了你，我的儿子，这是不言自明的。偶尔去拜访她一下，但不要经常去，否则会让她更痛苦。告诉她你不能去，因为你在学业上花费的精力比以前要多了——现在，你正为生活做准备，这是很严肃的，因此你不能浪费时间。"

离别时她说的这番话留在了我的脑海里。我很高兴，城堡剧院在她心目中还没有完全消失。但我更高兴的是，她的仇恨变成了同情。通过我编造的故事，她心里满是对那两个女人的偏爱，没有害怕。虽然根本没有确定我更爱哪个，但她全力支持玛丽亚。她说，想着远方的某个人要更好一点。离得太近会让人起摩擦，一切都会变得无味，而且小提琴也会给这段关系带来不好的影响。毕竟，要爱的是一个人，而不是她的乐器，不然只要听听她的音乐会就可以满足了。但我不要以为她想认识一下玛丽亚。她认为，我还有两年才能读完大学，在这期间，我会与玛丽亚保持着关系，正是因为她在萨尔茨堡，而不是维也纳。但她已经对玛丽亚产生了好奇心，这是肯定的，我是个爱说大话的人，也许她根本不觉得玛丽亚像在我眼里那么漂亮。但与母亲认识在她看来肯定是很重要的，只要不订婚就行。母亲说，生活正向我展开双臂，在今天，二十二岁就订婚的是傻瓜。

斯泰因霍夫一瞥

在科尔玛①，我在圣坛前站了整整一日。我不知道自己是什么时候来的，也不知道自己是什么时候走的。当博物馆关门的时候，我希望自己能够隐身，好在博物馆里待上一夜。我看着耶稣的身体，没有悲哀，那身体的可怕状态让我感到很真实，在这真实面前，我明白了原先钉在十字架上的死刑让我感到困惑的地方：它的美，它的升华。这种神化升华属于天使，而不是被钉在十字架上的那个人。在现实中，人们带着恐惧故意避开的东西，可以从画面中去理解，回忆人类给自己制造的恐怖。当时，一九二七年刚刚来临，人们对战争和毒气致死还记忆犹新，因此这幅画面足以让人觉得是可信的。也许，艺术那不可或缺的任务逐渐被遗忘：不是净化，不是慰藉，不是支配一切，仿佛一切都会有好的结局似的，然而情况并不乐观。灾祸、弊端、痛苦、恐惧——对于被战胜的瘟疫，我们虚构出了可怕的恐惧。在这一直不变、一直存在于眼前的真实面前，这些安慰性的假象还有什么意义。即将发生的一切可怕事情都预先在这里出现了。约翰内斯的手指巨大无比，指示着：现在是这样，将来还会变成这样。那么，这幅景象中的羔羊意味着什么？那个在十字架上腐烂的人是这只羔羊吗？他长大成人，难道就是为了

---

① 该城位于莱茵河上游阿尔萨斯境内。

被钉死,并被称作无辜的羔羊吗?

我在那里的时候,前面站着一个画家,他在临摹格吕内瓦尔德①。他看上去既不抑郁,也不拘束,每次都要思索良久才落笔。我希望他离开,那里除了我们俩再没有别人,我以为他会和我交谈,但他根本没有说话,他自己也想要安宁,他身上唯一引人注意的地方,就是他不注意其他人。我想让自己不去想他临摹的作品。我装作没有看见他画的画。但是,不去想它根本就不可能。我甚至为自己在那里待了那么久而感到不自在起来。我什么也不做,一直站在那里,有点像他的样子;他也没有离开,但他手里拿着画笔,在努力作画。他是一个很结实的中年人,面无表情,没有表现出痛苦。真不敢相信他的脸就出现在画上的那张脸旁边,在同一时间、同一空间里,而且作画的时候,一直都密切地注视着。

在这个临摹者面前,我十分惭愧,不时地消失到后面去,就好像我打算参观一下圣坛的其他地方似的。我很有必要逃离这幅十字架死刑的临摹作品,很有必要逃离原作本身,那个画家肯定以为别人注意到他了。也许,当他独自一人时,他会有些变化,说不定为了能承受住这种面对面而扮个鬼脸。当我从后面重又出现时,他像是松了一口气,我感觉他微笑了一下。我打量着他,就像他打量着我一样。在这种情况下,是不是要为能看见一个真实的人而惊奇?他需要一个真实的人,因为这人没有被钉在十字架上。在他临摹的时间里,什么事也不会发生。这就是最令我惊讶的想法。对于眼前所见之物,只有直面它,才能得到保护。这种拯救在于人们没有把头转开。这不是懦弱的拯救。这不是伪造。如果是这样,这位临摹者是不是就是完美的拯救了呢?不,因为他看东西时必须

---

① 马蒂亚斯·格吕内瓦尔德(约1480—1528),德国画家,《伊森海姆祭坛》为其代表作。

分解地去看。他一部分一部分地拯救，这些部分是属于一个整体的。只要他在画它们，它们就不属于整体。它们将会重又成为整体。但有些时间里，他根本无法看见整体，因为他的注意力集中到了具体的某个部位，详细地将它表现出来才是关键所在。这个临摹者是一个幌子。他不像约翰内斯的手指一样。他的手指指示不了什么，而是运动着，完成动作。这里最不受拘束的，就是他怎么看，就是说，它不会改变他。如果它改变了他，他就完不成这幅临摹了。

几年之后，当我在自己的房间里挂上珂罗版印刷的《伊森海姆祭坛》后，我才忘记这位临摹者。从科尔玛返程后，我必须先找到一个里面可以挂上珂罗版印刷品的房间。很快我就找到了，可以说是立刻就找到了，而且我无法估计它究竟能给我带来些什么。

我渴望有树，渴望拥有很多树。在维也纳，我见过的最古老的树木生长在莱因茨动物园里。报上最先吸引我的那则招租广告，说待租的房子就位于动物园附近。我乘车去哈金，一直到了城市轻轨的终点站，与那条自称维也纳的丑陋河道相交，大家都在传说着与它危险的过去有关的最不可信的故事。然后，我爬上山坡，横穿过大主教街（从这里开始，它沿着一道城墙一直延伸到上圣法伊特，我对它一直偏爱有加），拐进了哈根贝格街。报上招租的那个房间就位于山坡右手边开头的第二座房子里。

整个二楼就只有那一个房间，这家的主妇带我上去，打开了窗户。只朝外看了一眼，我就做出了决定：我一定要住在这里，我要长期住在这里。穿过一个公共游乐场和大主教街，我看到了树，许许多多高大的树木，我估计它们属于大主教花园。在它们上面，我居然看到了维也纳山谷的另一面，对面的小山丘上坐落着精神病人之城——斯泰因霍夫；它被长长的围墙环绕着，里面的面积若在早当她伸出手臂，向我演示她是如何向三位皇帝献上迎宾酒时，她似乎有一点点诧异，因为她对面没有人在准备接过酒杯。一切都消失了，皇帝们在哪里，怎么可能没有任何东西留下来，尽管她没有说出这些话，也没流露出一点点遗憾，但我感觉得出，她和我一样觉得这是一个谜，而且因为这个谜的缘故，她才这么卖力、这么生动地讲述着。

我不在这个房间吃早饭，也从不在里面放水果或是面包。我一直希望自己能得到一个远离饭食的小天地，不受任何烦人琐事的打扰。我把这戏称为"不随地大小便"，薇莎理解我的意思，来看我的时候，从没有试图像个妇人那样在我这里操持家务，她把我的愿望解释为保持我房间的清洁，她那中听的原话是：这是我对墙上挂着的那些预言家和古希腊女预言家的尊敬，也可能是我对米开朗琪罗的尊敬，他可以没完没了地工作，不会想起吃饭。

但这并不意味着我不食人间烟火或是从不会饿。在奥霍夫大街上有一个卖奶制品的小店，出售酸奶、面包和黄油，从我的住处下山坡走五分钟就到。店里只有一张小桌子和一把椅子，可以坐在里面安安静静地吃东西。在去实验室之前，我就坐在那里吃早饭。如果我待在家里，白天晚些的时候，我也会去那里。在这些年里，我大多数时候只吃酸奶和黄油面包，因为，我一直把省下来的钱都用在买书上。

冯塔纳太太经营着这家奶制品店，她和席肖太太没有一点共同之处。她的声音和她的鼻子一样尖，而且她喜欢管闲事。我吃饭的时候会听到她对每一个离开店和将要来店里的顾客详细地描述一番。等这些谈资被慢慢说尽后，接下来就要谈她的婚姻，而这桩婚姻从一开始就是一件不寻常的事。冯塔纳太太的第一任丈夫进了俄军的战俘营，去了西伯利亚，在那里待了几年，然后病死了。他的一位朋友日后从那里回来,带来了最后的问候:他的结婚戒指和一张照片。那是一张集体照,上面有她死去的丈夫、丈夫的朋友和其他战俘,这是一张珍贵的照片,它的主人从没有与它分开过,但是很喜欢把它拿给别人看。上面所有的人都留着大胡子,根本认不出谁是谁。照片主人经常指着右下方第二个人说:"这是我!您认不出我?是啊,隔了很久了!"然后,他现出一副庄重的表情,指着左下方第二个人说:"这是我的朋友和前任,您只管称他为第一个冯塔纳先生好了,当然,他在那里不叫这个名字。您最好问一下这位太太。她会在您面前高唱他的赞歌的。"

冯塔纳太太不会赞扬第二个男人。她起得很早,店铺也很早就开门;他则要睡过整个上午,深夜,他会搭乘最后一班一点钟的城市轻轨,从那家他经常去的咖啡馆回来,有时候,若是回来得更晚,他就得步行了;他太太早就睡下了,所以他看不见她。下午,当她在店里的时候,他才起床,然后又乘车进城去找他的老酒友。

她动不动就会破口大骂,他则尽可能地避开她。不过,刚到下午的时候,在他进城之前,他有时候也会去店里替她的班。就这样,我认识了他,他向我讲起了西伯利亚。大约过了两年,这两人之间的紧张关系不断升级,最后她把他从房子里赶了出去。她说,这根本就不是婚姻,他们之间没有任何关系。他只把她的房子当成睡觉的地方。其他时候,他从不会和她说话。一直以来,她醒的时候,他都在睡觉,而她刚睡着的时候,他又醒了。

他最终走了,次日清晨,她既得意又辛酸地把这件事告诉了我。他几乎没带什么东西,他什么也没有,不过,他把他的东西又都带走了,甚至包括几根生锈的铁钉。"您想想,他带了几根生锈的铁钉来,一根都没给我留下。"听上去就像她想留下他一根生锈的铁钉似的——为了留作纪念,还是因为生气?而他连根铁钉都不给她。如果它们是新的还好，但不是，它们是旧的、生锈的铁钉。

冯塔纳先生个子很矮，走起路来跌跌撞撞，身体前倾，好像严重骨折一样。他已经没有头发了，看上去干瘦、虚弱，他的眼睛像是下一刻就会跌落下来似的，但没有真的掉下来。他在店里的时候，那位穿着华丽、身材丰满的伯爵夫人有时候会来，她和家人就住在附近。她生得高大强壮，喜欢骑马，学过狩猎，虽然我从没见过她骑马或是打猎。她嗓门很大，买东西的架势好像整个奶制品店是为了她才存在似的。但她买的东西其实并不多，因为她从未随身带过足够的钱。有时候，她会带着自己的三个小孩子过来，让人立刻想到她那突出的胸部，冯塔纳先生的眼珠都要从那疲倦的眼窝中掉出来了。他自愿为伯爵夫人服务，而不是怀有恶意，要是换了别人，在他在店里的时候进来，他会生气的。她的脚还没离开门槛，他就转向我，兴奋异常，眼睛简直要掉出来了，说："真是个大得惊人的甜面包！真是个大得惊人的甜面包！"

今天想来，我认为，他在这个时间来店里就是为了看她——否则，他可能会睡得久一些，而她像是约好了似的，一直都是这个时间来店里，并且只让他为自己服务。有时候，牛奶店的柜台上聚集了她要买的所有东西，然后——她算账的能力很差——她开始算账。冯塔纳先生喜欢她留在这里，以便能多看她一会儿，他会帮她算账。她总是没带够钱，尽管他很喜欢她，但她不可以赊账，因此，她要买的东西又一样接一样地被从柜台上拿了回去。她从不为此感到难为情，也不觉得不会算账是种耻辱，因为她对马十分精通。就这样，她也没有表现出不满，把东西又一样接一样地退了回去。冯塔纳先生温柔地将她的手挪开，立刻看到她带的钱，然后突然阻止她继续把东西往回退，说："现在够了。您的钱正好！"

他走了以后，她很怀念他，因为现在轮到冯塔纳太太为她服务了。她对伯爵夫人不会算账表示怀疑,猜测她是故意骗人的。等伯爵夫人带着孩子走了之后,她也会发表见解,说:"她没上过学!她还不会数数,也不会写字。您现在只管想象一下,要是这么一个人经营我的店铺会怎样!"伯爵夫人并非没有觉察到这种敌意,在店外面她对我说:"真遗憾,那个好人走了!他曾经是个好人!"很显然,她没有听过生锈铁钉的故事。

我也想念冯塔纳先生,尤其是那些关于西伯利亚的谈话。事实上,他还生活在那里。他那些咖啡馆里的酒友也喜欢听他说起西伯利亚。他对我说,他必须每天去那里,那些人在等他,他们想听他继续讲下去。他还有很多没讲,离结束还早着呢。他可以写一本关于西伯利亚的书,但他觉得口头讲述要容易一些。他第一次讲起西伯利亚的时候,他太太立刻就睡着了。对她来说,结婚戒指就是一切。他的朋友,即她的第一任丈夫,已经跟他说过这些:看在上帝的分上,把结婚戒指给她带回去吧,否则她一刻都不得安宁!对她来说,这是一个贵重物品。他本来可以保存它,但他对自己死去的朋友承诺过,现在他履行了诺言。假如它值一百万,他会向她索要酬金的。而他的真诚换回了什么?现在,他要为一个卖牛奶的女人奔忙,而不是为一位伯爵夫人服务。

在他走后的一年,西伯利亚重又出现在这个地区。

死者面模

伊比·戈登的才智与开朗的性情吸引着我,她想到什么就说什么。我没有听她说过一句别人期待的话,她说的一直都是让人感到意外的话。她是匈牙利人,但她也懂得如何以此去让人感到意外,结果是,别人每犯一次错,她都会产生一个新的想法。有些话别人是通过她才第一次意识到的;如果她特别喜欢一个德语单词,就会跳过它,而这个词只会以新构成的形式出现,这让人感到原词消失了,现在不断地以其他形式出现,提示别人记起消失的那个单词。她语速不快,不会吞掉任何音,每个音节都清清楚楚,每一个单词都不急不慢地吐出来,但由于她思绪快,脑子里有很多东西在排队等着,在别人听到它们之前,它们就已经反映在她的愉悦上了。许许多多的愉悦,一个接着一个,在这表现出的无尽的开朗之中,恐惧、悲伤、烦恼或是害怕没有立足之地。与她在一起的时候,别人是不会想起某个地方还有悲伤存在的,因为就算她看见或是听见一些悲伤的事情,它们也会转变,失去原先的那份沉重,长上轻盈的翅膀。而且因为她从不会抱怨发生在自己身上的任何事情,所以大家也不会责怪她拿别人害怕的事情开玩笑。

她看上去就像马约尔[①]笔下的人物,一个充满古典乡村气息的

[①] 马约尔(1861—1944),法国画家,也是二十世纪最重要的雕塑家之一。

形象，她的脸庞就像一个水果似的，很快会现出成熟的光晕。她所见到的一切不合拍和荒诞不经的事就是她的食粮。别人可以认为她是没有同情心的，但她对自己也是如此。人们惊讶地发现，她那颇见才智和轻松愉快的讽刺也同样针对自己。这幅最健康的画面经常没有东西可吃，但她对此没有透露过半个字，除非她有一个与此有关的故事要讲：在男人眼里，她营养良好，他们对她漂亮的肩膀是怎么看都看不够。

一切与出身、等级、有条不紊的日常生活有关的东西对她全然不起作用。她讲起自己的过去时，语气之冷漠，让人感觉这过去从未存在过似的。我记住了她家乡的名字——马尔马洛斯塞格德，位于匈牙利的东部，在喀尔巴阡山脉脚下。我记住它，因为它令我想起了马约尔用来雕刻她的大理石。她的名字伊宝丽娅，在匈牙利语中是"堇菜"的意思，显得有些可笑，值得庆幸的是，大家从来没有想到这一点，因为别人都简称她为伊比。她的父姓菲尔德梅塞让我很喜欢，她为此感到不自在，也许这与她的家庭有关，但我不知道她家里的情况。作为诗人，她为自己取了戈登这个名字，而且对它很眷恋，这大概是她唯一关心的事情。

在布达佩斯，她遇见了弗里德利希·卡林提，他是匈牙利的一位讽刺作家，在本国很有名。我没读过他的作品，她讲到的他的事情，让人想起斯威夫特①。她成了他的女朋友，他很喜欢她写的诗，据说，他对她的诗与美貌同样着迷。他的太太阿兰卡是个性情刚烈的人，据伊比说，她有着吉卜赛人的美貌。因为吃醋，她从三层楼上跳了下来，跌到大街上，尽管伤势严重，但奇迹般地活了下来。她绝望的举动令卡林提深为震惊，他决定立刻与伊比分手；为了拯

---

① 斯威夫特（1667—1745），英国作家，讽刺文学大师。

救妻子的生命,伊比被他驱逐出了布达佩斯和匈牙利。

他的一个朋友带她越过边境,来到了维也纳;她孑然一身,没有任何行李,只带着一把牙刷,她很喜欢把它拿给人看。这是一段艰难的日子,然而,她在回忆的时候没有半点抱怨。她对阿兰卡与对自己一样,都没有同情。她所感觉到的一切就是自己境况的可笑。那位著名作家让自己最信赖的朋友做她的护送。他要留意她,不让她偷偷越过边境溜回匈牙利。他在施特罗茨街为她找了间房,每一天,她都必须到一家咖啡馆向他报到。然后,他立刻打电话告诉身在布达佩斯的卡林提:"伊比在维也纳。伊比没有失踪。"之后她会得到些吃的。房租也不用她来付,她一无所有,那些人担心她会买张车票逃回布达佩斯。如果她没有来报到,那位朋友就会去施特罗茨街检查她在干什么,但这样一来她就得不到任何吃的。就这样,我第一次见到她时,她给我的感觉是:女神波莫娜①,但手里拿的不是苹果,而是一把牙刷。

几周以后,伊比发现自己身陷维也纳花花公子的圈子里,成了两兄弟争执的对象。在这个圈子里,她是每个人的目标,因为有这么多人,而且他们所有人都同时在追逐她,所以她竭尽狡猾之本领,成功地一个又一个调唆他们,抵挡住了所有的进攻。特别棘手的是那两兄弟,他们二人都很认真。她在维也纳待了将近一年,在这期间,我经常见到她。我们在咖啡馆见面,她用她那安静且置身事外的态度讲述自己周围发生的一切,语气冷酷又喜形于色,颇能打动人。我必须听她说,而她也必须说。她很感谢我没有占她便宜。她在我那里休息,她说,她感觉我和她一样,把她那无辜的美貌当成了负担,别人只能束手无策地面对它。

---

① 波莫娜,罗马神话中的果树女神。

那两兄弟中，有一个继承了一家很大的书店，而另一个被看成是更聪明、更有学问的，则什么都学，他很喜欢更换专业，现在正在攻读哲学。鲁道夫，那个书商，是个没用的人，瘦削而又不起眼，努力通过考究的服饰和发型来吸引别人，而他的头发已经所剩不多。他和弟弟一样都对伊比着迷，但他思想贫瘠，缺乏想象力，与弟弟比起来，很难引起伊比的兴趣。人人都喜欢听他弟弟说话，那人很容易就能让别人变得结巴起来，但会不停地向别人提建议。鲁道夫本人就需要别人的建议，而且从不给他人提建议，他必须依赖那些书，尤其是艺术类书籍，他的书店里有这些书，他用它们给伊比带来惊喜，通过它们与伊比打交道。有一次，他给她带来了《永恒的面容》，这是一本死者面模集，刚刚出版。我去的时候，伊比刚打开它。还没翻看几页，她和我就立刻被它俘获了。我们沉默无语，这种情形是我们从前根本没有想到的。我们并肩坐着，鲁道夫无法忍受这沉默的认可，把书留给我们，走了。

我还从未见过死者面模，对我来说，它们是全新的事物。我感到自己在接近那一瞬间，而对此我则所知甚少。

我没有做任何考虑就接受了这个书名——《永恒的面容》。一直以来，我都会被形形色色的人所吸引，但从未料到这种形形色色会延伸至死亡的瞬间。我也惊讶其内容的丰富。我从小就忍受死者逝去的痛苦。对我而言，保存他们的名字与作品并不够。我还关心他们的身体，关心他们脸上的每个特征和每次抽搐。如果我听到一直存在于自己耳中的声音，我会徒劳地寻找他的脸；当我不是热切盼望它的时候，它会在梦中出现，但这不是故意被唤起的。就算我看到它——这种情况极少——它也已经变成另一个模样，按照自己的规律分解了。现在我看到的这些人，他们的思想与作品是我生存的食粮，我热爱他们的作为，讨厌他们的恶行；现在，他们恒定不变地出现在我面前，闭着眼睛——像是还会睁开似的，像是没有发生过不可恢复的事情似的，他们还在装腔作势吗？他们还能听见别人只对他们所说的话吗？我跌跌撞撞地从一个看到另一个，好像必须捕获并抓住他们每一个似的。我不明白为什么他们现在都聚集在这本书里。我害怕他们将会从这里走到不同的地方去，每个人都朝着不同的方向。只有个别人我可以不看名字就认出他们来。他们被驱逐到无助之中，没有名分。然而，一旦人们把他们与他们的名字连在一起，他们就感觉免遭崩溃了。我继续翻看着，然后又突然翻回去，他们还在那里，他们每一个人，没有一个人偷偷地逃掉，没有一个人对这种编排顺序不满，装订这本书时的偶然性并没有让他们感到有失身份。

崩溃前的最后一幕，似乎一个人能将自己可以做的一切再一次保存在自己体内，同意进行这最后一次展示。但是，这种同意并不是针对每一个面模而言的：有这么一些面模会揭示、伤害人。它们的意义在于揭示了可怕的真相，即生命最终必将汇入的那个中心：沃尔特·司各特的陋习，老年斯威夫特的极度迟钝，席里柯那可怕而虚弱的病态。在所有的面模上，人们只能找到可怕的东西，死亡的可怕。不然它们就成了谋杀面模了，而这就成了歪曲：还有一些超越死亡谋杀的东西。

那就是屏住呼吸，就好像他们还有呼吸似的。呼吸是人类拥有的最宝贵的东西，直到最后一刻都是最宝贵的，而这最后一次呼吸保留在了面模上，成了画面。

但呼吸如何能变成画面？我翻看、寻找并且一再找到的面模是帕斯卡尔[①]的面模。

[①] 帕斯卡尔（1623—1662），法国哲学家、数学家及物理学家。

在这里，痛苦达到了最高境界，它在这里找到了自己长久寻找的意义。痛苦应该保持其观念性，没有能力再做其他什么。如果有外在于哀怨的死亡的话，那么人们在这里遭遇了。向死亡靠拢是一个渐进的过程，每一步都小到无法形容，背负着越过这道门槛的希望，想赢得它背后未知的东西。大家能够读到很多描写信徒和殉教者的东西，他们为了彼岸的生命，愿意脱离现在的生命；在这里能看到一幅这种人的照片，反映了他到达彼岸的那一瞬间。他是一个知道苦行修道的人，但他所想的肯定比苦行修道要多得多。他为反对现世生命而做的一切，都体现在了他的思想里。人们可以把他的脸称为永恒的脸，因为它正表达出他所看重的那种永恒。他在自己的痛苦中安息，不愿与痛苦分离。他渴望永恒所能容纳的一切痛苦，当他达到了所有要求，就被允许走近永恒。他把自己献给了永恒，进入其中。

七月十五日

搬进新住处后没过几个月,发生了一件事,对我后来的生活产生了最为深远的影响。这是一件不会经常发生的公众事件,它令整个城市深为震动,打这以后,维也纳再也不是以前的维也纳了。

一九二七年七月十五日早上,我没有像往常一样去位于魏林格大街的化学研究所,而是待在家里。我去了上圣法伊特的一家咖啡馆,读着晨报。时至今日,我还能感受到自己当时拿起《帝国邮报》时向我袭来的愤怒;上面印着巨大的标题:《公正的判决》。布尔根兰州发生工人被害的枪击事件,法庭宣告谋杀者无罪。这一判决被执政党机关看作是"公正的判决",否定的呼声此起彼伏。无罪释放的判决在维也纳引起轩然大波,对其公正性的讽刺比对判决本身来得还多。维也纳各区的工人集结成队伍群,来到司法大厦前。对他们而言,仅仅是这个名字就已经体现出了不公正。我深刻感受到来自内心的那种完全自发的反应。我骑上自行车,飞速驶向城里,加入了其中的一支队伍。

往日纪律严明的工人阶级对他们社会民主党的领袖们十分信赖,而且很满意这些人用典范的方式来管理维也纳地区。但在这一天,他们抛开了领袖,单独行动。当他们点燃司法大厦的时候,站在一辆消防车上的市长萨伊茨正高举着右手,试图阻止他们。他的手势没有奏效:司法大厦烧着了。警察接到射击命令,九十人死亡。

五十三年后的今天，想起当日的场景，我仍是心潮澎湃。这是一场最接近革命的行动，是我亲身经历的。从此，我完全清楚了，不必去读任何有关攻陷巴士底狱的文字了。我成了大众的一部分，我完全献身于他们之中，对他们的所作所为，我没有丝毫的反对。令我惊讶的是，在这种情绪下，我能理解眼前发生的每一个画面。现在，我想提起其中的一个场景。

在离燃烧着的司法大厦不远处的一条岔路上——虽然就在旁边，但很明显是与大众脱离开来，一个男的高举着双臂站在那里，双手举过头，拼死地拍击着，一遍又一遍痛苦地叫道："烧掉档案！所有的档案！""总比烧掉人要好！"我对他说。然而，他对我的话不感兴趣，他脑子里只有档案。我突然意识到，这个人可能与里面的档案有关，他可能是档案管理员。他非常伤心，但就在这种情形下，他让我觉得滑稽可笑。不过，我也生气了。"他们在那里射杀群体！"我愤怒地说道，"可是您却在说着档案！"他看了看我，好像我不存在一般，然后，又痛苦地重复道："烧掉档案！所有的档案！"——他虽是站在旁边，但也一样危险，他大声抱怨着，我都听到了。

在这次严重的镇压事件过后的数周里，人们无法顾及其他事情，大家是这次事件的目击者，眼前一遍遍浮现出当时的场景——夜复一夜，它们在脑海里挥之不去，直到入睡。在这些日子里，我与文学还有过一次合法的关联，这就是卡尔·克劳斯。我对他的崇拜在那时候达到了顶峰。这要感谢他当时的一次公开行动，我不知道自己以前是否为了某件事而这么感激过某个人。在那天的大屠杀过后，卡尔·克劳斯在维也纳四处张贴海报，要求警察局长约翰·舍贝尔"下台"。当日下达了开枪的命令，造成九十人死亡的正是这个人。整个行动都是卡尔·克劳斯一人在干，他是唯一在行动的公众人物。维也纳从不乏其他的社会名流，但就在那些人不想招惹是非，或是不想被人取笑时，他独自鼓起勇气，表达自己的愤怒。那些天里，他的海报是唯一能让人坚持下去的原因。我从这一幅走向下一幅，在每一幅前面逗留，我感到，这个世界上所有的公正都融进了他名字的字母里。

不久前，我已经就七月十五日那天的事件及其后果写了一篇报道。这里我照搬原文，它的简短也许可以令人清楚整个事件的分量。

从那时起，我经常试图去接近那一天，它也许是父亲死后发生在我生命中的最重大的事件了。我只能说"让自己去接近"，因为要完全抓住它太难了，它是延伸着的一日，蔓延了整个城市。对我而言，它也是运动着的一日，我在城里漫无目的地骑着自行车。当时我的感觉全部向一个方向集结。这是我能记起的最清晰的一日，说它清晰，是因为它尽管逝去了，但对它的感受却完整地保留了下来。

我不知道是谁给来自整个城市的巨大的游行队伍定下了"司法大厦"这个目标。大家可能会认为这是自发的，尽管事实也许并非如此，肯定有人率先喊出了"去司法大厦"。但知不知道这个人是谁并不重要，因为每一个听到这呼声的人都将它传给了其他人，没有迟疑，没有顾虑，没有考虑，没有停留，没有推延，每个人都将它向同一个方向传递。

倘若七月十五日的事件有可能被完全写进《群体与权力》之中，那么，也不可能完整地回复到事件的真面目，不可能回复到当天那些感性的因素。

骑车进城是一段漫长的路。今天我已经记不起那条路了。我不知道自己最初是在哪里与人群相遇的。我无法记清那一天，但我还能感受到那种激动，感受到向前跑和避开，感受到流动的运动。一切都被"火"这个词掌控着，然后是被火自己本身。

头脑猛地受到撞击。也许是偶然，我没有亲眼看见任何攻击警察的行为。但我大概目睹了警察向密集的人群开枪，一个个身躯倒下。枪声像抽打的鞭子一样。人们跑到旁边的巷子里，然后很快又再次出现，重新形成群体。我看见人们倒下，看见地上的死人，但离他们不是很近。这些死者特别令人毛骨悚然。我向他们走去，而一旦靠近他们，我又立即避开。激动之下，我感觉他们在不断地放大。在救护联盟的人来到，将他们从地上抬起之前，他们的周围是空着的，仿佛以为子弹又会落到这里似的。

那些骑在马上的人尤其令人害怕，也许正因为他们自己也很害怕。

站在我前面的一个男的啐了口唾沫，用右手大拇指朝后指了指说："那里吊着一个人！他们把他的裤子脱了！"他唾弃什么呢？唾弃被杀者？或是唾弃杀戮？我没看他指的东西。我前面的一个女人尖叫道："佩皮！佩皮！"她闭上眼睛，摇晃起来。所有人开始奔跑。那个女人昏倒在地。但她并没有被击中。我听见马蹄声。我没有走到那个躺在地上的女人身边。我跟着其他人一起跑。我感觉自己必须跟他们一起跑。我想逃进一个门洞里，但却无法脱离这些奔跑着的人。一个又高又壮的男人在我旁边跑着，用拳头捶着自己的胸脯，边跑边吼道："那里又打中了一个！那儿！那儿！那儿！"突然他就不见了。他没有昏倒。他在哪里？

最让人害怕的也许是：刚刚还看见他们有力地做着手势、驱赶所有其他人的人，刚刚还听见他们说话的人，恰恰就是这些人自己，像从地球上消失了一样。一切都松散下来，到处都有看不见的缺口。但是，整体的联系性并没有被打破；只有突然发现自己是一个人的时候，才会感到自己被整体牵扯着。到处都能听到一种声音，越来越近，那是空气中的节奏，一种可恶的音乐。可以把这称为音乐，因为大家感觉被它弄得情绪高涨。我感觉不是在用自己的双腿奔跑，而像是身在一股发出清脆声音的风中。一个红头发出现在我面前，变换着不同的位置，忽上忽下，升升降降，好像在水里游泳一般；我的目光追随着他，像遵循他的指示似的，我认为那是红头发，后来才发现那是一块红头巾，于是就不再寻找了。

我没遇到任何人，也没认出任何人；与我交谈的，都是不认识的人。但我只和很少人说话。我听到很多，空气中一直可以听到有些东西，最尖锐的就是当人群遭遇枪击，人们一个个倒下时发出的嘘声。嘘声越来越大，尤其是能很清楚地听出女人们的声音。我感觉枪击好像是由嘘声引来的一般。但我发现事实并非如此，因为即便听不到嘘声了，枪击仍在继续。到处都能听到枪声，哪怕在很远的地方，这种类似鞭打的声音也一再出现。

群体是不屈不挠的，刚被驱散，转瞬之间又从旁边的巷子里涌出。大火攫住了大家，司法大厦燃烧了几个小时，这段时间也是最为激动的时刻。那天天气很热，即便在看不见大火的地方，天空依然是红的，空气中弥漫着纸张烧着的味道，那是数不清的文件档案。

到处都能看见救护联盟的人，风衣和袖章是他们的标志，以此与警察区分开来。他们没有武器。担架就是他们的武器，伤者和死者躺在上面。他们的勤奋助人跃入眼帘，与嘘声中的愤怒形成鲜明对比，似乎他们并不属于群体。在人们发现伤亡人员之前，他们就已经到位了；他们的出现，往往意味着有人牺牲。

我没亲眼看见司法大厦是如何被点燃的，但在我看见火焰之前，群体呼声的变化已经告诉我了。人们相互大声转告发生的事情；最初我还没明白是怎么回事，因为那声音透着高兴，不是尖叫，不是渴望，而像是解脱。

火将大家团结起来。人们感受到了火，它的存在是惊心动魄的，即便在看不见火的地方，人们的脑海中也有它的存在，它的吸引力与群体的是同一个。警察的射击引来嘘声，嘘声又引来新的射击；不过，无论你身在何处，只要还在枪击的影响之下，这影响看似不存在了——根据地点的不同，与其他人的关联或明或暗地保持着，经过一些中转，因为最终只能又回到大火控制的区域。

一种统一的感觉是那天的载体——独一无二的巨浪席卷了整个城市，吞噬了整个城市；当它退去时，真不敢相信城市居然还在。那一天由无数的细节构成，每个人都将其铭记在心，没有人将它们忘却。它们既是独立的，让人清楚地记起，让人可以分辨出来，同时又是构成巨浪的一部分；如果没有了它们，一切都是空洞的，没有意义的。我认为，大家应该理解的是巨浪，而不是具体细节，在这件事结束后的那年以及后来的岁月中，我经常做这一尝试，但从未成功过。这不可能成功，因为再没有比群体更神秘、更不可理解的了。倘若我能完全把握它，我就不用花上三十多年时间去研究它，去解谜，尽可能完整地去描述和领会它，就像对待人类社会的其他现象一样。

即便我将当天所有的具体细节未加雕饰地一一罗列出来，既不减少，也不夸张，我仍无法正确评价它，因为它的意义还不仅仅是这些。总能听见巨浪在翻滚，它将一个个细微之处都冲向表面，只有在能看清并描述巨浪的时候，人们才可以说：真的，任何东西都没有减少。

虽然我没有去接近那些具体的细节，但我可以说出那一天对我今后生活的影响。我之所以能将自己的认识写入那本有关群体的书里，要归功于对那天所发生事情的几条重要认识。我在那些四散的原始资料集中寻找、考证、抄录、阅读，以及后来像放慢镜头似的重又阅读的东西，虽然与我对此的记忆不符，但我还是记住了这件核心事件，它鲜活地保存在那里，也无论今后它怎样放大、牵扯进更多的人，对整个世界的意义变得更为重大。七月十五日的孤立性，以及其发生在维也纳的局限性，为人们在多年以后，当激动与愤怒不再具有当初那样的威力时，观察它提供了一种模式：一件时空轮廓清晰的事件，源于一个不容置疑的诱因，其经过清晰而特别。

那一天，我彻底接触了被自己日后称作开放的群体。他们由来自城市各地区的人们汇合而成，组成一条条坚定不移而且不可拆分的长队伍。那座名为司法大厦、却因为错误的判决而体现了不公正的建筑，其地理位置决定了队伍前进的方向。群体必将瓦解以及他们多么惧怕瓦解，不顾一切地阻止瓦解，这些我都亲身经历了；在大火中他们看到了自己，火是他们点燃的，只要大火存在，他们就能避免瓦解。他们抗拒每一次的灭火尝试，他们自己的生命依存于大火持续的时间。他们受到攻击，被殴打、被驱散、被击溃，四散逃去，但是，尽管看见眼前倒在大街上的死者、伤者，尽管他们自己没有武器，但他们重又聚拢起来，因为大火还在燃烧，火光照亮了各处空地、各条小巷上面的天空。我目睹群体的逃跑，但他们却不会陷入混乱，群体逃跑与恐惧泾渭分明。只要他们逃跑时没有瓦解成一个个只为自己担心的个人，那么，群体就仍然继续存在，哪怕是在逃跑的过程中。一旦他们停下来，他们就可以重新开始进攻。

我发现，群体的形成是不需要领袖的，这一点与到目前为止有关群体的理论不相符。长达一天的时间里，我亲眼看到群体在没有领袖的情况下形成。只是偶尔可以看见极个别的演说者，扮演着领袖的角色。他们的作用是极小的，他们都是匿名的，在煽动方面，他们没有做出任何贡献。每一个将他们置于中心位置的描述，都是对整个事件的歪曲。如果有什么明显激起群体情绪的东西的话，那就是看到燃烧着的司法大厦。警察的射击并没有将他们驱散,而是令他们聚到了一起。街上逃跑的人群只是一个假象,因为他们在跑的过程中仍然清楚一点,即:那些倒下的人不会再起来了。它对于愤怒的煽动与大火的一样。

在那个被照得通亮的可怕日子里,我获得了一幅我们这个世纪里最真实的群体画面。也许是出于强迫,也许是出于自愿,总之,我重新回到对他们的观察中。我一再置身那里,一直在观察,即使是现在,我仍能感到自己很难抽身,因为我给自己定的目标是认识群体,而我现在只成功实现了这个目标的最小的一部分。

树中的信

纵火事件发生后的一年里，我的生活仍完全受制于这件事。一直到一九二八年的夏天，我的思绪仍然围绕它转。我比以前任何时候都坚定，我要找出群体到底是什么，无论是从内还是由外，它都吸引了我。虽然我貌似继续着自己的化学学习，并且开始撰写博士论文，但这项工作是那么无趣，几乎没有触及我思想的表层。我将每一刻的闲暇都花在自己认为真正重要的事情上。在各种不同的、看似偏离甚远的道路上，我尝试去接近自己作为群体曾经经历的东西。我在历史中找寻它们，当然是在一切文化的历史中。历史和中国古代的哲学越来越吸引我。早在法兰克福的中学时代，我就已经开始接触古希腊的文化。现在，我潜心研究古代历史学家，尤其是修昔底德[①]。我研究革命也是很自然的事，英国的、法国的、俄国的，但我也渐渐开始明白群体在宗教中的意义。期望了解所有宗教，就是从那时开始的，并且延续了下来。我阅读达尔文，主要是阅读他关于昆虫群体的书籍，希望能从中了解动物界群体的形成。当时，由于彻夜阅读，我大概睡得极少。我摘录了一些内容，尝试写作几篇论文。所有这些都是在为那本有关群体的书做前期的探索，但它们几乎没有任何价值，因为它们的知识含量太有限。

---

① 修昔底德（前460—前396），古希腊历史学家。

这其实也是向多方面扩展的开始,其好处是,我没有给自己规定任何界线。我大概是从某些东西出发,想在生活的各个领域里找到群体的形成及发挥影响的证据,但因为这些都很少受人关注,所以我找到的证据也少得可怜。而真正的结果是,我在此过程中获悉了与群体毫不相关的一切。我很快熟悉了一些中国的和日本的名字,像中学时代阅读古希腊作品一样,我开始随意阅读这些人的著作。在阅读中国古典作家的作品时,我与庄子相遇,在所有的哲学家里,他成了我的知音。受他作品的影响,我那时候开始写作一篇关于"道"的文章。为了给自己因偏离主题这么远而做出道歉,我试图说服自己,如果我不知道什么是极度的孤立,那么我永远也不会理解群体。中国哲学中最具特色的这一支对我的吸引——当时我没有明确承认这一点——在于它里面包含着"变形"。今天在我看来,驱使我走近这些"变形"的是良好的直觉,通过接触这些"变形",我避免了陷入概念世界,而我其实已经到了这一步的边缘。

真是奇怪,那时我是怎样巧妙地——我只能这么来说,避开了抽象的哲学。在哲学当中,我寻找被我看成是群体的东西,但没有找到一丝具体且具有影响力的痕迹。很久以后,我才发现了群体伪装的外衣和形式,在一些哲学家的著作中,群体确实以某种形式出现过。

我认为,自己用这种冲动的、向前逼近的方式所得来的任何东西,绝不是停留在表面的。它们已经扎下了根,并向周边扩展。看似相去甚远的两个东西,却在地底下联系在了一起。这一点很长时间里不为我所知,这样也有好处,因为几年之后,当它们呈现在我面前的时候,其力量更大,更无懈可击。我不认为偏离目标太远会有危险。生命的进程本身就携带各种束缚,即使无法完全阻止它,也可以拦截一下,通过尽可能与之拉大距离来抵制它。

就在七月十五日过后，因震惊而产生的麻痹有时会在工作中向我袭来，令我无法继续工作。这种丧失信心的状态持续了六七周之久，直到九月初。卡尔·克劳斯在这段时间里张贴的标语起到了净化内心的作用，使我从这种麻痹中解脱出来。但对于群体的声音，我的耳朵仍很敏感，耳边每天都回荡着咆哮的嘘声。那是致命的嘘声，对它们做出反应的是枪击，在人们倒毙在地的时刻，嘘声会变得更大。在一些巷子里，它们逐渐变弱，在另一些巷子中，它们又逐渐增强，在熊熊燃烧的大火旁，它们是绝对无法消除的。

没过多久，它们就移到了哈根贝格街的附近。离我房间不到十五分钟的路程，在旭特尔村山谷的另一面，有一个名叫拉彼德的运动场，供人踢球之用。节假日的时候，人流如潮水般涌向那里，他们不会轻易错过名队之间的比赛。因为对足球不感兴趣，我对此也没太在意。但在七月十五日过后的一个星期天，天气同那天一样炎热，我在家等来访的客人，窗户是开着的，突然之间，我听到了群体的呼声。我以为那是嘘声，我满脑子想的还是那可怕一天的经历，我困惑了几秒钟，向窗外望去，去寻找大火。阳光下，斯泰因霍夫教堂的金色圆顶在闪闪发光。我清醒过来，想了一下：这呼声肯定是从运动场上传来的。不久，这声音重又响起，我全身的神经都绷紧了，仔细听着，我证实了自己的想法，那不是嘘声，是群体的呼声。

我在这个房间已经住了三个月，还从未留意过这声音。以前，这声音肯定也这么有力、这么特别地向我袭来过，但我对它却充耳不闻，直到七月十五日，我的耳朵才打开。现在，我一动不动地站在原地，倾听整场比赛。球进了，胜利的呼声从获胜一方传来。还有一种与此不同的声音，听得出里面带有失望。站在窗前，我什么也看不见，树木和房屋挡在了中间；虽然相距很远，但我听到了群体的声音,而且只有这声音,好像这一切就发生在我近旁似的。我无法得知这声音是双方中的哪一方发出的。我不知道他们是谁。我没有留意过他们的名字,也不打算知道。看报的时候,我会避开这些内容,也不参加任何与此有关的讨论。

但我住在那里的六年间,我没有放过任何倾听这种声音的机会。我向下可以望见城市轻轨的出站口,如果某天的人流比平时密集,我就知道那天会有比赛。然后,我会站在自己的窗前。此时此刻,我很难描述自己追踪那看不见的比赛时的紧张心情。我不支持任何一方,因为我不知道参赛的双方是谁。我所知道的全部就是有两组群体,他们同样的激动,说着同一种语言。我脱离开发出这声音的地点,也没让那许许多多的情况和细节阻碍自己,我体会到了一种日后被我称作双重群体的感觉,后来我也曾试图去描述这种现象。有时候,如果某件事情强烈地占据我的内心,我就在比赛的时候坐到房间中央的桌子旁,开始写东西。但不管它是什么事,不管我写的是什么,拉彼德运动场的任何声响都逃不过我的耳朵。我从没对此习以为常,群体发出的每个声响都影响着我。我保存了当时的手稿,我相信,即便在今天我也能辨认出这种声音是在写作哪一处时传来,它们像是被神秘的符号标明了一般。

可以肯定地说,即使在我忙于其他事情的时候,这个房间也让我牢记自己真正的打算。没隔多久我就会以这种方式获得声音上的食粮。我一直待在城市的边缘,我这么做是有道理的,在维也纳的那段岁月中我所取得的小小成就要归功于此;我一直待在这里,即便我不想与那最紧迫且无法解释的谜一般的现象联系在一起。不知什么时候——我自己从没做出过选择——它会说服我,把我带回到最初的打算那里,不然的话我可能已经逃离了原先的打算,奔向更舒适的任务去了。

从秋天起，我又每日都去化学实验室，去做丝毫引不起我兴趣的博士论文。我把它当成副业；我去做它，只是因为我已经把它开了个头。将一切已经开了头的事情做完，是我天性中无法解释的一个基本原则，就算是当时让我鄙视的化学，我也不想中断它，因为我已经做了那么多了。我暗自尊重它的原因，是我从来没有承认过的：对有毒物质的认识。巴肯罗特死后，它一直在我脑中挥之不去，每次走进实验室，我都会想，对这里的每一个人来说，搞到氰化钾是多么轻而易举的事呀。

在实验室里，有些人虽不十分坦诚，但别人是绝对不会误解他们的观点的，这些人把战争看作是无法避免的事情。他们的观点还绝非仅限于此，他们甚至已经表现出对纳粹分子的好感。这类人已经为数不少，其中还不包括那些在这周围的环境中，即在实验室里气焰嚣张、对他人怀有敌意的人。在这种每日的工作环境里，他们从不会说出自己的信念。我个人感觉到一种异常冷漠的态度。但有时候，当他们发觉我对满脑子金钱观念的人充满厌恶时，他们的冷漠又会变成诚恳。在我们这些学生当中，有些人来自乡下，日子过得非常节俭，要是有人白送给他们某样东西，他们会高兴得不知所措。有一个不怎么认识我的乡下小伙子，撇开我外表的一切不看，以为我具有做牲畜贸易的潜质。看着他那茫然不知所措的脸，我真是觉得很有意思。

不过，我也认识了一些学生，今天想来，我还惊讶于他们的坦诚与天真。有一次上课，我遇见了一个小伙子，他闪烁的目光以及在拥挤的人群中有力却小心的动作引起了我的注意。我们交谈起来，之后我们有时候还会再见面。他是一位法官的儿子，他对我说，他与自己的父亲不同，他信赖希特勒。对于这一信仰，他有自己的理由；对此他毫无保留，甚至几近言辞优美地告诉我：不应该再有战争，战争是人类最坏的遭遇，而唯一能让这个世界免受战争之苦的人，就是希特勒。当我提出自己的反对意见时，他坚持自己的观点，说自己曾经听过希特勒的演讲，他亲口说了这番话。这就是他支持他的理由，没有人能令他改变想法。我也是一筹莫展，只能又和他见面，跟他继续探讨这个话题。结果，他说出了同样一番话，言辞更加优美了。现在，他浮现在我面前，那张信仰和平的面孔洋溢着光彩，我祝福他，希望他没有为了这一信仰而付出生命的代价。

我当时的心思全然没有放在化学上。回想起那段时光，我脑海中一再闪现出与化学毫无关系的面孔与谈话。我准时出现在实验室，按时去听课，也许正是因为我可以见到那么多的年轻人，我不必亲自去寻找他们，他们就在那里。我用这种自然的方式顺带了解了当时的各种观点，没有从中得出一个知识体系。总的来说，当时没有人真的想到战争，即便是想到了，想的也是过去的那些。一九二八年的时候，人们还感觉自己距离那场新的战争十分遥远。这一回忆让我吓了一跳。战争突然又至，而且作为信仰出现，这是与群体的本质分不开的，驱使我去识破它本质的，绝不是我的直觉有误。那时候，我全然没有意识到自己从实验室里看似没有意义或者不重要的谈话中学到了多少东西。我接触了持各种观点的人，他们在世界上发挥自己的影响。我幻想着，假如我对每一个具体的观点都敞开胸怀，那我其实能从这些被认为是没有意义的谈话中获得一系列重要认识的。但我对自己的那本书还太过崇敬，而且我尚未踏上写作自己真正作品的征程。

自从住到哈根贝格街，我与薇莎之间的路程变得遥远了，我们之间隔着整座维也纳城。每逢周日下午的时候，她都会早早地到我这里来，然后我们一起去莱因茨动物园。我们谈话的基调并没有变化，我仍一直把每一首新诗拿给她看，她小心地把它们保存在一个秸秆编成的小包里,然后会给我写信,是关于这些诗的;信写得很美,我也一样仔细地把这些信件保存在自己的房间里。在动物园里,我们的空间很大,对树木产生了一种真正的狂热崇拜。那里有很多宏伟的标本,我们带着行家的表情将它们找出来,然后坐在它们脚下。

其中的一棵树扮演着不同寻常的角色。通过伊比·戈登这个最乐天的人,我认识了死者面模。我没想到这么做十分不得体,因为所有与死亡相关的东西都属于薇莎的王国。我曾跟她提起过那本书,当我把它递给她时,她一脸愤怒地将它扔到地上。我把它捡起来,她又把它扔了出去,她拒绝翻看它。她说,这不属于她,属于另一个自诩为诗人而且一直奸笑的人,正是这个人让我发现了这些死者面模。她真的说了"奸笑"这个词,她并不认识伊比,但我对她说过伊比很开朗,而这正是她最缺乏的,结果她认为,我只是出于这个原因才将她当成女诗人,并且受不了她依仗这些面模入侵自己的领地。

我把这本书再次带给她,她威胁说要把它扔到窗外去,也差点儿就这么做了。我还从未见她吃过醋,这让我很开心。我告诉了她一切,我对她是非常坦诚的,她知道并且相信联系我和伊比的只有那些谈话。但在这些谈话中,伊比会先用匈牙利语把她的诗朗诵给我听。有一天,我满是兴奋地来到薇莎这里,滔滔不绝地讲述匈牙利语的美,而它的发音是我以前所不喜欢的。我对她说,毋庸置疑,这是世界上最美丽的语言之一,然后还向她描述了伊比自己翻译的可笑的译文。我把这不成体统、满是错误的德语修改好,之后伊比抄下这改进版的译文。我说,那是些非常幽默的小诗,根本不像我自己写的诗那么狂野、疯狂,它们总是十分理智,富有思想,是从某个不断变化着的角度写出来的。薇莎认真听着每一个字,我那时候很诚实,明确表示自己不认同这些产物就是诗,但我却发现自己很喜欢倾听并且修改它们。

这么持续了一阵子,直到我们因死者面模而发生争吵,而讲述接下来发生的事情，让我觉得真是不容易。但我必须提及，有一次，薇莎来到哈根贝格街，走进我的住处——我不在家——把她写给我的信全都拿走了，她知道我保存它们的地方，然后带着它们去了莱因茨动物园。她肯定走了很远的路，找到损坏的一道围墙，她可以毫不费力地登上去。然后她找到一棵树，那棵树分叉的地方与她的视线平行。那上面有一个洞，她把装着信件的那个大包放了进去。完成这一切后，她返回哈根贝格街，而这时我已经回来了。我发现她情绪很激动，而且她立刻就告诉我：那些信不见了，并且承认是她拿走了它们；她说她把它们扔进了树林里。我脑子里一片混乱，不停地恳求她带我去那个地方。我说，那里肯定还没有人去过，动物园那天是不开门的，我们肯定可以找回她的信，肯定可以拯救它们。我的惊慌失措让她感到很安慰，很明显，我把她的信看得很重要。她心软了下来，我催得很紧，她立刻带我走过长长的路，返回动物园。我们爬过那道围墙，她找到了那棵树。她记得很清楚，对我说，我应该伸手去够那个分叉的地方，我照做了，我的手指碰到了纸。我立刻知道那是她的信，我把它们拿出来，拥抱它们，亲吻它们。我带着它们，一路蹦跳着返回哈根贝格街。薇莎自己也跟着我回去了，但我没有留意她，我全部的注意力都集中在那些失而复得的信上，我像怀抱婴儿一样抱着那个大包，跳上通向我房间的楼梯，把它们放进了原先的抽屉里。整个过程令她很感动，她的醋意消失了，她相信我是非常爱她的。

可能我事后见伊比的次数少了，但我们仍然见面。每当我们在咖啡馆碰面时，我都会问起她新创作的诗歌。她很喜欢朗诵它们，而我总是先想听她念匈牙利语的，然后，如果它们的发音吸引我，我们会一起努力将它们翻译成德语。这些诗的名字叫《桥上的自杀者》或是《生病的野蛮人首领》《竹编的摇篮》《帕梅拉》《环线上的流亡者》《城市公务员》《似曾相识》《照镜子的女孩》等。随着时间的推移,她手头上收集了一些诗歌的德文版,但只要她身在维也纳,这些诗就没有用处,我们俩是唯一对此感兴趣的人。要不是我先听了另一种语言的版本,而且一个字都没听懂,可能它们对我来说也根本没有意义。但这种轻盈令我喜欢,缺乏任何较高或较深层次的要求,将叙事式歌唱与轻盈并且总是意想不到的转折联系起来,我以前从未把这些纯净的东西与诗歌联系在一起。从我们这种富有想象力且形形色色的谈话里,她得出结论,她必须写作与那些闻所未闻的事物有关的东西,虽然她并不很适合做这件事。我没有批评她这么做,在她看来是我体谅她;她认为我不想让她难堪,因此对我很感激,向我讲述了那些愚蠢的男人的所有故事。他们对她大献殷勤,毫无意义地纠缠着她。

　　这种情况一直持续到下一年的春天。后来她觉得受不了了。那两个兄弟为了她而燃起了真正意义上的战火。这让她感到很烦,因为她认为这很无聊。有一天,她从维也纳消失了。然后,在我几乎都放弃了希望的时候,她从柏林寄来一封信。她在那里情况很好,她诗歌的译文给她带来了好运。我现在都不知道当初是谁推荐她去柏林的,她后来也从未对此透露半个字,但她突然发现自己置身于十分有趣的人当中,她认识了布莱希特和德布林[1],认识了本恩[2]和格奥尔格·格罗兹[3],她的诗歌被《横断面》和《文学世界》所接受,即将发表。她又写信过来,极力劝说我去柏林,至少在暑假的时候去一下。她说,我从七月到十月还是有时间的,整整三个月。

---

[1] 德布林(1878—1957),德国小说家和短论作家。
[2] 本恩(1886—1956),德国作家及诗人。
[3] 格奥尔格·格罗兹(1893—1959),达达派画家。

她的一个朋友是出版商,想请我过去帮忙,他需要有人帮他整理一本书的相关材料。她说,我可以轻而易举地和那里的人较量一番,还说她有很多事情要告诉我,即便是三个月的时间也不够。

随着夏天的临近,信件变得频繁和急促起来。她问我是不是非得总去山里不可,说我肯定已经认识了它们,还有什么比山更无聊的东西呢。山拥有一个可怕的本质,即永不改变,我应该迅速脱离它们的控制。但柏林会不会长期像现在这么有趣下去,这还是一个大大的疑问。她问我,如果没了诗,她该怎么办?没有人像我这么出色,这根本不是工作,我们只是坐在一起聊天,突然之间,那些诗就诞生了。她现在终于有可能靠写诗生存了,难道我真忍心让她饿死?

可能她真是考虑到了自己诗歌的翻译问题,但我认为,她更看重我们之间的谈话,她可以向我倾诉一切,随心所欲地讽刺,而不会和朋友们搞坏关系。这让她如何能做到对这没完没了的事情保持沉默?有一次,她写道,如果我不立刻去柏林,那么,在下一期的报纸上,我将看到柏林一位沉默寡言的女诗人引爆自杀的可怕消息。

她的信中很明显隐瞒了一些事情:无法写出来的东西,她将在柏林亲自讲给我听。那里有最令人激动、最稀奇古怪的东西,让人简直不敢相信自己的眼睛。

随着她的信一封封到来,我的好奇心也在增长着。出现在她信里的每一个人都因某些事情而出名。我几乎还没有读过她提到的那些诗人的作品,但同其他任何人一样,我知道他们是谁。对我来说,格奥尔格·格罗兹比任何一位诗人都更重要。想到我将在那里见到他,这对我而言是具有决定性的。

一九二八年七月十五日,学期刚结束,我就去了柏林,在那里度过了一个夏天。

第 四 部

纷至沓来的名字
柏林
（1928）

兄弟俩

维兰特·赫尔茨菲尔德在选帝侯大街76号有套阁楼公寓。这处房子位于闹市中央，但由于它高高在上，给人的感觉还是很安静的，很少让人想起外面的喧嚣。夏天的时候，他和家人会住到城外的尼科拉斯湖那里，所以，他把公寓的一部分租了出去，另一部分留给我工作之用。我得到一间小卧室及隔壁的工作室，里面摆着一张漂亮的圆桌，上面堆放着我工作用的所有东西。在这里，我不受任何打扰，这一点令我十分满意。我不必去那又挤又吵的出版社。维兰特经过几个小时的行程从出版社来到我这里，跟我商谈他计划的事情。他打算出版厄普顿·辛克莱[①]的传记，当时，辛克莱正要庆祝自己五十岁的生日。马里克出版社因为出版了格奥尔格·格罗兹的绘画而名声大噪，但它同时也对苏联新文学感兴趣，而且其兴趣还不只局限于新文学。除了出版高尔基的全集外，他们还出版了一套托尔斯泰作品全集，之后他们就主要出版十月革命后成名的作家的作品。对我而言，最重要的要属伊萨克·巴别尔[②]，他像格奥尔格·格罗兹一样令我钦佩。

现在，马里克出版社不仅名气大振，还有幸取得了外在的成功，

[①] 厄普顿·辛克莱（1878—1968），美国作家，代表作《屠场》等。
[②] 伊萨克·巴别尔（1894—1941），苏联作家，代表作《红色骑兵军》等。

这要归功于它的主要作家厄普顿·辛克莱。自从揭露了芝加哥屠宰场的黑幕，他就成了全美被阅读最多的作家之一。他创作颇丰，并致力于发现值得被曝光的新对象，这些当然是不缺的；他既勤奋又有勇气，每年都有一部新作问世，而且书的篇幅越来越长。人们提起辛克莱，特别是在当时的欧洲，总是充满敬意。他五十岁生日时，出版的作品数量已经赶得上其他人一生的创作量了。事实证明，他那部描写芝加哥的书令屠宰场的一些不良状况得到改善。日后占领全世界的美国现代文学在当时还处于形成时期，这对他声望的提高也大有帮助。厄普顿·辛克莱的声望建立在"素材"之上，这些素材与美国紧密相连。这一切并非毫无意义：他抨击一切，是真正的美国丑事的"揭疮疤者"；正是他使得人们对美国的兴趣浓厚起来，使"美国"成了时髦，在当时柏林的街头巷尾流行；布莱希特、格奥尔格·格罗兹以及其他人都沉湎其中。多斯·帕索斯[①]、海明威、福克纳[②]等虽是大作家，但他们的影响都是在他之后才传过来的。

当时，那是一九二八年夏，还不能责怪维兰特·赫尔茨菲尔德推崇厄普顿·辛克莱，甚至想为他出本传记。由于在出版社里公务缠身，所以维兰特需要一个人来帮他做这项工作。经伊比推荐，在夏日里，他邀请我去柏林。

我就这样到了柏林，走不上十步，就能遇到一个名人。维兰特认识他们每一个人，并立刻介绍我与这些人认识。在这里，我是个无名小卒，我很清楚，自己没做过什么大事，二十三岁的我除了前途之外一无所有。但是，他们待我的方式令我吃惊：没有蔑视，只有好奇，尤其是不做任何带有谴责性质的评价。四年来，我一直处

[①] 多斯·帕索斯（1896—1970），美国作家，代表作《美国》三部曲等。
[②] 威廉·福克纳（1897—1962），美国作家，代表作《喧哗与骚动》等。

于卡尔·克劳斯的影响之下,头脑里已经被他的蔑视与诅咒所充斥,不赞同任何自私自利、贪婪和草率的行为。克劳斯已经规定了一切该诅咒的对象,对它们看都不允许看一眼,因为他已经为别人考虑过并做出了决定。维也纳的精神生活是被消过毒的,那是一种特殊的卫生形式,禁止任何杂质渗入。一件事情刚刚变得普及,刚刚见报,就已经会受到谴责,成为不可接触的东西。

而在柏林,突然之间一切都与之相反,各种形式的接触一刻不停,成了生活真正的内容。虽然我还不清楚,但这种形式的好奇大概很适合我,我天真而且毫无恶意地向它屈服了。一到维也纳,我便迈进了僭主政治的深渊,被冠冕堂皇地同所有的诱惑隔离开来;同样,现在我要手无寸铁、几个星期之久任由罪恶温柔环抱。幸好我不是一个人,有两个向导,而且他们彼此间差异很大,成了我的双重帮助:这就是伊比和维兰特。

维兰特来到这里已经很久了,因此他认识每一个人。第一次世界大战前他就来到了柏林,当时他十七岁,与埃尔泽·拉斯克-许勒[①]建立了友谊。他通过她结识了大部分的诗人和画家,尤其是那些与《风暴》周刊相关的人。多亏了她才有了这家出版社的名字。二十一岁那年,他和格罗兹及自己的哥哥一起创建了这家出版社。不只是我,其他很多人也都认为,"马里克"这个带有异国情调的名字,对出版社的成名具有重要意义。维兰特成了一位出色的生意人,这令每个人都感到惊讶。他非常精明能干,与他那男孩儿般的朝气形成巨大差异,让人有点不敢相信他的才干。他不是一个真正的冒险者,但却凭借喜欢冒险而赢得很多人的信赖。他很容易

---

① 埃尔泽·拉斯克-许勒(1869—1945),德籍犹太裔女诗人、画家,是二十世纪初柏林现代派的活跃成员。

与人熟稔，就像个孩子，却又不依赖他们，可以很快又同他们脱离开来。大家从没感觉他属于某个人过。在别人眼里，他好像每时每刻都可以不辞而别。大家都认为他是不受束缚的，不知道他哪里来的力量，因为他总是匆匆忙忙，敏捷而活跃，不会受多余知识的拖累；他厌恶通常的教育，通过打听而不是通过抽象、勤奋阅读来了解一切；但只要牵扯到出版发行一类的事情，他会突然之间变得异常认真，固执得像个老人。他那男孩儿般的态度与他那像是有经验的老者的态度同时并存，交替出现在它们该出现的地方。

有一个人与他的关系胜过亲属，他们之间连着一条脐带。这一点根本不是那么隐蔽，但大家还是很久都未觉察到，因为这两个人的差异太大，就像来自两个星球似的：那人便是约翰·哈特菲尔德，比维兰特年长五岁。维兰特心肠很软，易被感动，几乎可以将他当作多愁善感的人，但他那样的时间很短暂。他有不同的速度供他支配，对他来说，所有的速度都很自然，但只有一个速度是慢的，这就是感动。哈特菲尔德的作风一直都是雷厉风行，他的反应是那么本能，使他被本能控制；他又矮又瘦，一旦想起什么事情，就会一蹦老高。他说话会越说越激动，像是要跳起来去揍别人一样；然后，他会像只马蜂似的，生气地围着别人嗡嗡乱转。我第一次碰到这种场面，是在选帝侯大街的中央：我毫不知情地走在他和维兰特之间，因为被问到和蚂蚁有关的事情，所以试图解释。"它们全都是瞎子，"我说，"而且只会在地下行动。"——突然，约翰·哈特菲尔德在我身旁跳了起来，好像我应该对蚂蚁的失明负责似的，也可能像是我因为蚂蚁的失明而告发它们似的。他责骂我道："你这只蚂蚁！你就是蚂蚁！"从此，他见到我只会称我为"蚂蚁"。当时我吓了一跳，以为自己侮辱了他，但又不知道是哪句话得罪了他，我又没有说他像蚂蚁。不久，我发现，他对一切新鲜事物都是这种反应。这是他学习的方式，他只能这么攻击性地学习。今天我认为，从这上面可以看出，这是他拼接知识的秘密。他将那些东西聚拢起来，使之相对立，这时他才会一蹦老高；这种跳跃时的张力就包含在他的拼接中。

今天看来，我认为，约翰是所有人当中最欠考虑的一个。他由本能和激烈的瞬间组成，只有在拼接的时候才会思考。他不像其他人那样总在盘算着某事，所以，他一直精力充沛，并且容易暴躁。他做出的反应已经是一种愤怒了，但这不是利己的愤怒。他只学习那些被视为攻击的东西，而且为了了解新事物，他必须将其视作攻击。其他人任由新事物从自己身边溜走，或是像喝糖浆一样把它们咽下。为了拥有它们，约翰必须摇晃它们，但却不会令其具有实效。

慢慢地我才发现，这兄弟俩对于彼此是多么不可或缺。维兰特从不会批评约翰，他既不为他的反常举动道歉，也不会试图做出解释。对他来说，这些都很平常。只有当他谈起童年的时候，我才知道是什么将二者联系在了一起。他们是孤儿，一共是四个人，一对兄弟，一对姐妹，被身在阿伊根（位于萨尔茨堡附近）的养父母带到了家里。维兰特很幸运，养父母对他很好，但年纪较长的赫尔穆特（这是他在改用"约翰"这个英文名字之前的名字）就没这么走运。他们一直都很清楚自己的身世，知道自己没有真正的父母，所以彼此非常团结。维兰特真正的力量就来自与这个哥哥的联系。他们一起来柏林闯天下。出于对战争的抗议，赫尔穆特把名字公开改成了约翰·哈特菲尔德。这是需要勇气的，因为当时还是战争期间。那时候，他们遇见了格奥尔格·格罗兹，他与这兄弟俩都是好友。马里克出版社成立的时候，约翰·哈特菲尔德为新书设计封面也是理所当然的事。他们各有各的家庭，不生活在一起，不会纠缠和束缚对方，但他们同时都在那里，同时身在柏林那喧嚣且空前活跃的生活里。

布莱希特

第一眼看见布莱希特,我就注意到了他的装束。中午的时候,我被带到施利希特饭店。那里是柏林知识分子经常出入的地方,也有很多演员会去那里。他们指给我看一个又一个演员,我一眼就认出来了,因为他们通过画报上的照片早已属于公众人物了。必须说的是,他们的出现、问候、点餐、狼吞虎咽、喝东西及付账都没有过分地装腔作势。这幅画面没了舞台上的那种五光十色,却依然五彩缤纷。在所有人当中,唯一引起我注意的就是布莱希特了,因为他一身无产者装束,且骨瘦如柴,一脸的饥饿相。由于帽子的缘故,他的脸看上去有点歪。他说起话来很笨拙,而且说得支离破碎。在他目光的注视下,别人会感觉自己像一文不值的贵重物,而他,这位当铺主人,正用他那咄咄逼人的黑眼睛估着价。他话不多,别人也无从知道他估价的结果。他看上去根本不像刚过三十的人,这并不是说他看上去过早地衰老了,而是他似乎一直都这么老。

在那几个星期里,我脑中这个老年当铺老板的想法一直挥之不去。这种想法让我寝食不安,因为它显得那样不合情理。之所以产生这个念头,是因为布莱希特视有用性高于一切,而且以各种方式让人觉察出他对"高尚的"道德思想的蔑视。他看重的有用性,指的是一种实际的、具体的有用性,具有某些英国特色,表现形式则是美国的。当时,对美国的狂热崇拜已经生根,尤其是在左翼艺家中。在灯光广告和汽车方面,柏林已经与纽约并驾齐驱了。在任何事情上,布莱希特都没有表露出像对汽车的那种温柔。厄普顿·辛克莱揭露不良现象的书籍起到了悖论的作用。这些不良状况源自美国的生活根基,在赞同这种抨击社会弊病思想的同时,人们也将美国的生活基础作为营养吸收,并将自己的愿望寄托在它的传播与增长上。碰巧的是,卓别林当时在好莱坞,在这种氛围下,人们可以心安理得地为他的成功喝彩。

同属于布莱希特的矛盾外表的,还有他长相上的某些苦行主义成分。他的饥饿也可以被看成是斋戒,他像是在故意戒除自己拼命想得到的东西。他不是一个会享受的人,他在当下找不到满足感,因此也不在其中展示自己。他所取的东西必须立刻为他所用(而他会从前后左右取来一切可能对自己有用的东西),这些都是他的原材料,他利用它们不停地生产着。因此,他是一个一直在制造东西的人,而这也是他真正的目标。

我的话刺激了布莱希特,尤其是我提的那个要求,即人们只应该为着一种信念去写作,而绝不是为了钱。这在当时的柏林让人觉得很可笑。他很清楚自己想要什么,而且为这一目标所驱使,以至于他是否为此得到报酬,反而变得不重要了。过完一段物质窘迫的日子后,他如果得到钱,那就被看作是成功的标志。他很重视钱,而且认为,关键要看是谁得到了钱,而不是这笔钱从何而来。没有什么能改变他的意图,对此他很有把握。谁帮助他实现自己的打算,谁就是站在他那一边的(否则那人就要自食其果)。柏林遍地都是艺术赞助者,他们成了一道风景。他利用他们,却不会依赖他们。

我说的那些令他厌烦的话比鸿毛还轻。我几乎看不到他一个人的时候。伊比总在他身边,他很喜欢她的风趣,并把这当成是玩世不恭。他注意到伊比对我很尊重,从没有站到他那一边去,这激怒了他。如果她当着他的面向我询问什么的时候,他要么是吓唬我,要么就向我投来嘲讽。他在任何一件无关紧要的事情上都会犯错误,这种情况时常出现。她不受他的误导影响,接受了我提供的情况,不动声色地将它们作为最终的结果纳入到谈话中去。当然,她这时也不带任何指向他的讽刺。当着他的面,伊比不会嘲弄他,从中他应该能看出来,与他的交往对她来说不是无所谓的。她以自己的方式屈服于他周围这种令人厌恶的先锋派氛围。

他对人评价不高,但认可伊比;他重视那些对他一直有用的人,至于其他人,只要他们支持他那些对这个世界的单调无聊的看法,他也会重视他们。这些越来越对他创作的戏剧起着决定性的影响。与他同时代的任何人都没有像他那样,在诗歌上充满活力,而且后来——这与当时无关——在中国人的帮助下,变成了一种聪明才智。

虽然我感到了他的敌意,但我还是要说,我很感谢他,这话听上去可能让人感到意外。在我差不多天天都能见他的那段时间里,我在读《家庭祈祷书》。这些诗吸引了我,我不去想他,一口气就读完了它们。其中有些诗作的名字让我听着难受,如《死亡士兵的传奇》或《反对诱惑》,还有其他的:《回忆玛丽·A》《可怜的B.B.》。很多诗,其实是绝大部分都打动了我。我自己所写的那些东西跌落进尘埃与灰烬中。如果说我因此而感到惭愧,那又有些过了,其实就是什么也没有了,什么都不存在了,包括羞耻。

三年以来,我的自信全部来自自己所写的那些诗。我没拿去给任何人看,除了薇莎,并且几乎将每篇都拿给她看。我很在乎她的鼓励,也很信任她的观点。她的一些观点充斥我的内心,让我感觉自己远在太空。我不只是写诗,还写其他一切可能的东西,但这些东西只对我本人有意义——我打算写一本关于群体的书,当然,这还只是打算,还要等上几年。现在,我几乎没有写作相关内容,有的只是几篇笔记和试作，以及我为此做准备时学到的一些东西。但学到的东西不是自己的，自己的东西还在酝酿之中。许多自成一体的片段和长短不一的诗歌被我看成是自己的东西，而现在，它们一下子全被摧毁了。我对这些蹩脚的东西没有同情，我毫不遗憾地转过身去，垃圾、废物。但写作出真正诗歌的这个人我不喜欢，从他的衣着伪装，再到他那笨拙的言语，他身上的一切都令我反感，但我钦佩、喜爱他的诗歌。

我对他这个人的厌恶是那样强烈，因此见到他的时候，我没有跟他提半句诗歌。他的目光，尤其是他说的话，每次都令我气愤。不过，我没让他人觉察出来，就像我没有流露出对他的《家庭祈祷书》的赞赏那样。他刚说出一句玩世不恭的话，我就回以一句严厉且道德说教的话。一次我说——在那个柏林，这听起来肯定很滑稽——一个诗人要有所作为，就必须把自己封闭起来，他需要世界之内和世界之外的时间，让它们形成最强烈的反差。布莱希特说，他总是把电话放在桌上，只有当它经常响起，他才能写作。他面前的墙上挂着一幅巨大的世界地图，他看着它，就是为了不脱离这个世界。我不甘示弱，由于认识到自己诗歌的无用和蹩脚，我已经被击垮了，但我还要在这个创作出最优秀诗歌的人面前坚持自己的观点。道德是一回事，事物又是另一回事，只要只看重事物的他在场，我就只看重道德。我指责遍布柏林的广告。他却不觉得它们碍眼，相反，他说，广告有它好的地方。他为斯特耶汽车作了一首诗，并因此得到一辆汽车。我感觉这话仿佛出自魔鬼之口。他的这一坦白就像他的吹嘘一样，击垮了我，让我无言以对。我们刚离开他，伊比就说："他喜欢开车。"仿佛这没什么似的，像我这么偏激的人，觉得他就像一个谋杀者。我脑子里还记着《死亡士兵的传奇》，而他居然参加了斯特耶汽车的有奖竞赛！"他现在也为自己的汽车得意,"伊比说,"他提起它的口气就像提起自己的爱人一样。为了得到它,为什么他之前就不能奉承它呢?"

他喜欢伊比,她的幽默与不多愁善感,同她那容光焕发又散发出乡村气息的外表形成极大的反差,这一点他很认可。她也不会提什么要求来妨碍他,她不与任何人竞争。她是作为波莫娜出现在柏林的,每时每刻都可能再次消失。我的情况则是另一种,我高调地从维也纳过来,完全浸润在卡尔·克劳斯的纯洁与严格之中;打他去年的七月十五日张贴海报之后,我对他的崇拜前所未有。我也不能把他的豪气只埋在心底,我必须把它说出来。自从我逃脱出家里有关金钱的谈话,到现在才过去两三年,受它影响的时代还没过去:每次见到布莱希特,我都会说出自己对金钱的鄙视。我**必须**高举自己的旗帜,表明立场:人们不是为了报纸而写作,不是为了金钱而写作,对于所写的每一个词,都应用自己的全部人格去担保。这让布莱希特恼怒,但还不仅仅因为这个,我没发表什么作品,他从未听说过我的事情。对于看重现实的他来说,我的话后面没有任何东西。因为没人向我提供什么,所以我也没有推辞掉什么。没有一家报纸向我约稿,因此,我也没有回绝任何一家。"我只为钱而写作。"他恶声恶气、干巴巴地说,"我为斯特耶汽车写了一首诗,并因此得到一辆斯特耶汽车。"这话又来了,它经常出现,他为这辆斯特耶汽车感到骄傲。当他在一次车祸中把它弄坏之后,他又通过广告的伎俩得到了一辆新车。

但我的情况还要复杂些。那个对我来说是信仰、是思想的人,那个我在这世上最崇敬的人,没了他的愤怒与热情我就无法生存的人,那个我从未敢靠近的人(只有一次例外,在七月十五日过后,我给他写了一封祈祷信,不是请求,而是感谢,我猜他从来没看过)——卡尔·克劳斯,当时也在柏林。他与布莱希特是朋友,经常见面，通过布莱希特，在《三分钱歌剧》首映的前几个星期，我结识了他。我没单独见过他，他总是在布莱希特和其他对这一演出感兴趣的人的陪同下。我没有跟他说话，害怕让他发现他对我的重要。从一九二四年年初，从我到维也纳起，他的每一次朗诵会我都去听。但他不知道这些，就算是布莱希特，他一定感觉到了我内心的激动，就此开一个玩笑的话（这种可能性不是很大），他也是不会让人觉察到什么。七月十五日卡尔·克劳斯张贴过海报之后，肯定没有注意到那封过分热情的感谢信，我的名字对他来说算不上什么，类似的信件他肯定收过无数封，然后把它们都扔掉了。

我情愿他对我一无所知。我坐在伊比旁边，保持沉默。想到与上帝坐在同一张桌子上，我感到压抑。我没有自信，感觉自己是溜进来的。他与我在朗诵会上认识的那个他简直判若两人。他没有抛出闪电，没有咒骂任何人。在座的所有人中——大概有十个或十二个人——他是最有礼貌的。他将每个人都视为与众不同的，他的话听上去很关心他人，像是保证给予他们特殊保护似的。每个人都觉得受到了他的关注，所以，他在别人眼中无所不知的形象并未受到削弱和损害。但他有意在所有人面前表现得克制、拘谨，作为平等的一员，和善友好，顾及其他人的感受。他笑得很自然，可我感觉那是装出来的。我见过他扮演的无数角色，我知道，伪装对他来说是轻而易举的事情。但我现在正在经历的这个角色是我从未预料到的，他一直坚持这样，坚持了一个小时或者更久。我期待的是他与众不同的举止，等来的却是彬彬有礼。他关切地对待桌上的每一个人，但对布莱希特却带着爱心，好像他是他儿子一样，这个年轻的天才——他选中的儿子。

谈话是与《三分钱歌剧》有关的，当时它还不叫这个名字，大家正在商量此事。有很多提议，布莱希特安静地听着，似乎那根本不是他的作品。整个谈话期间，他都没让人感觉到最后的决定权是在他手中。提议太多了，我根本记不得哪个人提出了哪个建议。卡尔·克劳斯也有个提议，把它说出来的时候他显得小心翼翼，仿佛自己对此也没把握。他的提议立刻被另一个更好的所淹没，但这个更好的也没有坚持到最后。我不知道最后的名字是谁提出来的，可能是布莱希特自己，也可能是他从一个不在场的人那里听来的，或许那个人想听一下在场人的意见。在工作上，他随意做出界定来标记所有物，着实令人惊异。

瞧！这个人

"我们现在去格罗兹那里。"维兰特说。我并不十分相信这么简简单单地就可以去了。维兰特想去他那里拿点出版社需要用的东西。不过，他也想给我留下深刻印象，因为，他很快察觉到，在柏林，我渴望与一个人结识。将柏林能提供的事物一一展现给我看，这给他带来了乐趣。我对这里的不熟悉并没有让他感到不愉快，反而让他回想起自己刚步入柏林时的情形。他不像布莱希特那样有统治欲，一直处在信徒的簇拥之下。布莱希特希望自己能被人视为老于世故，并且一定很早就开始这样做了。只要显得比自己实际年龄大就行了，只要不显得年轻就行；对他来说，天真纯洁就是让人鄙视的东西，他憎恶天真纯洁，将天真纯洁与愚蠢一样看待。他不愿成为任何人的牺牲品。当他在很长一段时间里无法证明什么时，他就一直把自己的早熟表现出来，一个中学生，抽着自己的第一支香烟，还想让其他人也鼓起勇气，并把这些人召集在身边。维兰特却不同，他喜爱自己童年时的天真纯洁，并把它看成是一种田园般的安逸。他成功地在柏林的讽刺挖苦中生存了下来，但他绝不是手无寸铁，而是将所有必要的武器都握在手中，在所谓的生活之战中证明自己的才干。这场战争不仅需要顽强的精神，更重要的是抱有一种漠不关心的态度。曾是孤儿的他，紧紧抓住这幅天真、纯洁的孤儿画面不放，只有这样，他才坚持了下来。他说起这些的时候，似乎自己还是孤儿一样。工作期间，我们有时候会谈起这些：一个人在柏林忙忙碌碌的生活纪实——我们坐在他那套阁楼公寓书房里的圆桌旁，经常会脱离开真正的工作内容厄普顿·辛克莱，转而谈起年轻时候的维兰特。现在的维兰特也不过三十二岁，但从十五年前的样子变成今天的自己，这中间似乎经历了一个巨大的飞跃。

他向我展示着一切，一切可以在柏林看到的人，就像第一次来柏林的是他自己。他没仔细留意我的惊讶神情，就已经为此而感到高兴了，因为他更关心的不是我，而是他自己，像我这个年纪时的他自己。不论在哪里，他都没有让我感到受辱，这对我帮助不小：在任何地方，他向别人介绍我时都说，我是他的"朋友和工作伙伴"，而我认识他才几天，并且也还没有开始工作。他没有向我要身份证明，也不愿意看我的任何证件，可能这些让他觉得烦（今天想来真要感到惊奇，他是我认识的最优秀、与我关系也是最密切的出版商，但我自己的作品却从未交由他出版）。对他来说，我们能互相交谈就已经足够了。他从伊比那里听说了我的一些情况，我自己也告诉了他一些。在他眼里，最重要的是，他可以在他的柏林向我讲起他的天真纯洁，讲起他对自己的青年时期的热爱，而我能在一旁认真听。就这样，通过倾听，我赢得了他这个朋友。今天，我可以说，我不是出于狡猾才这么做的，我喜欢倾听，一直以来，我都喜欢听别人讲述自己的经历，这种看似安静、被动的爱好是那么强烈，它构成了我对生活最内在的设想。如果我不能再倾听别人讲述自己的故事，我就会死去。

为什么我对格罗兹如此期待？他对我意味着什么？从我在法兰克福青少年读物陈列室的橱窗里看到他的书起，到现在已经六年了。我惊叹于那些绘画，无论走到哪里，脑子里都记着它们。六年对一个年轻人来说是很长的一段时间。第一眼看到这些作品，它们就已经嵌入我的内心。在经历了通货膨胀时期发生在我身边的事情之后,在洪尔巴赫先生来访之后,在母亲故意堵住双耳,拒绝理会发生在我们周围的事情之后,这正是我内心的真实写照。人们在那些绘画中看到的画面是那么强烈、毫无顾忌、不讲情面、让人害怕。正是由于它的极端,我才把它当作真理。对我来说,调和的、淡化的、解释的、道歉的真理都不是真理。我知道有这样的形象,小时候在曼彻斯特,我把法国童话中吃人的怪物当成敌人,打那以后它对我来说一直都是敌人。之后不久我在维也纳听卡尔·克劳斯朗诵,它在我身上产生的是同样的作用。只有在我开始模仿卡尔·克劳斯说话的时候,从他身上我才可以学到倾听,在某种程度上也可以学习他不可辩驳的控诉(虽然不是太情愿)。我从未模仿过格奥尔格·格罗兹,我的绘画一直不好。我大概只是在现实中寻觅,并且找到了他笔下的形象,但这与另一种媒介中间始终保持着一段距离。他的才能是我无法企及的:他用另一种语言在诉说,虽然我理解这种语言,但我始终无法学会去运用它。这意味着他永远也不会成为我的榜样——他只是最令我钦佩的对象,但绝不是榜样。

当我第一次走进他家,维兰特以自己一贯的风格把我介绍给他,说我是他的"朋友和部下"。这让我感觉自己不是太渺小。我没有想到格罗兹熟悉维兰特所有的朋友,因此他一定知道,我不是其中的一个。我突然之间就到了那里,他们从没提起过我,只有伊比事先说了我要从维也纳来。但我的这种不自信很快就消失了,因为他开始给我们看一些他自己的作品。我就站在那些刚刚创作好的东西边上。格罗兹习惯把自己的作品拿给维兰特看,维兰特会将它们出版,使它们广为知晓。他们一起挑选作品,然后由维兰特决定名字。像往常一样,现在是命名时间。维兰特喜欢飞快地说出些名字。无须就此进行讨论，格罗兹习惯接受维兰特所加的标题，它们给他带来了好运。

他穿着粗花呢的衣服，与维兰特相比，看上去强壮有力；他的皮肤被晒黑了，嘴上叼着烟斗。他像一位年轻的船长，由于说很多话，所以不像英国船长，而更像一位美国船长。他非常坦诚，所以我没有将他的服装当作装束。我在他面前感觉很自在，不受拘束，很放得开。他给我看的每一样东西都令我惊叹，对此他很高兴，好像我的惊叹很重要似的。有时候，当我对一幅作品发表看法时，他会冲维兰特点点头，我就感觉自己说到了点子上。在布莱希特面前，我无法开口，否则会招来他的嘲讽。但在格罗兹面前，我激起了他的兴趣，让他感到满心欢喜。他问我见没见过《瞧！这个人》的草稿，我说没有见过，那是违禁作品。他走到一个大箱子旁，打开盖子，从里面拿出一个文件夹递给我，似乎根本没将它当成是特别的东西。我以为这是拿来让我看的，于是就打开它，但立刻就被劝阻了：我可以回家再看，这是送给我的礼物。"这可不是每个人都能得到的。"维兰特说，他清楚自己的朋友好冲动，其实他根本没必要这么说，每个人的慷慨举动都逃脱不掉我的眼睛。我为这种慷慨而感动。

我把文件夹放下，不想因为自己太高兴而做出可笑的举动来。我的感谢还没说完，又一个拜访者出现了：这是我现在期待、可能也在等待的最后一个人，他就是布莱希特。他举手投足间都透着尊敬，还稍稍弯了腰。他给格罗兹带了一件礼物，是一支铅笔，一支非常普通的铅笔，他十分有力又意味深长地将它放到了画桌上。格罗兹接受了这一谦逊的敬意，并将其发展成更高的敬意。他说："我正缺一支笔。我可以用这一支。"我感觉他的来访打扰了我，但也让我感觉不错，因为，我认识了布莱希特的另一面。他就是这样，当他想表达自己的赞同时，他就会做出矜持、有节制的样子，以便给人更深刻的印象。我寻思格罗兹对他的看法，不知道他喜不喜欢布莱希特。布莱希特没有逗留多久，他走的时候，格罗兹顺便对维兰特说："没时间呀，这个欧洲的五香肉丁。"这听上去没有恶意、没有敌意，或许带着些许怀疑，似乎他对他持有不同的看法，而这些看法相互不协调。

离开格罗兹后，我与维兰特分了手。他去了出版社，我回到那套阁楼公寓，圆桌上那些厄普顿·辛克莱的生平资料正等着我呢。作为"揭疮疤者"，与他揭露的那些黑幕相比，辛克莱的生活真是无聊。这不是因为他的生活状况——他经历了不少坎坷——而是因为他那直线性的观点。他是一个彻头彻尾的清教徒，虽然我也是，并且肯定也感觉到了与他的相似，尽管我完全赞同他对糟糕的社会状况、侮辱和不公的抨击，但他的攻击中缺乏一种讽刺的光芒。因此我没有立刻投入到工作中去，而是先打开那个装着《瞧！这个人》的文件夹，也就不足为奇了：厄普顿·辛克莱身上缺乏的所有东西都能在那里找到。

这个文件夹被当成是猥亵的东西而遭禁。不可否认，其中的一些内容确实让人感到猥亵。一边是吃惊，一边是赞同，我带着这种奇怪的混合感受接受里面的一切。那是柏林夜生活中不堪入目的生物，但他们确实是存在的，我是这么想的，他们被视作不堪入目的。我把自己看这些画面时的那种恶心当成是艺术家的恶心。我刚到柏林才一星期，对这些还知之甚少，一上来就被带去拜访格罗兹。在施利希特饭店，伊比介绍我与布莱希特认识，就因为他是一个诗人，所以她把他看成是她在柏林能提供给我的最有趣的东西。我们每天都要去那里，他很喜欢见到伊比，但她总要拖上我。也许正因为如此，他才把我当成嘲笑的对象。但维兰特显得很慷慨大度，我更看重格罗兹,所以,大概是在我到柏林的第六天,我就去拜访了他。

现在,我把装着《瞧!这个人》的文件夹带回了家,它介于我和柏林之间,而且从那时起就将大部分东西,尤其是我夜间看到的所有事物,染上了色彩。倘若不是这样,或许,这些东西还要过一段时间才能闯入我的世界。我对性自由的兴趣一直不大。现在,这些闻所未闻、冷酷而无情的描绘将我抛入其中。我视它们为真实的,根本没想到要去怀疑它们,这就像人们只能从某些画家的视角看某些风景那样,我用格奥尔格·格罗兹的眼睛去看柏林。

第一眼看到它们,我就被吸引住了,同时也被震住了,这种感觉是如此强烈,使得我甚至不愿与它们分开。这时,伊比来了,看见我把文件夹里没有装订的五颜六色的水彩画铺了一桌子。她还从来没有见到我与这种东西在一起过,这让她感觉很滑稽。"你这么快就变成柏林人了,"她说,"在维也纳,死者面模都能让你疯狂,而现在——"她用手指着那些纸,好像我是事先故意把它们聚集到桌子上的。"你知道吗,"她说,"格罗兹很喜欢这个。他喝醉的时候会提到'火腿'。他指的是女人们,然后就会这么看着你。我就装作不明白。但他会唱一首'火腿'赞美歌。"我感到很气愤。"这不是真的!他讨厌这个!所以这些画才画得这么好。你以为换作另一种情形我会看这个吗?""是你不喜欢这个,"她说,"我知道,我知道。因此,我可以告诉你一切。但他喜欢!等到你看见他喝醉了,开始唱'火腿'歌的时候,你就知道了。"

只有伊比才会说起这些事。她说出"火腿"一词是有原因的,而且别人也不会误解她的意思:格罗兹喝醉的时候试图接近她,并对她的身段唱颂歌;换作其他女人,可能已经感到受了侮辱,至少也会生气。这个词与她是有联系的,但她重复它的时候,听上去像是与她一点关系都没有。这些画没有触动她,好像他也从未跟她亲近过，而她唯一感兴趣的，就是刚才告诉我的那些坦率的描述。

她想让我来柏林，目的就是要告诉我一切。她受到男人的追求，她出现在哪里，就能在哪里听到含沙射影的话。同时有三四个男人在追求她，总应该有一个人会成功。但当他们都失败时，对这些人来说，她就成了一个谜，出现了各种费解的假设，比如说：她根本就不是女人，她只是看上去像，但其实不是，很可能是个双性人。布莱希特那个圈子里一个叫鲍夏特的人疑心特别重，说她是间谍。"她从哪里来的？突然之间，她就出现了。她是谁？她出现在各种场合，听人讲所有的事情。"对此她一笑置之，不愠不怒。她觉得这很可笑，但只要她是独自一个人在柏林，她就不能对任何人说，因为这里的人认为一切都是允许的，把性行为看得无比神圣；他们会责怪她的讽刺，而她除了讽刺之外别无其他偏爱。没了讽刺，她就无法生活，用幽默和让人感到意外的方式将讽刺表达出来，这对她来说是必需的，是她的本能。因此，她一刻也没有耽搁，直到最后成功地把我吸引到柏林来。

我们两人的共同之处，就是对每一类人永远也有看不够的兴趣。她的话总是带有幽默色彩，我很喜欢听她向我讲述她的见闻。然而，我自己并不觉得这很可笑。人们的各不相同让我感到不安。为了能相互理解，他们以各种方式忙个不停。但他们并没有互相理解。每个人都是为自己。撇开一切假象不提，就算他们独处的时候，他们还是会不知疲倦地碰上跳下。伊比讲给我听所有极端的误会，其中很多是我亲身经历的；她将身为男人的我不会遇到的那些例证引入我的世界。像她这么美丽、受人追捧的人，遇到的全是荒谬之极的求婚。似乎她本人根本不存在于这个世界上，有的只是她的一个表面活着的塑像，人们的各种说法也都是针对这个塑像的。可是，他们听不到她做出的回答，它们传不到那些求婚者的耳朵里。这些人感兴趣的就是谈论她的事,说自己很渴望得到她,想尽可能地得到她。但他们不知道为什么自己最终没有成功,因为,他们根本无法理解她的回答。他们对自己情敌的情况也非常感兴趣,他们的目标尽管看似相同,彼此却很陌生,而且相互不理解。对于他们的所作所为伊比脑子里清清楚楚,每个人必须知道自己才能理解这些,而没有人愿意这么做。

伊萨克·巴别尔

回想起那段柏林时光，伊萨克·巴别尔占去了我记忆的大部分空间。今天想来，他在那里不可能待了很久，但我却觉得，几个星期里好像每天都能见到他，在一起一待就是几小时，不过，我们之间一直没有多少话。我当时在柏林遇到的数不清的人中，他是最让我喜欢的一个，因此他在我的记忆中扩展开来，我甚至愿意将那九十日的柏林时光中的每一天都奉献给他。

他是从巴黎来柏林的，他太太是个画家，师从安德烈·洛特[①]。他去过法国各个地方。法国文学是他的天堂，他把莫泊桑[②]当成自己真正的师长。当年发现他的是高尔基，他支持他、给他提建议，再没有比他的方式更聪明、更令人鼓舞的了；他为其分析自身的可能，提出批评，却毫无私心，完全是为他着想，而不是为了自己；态度认真，但又不带嘲讽，高尔基很清楚，在一个年轻人发现自己潜在才能之前，要毁掉这个势弱、无名的后辈是多么容易的一件事。

在国外逗留了一段较长的日子之后，巴别尔准备返回苏联，并在柏林稍事停留。现在想来，他是将近九月底的时候到柏林的，实际上逗留的时间不会超过两个星期。他因出版了《骑兵军》和《敖

[①] 安德烈·洛特（1885—1962），法国画家。
[②] 莫泊桑（1850—1893），法国批判现实主义作家，其文学成就以短篇小说最为突出。

德萨的故事》而成名，马里克出版社发行了这两本书的德文版，我不止一次地阅读了后面那本书。我钦佩他，但并不觉得自己距离他太远。孩提时代，我就已经听说了敖德萨①，这个名字可以追溯到我人生最早的阶段。虽然我只在瓦尔纳②的短短几周里看到了黑海，但我为它花去了很多时间。巴别尔来自敖德萨的故事中的那份色彩斑斓，那份粗犷的野性与力量，就像源自我儿时的记忆一样；不经意间，我在他的书中寻找到了多瑙河下游那个小地方的天然首都；如果敖德萨在多瑙河的入海口发展起来，我会觉得更合适。这样的话，那次决定我童年梦想的著名旅行就可以沿多瑙河顺流而下，再逆流而上，从维也纳到敖德萨，再从敖德萨到维也纳，而远在下游的鲁斯丘克③在这条线路上占据的位置就是正确的了。

我对巴别尔充满好奇，仿佛我有一半是属于他来自的那个地区似的。只有向世界开放的地区让我感到舒服，敖德萨就是一个这样的地方。巴别尔对这个地方以及它的故事也是这种感觉。在我童年的房子里，所有的窗户都朝向维也纳。现在，在至今都被回避的一面上，一扇朝向敖德萨的窗户被打开了。

巴别尔生得矮小敦实，脑袋非常圆，首先吸引别人眼球的就是那厚厚的玻璃镜片。或许，这是他睁大眼睛，让眼睛显得特别圆、特别大的原因。他刚一出现，几乎还身影模糊，没开口说话，别人就感觉看到他了；与此相对应的，是他的魁梧、健壮，鼻子上架着的那副眼镜一点也没有给人以羸弱的感觉。

在"天鹅角"，那是一家让我感觉奢华的饭店，也许是因为人们夜间看完戏剧演出后会去那里，那里挤满了有名的戏剧界人士，

---

① 乌克兰南部城市。
② 位于保加利亚东北的黑海沿岸城市。
③ 保加利亚的鲁斯丘克是埃利亚斯·卡内蒂的家乡。

几乎还未看清这一个，另一个更值得关注的名人已经从身边走过了；在这戏剧的鼎盛时期，这类人太多了，大家不得不很快就放弃去注意他们中的每一个人。不过，也有作家、画家和赞助人，以及评论家和大牌记者会来这里。和我一起前来的维兰特总是很细心，一一向我介绍那些人是谁。他认识他们所有人已经很久了，因此不觉得这些人有什么特别。在他的嘴里，他们的名字听上去一点儿都不像是大名鼎鼎，仿佛他怀疑他们有权享有这样的名声，仿佛别人过高地推崇了他们，并且他们只是过眼烟云，只有他自己的马还在奔跑，他亲自发现的那些人，为他们出书，努力将公众的注意力吸引到这些人身上，他自然是更乐于详细地谈论这些人。待在"天鹅角"饭店的夜晚，他不会和自己的朋友单坐一张桌子，与外界隔离开，而是更喜欢加入到更大的群体中去，这些人既有他的朋友，也有他的对手，他会挑选出攻击的对象。他会用诋毁别人的方式来捍卫自己，而不是简单防卫；通常这样的情形不会持续很久，因为他又注意到了另一帮人，那里坐着一个激起他攻击欲望的人。我很快就发现他不是唯一偏爱这种攻击性方式的人。还有一些人，通过诉苦来确立自己，甚至还有一些人，到这里来的目的是在这喧闹之中闭上嘴巴，一言不发；这种人虽是少数，但十分显眼：他们是这沸腾土地上闭着嘴、板着脸的幽静岛屿，是擅长饮酒的乌龟，大家不得不去打听他们，因为他们自己不会对任何问题做出反应。

晚上，当巴别尔第一次出现时，一大帮人立刻走到"天鹅角"最前面的地方，坐在一张长桌旁。我去晚了，腼腆地坐在最外围，紧挨着门，屁股只沾着椅子的边，仿佛准备随时从椅子上站起来走开一般。莱昂哈德·弗兰克[①]是这圈人中最"漂亮"的，他的脸部

[①] 莱昂哈德·弗兰克（1882—1961），德国表现主义小说家和剧作家。

轮廓鲜明，皱纹很深，就像饱经沧桑似的，他也喜欢让所有人看到他沧桑的面容。他瘦高个儿，强壮有力，穿着一身很有风度的西服，是量身定做的；他像是准备去做某事一般，似乎一声令下，他就会像豹子一样跃过整张桌子，而做这一举动时，西服不会有任何地方被压皱或是滑落。虽然他脸上皱纹很深，但看上去一点也不显老，他正值壮年。谈起他，人们都肃然起敬，据说他年轻的时候是个铁匠（或者像其他人稍欠诗意说的那样：钳工），因此他有力、敏捷也就不足为奇了。我想象他站在铁砧旁，而不是穿着这身让我感觉不舒服的西服。但不可否认的是，他在"天鹅角"感觉无比的舒服。

坐在这张桌子旁的那些俄国诗人也同样感觉很惬意。那时候，他们经常旅行，很喜欢到柏林来，这里喧嚣和无拘无束的生活很适合他们的秉性。通过他们的出版商赫尔茨菲尔德，他们一个个都很出名。他不是他们唯一的出版商，但却是影响最大的一个。他为之出书的作者是不会被人忽视的，仅凭他哥哥约翰·哈特菲尔德设计的封面，这些作者也不会被人忽略了。安雅·阿尔库斯坐在那里，据说，她是一位刚出道的女诗人，是我见过的最漂亮的女性，人们简直不敢相信这一点，因为，她长着一颗猞猁一般的脑袋。我后来没再听到过她的名字，也许她用了别名写作，也许她早早去世了。

我一定要提一下当时在座的其他人，尤其是那些在今天已被遗忘的，他们的故事只有我还记得，但他们的名字我已经忘记了。如果这个晚上不是因为某些特别的事情而具有了重要性，使得余下的一切都似乎变得逊色的话，这么做可能不合适。在这个晚上，巴别尔第一次出现，他身上没有任何东西同"天鹅角"的氛围是相吻合的：他不是作为自己作品的演员而出现在这里的，虽然他也被柏林吸引，但他与其他人不同，不是同一个意义上的"柏林人"，而更是一位"巴黎人"。名人的生活并不比其他人的生活更能引起他的兴趣，说不定还更少令他关注。在这个名人圈子里，他感觉不舒服，并想努力脱离它。所以，他才会关注这张桌子上唯一一个根本不属于这里的无名小卒。这个无名小卒就是我。他看一眼就能确定我的价值，证明他目光敏锐、经验丰富且明智不惑。

我记不起最初的对话了。我给他让了位，他仍然站着，似乎还没决定要不要留下。他坚定不移地站在那里，仿佛前面就是一道深不可测的悬崖峭壁。这一印象可能是因为他那宽阔的肩膀挡住了我对着入口处的视线而造成的。我再也看不见其他来的人了，只看见他。他脸上露出不满意的表情，对在座的俄国人说了几句话，我没听懂，但却引起我的信任。我肯定，这些话与这家饭店有关，他和我一样不喜欢它，但他可以表达自己的不满。或许是因为他的缘故我才意识到了自己的不满。因为，那个长着猞猁面孔的女诗人坐在我的不远处，她的美貌可以抵消一切。我重视的是他留在那里，我把希望寄托在她身上。因为她的缘故，谁会不愿留下来呢。她向他示意，做出手势，表示理解他，并想在自己旁边给他留出位子。他摇摇头，用手指指我。他这么做，只能说明我已经给他提供了一个位子，这种礼貌让我既欣喜又困惑。换作我，会毫不犹豫地坐过去的，就算样子极为尴尬。可他不想伤害我，所以推辞了。现在，我一再请他坐在我的位子上，并去找一把椅子。但我一把都没找到，我走过每一张桌子，那段时间里，我在饭店里徒劳地四处乱走，等我两手空空地回来时，巴别尔不见了。那位女诗人转告我说，巴别尔不想占我的位子，所以走了。

他这一最初的举动，起因是我，看上去也许并不重要，但却给我留下了深刻印象。他矮小壮实，站在那里的那副样子让我想起了《骑兵军》，想起他在俄国对波兰的战争期间，在哥萨克人中经历的那些奇妙而可怕的事情。就连我从他身上看到的对饭店的不满也很符合他以前的经历，他背后有那么多残忍和艰辛的故事，却对一个不认识的年轻人表现出这种亲切与体谅，从这一刻起通过自己的关注来嘉奖这个年轻人。

他很好奇，想看柏林的一切，他的"一切"指的是人，而且不是那种经常进出艺术家聚集的饭店或者高级饭店的人。他最喜欢去阿兴格饭店，在那里，我们并排站着，慢慢喝着豌豆汤。他那厚镜片后面圆滚滚的眼睛注视着我们周围的每一个人，而且总觉得看不够。他很讨厌汤喝完，他希望能得到一碗喝不完的汤，因为他想做的事情就是继续看。由于周围的人变换得很快，所以可看得很多。我从未见过有人这么专注地观察别人。他看人的时候是完全安静的，通过眼睛部分的运动，他眼中不停地变换着表达。看的时候，他不会抵制任何东西，因为，他以同样严肃的态度对待一切，对他来说，最正常和最反常的东西一样有意义。他只有在"天鹅角"或是施利希特那些挥霍浪费的人中间才会感到无聊。我坐在那里，他走进来的时候会用目光寻找我，然后坐到我身边。但他不会坐上很久，很快就会对我说："我们去阿兴格饭店吧！"不管我与什么样的人在一起，他愿意带我一同前往在我看来是我在柏林能想象到的最高荣誉；我站起身就跟他走了。

他说"阿兴格"一词，并不是想指责这种高级饭店里的挥霍。他反感的是艺术家们那趾高气扬的样子。每个人都想引人注目，每个人都在作秀，空气因冷酷的虚荣而变得凝固。他本人很慷慨大方，为了能快点到达阿兴格，这么一段短距离，他也会乘出租车去；付账的时候，他会霎时间出现在司机旁边，非常礼貌地向我解释为什么他必须付钱。他会说，他正好刚收到一笔钱，他不能将它们带走，必须在柏林花光，虽然我的直觉告诉我这是不可能的，但我强迫自己相信他，因为他的慷慨让我着迷。他从没说过他是为我的处境考虑：我是个学生，大概还没有什么收入。我向他坦言自己还没有发表什么作品。"这没关系，"他说，"现在还太早。"听上去好像如果已经出了书就是一个耻辱似的。今天想来，我认为，他这么照顾我，是因为他对我处在那种鼓吹名望之下的尴尬抱有同感。我跟他说的话很少，远少过跟其他人的交谈。他说的也不太多，他更喜欢观察周围的人，只有谈到法国文学的时候，他才会跟我交谈。司汤达和莫泊桑是最让他钦佩的。

我原以为会从他那里听到很多关于俄国名人的事情，可能这些人对他来说太习以为常了，可能他不想让人以为他在吹嘘自己国家的文学。但也可能还有其他原因，说不定他害怕这种谈话会不可避免地变得肤浅：他自己在那书写伟大作品的语言中游刃有余，而我最多不过是通过翻译才了解这些作品。像他这么一个认真对待文学的人，所有的差不多甚至是相近，都让他讨厌。我的担心也同样不少，我不敢跟他谈论《骑兵军》和《敖德萨的故事》。

但从我们关于法国文学，关于司汤达、福楼拜和莫泊桑的谈话中，他大概觉察到了自己的故事对我的重要。因为，当我明着问这问那的时候，这些问题暗地里总是与他有关。他立刻就发现了这种没有明说出来的联系，并且给我一个简单、准确的答复。他看到了我对他的答案很满意，或许，他也很喜欢我没有转而去问其他问题。他谈起巴黎，他那位画家太太在那里已经生活一年了。我觉得，他刚把她从巴黎接走，就已经又怀念那里了。比起契诃夫[①]，他更喜欢莫泊桑。然而，当我说出果戈理的名字时（我最喜欢他），他的话令我吃惊，也令我高兴："法国人中没有果戈理这样的人。"然后，他略作思考，为了与这句看似是吹嘘的话作比较，又补充

---

① 契诃夫（1860—1904），俄国批判现实主义文学大师，世界级短篇小说巨匠。

道:"俄国人中有司汤达这样的人吗?"

　　行文至此,我发现,自己对巴别尔的具体描述真是太少了,但是,他是我当时遇到的所有人中对我最为重要的一个。我看他的时候,把他与自己所读过的他的作品联系起来,虽然读得不多,但很集中,这令每一个瞬间都熠熠生辉。我也目睹了他在一个说着别种语言的陌生城市里是如何接纳事物的。他避免说大话。在能将自己隐藏起来的地方,他看得最清楚。从别人那里,他接受一切,他不会放走不适合自己的东西,他会让最令自己痛苦的东西在自己身上最长久地发生作用。从哥萨克人的故事里,我知道了这些,每个人都屈服于那沾满血的光辉,但不会陶醉于血中。在这里,他面对的是柏林的辉煌,我看得出,这对他来说完全无所谓,而其他人却虚荣地、喋喋不休地沉醉其中。他闷头从那些空洞的条件反射场所走开,用渴望的眼睛观察数不清的喝豌豆汤的人。虽然他没说起过,但我能感觉得到,没有什么事情让他感觉是简单的。对他而言,文学是神圣的,他不保护自己,也绝不可能去美化什么。玩世不恭对他来说是陌生的,这与他对文学的严格认识是分不开的。他是永远都不会利用自己认为是好的那些东西的,而其他的人则四处打探,让别人感觉到他们是前面发生的一切的辉煌顶峰。他知道文学是什么,所以,他不会感觉自己凌驾于别人之上。他着迷的是文学,而不是文学所带来的荣誉,也不是文学所带来的收益。至今我都不认为,在巴别尔身上我看走了眼,因为他跟我交谈过。我知道,如果没有遇见他,柏林就会像碱液一样将我吞噬。

路德维希·哈尔特的转换

一个周日，我偶然去看了路德维希·哈尔特的一场早场演出：他是一位很合诗人心意的朗诵者，被所有人，尤其是被先锋派人物所认可。只要谈到他，没人会扮鬼脸，就连布莱希特也一改平日里轻蔑的态度，不会发表不着边际的评判。据称，路德维希·哈尔特是唯一一位古典和现代文学作品的朗诵者，他在这两方面的造诣都达到了大师级的水平。大家称赞他的转换能力，他其实是一名演员，而且还是一名格外聪慧的演员。他的节目编排是经过精心挑选的。听他朗诵时，还从没有一个人感到无聊过——在人人都寻找自己好运的柏林，很多人都这么说。以我当时的立场，此外值得一提的还有：他与卡尔·克劳斯曾是朋友，早年也朗诵过《人类的末日》中的片段。后来他们为了此事而发生争吵，友谊破裂。现在，只要是现代文学中的重要作品，都会出现在他的节目单上，但有一个人是被他禁止的，这就是卡尔·克劳斯。

我与维兰特一起观看的那场演出是为了纪念托尔斯泰而举办的。哈尔特打算朗诵马里克出版社出版的托尔斯泰作品集，不然的话，维兰特也不会去了。他这个人从不会热情洋溢地谈论演员，只在必要的时候才去看他们的演出。这是他抵抗柏林这种供过于求的方式。他向我解释柏林消耗一个人的惊人速度：谁要是不懂得量入为出，谁就会无可救药。必须节制自己的好奇心，把它用在对自己的工作重要的事情上。毕竟大家不是观光客，几个星期后就会离开，而是要年复一年地在这里生活下去，因此必须接受这里的现实，让自己变得迟钝起来。就算观看的是普遍受到称赞的路德维希·哈尔特的演出，他也只是为了表示对托尔斯泰作品集的尊敬，不过，却劝我一同前往。

我去了，没有后悔。我绝不可能忘记哈尔特在那次表演中所说的话，以及表演结束后，我与他之间发生的事情：在一个艺术资助者的家里，上演了让我羞愧的一幕，我从中学到的东西比从任何羞辱中所学到的都多。八年后，在维也纳，他成了我的朋友。

路德维希·哈尔特的个子很矮，矮得甚至让我感觉都不正常了。他脑袋细长，深色头发，带着南欧风格，可以在瞬间发生转换，其速度之快、变化之大，会让人认不出他来。朗读闪电的时候，他像是被闪电击中一般，颤抖着；他脑子里记住的人物与诗歌，为他所用，好像它们是他身上固有的一样。他一刻都无法安静下来，我第一次看他演出，他表演的是托尔斯泰《哥萨克》中的叔叔耶罗什卡，一个迟钝而又慢条斯理的角色。他的脑袋变得浑圆，肩膀宽阔，身体强壮。他也很善于戴着大髭须表演，把自己的脸完全遮住，我可以发誓，他肯定戴了假胡子。（后来，他声称自己从没有戴过假胡子，也绝不会随身带假胡子，但我不相信他的话。）在我脑海里，这个哥萨克人是托尔斯泰所有人物形象中最生动的一个，因为是他表演了他。看着又矮又瘦的路德维希·哈尔特变成一个高大粗壮的人，这已经是个奇迹了——且不提他离开桌椅，也不提他不止一次地跃起，更不去说他做一些动作来协助转换。他朗诵的是一个很长的片段，但感觉它越来越短，大家都害怕他要停下来。然后，他读了几首民间故事，尤其是《人需要多少地盘？》让我感觉很亲切，我深信，这些民间故事都是精华，是托尔斯泰最本真、最杰出的创作。比起这些，我日后读起的托尔斯泰作品总令我感觉没有生气，因为，我耳边缺少了路德维希·哈尔特的声音。对我而言，他部分地损坏了托尔斯泰。他那《哥萨克人》中的耶罗什卡成了我熟悉的一个形象。当时是一九二八年，从那时起，我相信自己对他的了解甚过对自己亲密朋友的了解。

但他进一步介入了我和托尔斯泰的关系。当我在二战后不久重读《伊凡·伊里奇之死》的时候，它同一九二八年被朗诵的民间故事一样令我激动。我感觉自己置身别处，在那间病房我才惊讶地意识到，我是在用路德维希·哈尔特的声音听见故事中的这些语句。我发现自己身在他朗诵的地方——半黑暗的剧院里，他已经死了，但他的节目单却扩展了，那相比之下要长很多的《伊凡·伊里奇之死》进入了我当时听他朗诵的民间故事之列。

这是那次早场演出留给我的最深刻的印象，其影响一直延续到后来的日子里。不过，为了增加这一描述的可信度，我想补充一点：在后来的那些年里，我还听了很多场路德维希·哈尔特的朗诵会。在维也纳，当我们成为朋友以后，他经常来我们家，只要我们愿意听，他就会给我们朗诵几个小时。他出了一本书，里面包含他的所有表演节目，对于收集于其中的美妙文章，他从不对我们有所保留。我熟悉他声音所发生的各种变幻，而且我们经常谈及此，这种转换也越来越多地引起我的关注。在那场柏林演出中，他幻化成老年耶罗什卡，这是引起我最初思考的契机。战后，当我获悉他的死讯，我重新把《伊凡·伊里奇之死》捧在手上，我想，当我将自己有生之年从未听过的声音归于他的名下时，是对他逝世的一种纪念。

但现在，我想回到那第一次的见面，我尚未讲完所有的事情。

现在还缺一出羊人剧①，而我最终成为它那耐心的牺牲品。演出结束后，朗诵者在一大帮观众的陪同之下，应邀去了一名柏林律师的家里。主人设下盛宴款待来宾，大部分人都很满意，在那里一直待到下午。那里真是应有尽有，不仅仅是宴请。墙上挂着人们谈论到的画家的作品，只要是受到关注的最新书籍，不管对其评价是友好的，还是敌对的，都摊放在小桌子上。那里什么都不缺，客人刚提到某样东西，主人就立刻热情地拿过来，把它送到客人面前，打开它，客人就只需将其送入口中了。每一个人都不必花费什么力气，名流们围坐在一起，或是咀嚼着，或是打着嗝儿。不过，尽管这家主人十分热心周到，在这里进行的交谈仍是智慧的、给人以启发的。最为满意的要数路德维希·哈尔特了。他是唯一在活跃方面超过这家主人的人，甚至比主人还要精力旺盛，他跳上那些矮桌子，演讲那些名人名言，要么是引自米拉波②，要么是引自让·保尔③。他的精力不会耗去一丁点儿，可以一直表演下去。最奇怪的是，他对自己不认识的人很感兴趣，在他演讲的间隙里会与这些人交谈。在弄清楚面前的人是怎样的思想的追随者之前，他一刻也不会安静下来。就这样，他也遇到了我。我被他那扩张的样子所感染，毫不掩饰自己的兴奋之情。

他讲起自己身世中有趣的事情，这是他表示感谢的方式。他是弗里斯兰④一个马夫的儿子，年轻的时候经常在马背上摸爬滚打。他回忆起一位和他一样又矮又轻的职业赛马骑师。我明白他为什么

---

① 希腊戏剧中由森林之神担任合唱的滑稽剧，作为悲剧三部曲演出后的附加剧，以调剂气氛。
② 米拉波（1749—1791），十八世纪末法国资产阶级革命的著名活动家，大资产阶级和资产阶级化贵族利益的代表者。
③ 让·保尔（1763—1825），德国小说家。
④ 荷兰的一个省。

要跳来跳去的了,满怀敬意地将自己对此的见解说了出来,这大概令他感觉很舒服,他对我的每句话都报以十分讲究的客套话。他的想法丰富而奇特,他想到了 E.T.A. 霍夫曼①。他很清楚他们之间的关联,但也并没有将其他的排除在外。当他随口引用他人的话的时候,无法不去模仿那些话的原创者。我的羞愧——这是我这里要说的事——始自其中的一次思维跳跃:他从霍夫曼谈到了海涅,他的灵活性、敏捷度不断增强,让人立刻意识到:海涅是他眼中最重要的人物之一。当我意识到这一点时,我肯定是变得结结巴巴起来,自由交谈的速度减慢下来,不过,他立刻明白发生了什么事,突然开始把所有对海涅不利的话都说了出来,而这些话都引自卡尔·克劳斯,是我熟得不能再熟的了。他像在扮演一个角色,说这些话的口气令人信服。我上了他的当,没有发现他在嘲弄我,还根据原文进行了一些补充。这样持续了好一会儿,我感觉有人在检查我对《火炬》的了解程度,直到他突然停住,开始转而谈论《火炬》的其他内容,赞颂克劳迪乌斯②、内斯特罗伊③和魏德金德④的时候,我才恍然大悟,意识到自己刚才真是可笑得要命。我表达了自己的歉意,说:"您对海涅持另一种看法。""当然了!"他说着,像是给我一记响亮的耳光似的,开始朗诵几首海涅的诗歌,这是属于他极为有限的保留节目之中的。

今天想来,我认为,他是第一个撼动我对卡尔·克劳斯信仰的人,因为,作为一个朗诵者,他在自己的领域里与卡尔·克劳斯较

---

① 恩斯特·特奥尔多·阿马丢斯·霍夫曼(1776—1822),德国作家、作曲家、画家。
② 马蒂亚斯·克劳迪乌斯(1740—1815),德国诗人、评论家。
③ 内斯特罗伊(1801—1862),十九世纪中期奥地利伟大的喜剧作家之一,也是一位杰出的性格演员。
④ 弗兰克·魏德金德(1864—1918),德国演员和剧作家。

量，并且坚持了下来。他朗诵《褐家鼠》和《西里西亚纺织工人》时，其内在的力量与暴怒并不逊于卡尔·克劳斯。被禁忌的东西侵入了我的内心。尽管存在禁令、威胁和咒骂，但我的感觉已经不正常，给他的进入留下了空间。当他刚刚简练地列举出所有针对海涅的言论时，那种影响变得更加强烈：有些东西在我体内碎裂、消失了。我感觉到内心的崩塌，我必须承担后果。因为，卡尔·克劳斯在我心中建立的堤坝曾经是我抗击柏林的掩体。我感到自己比以前要虚弱，我的困惑增加了。同一时间里，在两个地方，我受到了攻击。我的上帝与为汽车写宣传诗的布莱希特坐在一起，和他交换赞美之辞；而曾经与他相互理解并是他朋友的路德维希·哈尔特，在我的心中为海涅打开了一个无法修复的缺口。

应邀到空荡荡的公寓

在柏林，一切都近在咫尺，各种作用形式大行其道；只要不怕吃苦，每个人都可以引起别人的注意。但要想引人注目却并不容易，外面的喧嚣是巨大的，在这喧嚣和拥挤的人群中，大家都很清楚，这里有值得去听、值得去看的东西。在柏林，一切都是允许的，充斥各处、甚至充斥德国的禁令在这里都不起作用。比如一个来自像维也纳这种古老首都的人，到了柏林会感觉自己像个乡巴佬，得把眼睛睁得大大的，直到习惯了一直这么睁着。这里的空气中弥漫着尖刻、呛人的味道，会让人受到刺激，兴奋起来。各种事情都有人在忙碌，人们不会避开任何事。可怕的东西杂陈在一起（就像从格罗兹的作品中看到的那样），并不是什么夸张、过分的事情，在柏林它们都属于正常的范畴，是人们所习惯的、不可或缺的一种新的自然状态。每个企图与之脱离的尝试都是反常的，而且被当成唯一反常的举动；就算有人在短期内成功地脱离了出来，他很快又会渴望原先的样子，因此重又陷入那纷扰杂乱之中。在这里，到处都是透风的墙，没有亲密，就算有，也是做给别人看的，目的不是亲密本身，而是为了胜过另一个亲密。

兽性和理智都暴露在外，上升到极致，交替地发生作用。谁的兽性如果被唤起，那么在其到来之前，一定会将它推到极致，以便能与另一个人的兽性抗衡；如果他不够强大，那他很快就会被消耗殆尽。但谁要是被理性所控制，尚未稍稍屈就自己的兽性，那他一定是为自己的理智所呈现出的丰富多彩所折服。人们受到的痛击是各种各样的、相互对立的、肆无忌惮的，根本没有时间去弄明白什么事情，除了殴打，人们感受不到任何事情，前一日的伤处还在隐隐作痛，新一轮的殴打又劈头盖脸而来。人人就像一块被拍打得酥软的肉一般走在柏林街头，而且总觉得自己还不够酥软，等待着新的击打的到来。

但给我印象最深、对我后来的生活具有决定意义的，是那些冲击我的事物的互不相容性。每一个稍有影响的人，这样的人很多，以自身来攻击其他人。别人有没有理解他，这还不清楚，但他找到了听众。一旦他找到了听众，他就产生了作用；现在他必须继续以自身来攻击他人，以防自己被从众人的听觉中驱逐出去。也许，没有人会有闲情逸致，追问结果到底如何。透明的生活是无论如何不会出现的，不过，这也不是人们的目的所在，所产生的结果就是书籍、绘画、戏剧，一个抗拒着另一个，纵横交错。

我一直处在别人的陪同之下，要么是维兰特，要么是伊比，从没有独自一人在柏林闲逛——这不是认识一个城市的正确方法，但考虑到当时柏林的情况，这也许是最合适的方式。人们生活在群体中，生活在圈子里，或许以其他的生活方式是无法适应那里生存的艰难的。耳边一直听到各式各样的人名，大部分都是名人的名字：期待着某人来，某人就来了。什么是黄金时代？就是拥有众多伟大人物的时代，一个名人紧挨着一个名人，虽然他们相互争斗，但其中一方不会消灭另一方。对黄金时代来说，重要的是每天持续的接触，以及这份光辉能忍受住撞击，不会逐渐消失。在撞击这个问题上，人们要能做到不过分敏感，要渴望受到撞击，并愿意将自己置身其中。

这些名字相互发生摩擦，这就是它们的目的所在，在秘密的渗透中，一个名字试图尽可能地从另一个名字那里骗取到光亮，并且以最快的速度让自己拥有这种光亮，为的就是能迅速找到下一个目标，重复同样的事情。这种名字之间的相互探索、相互否认是快速的，但也是随意的，其乐趣就在于，人们永远也不可能知道下一个出现的是哪个名字。这取决于偶然因素，因为，那些想找到自己好运的名字来自四面八方，一切皆有可能。

对惊喜、意外或可怕事情的好奇将人置于一种微醉的状态。为了能承受住这许多事情，为了不会陷入困惑并一直处在困惑之中，长期生活在这里的人习惯了对一切都不抱认真态度，尤其是对那些名字。我第一次观察到这种对名声玩世不恭的情况的时候，其中涉及的那个名字，就是我经常可以见到的。他只是对每个因某事而出名的人发表了一些攻击性的言论。这看似是表达政治立场，其实是一种生存的斗争。通过认可最微不足道的事情，通过向各个方向渗入，人自身就会成为一个人物。谁要是不善于这种向各个方向渗透，谁就失败了，可以马上撤退了，柏林对这个人来说毫无意义。

非常重要的一点是，人要让自己一直处于曝光状态中，让自己每天、每周、每月都能被别人看到。去罗曼咖啡馆（更高一个档次的人就去施利希特或者"天鹅角"）肯定是种享受，但其作用不仅限于此，它还源于显示自我的必要，这是任何人都摆脱不了的。谁要是不想被人遗忘，就必须让自己曝光。这一规律对每个等级、每个层次都有效，包括对乞丐，他们在罗曼咖啡馆里从一张桌子走向另一张桌子，只要他们能将自己扮演的角色演好，不走样，他们就一直能得到别人的施舍。

艺术资助者是当时柏林生活中一个重要的不寻常现象。这类人有很多，到处闲坐着，等待顾客的到来。有些人一直在那里，有些人是来参观的，其中一部分人经常从巴黎过来。在罗曼咖啡馆里，我第一次见到了这类人。那人蓄着大胡子，脑袋浑圆，嘴唇肥厚，由此可以看出他吃得不错。我当时正和伊比在一起，咖啡馆里空位很少，我们的桌子上还空着一把椅子，那位大胡子、厚嘴唇先生坐了过来，就这么安静地坐着。我们再次谈起伊比的诗歌，有人正向她索要作品。她朗诵了几首给我听，我们商量着应该拿哪几首。那位先生仔细地听着，大声地笑，像是听懂了我们的谈话似的。他看上去就像一张写着响亮的法国名字的菜单。他咂了几次舌头，好像有话要说，但又沉默下来。也许他在寻找适当的表达。他抽出一张名片，他最终借助名片找到了自己要说的话。他是一家香烟厂的老板，住在巴黎，就在布洛尼树林附近：在那里可以看每一个工人家里的饭锅，可以知道他家锅里煮的东西。他用威胁、暴躁的口吻说，锅里的内容没有掺假，这让我们俩大吃一惊，然而，他极其有礼貌，而且是诚心实意邀请我们吃饭。我们拒绝了，说还有重要的事情要商谈。他坚持己见，说自己也有重要的事情要和我们谈。他说得这么急迫，弄得我们也好奇起来，同意和他一起去吃饭。

  他带我们到了一家我们俩都不知道的很贵的饭店，啰唆了几句称赞法国菜的闲话，还提起了巴登-巴登，他是那里人。接着他很谦虚地问我，他可不可以资助这位年轻女士每月二百马克，为期一年。还说这是一笔很少的款额，算不了什么，但对他来说却是发自内心的强烈愿望。他一句也没提到刚才听到的那些诗歌。他不理解那些诗，这就够了。一个小时前，他生平第一次见到了伊比。她很漂亮，这是肯定的，而且在朗诵自己诗歌的时候，她那匈牙利口音的德语听上去也很诱人。他到底有没有能力理解，对此我表示怀疑。我提出反对意见，但伊比同意接受这项资助。他万分感谢地吻了她的手，不过，这也是他敢做的全部事情了。他正值壮年，并非只在看到菜单的时候才知道想要什么。但现在涉及的是艺术资助事宜，这就是他想跟我们谈论的事情。他履行了自己的诺言，由于他根本不住在柏林，所以他也不会试图强迫伊比。

我将资助者分为吵闹型和安静型两类，这个人是属于安静型的。他们的音量取决于他们能不能参与发言，而这要求他们必须熟悉这个圈子里的行话。在格罗兹和与马里克出版社有关的社交团体中，人们经常可以看见一个年轻人，我现在已经不记得他的名字了。他很富有，也很吵闹，想受到别人的关注。他参与谈话，很喜欢辩论。也许，他对某些东西确实有所了解，但我第一次从他那里听到的，却是杯水理论。这一理论在当时很流行，在整个柏林，再没有比它更平庸的东西了。但是，每当提起这一理论，他都会真的拿一个玻璃杯在手上，空着端到嘴边，就好像他喝光了它一样。然后，他十分鄙视地把杯子放到桌上，说："爱情？——一杯水，喝光了，结束了！"他留着金色胡须，在他骄傲的时候，那些胡须也会膨胀起来。每次他说起杯水理论，那些胡须都会直立起来。这个年轻人出手极为大方，他很可能也资助马里克出版社，不管怎样，他是格奥尔格·格罗兹在经济上的靠山。

年纪较轻的斯塔克是一位真正安静的资助者，他不会参与发言。他经营着与铱钨丝白炽灯相关的生意，因为太了解自己的本行，所以不会针对其他方面的事情胡说八道。他经常在一旁聚精会神地听每个人说话，自己什么也不说，只有在看似必要的时候才帮忙，但总是悄悄地、适度地。在一幢属于他或他那个团体的房子里空着一套住房，这套住房位于中心位置，三个房间一字儿排开。他向伊比提供了这套公寓，为期几个月，再长就不行了。房间里只铺有地毯，其他的东西一无所有。他让人给她放了一张长沙发，供她睡觉之用。剩下的东西就是她自己的事情了。

她想到一个很好的创意，就让这公寓空着，不添置任何家具，就邀请人们到这空荡荡的房子中来。"您应该说出家具来，"她说，"我期待的是富有想象力的客人。"为了替自己的想象提供帮助，她在当中的那个房间的绿色地毯上放了一头小瓷驴"吃草"。这是一头非常漂亮的驴子，是她在一家古董商店的橱窗里看到的。她走了进去，说如果自己为它写一首诗就能得到它的话，那她是会写的。"布莱希特为了汽车，我为了一头驴子。你更倾向于哪一个？"她问我，心里大概已经很清楚我的答案了。女店主同她做了这笔交易，在柏林，这种人也是不缺乏的，而伊比对此甚为吃惊，写了一首她"最好的诗"，但该诗现已遗失。

为了庆贺搬迁新居，她举行了一次盛大的聚会，每位客人都会首先被带到那头驴子面前，同它认识，之后她才会请大家随便坐。整套公寓里没有一把椅子，大家或是站着，或是蹲在地上，有饮料提供，这也是受人资助的。受邀的每个人都来了，每个听说了这套空荡荡的公寓的人都不愿错过目睹它的机会。不过，奇怪的是，所有人都留了下来，没人离开。伊比请我留意一下格奥尔格·格罗兹，她担心他喝醉了会攻击她，并且在这种情况下说出所有我不愿相信的话来。他来了，穿着优雅、时髦，很有魅力，还带了一个人来，那人抱着送给伊比的酒。"很遗憾，"伊比说，"我没有陷入爱河。今天的开场很迷人。但请等一下！"

人们根本就没等多久。他来的时候就已经醉了，还扮作高雅。他坐在卧式长沙发上，伊比坐在离他不远的地上。他向她伸开双臂，她往后退，好让他够不着她。结果，他无法控制自己的情绪，开始爆发了："您不让任何人靠近！没一个人能得到好处！这是为什么？"他继续以这种态度往下说，而且越说越不像话。后来他转而朗诵起一首赞美"火腿"的诗："火腿，火腿，你是我的乐趣！"

她事先跟我说起过这些。我第一次与他在一起的时候，他送给我一个装有《瞧！这个人》的文件夹。回来后，我对他满怀钦佩，他犀利的目光、对柏林社会毫不留情的抨击都让我对他充满敬意。现在，他喝醉了坐在那里，满脸通红，因为伊比当着所有在场人的面躲避他而失去控制（其他人根本就没有撞见刚才那一幕），肆无忌惮地骂起人来，这让我感觉他很像他自己笔下的一个人物形象。

　　我忍受不了，很失望；我生伊比的气，是她令他变成现在这样，而且她很清楚可能发生的情况。我想离开，我是在这里唯一感到不舒服的客人，我蹑手蹑脚地走出去，但没有能逃掉，因为伊比一直留意着我，她已经站在房门前，挡住了我的去路。她害怕了。她一手制造这一切的目的，就是向我证明她说的话是真的，为了证明他真会那样对她。但他爆发的程度之强烈、时间之持久令她开始害怕起来。她这个从不害怕的人，曾无数次将自己从糟糕的局面里挽救出来——她告诉过我这些，我知道这一切，现在，如果我不留下来保护她，她就不敢待在这满是人的公寓里了。现在我恨她，是因为我不能把她独自留下。在柏林，格罗兹是让我称赞的为数不多的几个人中间的一个，他曾十分慷慨地待我，举止行为都像我所期待的那样。而现在，我必须留下，必须观看他如何失去体面，必须注意让伊比躲开他，不让他再向她伸出双臂——我真希望她能离开他，听他咆哮真是可怕。没有人对此表示惊讶，但也没有人笑，大家已经习惯了这一幕，这属于日常生活中的一幕。我想离开，只想离开，因为我无法离开这套公寓，所以我想离开柏林。

逃 脱

时间已进入到九月份下旬。八月底的时候,我和伊比一起去看了《三分钱歌剧》的首场演出。那是一场经过深思熟虑后精心策划的演出。它最精确地表现了柏林。人们为自己欢呼,那就是他们自己,他们喜欢自己。他们先得吃饱肚子,之后才会有道德,他们当中也许没人能说出比这更好的话,他们也真的是这么做的。现在说的是,没有哪个混蛋感觉会比这更好了。废除惩罚已经安排妥当:骑马的信使骑着一匹真马。整个演出给人的感觉是高调而赤裸的自鸣得意,如果不是亲身经历,还真不敢相信。

如果讽刺的任务在于鞭笞人们所想、所犯的过失及其继而成为猛兽般繁衍的恶的话,那么,这里的一切正相反,平日里人们因羞愧至极而掩饰的一切东西,都受到大肆赞扬:对同情心的嘲讽最贴切、最有效。当然,一切仅是照搬过来的,只是加上一点新的野蛮行为作调料,但这种野蛮恰恰是其中最真实的部分。这不是歌剧,也不像其初衷那样是对歌剧的讽刺,它是——这是唯一没被伪造的——一出轻歌剧。维也纳的轻歌剧形式是感伤的,从中人们可以从容地找到自己希望找到的一切,而此处的却不同,柏林这里的形式稳重,强硬而粗俗地为自我进行辩解,可能还期望得到比感伤形式更多的东西。

陪我前来观看的伊比对此毫无感觉,对于那些因兴奋而冲到台前的观众，疯狂到恨不能将一切砸得粉碎的人，她跟我一样，感到不能理解。"罪犯浪漫主义，"她说，"一切都是虚假的。"尽管我也感受到并认同"虚假"这种说法，并因此而感激她，但我们的想法却是相差甚远。她的想法比这出轻歌剧本身还要奇特：每个人都想成为这种冒牌的乞讨角色，只是太胆怯、太懦弱，不敢这样做而已。她在其中看到的是虚伪的成功，可资运用的哭哭啼啼，人们玩其于股掌，控制着这一切，从中获得乐趣，却又不对其负责。我对此的看法则要简单得多：每个人都视自己为麦吉·梅塞尔①，这一点现在终于可以公开宣称并得到赞许和羡慕。我们的观点相左，但由于它们没有相抵触，因而没有相互妨碍，反而强化了我们对该剧的抵制。

在那个晚上，我感觉自己与伊比最相似。任何事物都侵袭不到她，由观众构成的咆哮群体对她来说并不存在。她从未感觉自己被吸收到群体中去。她从不考虑公众的看法，好像没听见它们似的。柏林是张贴画的海洋，这对她毫无影响，她记不住任何一件"商品"的名称，当她在日常生活中需要得到它们的时候，她不知道它们叫什么，也不知道哪里可以找到它们。她不得不在商场里以冒险的方式去打探。她站在旁边看数百人进行的示威游行，既没感觉被吸引，也没觉得反感，看完后她说的话与看之前没什么两样。她仔细观看，获得的细节肯定比任何人都要多，却没有将它们向着一个方向进行组合，汇成一种意志或强迫。在这个为各种激烈的政治斗争所充斥的柏林，我一次也没听她说起过政治。也许，这与她从不重复别人说过的话有关。她不读报，也不看杂志。如果我看见她手里拿着一本杂志，我就知道：上面印着她的诗，她想拿给我看。每

---

① 《三分钱歌剧》中的主人公。

次都是这样,如果我问她上面还写了些什么,她会摇摇头,说不知道。这经常让我感到不舒服,我指责她过度自恋,她感觉好像这个世界上只有她。但我这么做是不对的,因为更能引起她的兴趣是各式各样的人,而非每一个个别的人。她不让自己成为任何群体的俘虏,这对我来说是一个谜,在《三分钱歌剧》的首场演出上,我经常指责她的地方,恰恰是最令我满意的。

我在柏林看到很多令我震惊、困惑的事。它们已经改头换面,移植到了其他地方,只有我还能在后来所写的东西中认出它们来。有些东西如今以其自身的方式存在着,我不愿弱化它们或者对其进行追究。因此,我更愿意选取在柏林三个月中的二三事,尤其是那些保留了自己鲜明的形象、没有完全消失在神秘迷宫中的事情。我必须先将它们从迷宫中挖掘出来,给它们换上新装。与许多人,特别是那些对冗长的心理学心悦诚服的人不同,我不认为人们应该纠缠、折磨、压榨记忆,或是让记忆遭受精心设计的诱饵的影响。我对记忆表示敬意,尊重每个人的记忆。我想完整地、如其本来的面目地保存它们,就像它们属于每一个自由的人那样。我不掩饰自己对一些人的厌恶,他们擅自对记忆做外科手术,直到剩下的记忆都变成一个样儿。他们可能随意对鼻子、嘴唇、耳朵、皮肤和头发做手术,想做多少次就做多少次,他们可能在必要的时候会植入其他颜色的眼睛,包括别人的心脏,为了可以多跳动一年,他们可能触碰、修剪、打磨一切,让所有的东西都变成一模一样,但他们应该让记忆保持原样。

在表明了我的这一信念之后,我想提及一些还清楚地浮现在我眼前的事情。

《三分钱歌剧》中的一句话,即:先吃饱肚子,然后再谈道德,集中体现了这一时代精神；这一口号受到了互相对立的各派力量的赞同，这时我的抗拒开始形成。直到那时为止，留在柏林的诱惑变得更强大。人们在混乱中忙忙碌碌，而这混乱似乎是无法量度的。每天都有新事物涌现，冲击旧事物，而这些旧事物在三天前还是崭新的。在混乱中，事物就像尸首一样游来游去，其后果就是人都变成了物。这叫作新现实主义。在表现主义长时间呼救之后，很难出现其他的可能性了。不管人们是否还在呼喊，或是已经变成了物，人们已经知道要设法过好日子。新来的人如果在几周以后就不让人察觉到他的困惑，而是佯装头脑清醒，那么，他就被看作是可用之材，获得能够吸引他留下来的东西。人们这么依恋新事物，因为它们过不了多久就不再是新的了。大家在张开双臂迎接它们的时候，已经开始四处张望，搜寻其他新事物了，因为，这个伟大时代的生存和全盛取决于新事物的不断涌现。一个人还一事无成的时候就已经被用上了，行走于曾经的新人之中。

  那些拥有"正当"职业的人被看作是本乡本土的人，被视为最正当职业的——不只是在我看来——一直都是医生。德布林和本恩都不属于在各种场合露面的人。他们的工作不容许他们经常出来露面。我很少见到他们俩，而且就算是见到了，也都是匆匆忙忙的，所以，就这两个人我没有什么要事可以一说的。令我印象深刻的是别人提起他们的口气。布莱希特不承认任何人，但提起德布林名字的时候，却怀着最高敬意。极少几次，我看见他很不自信，这时他就说："这我必须和德布林商量一下。"这话听上去，好像德布林是个智者，别人可以从他那里获得建议似的。本恩很喜欢伊比，他是唯一一个不纠缠她的人。她把他送给她的一张新年贺卡拿给我看。他祝她在新的一年里得到一个漂亮的人所希望得到的一切，并简要列举了几个。伊比想要的东西都不在上面。他对她只是以貌取人，并且一直留有这种印象。这张卡其实跟她没有什么关系，仿佛来自一位精力充沛、对自己的感官很有把握的写手。

我本可以作为"新人"留下来的，就外部的发展而言，我会很顺利的。这种熙熙攘攘中肯定包含了慷慨大方。当别人由衷地极力鼓励你留下来的时候，你很难拒绝。我处在这么一个不合适的位置上，通向每个人的道路不只是向我敞开。我也通过伊比的介绍去了解那些本来无法接触的人。她熟悉他们最可笑的一面，她的观察是冷酷的，但她也很严谨，从不会描述错误或大致的情况；那些并非亲眼所见、亲耳所闻的东西，在她看来是不存在的。她是一个众人渴望的目击者，她要说的东西比其他人的多，因为逃脱是她的主要经历。

首场演出过去几周之后，当逃离这个世界的渴望清楚表达出来的时候，我向她求助。我得回到维也纳参加考试，然后就可以在第二年的年初完成博士学业。这是一直以来的计划。之后，在第二年的夏天，可以再来柏林，并视情况做出新的决定。她毫不伤感地说道："你永远不会束缚自己。你束缚不了自己。在爱情上，你和我一样。"她的意思是，她不会被人说服、引诱或是强迫做任何事。她也觉得参加考试这个借口很狡猾。"他们会理解这些的，那些艺术家！在实验室里受了四年的折磨，然后却拿不到博士学位，他们会觉得这是不可思议的。不可想象！"

在诗歌方面，已经为她做了不少准备，我帮她把很多诗翻译成了德文，足够她一年之用。那个听我们谈论诗歌的烟厂老板每月给她提供资助，为期一年，她已经收到了第二次资助金，一起寄来的还有一张礼貌且充满敬意的卡片。

她没有让我太为难，正像我在她那里所期待的那样，即便我们不是恋人，我们从未接过吻。立在我们中间的都是有血有肉的人，我们谈论他们，他们像不断扩展的树林，但无论是在她那里还是在我这里，它们都不能枯死。书信对我们俩来说都不是问题，她肯定会给我写信，我有时候也会写信给她，但是，看不见她、听不见她的讲述，一切会显得多么苍白。

首演结束三个星期后，她那套空荡荡的公寓里汇聚了很多人，他们成为梦魇，打破了她所讲的故事的魅力。

我开始为自己从她那里听到的有关其他人的事而感到惭愧。我发现，她故意挑逗那些男人，就为了能向我讲述。我终于明白，她那鲜活、独特而准确的描述，同她诱导男人按照自己的意愿去做出可笑的举止是分不开的——她是各种声音的指挥，那些声音让我百听不厌，我最终承认从来没有，真的一次都没有听到过有利于一个人的东西，而且原因只是这些话听起来会无聊。突然之间，我感到自己对她很反感，把她的嘲讽换成巴别尔的沉默。

在柏林的最后两周里，我每天都能见到巴别尔。见到他是一个人，跟他在一起我就会感觉比较自在。今天想来，他肯定也比较喜欢这样。从他身上我学到了，在一无所知的情况下花很长时间去观察一个人，过去很久以后再决定，自己对那个人是否有所了解，就是说，等他从自己的视线中消失之后；即使没有了解到什么东西，也还是记住了自己看到或听到的事情，并且不为了取悦他人而滥用它们，使得这些东西保持原样。在受到《火炬》的多年教导之后，我学到了一些可能更为重要的东西：将评判和咒骂作为自身的目的是多么可怜。我了解了他看人的方式：长久地看，只要能见到他们，就一直观察，不对所见之物发表半句见解；这种缓慢过程的克制、沉默，其意义与他赋予那些可资观看的东西的意义一样重要。他贪婪地寻找它，他唯一的贪婪，也是我的贪婪，只是我的贪婪还未经调教，其合理性还不确定。

或许，我们在一个未被我们二人说出来的词上相遇，在今天，每当想起他，我都会想到这个词，它就是学习。他和我一样尊重学习。通过早年的学习，通过对其无比的尊敬，我和他的思想苏醒了。但他的学习全都致力于认识人上，他不需要借口，不用借口说是为了拓展知识领域，或是借口因为有用、因为某个目的或者打算才去研究人。在这一时期，我也开始认真研究人，而且此后人生的大部分时光都花费在把握人上面。那时候，我肯定还对自己说，我是为了获得这样或那样的认识才这么做的。当所有的借口都分崩离析的时候，剩下的就只有期望这一借口，我追求的目的是让人，包括我自己变得更好，因此，我必须准确了解每一个人。巴别尔虽然只比我大十一岁，经验却异常丰富。他没有把希望人类变得更好作为自己去认识他们的借口，他早就越过了这一点。我感到，他和我的这种愿望是无法满足的，但这并未诱惑他去自欺欺人。他对人的了解不取决于这是让他高兴还是令他痛苦，或是给他以沉重打击：他只是非得认识人不可。

第 五 部

火之果实
维也纳
（1929—1931）

疯人院

一九二九年九月，当我结束第二次柏林之行返回维也纳的时候，被我称为"必然的"生活终于开始了，它是由其自身内在的必然性所决定的。与化学打交道的日子结束了。六月里，我获得了博士学位，宣告了大学生涯的结束。除了拖延了时间，它对我并没有太多的意味。

生活费的问题已经解决：受人委托，我将翻译两本美国人写的书。交稿时间已经敲定，只要每天工作四五个小时，我就可以如期交稿。他们向我许诺，接下来还会有翻译任务。由于这份工作的报酬不错——我住在哈根贝格街，过着非常简朴的生活，因此，我可以自由自在地过上三两年。这份工作赚取的是维持生计的钱，因此我很认真地看待它，但翻译本身对我来说很轻松。书的内容对我的触动微不足道，有些时候，我虽然在工作，却突然发现自己脑子里想的都是其他有关自己的事情。

果断地离开柏林，也许为我创造了外部的安宁，但我回归到的并非田园生活。充斥我脑海的是各种问题、妄想、怀疑、不祥的预感以及对灾难的恐惧，与此同时，一种极为强烈的愿望也占据了我的身心：我要尽快熟悉身边的一切，分解周围的事物，确定它们的方向，从而达到对它们的全面把握。两次柏林之行所目睹的一切，丝毫没有从我的记忆中消失，它们不分昼夜地在眼前浮现，没有规则，没有意义，我感到它们困扰着我并且变化多端，就像格吕内瓦尔德画中的魔鬼——我房间的墙上挂着《伊森海姆祭坛》的各个部分。事实表明，我吸纳的事物多过自己所愿意承认的。"排除"这一时髦的说法似乎并不适合我。没什么被排除掉，一切都还在那里，同时出现，而且如此清晰，仿佛伸手就可触及一般。它们依赖于我力量之外的某种形式的潮汐，一波接一波地出现在我眼前，又被别的波浪推向一边。总是能感觉到这大海的遥远与充溢，在其中翻腾的神秘东西可以全部辨认出来。其可怕之处在于，所有的一切都具有面目，它注视着你，张着嘴巴，诉说着，或是想诉说一些什么。那些折磨人的扭曲的面孔预谋好了的，有着自身的目的；它们用自己来折磨别人，也需要有人来遭受折磨；人们感觉自己被迫去接受折磨。当人们尚未找到应对它的力量，它就又被其他东西冲向一边，这其他的东西对人的要求一点也不低。这样的情形持续着，所有的事物总是反反复复出现，而且都只做短暂停留，使人无法把握、弄清楚它们。伸出臂膀与双手只是徒劳，东西太多了，到处都是，根本无法征服它们，身在其中会不能自拔。

待在柏林的那些日子里发生的事情现在一件都没有消失，我还保留着一切。这大概也绝非什么不幸。假如把这些都记录下来，或许会成为一本丰富多彩的有趣纪实。这些记忆保存了很久，就算今天也还是可以将它们写下来。不过，纪实绝不会抓住事物的本质：它本身充斥着威胁，并且向着完全相反的方向发展。因为，一个统一的人，一个理解了这些的人，现在看似将一切都保存在脑海里，其实也只是幻觉而已。由于他将自己保存下来的事物与其他事物一起收藏，所以，这些被保留的事物已经被改变。这些事物真正的趋势都是离心的，它们以极快的速度四散开来。现实并非处于所有事物的中心位置，它并不能像拉住缰绳那样将一切并在一起；有很多现实，它们都在外面，彼此相距很远，相互也毫无关联，谁要是企图在它们中间制造一种平衡，谁就是在造假。在遥远的外部，在接近世界边缘的圆周上，存在着如晶体一般坚硬的新的现实，我正向它们走去。作为探照灯，它们从内部对准我们这个世界，用自身来照亮它。

它们才是真正的认知手段：只有凭借它们，才能穿透充斥人类内心的混乱。倘若此类探照灯的数量足够多，对它们的设想又是正确的，那么，混乱就可以被分解。任何事物都不允许被遗漏，人们也不允许随意对事物发表意见，一切为了达到和谐而惯用的伎俩都会引起厌恶。如果谁还自认为处在一切世界中的那个最好的世界里，他就应该继续闭上双眼，在盲目的喜悦中寻找自己的满足。这种人也不必知道我们面临着什么。

我所看到的一切是有可能并置在一起的，因此我必须为它们找到一种保存形式，并且不削减它们。如果只将自己眼中的人和行为方式展现给别人看，却没有同时告诉别人，它们肯定会变成什么，那么，这就是一种削减。在人们面临新事物的时候，其潜在的可能性总是一直紧随事物本身的，并且没有表达出来；尽管人们强烈地感知到了它们，但这在人们自认为是准确的描述中却消失殆尽。事实上，万物都有一个方向，万物都在不断增加，扩展是人和物的主要特征。为了理解这一点，人们必须将事物拆散、分解。这有点像一片原始森林，万物缠绕着生长其中，杂乱无章，人们要将它理出头绪来，就要将每种植物与其他植物分开，不损坏它，也不毁灭它，聚精会神地观察它，不让它重又在眼前消失。

重新回到这宁静、有节制的环境中，我所经历的事变得越来越急迫。就算自己试图去放缓、限制它们，但这些经历过的事情不让我有片刻的安宁。我试图通过长时间步行来解决这一问题。漫长的道路上没有太多引人注目的东西。我穿越长长的奥霍夫大街，从哈金到希琴①，然后再走回来，并且逼自己不要走得太快，我想让自己习惯另一种节奏。在任何一条街道的拐角，都没有东西迎面向我扑来。沿着这些低矮的平房漫步，感觉自己仿佛置身于上个世纪城市近郊的某条街道上。我从容地走着，没有任何打算，没有想过自己想写东西的时候可以去某家咖啡馆里坐坐。这是一种不会让我猛地掉转头的步行，不会向左，不会向右，不会手舞足蹈地去观看四周，也没有刺耳的呼啸声——我只是想成为远古时代行走的生物，不会逃避任何事，也不闯进任何事中去；不避让、不磕碰、不赶时间，不必去任何地方，有大把的时间，却不用去做任何事，特别防范的一点是，身边不带表。我给自己准备的这种空旷越是完美，我越是开始变得无拘无束、无忧无虑，那侵扰就越是来得不容拒绝：眼睛受到击打，脑袋被石头砸中，并且无法避让，因为它们由内而来。我想逃避的那段时间里的一个形象，一个我不认识的形象，它紧紧抓住我。它刚刚诞生，尽管我知道它是从哪里来的——它的特点就是刻不容缓——尽管它无情地将构成我的一切都扯向自身，对我来说它却是全新的。我还从未遇见过它，它让我感到陌生、可怕，它扑向我，骑在我肩上，两腿交叉着放在我胸口；它操纵着我，想多快就多快，想去哪里就去哪里。选择沿奥霍夫大街行走，是因为那里安全而僻静，但我发现自己气喘吁吁，发疯似的，像是在逃跑；我无法摆脱的危险来自肩头。我陷入恐惧，却又清楚地意识到，那唯一可以将我从自身混乱中拯救出来的东西出现了。

这救星是一个具有轮廓的形象，它不断地将杂乱分散开的东西聚拢起来，并赋予它们一个躯体。这是一个可怕的躯体，却是活生

---

① 希琴，维也纳第十三街区。

生的。它威胁着我，却有着自己的方向。我知道它的目的所在，从没有完全摆脱对它的恐惧，可它也激起了我的好奇。它能干什么？它会去哪里？它还会追逐多久？它要停下来吗？一旦清清楚楚地认出这个形象，关系就颠倒了，而现在根本无法确定，谁被谁迷住，谁被谁驱使。

当我在这样的心境下来来回回地跑上一阵子，并且越来越激动，总在重复同一条路的时候，我会被迫走进一家咖啡馆坐下，立刻就拿起本子和笔，开始记录，刚才激动的情绪转变成了书面的文字。

应当如何描述这种不间断的记录状态呢？起初，它们之间还不存在什么关联。它们是各种各样的记录。对其进行梳理，可以说是有序的开端，而这种开端又始于对角色的分配。占用我主要精力的一项活动，就是愤怒地尝试着忽略自身，而且是通过转化身份来完成。我构思的角色有着自己特有的观察方式，他们不再盲目地四处探寻，而是通过特定的渠道去感受、去思考：这类角色中的几个重复出现的次数更为频繁，而另一些在最初开始不久便消失了。我不敢给他们取名字，他们不是大家都熟悉的这个或那个人；他们每个人都是我根据他们主要关心的事编造出来的，正是这件事不断驱赶着他，令他与其他人分开。这个人物应该完全具备自己看事物的眼光，他是自己那个世界的主宰，不与其他任何东西作比较。让一切按自己的意思坚持下去，是重要的。把其他的一切从他的世界中清除出去，这种严格也许是至关重要的一点。这就是将我从混乱中拯救出来的绳索，我希望完全拥有它且不被忘却。这些形象应该像堂·吉诃德一样，令人铭记在心。他们应该思考并且说出其他人无法思考、无法说出的事情。他们应该表达出世界的某个方面，让这个世界没了他们就会变得贫瘠，更贫瘠，同时也更虚假。

他们中有一个人是说真话的，直到最后都要饱受说真话所带来的幸与不幸；他们所有人都代表了一种真理：与自身一致的真理。在他们中的一些人沉沦以后，还有八个活着。他们吸引、操纵我达一年之久。他们每一个人都被用一个大写字母来标明，这是他们主要关心的那件事或者他们自身主要特征的第一个字母。W是我用来称呼说真话的人，Ph是爱幻想的人：他想离开地球，到太空中去，他满脑子想的都是如何离开地球；他那强烈的探索欲浸淫着对这里所见的一切的厌恶，对"这里的事物"的厌恶又反过来激励他去追求崭新的、闻所未闻的事。还有一个R，一名宗教狂热者；S是位收藏家。另外还有一位挥霍者和一个死亡的敌人。此外，还有Sch，一个演员，他只能在快速的不断转换中生存。最后，还有一个书迷B[①]。

　　一旦这些大写字母被大大地写在了一页纸上，我就感觉自己被框定了，然后愤怒地朝着这唯一的方向开火。充溢我内心的那堆事情无穷无尽，它们自行分类，分解开来。我关心的——这个词我已经用过了——是从这乱七八糟的状态中分离出来的结晶。从柏林回来以后，充斥我内心的震惊与可怕的预感没有一样被消化。从中会产生什么呢，如果不是一场可怕的大火的话？我感受到了生活的冷酷：所有东西都擦肩而过，没有什么东西是真正与其他东西相冲突的。跃入眼帘的不仅是没有人理解其他人，而且是没有人愿意去理解其他人。

　　我设法自救，其方式就是编织线索；我将很少几个个别特征与

[①] W=Wahrheitsmensch，"说真话的人"；Ph=Phantast，"爱幻想的人"；R=religiöser Fanatiker，"宗教狂热者"；S=Sammler，"收藏家"；Sch=Schauspieler，"演员"；B=Büchermensch，"书迷"。

人联系到一起，由此而使得所经历过的那堆事开始明朗。我一会儿写这个角色，一会儿又写那个角色，没有什么明显的规则，全是随心所欲；有时候，同一天里也会编织两条不同的线索，但我牢牢守住它们之间的界限，从没有逾越过。

这些角色是线型的，他们局限于自身，活力将他们向一个方向驱使——活生生的一支火箭——他们不间断地对变换的环境做出反应，各自使用的语言是不会被混淆的——虽然能够听懂，但没人会这么说——他们完全局限在自己的范围之内，在此之中他们又是由这种语言所构成的大胆而令人震惊的思想组成——我就他们所做的泛泛而谈，是绝对不能给出让人信服的描述的。整整一年，我都在构思这八个人，这是我生命中最丰富、最无节制的一年。我感觉自己是在写一出"人间喜剧"，因为这些角色都达到了极致，并且相互隔绝，所以我称它为《疯子的人间喜剧》。

当我在家写作的时候（我并不只是在路上写），视线的前方就是斯泰因霍夫，那里是疯人院。我想着那里的居住者，将他们与我的人物形象联系起来。环绕斯泰因霍夫的围墙也成了我行动的围墙。我确定自己看得最清楚的一座楼阁，设想那里有一个病房，我的人物最终会在那里聚集起来。他们中没有人会死去。在构思的那一年里，我对这些人的尊敬不断递增，他们远离其他人，被看成是精神病人，我不忍心将自己那些人物中的任何一个杀死。我还不想预见他们任何人的终结。但从一开始我就将以死亡作为终结排除在外，我看见他们全在我为他们选定的那个楼阁中的大厅里。我视他们的那些经验为宝贵的、独特的，这些经验应该保存下来。我眼前浮现的结尾是，他们互相进行交谈了。他们一旦从那种隔离的状态走出，就会找到相互交谈的话语，而这些话语因其古怪而具有重大意义。想到他们被治愈，在我看来是对他们的侮辱。他们中的每个人都不应回归到任何一种无足轻重的日常生活中去。适应我们,就等于削减他们自身,而他们的那些独特经验对我来说太宝贵了。他们对彼此的反应在我眼里具有很高的价值,并且是取之不尽的。如果这些个性语言的主人能够相互交谈,那么,对我们这些没有精神病的普通人来说就有了希望。

这就是我行动中乌托邦的一面,尽管我在斯泰因霍夫城里可以亲眼看见,但从时间上看与我还相距遥远。这些角色还在形成之中,他们的命运太丰富多彩,发生各种改变都是可能的。但我不会写他们不可逆转的最后结局,好像我将其他人的生存权赋予了那个死亡的敌人,这些人中最急迫的一个。不管他们会变成什么样,他们都会待在那里。我从自己的窗户朝他们所住的楼阁望去,在钉上栅栏的窗户旁出现的一会儿是这个角色,一会儿又是那个角色,并且给我打暗号。

驯　服

　　我去了哈金下面的一家小咖啡馆，就在维也纳河的桥边，这家店的营业时间很长。深夜，那里的一个年轻人突然引起了我的注意。他同一帮人坐在一起，这些人看上去与他并不协调。他身材高大，容光焕发，眼睛炯炯有神。他很喜欢饮酒，也很喜欢畅谈，他那张桌子上总是上演着粗暴的场面，有人会突然大发雷霆、破口大骂，但这些都与他不相干。从一张图片上，我认出他是阿尔波特·瑟尔，柏林一家出版社的作家，曾蹲过俄国人的战争监狱，还就此写了一本书。我没读过那本书，只是还记得书名，其中还出现了"西伯利亚"这个词。我就坐在他旁边的那张桌上，随口问他是不是阿尔波特·瑟尔，他给了我肯定的回答，仍是那么容光焕发，只是神情略显尴尬。他请我到他那张桌上去坐，介绍我与他的朋友们认识。我现在还能记得曼迪和鲍尔蒂这两个名字，其余的已经忘记了。尽管我当时已经毕业，但我在这帮人面前仍说自己是学生兼翻译，这引得瑟尔的同伙们畅怀大笑。

　　他们打量我的方式是我前所未遇的，感觉他们像是要和我开始一项伟大行动，在检验我是否合适。他们不是知识分子，说话时使用的词语低级、粗俗、激烈，所说的每句话都是在为自己辩解，好像我批评了他们似的。我根本就不认识他们，不知道他们是谁。一个谈不上有名气的作家在这群人中间，就引起了我对他们的信任。

回到维也纳几个月了，我还从没遇到过一位作家。对他们我没有不信任或害怕的感觉，然而我却能注意到他们在我面前的不自信，他们非常看重自己的体力，这一点让我很惊讶。瑟尔对着面前的那杯葡萄酒讲着话，很快就对我想谈论文学的尝试置之不理。

"凡事要看场合，"他说，并且像赶苍蝇一般，将我的问题扔到一边去了，"和朋友们在一起，我只想聊天。"也许这只是他懂得如何为人处世，他避免谈论文学，可能是因为他的这些朋友对此根本就不在行。不久，我就只能听其他人聊天了，而且立刻明白他们谈的都是"英雄壮举"，但我无法进一步说明其性质。这群人中最高、最壮的鲍尔蒂尤为喜欢在人前展示自己是如何用那双巨大无比的手将别人一个个击倒的。没有人会起身挑战他。个子最小的曼迪长着一张猴脸，看起来异常灵活、敏捷。他绘声绘色地讲述自己不久前如何成功地惹怒了一栋别墅中的狗群。我不知道他为什么非要去惹怒那些狗，我像个无辜的婴儿一样倾听着。突然，鲍尔蒂用那粗暴的大手朝我胸口捶了一拳，问我是不是知道他们想进去的那栋别墅的情况——后来才知道，那是伯爵夫人的房子，奶制品店男老板说她"胸部像大得惊人的甜面包"。我开了个玩笑，把这事说成是入室盗窃未遂。他们可能弄错了下手的目标，因为"伯爵"家里没什么东西值得拿走。我胸口又挨了更为有力的第二拳，鲍尔蒂用威胁且嘲弄的口吻说道，我都想到哪儿去了，他们是不会去盗窃这些人的！在哈金，每个人都认识他们，他们才没那么笨呢，只有曼迪喜欢信口开河罢了。

我发现自己在还没弄明白鲍尔蒂为何气愤时就开了个不适当的玩笑，于是就不作声了。他们继续聊着，但言辞变得更为激烈，声音也更大了。这张桌子，除我之外只坐了五六个人，却是整间店中最热闹的一张。其他桌上的人都相当寂静：一些退休的老人，几对情侣，没有大群的人。但这一次，我感到他们分外安静，好像没人敢与我们这张桌子比赛谁的声音大。从我坐的位置可以很清楚地看到这家咖啡馆的老板——比贝尔先生，他站在吧台后面，一脸的疑惑。换在其他时候，他总是忙个不停，但今天他站在那里，目不转睛，一直盯着我看，我甚至感觉他在暗暗向我示意，但我不能确定是否真是这样。我们这一桌的气氛越来越紧张。鲍尔蒂和曼迪开始争吵、对骂，这些污言秽语甚至引起了我的注意。瑟尔还是那么容光焕发，他试图调解，把人们的注意力引到我身上，就好像我看见他们吵架后，会对他们这帮人产生坏印象似的。他的话所起到的作用就是，那两个人达成了和解，却对我投来仇视的目光。瑟尔说，是时候了，该回家了，咖啡馆要关门了。听了他的话，他的朋友们没有一个站起来，只有我起身了，也许这就是他想达到的目的，他想保护我，不让那帮变得越来越粗野的朋友伤害到我。总之，我起身告别。我对这类全新的人的震惊肯定化作了衷心的道别，因为鲍尔蒂说："我们一直坐在这里。"曼迪总显得很狡猾，他补充道："您尽管来就是了！大学生在我们这儿能派上用场！"

　　我走到柜台处结账，比贝尔先生用阴森低沉的声音跟我说话，我还从没听过他这么阴沉着说话，更没见过他窃窃私语。"天啊！博士先生，您可要小心那帮人，他们可让人头疼了。您不要去他们那张桌子！"他担心这样低声对我说话会让那些人对他的警告产生怀疑，因此他一边说，一边挤出笑脸，样子很奇怪。我也学他的样子压低嗓门说："可那人是个作家，我看过他写的一本书。"这显然出乎他的意料。"那人不是什么作家，"他说，"他总是和这帮人混在一起，他在帮他们。"他的声音有些颤抖。他是真的在为我担心，不过也在为他自己担心，因为当我第二天早上独自来到这家咖啡馆，同他详细谈论这件事的时候才知道，我新认识的那些人是一个臭名昭著的入室盗窃团伙。他们中的每个人都是监狱的常客。那个可以像猫一样爬的曼迪刚刚才被放出来。他一开始是和鲍尔蒂一起坐牢的,但后来两人被分开了。他们都是本地人,比贝尔先生很想把他们赶出去,但这么做太冒险了。我问比贝尔先生,那帮人能对我做什么,我又不是房子,除了书,我那里没什么可拿的了。比贝尔先生看我的眼神就像看个疯子一般:"您没听明白,博士先生,他们是想探您的底,从您那里打听什么地方有什么东西可以偷的。您不会已经对他们说了什么吧?""我根本就不知道什么地方有什么东西可以偷。我在这里不认识什么人。""但您住在哈根贝格街上坡,那里是别墅区。您得当心点。下次他们中就会有一个人跟您一起往上走,一直走到您家门口,向您盘问每一家的情况。谁住在那里?谁住在这里?您千万什么都不能说,博士先生,看在上帝的分上,您什么都别说,否则出了什么事,您就要负责任了!"

尽管如此,我还是没有全部相信他的话,在这不久后的一个晚上,我又来到这家咖啡馆,跟一个认识的老画家坐在一起,装作没有看见那帮人,他们坐在离我很远的一个角落里。这一次,他们没有和瑟尔一起来,曼迪也不在,我只看到鲍尔蒂——当他的手伸向高处,指指划划的时候。肯定发生什么事了,因为听不到吵闹声,而且气氛也压抑。情况看上去与比贝尔先生那不祥的预言相反,他们中没人注意到我,没人跟我打招呼,也没人叫我去他们那一桌旁坐。比贝尔先生给我端上咖啡的时候说:"您今天不要待到关门再走,博士先生,您今天早些走吧。"听他说话的样子,仿佛今夜我打算去做什么了不得的事似的。我有点厌烦他的监督,但为了耳根清净,我的确很快就离开了那里。

我还没离开咖啡馆几步,就感到肩上那有力的手。"我也走这条路。"鲍尔蒂说,刚才他迅速地跟上了我。"您也住那上面吗?""不,但我必须走这条路。"他没对"必须"一词做进一步的解释。跟他一起走这条通往哈根贝格街的黑暗小道，令我心里有些不舒服。我没让他察觉这一点，只是问："今天瑟尔没来？曼迪也没来？"没想到我这话招惹了他。他开始炮轰曼迪，关于这个"对社会有益的"人（他用的是这个词，而实际他指的是曼迪自私自利）的事情如洪水一般向我涌来。他最好不要再让他见到，他们俩一直都合不来。对他来说，他更喜欢瑟尔，虽然跟瑟尔还不怎么熟。他还问我瑟尔到底写了一本什么书。关于战俘的，我答道，关于他在西伯利亚做战俘时认识的那些人。"西伯利亚？"他大笑，朝我肩膀打了一拳，"他从没去过西伯利亚。他是蹲过监狱。但不是在西伯利亚。""对，这是很久以前的事，那时他还很年轻。""您是指他还是个毛头小子？"总而言之，他坚持瑟尔是因为犯罪而不是作为战犯被关押的。他想让我明白，瑟尔一直都在撒谎。鲍尔蒂说他们那帮人都不相信瑟尔的话，他总是不得不杜撰些东西出来，但他从没告诉他们自己写过一本书。他大概不想把什么都抖出来，否则他们以为他又在撒谎了。一个人假如不得不一直撒谎，我该如何看待这一点？他是不会这么做的，他总是说真话。

现在，我等待着比贝尔先生预言的兑现，等着鲍尔蒂问我别墅的情况，我们离它们越来越近了，但他一直大谈瑟尔撒谎和自己对真理的热爱，什么都没有问我。也许是我走运，就算我愿意讲，我对他感兴趣的那些别墅的主人也是一无所知。我甚至不知道他们当中大部分人的名字，就算我万不得已时想到什么不会造成危害后果的答案，对他来说可能还是毫无价值的，或者被当成瑟尔的谎言。

我们来到了大主教街，他终于停了片刻，没有继续申明他讲的都是实话。我利用这个间隙，指着右边问道："您知道那位马雷克吗？就在那边大主教街70号，他躺在车里，由他母亲推着到处

329

走。"他不认识此人,这令我感到意外;年轻的马雷克躺在车里,随处都可以见到他;如果他母亲不推着他去散步,他就会躺在屋前晒太阳。无论一个人与否,他总是躺着的,他不能行走;他的胳膊与双腿不能动弹,脑袋斜歪着,下面垫了厚厚的东西,旁边的枕头上放着一本打开的书。有一次,我路过那里,看到了他的舌头如何从嘴里伸出去翻书。尽管我清楚地目睹了这一幕,我还是无法相信,他的舌头长而尖,并且不是一般的红。于是我装作偶然路过的样子,又去了那里一次。我走得很慢,这段时间大概都够他记住一页纸的内容了。他伸出舌头翻书的时候,我就在他边上。

自从我住到哈根贝格街,见到他母亲推着车里的他,从而引起我留意这个年轻人,时间已经过去两三年了。我礼貌地向这母子二人点点头,咕哝一句"日安",但从没有从他那里得到一句回复。我猜想,对他来说,说话如行动一样吃力,因此,我害怕试图与他交谈。他脸略长,肤色较深,头发很多,一双大眼睛是棕色的;如果有人迎面过来,他会盯着那人看,而且那人已经走过去了,还是能感觉到他的眼睛在看自己。有时候他不看书,就躺在太阳底下闭目养神。看到他如何因响声而睁眼,真是很美妙的一幕。他似乎对脚步声特别敏感,因为即使在打瞌睡,一旦有人从他旁边走过,他就会睁开眼睛。也许大家不想吵醒他,都尽量踮起脚尖走,但他总是能听到砾石上的脚步声,从不放过长时间观看路人的机会。

我知道自己总会有机会与他交谈的,因为我想在这里长期住下去,所以我不着急。这一区没有一个人这么让我上心。我询问每一个人,问他们是否知道马雷克的事情。由此我听到了一些情况,但却不能让我相信。据说他在读大学,而且学的是哲学,因此,他枕头边总放着那些难懂的书。据说他很有天赋,甚至维也纳大学的教授们都亲自到哈金来给他授课。我认为这简直是一派胡言,直到我在一个晴天的下午看到高姆佩茨教授坐在他的车旁。这个大胡子教授看上去同我想象中的希腊犬儒学派学者一模一样。不久前,我听过他讲授前苏格拉底派弟子的课。他说话的方式不像所述对象本身那样鼓舞人心,他自己也承认这一点。我现在亲眼看见他坐在年轻的马雷克面前,慢吞吞地打着手势,幅度相当大,试图说服他。我惊慌异常,立刻拐弯绕道而行,目的就是避免走到他近旁同他打招呼,而这其实是结识这位瘫痪者的最好、最体面的机会。

此刻,已经过了午夜时分,而且这个夜晚特别地黑,在这条小道的坡顶我伸手去指马雷克的房子,问身边这位粗暴的同行者是否知道这么一个瘫痪的人。鲍尔蒂整整高我一个头,对我所指的方向——小道的右边——感到很惊讶。为了确认我确实是指这个方向,他以自己的方式,慢慢展开粗大的手,也指向那里。"那边什么都没有,"他说,"没有房子。"有的,有一所,唯一的一所,70号,虽然那房子比较低,是平房,很不显眼,不是别墅;但是,鲍尔蒂唯一感兴趣、并知道其存在的那些别墅是沿着山丘伸向左边的,我住的那条哈根贝格街就是由它们构成的。

他想知道那个瘫痪的人到底是怎么回事,于是我就谈他的事。我讲了自己知道的所有的事情。在开始讲述后,我很快意识到他们二人的脸很相似。相比之下马雷克的脸要瘦很多,看上去像苦行僧的脸,而鲍尔蒂的脸则是浮肿的。我之所以觉得他们相像,也许是因为自己在黑暗中根本无法看清楚。但那次在咖啡馆中的夜谈,我还记得很清楚。他的一双深色眼睛引起了我的注意,它们与他那笨拙的大手形成鲜明对比。

"你们长得很像,"我现在说,"但只是脸像。他全身瘫痪,胳膊和腿都不能动。但现在您千万别认为他很悲伤。他是个坚强的人,简直让人不能相信。他虽然不能动,但他在读大学。教授们亲自到大主教街给他上课,他还不必为此支付费用。当然,他也付不起。他身无分文。""他跟我长得很像?"他问。"对,眼睛长得像。眼睛长得一样。您要是见到他,肯定以为自己在照镜子。""他可是个废人!"鲍尔蒂有些气恼地说。我感到,他开始为这个比较生气了。"但不是在智力上像!他比我们所有人都聪明!他哪儿都去不了,却能读大学!教授们去他那里,就为了他能完成学业。这是前所未有的。他肯定是有天赋,否则教授们就不会来了。您知道吗,我对他怀有最崇高的敬意!我钦佩他!"这是我第一次兴奋地谈论托马斯·马雷克。而那时,我还没真正地了解他。后来,当我成了他的朋友,我大概再也没有如此兴奋地谈论他了。

我们站在那里。我指了那所房子的方位以后,我们就没再走一步。鲍尔蒂慢慢才了解清楚托马斯·马雷克的身体状况。他问了我好几次,马雷克是否真的不能动。"根本不能。他没法走动一步路。面包他都不能送进嘴里,也不能把杯子递到嘴边。""但他会喝水的吧?还有咀嚼?他能吞咽吗,能咽下他的饭吗?""能,能,这些他都能。他还能看!您知道吗,他睁开眼睛的时候是那么漂亮!""他跟我长得很像?"

"是的,但只是脸像!他要是长了您那双大手,那他可要高兴了!您知道吗,他很想有人能陪他,就像您现在陪着我一样!但他做不到这点,永远都做不到!还是小孩子的时候,他就无法做到。""您喜欢他!这么一个废人!"这话让我很生气,在我讲了这么多之后,他不应该说出这种话来。"对我来说,他不是个废人,"我说,"我认为他很了不起!如果您无法理解,我只能为您感到遗憾。我还以为您能明白呢。"我气愤至极,甚至忘了自己在跟谁说话,而且变得很激动。我继续说着赞扬的话,无休无止,没法停下来。当我说不出什么更具体的事情时,就开始捏造一大堆自以为是可信的细节，鲍尔蒂只有听的份儿，只是偶尔插嘴说："他长得跟我一样？""我已经说过了，是脸长得跟您一样，是脸。"

我继续讲述着：有女人大老远地来拜访他，就为了能看他一眼。"她们站在他的车前，看着他。他母亲搬来一张椅子给她们坐。我敢发誓，她们爱上了他。她们在等着他看她们一眼。他没法抚摸她们，他什么也做不了，但他可以看她们，用那双眼睛。"我说的一切都是真的，虽然这都是我在黑夜里杜撰出来的。成了托马斯·马雷克的朋友之后，我确实亲眼看到一些女士和姑娘来看他，而他还会告诉我一些我没有看到的事。

在那个夜晚，我和我的同行者再没有共同挪一步。他变得越来越安静，没再说"残废"。他忘了本来是想陪我走到我住处的花园那里，然后再四下打探的。他忘了那些别墅。他脑子里想的是那个长得像他，但不能站也不能走的年轻人。当我的赞美之辞用尽的时候，我才与他握手道别。他小心翼翼地与我握手，没有像往常那么使劲捏。他转过身，沿着我们上来的小道又走了下去。我对他的恐惧消失得无影无踪。

家庭赡养者

那一晚之后，我对马雷克的恐惧消失了。说了那么多关于他的事后，我再也无法回避他了。对他的赞美使我感觉自己与他亲近了许多。同时我还注意到，我就他所做的那番激情洋溢的演讲，驯服了那个半夜跟随我一直走到大主教街的危险家伙。打那以后，我对他和他的同伙不再感兴趣了。去那家咖啡馆的时候，我很少注意他们，只是远远地点个头，他们对我也不再好奇。我不知道，我那晚的行为是以何种方式传到他们那里的。无论事后他们怎样评价这件事，他们也知道，从我这样一个与那可怜的家伙交往的人身上，是得不到任何东西的。但他们最初的兴趣也没有转变成蔑视或者仇恨，他们放过了我，不再打扰我，甚至使我感受到了他们对我的少许好感，即便它不那么清晰，但还是能感觉到，这足以引起咖啡馆老板的不满。

比贝尔先生注意到了那天晚上那个最强壮、最难对付的家伙尾随我出去，他想知道那晚究竟发生了什么事情。什么都没发生，我说，这让他很失望。"他一直陪您走到家门口吗？"他问我的口气几乎带上了威胁的意味。"没有，走到大主教街。""然后呢？""然后他回去了。""他什么都没问？""什么都没问。""这话如果不是您说，博士先生，根本没人敢相信这事儿。"他肯定我隐瞒了一些事情，他确实有理由这么认为，因为我对当晚的谈话内容只字未提。我觉得这位老板的为人不够好。也许我不想从他那里——尤其是从他这个人那里——听到任何否定残疾人的话,把他们说成是纳税人的负担。"他就一声不吭地跟着您走?这不像他的一贯作风呀。""我没说他一声不吭呀,不过他也没有向我打听什么。我本来就什么都不知道。"也许就是这句话引起了他更大的怀疑。什么都不知道——这叫什么话呀!我已经在那里住了两三年了,肯定听到了一切可以听到的东西。无论如何,当我解释说他没有向我打听任何事情,从而表明他没有犯罪企图的时候,就意味着我在袒护那个家伙。

我发现,比贝尔先生现在十分关注我来咖啡馆的时间。那帮人几点来?我几点来?什么时候我来了,但那帮人没有来?为什么他们不再跟我说话?为什么我不再跟他们说话?肯定发生了什么事。因为我和那帮人没有公开的联系,所以他认为我们是暗中联络,又因为这种联络一直持续着,所以这里头一定有文章。他坚信这一点,并追踪此事,等待着轰动事件的曝光。我上午很少光顾他的咖啡馆,但有一次,我一大早就到了那里。他以自己特有的风格快速绕过来,对我说道:"完了!""什么完了?""啊,您应该听说了呀!所有人都被抓了!他们刚一进屋,捕鼠器就合上了。他们四个已经被关起来了。得判好几年呢!总之,要被重判了!肯定不会有好下场。现在还在追捕瑟尔呢。他失踪了,那个作家!"他说最后一个词的时候,明显带有讽刺,这要么是针对我本人的——他经常看见我写作,要么就是针对我以前说过的话——我知道瑟尔写过一本书。他注意到这消息让我大吃一惊后,又加了一句事先准备好的话:"您看到了吧,幸好我以前提醒了您,不然您现在就有麻烦了。"

我想象着那个浑身是劲、深夜与我同行的人被关在牢里的情形,现在我明白,我说的那个瘫痪者的事为什么会那么刺痛他,甚至让他忘记了原有的打算,一无所获地又返回去。他真的是没向我打听什么,一句都没有,他根本没有机会,他陷入了我讲述的故事里,就好像我用一张发光的网罩住了他的头一般。我们谈论的是一个长相与他相似的人,那人手脚都不能动,那人的情形比他蹲监狱还要糟糕。

一切都过得非常快,从那晚的夜谈到他进监狱,才过去短短几个月时间。现在,长着一双厚实大手的他蜷缩在一间小囚室里了。然而,我对那位瘫痪者的想象却又活跃起来,感觉自己非得去认识他不可。如果我看见有人在他车前与他交谈,我将不再绕道而行。途经那里时,我大声地打了招呼。当我第一次听到那位瘫痪者的问候时,真是既惊又喜。那声音听起来就像是呵了一口气,从很远的地方飘来,为他的问候增添了色彩和空间;我一直把它牢记在耳朵里,还想再听到它。第二天,我真是走运,我看到高姆佩茨教授坐在那里。大老远地我就从大胡子和外形上认出了他,即便他坐着,给人的感觉也还那么高,那么笔挺。我不知道,如果与他交谈,他是否还能认出我来;上他课的时候,我总是坐在众多学生中间,唯一的一次单独拜访也很短暂。

当我走近的时候,他立刻就注意到了,而且异常吃惊地打量着我,我因此也就不用再不好意思了。我停下来,向他伸出手。他只是点点头,并没有把手递给我,我为自己不得体的举止而羞愧得满脸通红。我怎么能当着一个瘫痪者的面向别人伸出手呢!而他则以一贯的慢吞吞且平易近人的口吻跟我说着话,问我的名字,他说自己不记得了;在知道我的名字后,他立刻介绍我与托马斯·马雷克认识。"我这位年轻的朋友经常看见您路过这里,"他说,"他知道您也是位大学生,他看人很准。为什么您不来拜访他?您不是就住在这附近嘛。"

在我走近他们的时候,马雷克已经将一切都告诉他了。我早就引起了他的注意，就像他引起了我的注意一般，而且他还知道我的住处。高姆佩茨教授解释说，托马斯·马雷克的主修专业是哲学，他每周来这里一次，上两个小时的课。他很喜欢这个学生，希望能多来几次，但时间不允许，路太远了，他需要花上一个下午，但托马斯·马雷克值得他每周来两次。这听上去不像是恭维，但肯定是为了鼓励而说的，它听起来是那么的直白、明确，正如人们对犬儒学派哲学家的期待一样。那位瘫痪者用力呵气，解释说："现在我还什么都不会，但我将学会更多。"

从那时起，一切都进展得很快。当时是五月初，那个瘫痪者经常躺在屋前晒太阳。我去拜访他，他母亲从屋里给我拿了张椅子出来，好让我不会很快离开。我逗留的时间比较长，第一次的时候就超过了一个小时。当我想告别的时候，托马斯说："您以为我累了。当我进行严肃交谈的时候，从不会感到疲倦。我喜欢与您聊天。请您再待一会儿！"他的双手让我吓了一跳，这是我以前匆匆而过时从未留意到的。他的手指痉挛得变了形，他无法自主地活动它们；他的手指嵌进了花园篱笆的铁丝网里，与那些铁丝缠绕在一起，而且还裹得很紧，无法拿开。当他母亲再次出来的时候，她小心翼翼地把一根根手指从铁丝上拿下来，这可不是一件容易的事，然后把车推得离篱笆远点，好让他的手指不会再次嵌进去。这位过早苍老的妇人审视地看着我，她虽未开口，但那双深邃的眼睛已经告诉我，希望我能留心一下，不要让车又滑向篱笆。

托马斯总是轻微地抖动着，这抖动又引起了车子的运动。他母亲把药灌进他的嘴里。等她离开后，他说，他每天要服好几次药。他抽搐很厉害，没有药就无法安静下来，既不能读书也不能说话；不过，这种药很好，他已经服用四年了。药效总能持续好几个小时。没人知道他得的是什么病。这种病还不为人所知。他曾经在神经科医院里躺了很久。在那里，帕朋哈伊姆教授亲自为他作检查，因为他是个很奇怪的病例。但这位教授最终也没弄清楚。这是一种独特的病，尚未命名。这话他重复了好几次，其他任何人都没得这种病，这一点对他来讲很重要。因为这种病还没有名字，因此对他本人来说也是个谜，他也不必因为得了这种病而感到羞愧。"他们肯定弄不清楚，"他说，"在本世纪是不会知道了，以后有可能，但那就不关我的事了。"

还是个小孩子的时候，他站立就有困难，但四肢还没有开始弯曲，他们也没发现有什么特别之处。大概在六岁的时候，他的四肢开始弯曲、萎缩。从那时起，情况越来越严重。他从没提过抽搐是何时开始的，可能他已经不记得了。我们之间产生了一种默契，我绝不会向他母亲问起一些事情。关于他的情况，我都是从他自己口中得知的，这比从其他人那里知道要更有意义；他呵气的力量源自他内心深处，赋予他的话以特有的外形。这些话是即时的，一旦离开他的口，它们就像蒸气一样四散开去，而不像我们说话那样落地有声。

第一次见面，他就谈到了自己打算写一部哲学著作，但没说是什么内容。他说现在想先完成学业，读完博士；要想让别人拿他的著作当一回事，这一点是必需的。如果可能，他很希望别人是出于自愿而不是同情来读他的著作。他希望别人能够按照他所做的贡献去评价他，就像评价其他人那样。他旁边的枕头上放着一本库诺·费舍尔[①]的《哲学史》。他打算读完这十卷书的每一句话，现在已经读到关于莱布尼茨的那卷了。这一卷很厚，他差不多已经读到中间部分了。他想向我指出一处印刷错误，因为他觉得这个错误很可笑。突然，他的舌头伸了出来，刹那间已经翻了十页纸过去，那

---

① 库诺·费舍尔（1824—1907），德国哲学家。

儿，就在那儿，他找到了，头猛地转了一下，要求我看，要我自己去确认。我手足无措，不知道该不该把那本书拿到手里，我觉得把它从枕头上拿起来不合适，我对那些纸有着恐惧，它们全部——只要是他读过的地方——都被他的舌头触碰过，并且被他的口水浸湿了。我迟疑着，他说："您只管把它拿起来好了。这是高姆佩茨教授的藏书。他的哲学藏书是整个维也纳最全的。"我听说过此事，而高姆佩茨教授从自己的藏书中为托马斯·马雷克提供书籍，给我留下了深刻的印象。

"书在我这里放多久都没关系。屋里还放着一套斯宾诺莎①的著作呢。"他说，"这些书能被这么仔细地阅读，也是书的荣幸。"说着，他快速地伸了一下舌头，笑了。他感觉出来，一切与他的阅读方式相关的东西都能深深吸引我；他感到很高兴，因为他可以让我见到这么奇怪的事情。在我适应这些事以前，他想好好享受一下。经常会有人来拜访他，后来他对我说，但是一两次之后，那些人都觉得从他身上已经发掘不出什么独特的东西了，之后就再也不来了。这让他很伤心，因为那些人根本不知道他还有很多可以告诉他们的东西。但是出现这种情况，他也不觉得意外，因为他善于辨别人。他有一套可靠的方法来了解别人的性格，那就是观察别人走路的姿势。

当他躺在屋前晒太阳，闭上眼睛不想读书时，从不会睡着。他取笑那些轻轻从他身边走过、不想吵醒他的人。这正是他研究他们性格的方法：走近时脚步的变化；当他们走远了，觉得他不会听见自己的脚步时，他们走路的姿势又会发生变化。实际上，他听到脚步声的时间远比那些人所想的要长。他脑子里总想着某种脚步声，有一些人因为脚步声而令他讨厌；也有一些人，他因为喜欢他们的

---

① 斯宾诺莎（1632—1677），荷兰哲学家。

步态，所以想与他们交朋友。但他也因为别人能走路而羡慕所有的人。他最希望的就是能够自由地行走。他向我吐露自己的一个打算，说这话时他显得比平时要小心谨慎，就是通过写作一部伟大的哲学著作来获得行走的能力。"等这部作品问世了，我就会站起来行走了。在此之前是不会的。这还需要很长时间。"

他对行人的期待很大，他倾听他人的脚步，就像倾听奇迹一般。每一个新出现的行人都令他感到幸福，并且他通过言辞来嘉奖他们。不过，这些言辞只有他会说，其他人是不会的。他无法忘记情侣们走过他车旁时说的那些毫无意义的话，他们还以为他睡着了呢。听着他们的那些无稽之谈，深深的失望一再向他袭来。他会记住这些废话，并且带着极大的鄙视将其中最愚蠢的部分用在那个说话者身上。"真应该禁止这种人走路，"他说，"这种人根本不配有走路的权利。"那些走近他的情侣没有说起斯宾诺莎，也许是他的幸运。尽管他等着别人与他交谈，但在挑选他愿意赏脸的聊天对象时，他还是很挑剔的。他装聋作哑是需要花费力气的——他拥有独特的自我克制方式，而当他成功地在第三者面前展现自己的拒绝时，他会十分骄傲。一旦那个他不愿听其说话的人离开，他的表情就又活跃起来。他会笑得使车子开始抖动，然后他会说："那人现在会以为我是个聋子。他站在那里干吗！根本不应该让这种人会走路！他把我当成聋子，我真为他感到遗憾。我真替他难过。这么一个笨蛋！"

他对一切都很敏感，不过他的敏感都是针对那些不知道站立和行走意义的人。他大概很清楚自己那双深色大眼睛的作用，让它们代替了一些他做不到的肢体运动。一句话讲到一半时，他会停下来，闭上眼睛，那么富有戏剧性，就算别人早就习惯了这种游戏，还是会被吓一跳的。但大家决不会让这一刻从眼皮底下溜走，因为他会慢慢睁开眼睛，异常地庄重、安静。这时的他看上去就像一幅希腊正教的圣像。在这慢慢睁开眼的过程中他显得很严肃。他在表演，这是一出宗教仪式表演。

他从来不会说"上帝"这个词。还是孩子的时候——他有一个姐姐和一个哥哥——母亲令这对兄妹为了他的痊愈大声祈祷。这让他充满愤怒、绝望。起初，他们一开始祈祷他就哭，后来他就打断他们，大叫着辱骂他们，辱骂上帝；他吵闹不休，让母亲很害怕，最后不得不终止祈祷。他不向任何事情屈服。当他向我讲述这段回忆的时候，他为自己早年大发雷霆、反抗上帝辩解道："这算什么上帝，还要别人求他？他知道这些，他应该主动去做！"接着他又补充道，"但他不去做。"从这最后一句可以听出，他心里还残存一丝期望。

我第二次去看他的时候，发现他不在屋外。我进了屋，他母亲在等我，然后把我带到了客厅。他躺在车子里，就在家里的大桌子边上，沙发后面的墙上挂着一幅乔尔乔内[①]的画：《三位哲学家》。前不久，我在艺术史博物馆里见到了那幅真迹，我觉得这幅仿制得不错。他很快就谈到了这幅画，随即我也意识到，他在屋里接待我，是想跟我谈谈他的家庭。在这里，他可以比较容易地告诉我一切；倘若在外面，说的那些话听上去可能就没那么可信了。他父亲是画画的，那幅乔尔乔内的作品就出自他的手。这是他唯一的一幅大师级作品，是他所画的最好的一幅，他画的其他作品就不值得一看了。我肯定见过他父亲，看见他披着那艺术家气质的蓬乱长发在外面散步。他走路的时候身体笔挺，很英俊，毫无顾忌地打量一切。但那目光背后什么都没有。在家的时候，他就是到处坐。他没有任何收入，这么多年里他只接过一张创作复制品的订单，但他画

---

① 乔尔乔内（1477—1510），威尼斯画派的代表人物。

得怎么也比不过那幅《三位哲学家》，那还是他很久以前画的。

他母亲从我们边上走开了，她总是让他与来访者单独在一起，这样他也可以谈到她的事。她来自乡下，曾是下奥地利州一个小地方的挤奶姑娘。那位年轻的艺术家昂首阔步地四处走动，飘逸的长发，宽边的软呢帽，十分引人注目，姑娘们都盯着他看。她爱上了他，做了他的妻子，还自以为很体面。天晓得，那飘逸的长发后面一无所有，她上了他外表的当，而这正是他的全部艺术所在。

母亲要养活全家，而父亲几乎没什么收入。三个孩子出世了，他姐姐、哥哥，还有他，他是母亲最疼爱的一个。从六岁起，他变得越来越不能自理，这让她花的心血比照顾全家还要多。母亲的日子因此非常艰辛。她千方百计想要找到能治好他的医生，推着他去每一家医院，别人推也推她不走，而且一而再地去——这就是她脑子里唯一的念头。但其间一切都变了。八年以来，他，托马斯，成了这个家庭的供养人。他哥哥去工作了，是个职员，自己挣钱自己花。他姐姐——为了能离开这个家——出嫁了，这使他极为不高兴。她有着惊人的美貌，能吸引每个人的目光；她的步态如女神一般——像舞蹈家，又像演员，无人能及。幼年时期，他们姐弟俩非常要好。如果母亲去干活了，姐姐就会照顾他；他们分享一切秘密，她为他朗读，他煽动着她的虚荣心，并且乐此不疲。她要是能留在家里该有多好，但她忍受不了这种生活。那些为她所倾倒的年轻人来拜访，他认为那些人都配不上她，在她面前贬低他们；她感到那些人中没有一个人能在智力方面与他匹敌。但后来，来了一个"曾经的公务员"，他是一所中学的教授，他最看不起这个人了——"一个无聊的家伙，但意志顽强。"——那人毫不气馁，于是最后她就嫁给了他。那时候，托马斯已经有了一笔助学金，可以供全家生活之用。他靠读书来供养全家，这是事实。

说这事的时候，他流露的自豪中带着嘲讽。这嘲讽是针对他姐姐的，她宁愿让丈夫也不愿让弟弟来养活自己；就算她与家人生活在一起，他那笔助学金也是够用的。我不知道他的"助学金"确切的意思，很想问问他，但这让我感到有些欠妥，所以就把这个问题压下了。其实这么做根本没有必要，因为接下来他自己就把详细的情况说了出来。当那些来看他的教授确信他有天赋，并预言他将来会在哲学上有所建树之后，他们立刻将他的情况告诉了一个有钱的老太太，她是一名艺术赞助人。不过，她对慈善事业不感兴趣，她寻找的是那些极为特别的情况。她从事的事情是要造福全人类，而非资助个别不幸的人。高姆佩茨教授以及其他几个人令她明白，只有让托马斯认真彻底地完成学业，他才会在思想方面做出成就，而这些成就是除他之外的其他人做不到的；目前情况下看似不利的东西，最终将会表明是有利的，为此要做的，就是给予耐心和一份适当的抚恤金。母亲对他来说是必不可少的，如果要把事情做好的话，她整天都要留在他身边；而且如果他要学完必需的课程，也不能让他知道自己的父亲生活在贫困之下。他父亲是一个一事无成的人，这一点没有错，但如果不让他感到自己是那么无助，他是不会闹事的。他不是什么坏人，只是像大多数四肢发达、头脑简单的人那样，只知道四处闲逛，而不会去读一本有深度的书。

　　这位夫人一共来过一次：他父亲坐在沙发上等她，上面的墙上挂着乔尔乔内。她端详了那幅画很久，称赞他，他没好意思说那是一幅摹仿品。她说这幅画很美，真想买下它——她用的是"置购"而非"买"，这女人就是这么高雅，他父亲却粗鲁地说："这幅画是无价之宝，是我最得意之作，我舍不得它。"她听了很吃惊，赶紧道歉。她不想夺他所爱，他理所当然应该把自己最好的作品留在身边，好让它激励以后的创作。房间里的托马斯躺在车上，很想插嘴说:"您不想看一下其他的画吗?"或是:"您从没去过艺术史博物馆吗?"凡提到父亲的放肆言行(他是这么说的),他就高兴得忘乎所以,但他把住了口。那位夫人根本不敢正面看他,但是,一本厚厚的哲学书放在他旁边的枕头上,她还是看到了;他其实很想向她展示一下,自己能多么好地看书。他已经打算好在她面前朗诵一整页纸,好让她确信,其他人没有骗她。但是这位夫人实在是太高雅了,也可能是因为她害怕他的舌头——有些人是很害怕看他用舌头翻书的——她只是很友好地望着他,问他父亲觉得每月四百先令够不够;如果太少,尽可以告诉她。他父亲摇摇头,说:够了,够了,这已经足够了,问题只是资助多久。学这样一门专业可要花很长时间的。

"直到学业结束为止。您不必为此担心。"那位太太说,"如果您不反对的话,我们现在就先将它定为十二年。这样,您儿子就不必有被催逼的感觉了。也许在此期间他已经想着手写作自己的东西了。大家对他的期望很高,我从各个方面听到的都是称赞他的话。如果他有兴趣继续写作自己的著作,我们尽可以再延长四五年。"

他父亲万分感激那位太太对自己儿子的信任。他摸了摸胡子,说:"我觉得可以代表我儿子来表示同意。"那位太太衷心地向他道了谢,好像他是她的救命恩人似的。她对无所事事的他说道:"您一定有很多事要做。我不耽误您了。"然后她友好地向托马斯点了点头。去往大门口时,她必须紧挨着托马斯的车过去,她又说:"您令我感到高兴。但我恐怕看不懂您的书,我对哲学不怎么在行。"说完她就离开了。从那以后,每个月的一号她都会准时让人送来四百先令。托马斯说,从开始到现在已经有八年的时间了,她从未忘记过一次。

我感觉自己从来没有听过这么美的故事。托马斯要做的事情就是继续读书,而这是他无论如何都会做的事情,没有比这更让他喜欢的了。人们大概都认为，他会读博士，但那位夫人对此只字未提。她可能知道，完成博士学业是很困难的。比如说，如果到了那一步，他要在哪里参加考试呢？是他妈妈推着他去学校呢，或者那些来给他上课的教授（对她来说，有好几位这样的教授）考虑到他的特殊情况，允许他在家考试？说到底，他的全部学业是在家完成的，遇上好天气，就在大主教街的户外进行。

他还提到了另一位亲自来他家给他上课的老师——贝内蒂克特·考茨基，其父亲是著名的卡尔·考茨基[①]。贝内蒂克特·考茨基是工人协会的秘书，为他讲授国民经济学。托马斯觉得很有趣：他的两位重要的老师都是名人的儿子，虽然他们都各有建树。亨利希·高姆佩茨的父亲是特奥多尔·高姆佩茨[②]，他的那套《希腊思想家》著作还被翻译成了英文。他曾是奥地利上院的议员，是自由党的著名发言人。"我代表了所有党派的观点。"托马斯说，"我保留独立思考的自由，不参加任何党派。"

他父亲对在自己临摹的那幅乔尔乔内画作前的表现很满意，因此就完全退居到幕后，这倒也符合家里的实际状况。去他们家的时候，我时不时会看见他；他很喜欢户外散步，年轻时对大自然的热爱残存了下来。但他总不会一直散步吧，其他时间他去了哪儿，我就一无所知了。酒馆里是看不到他的身影的，尽管他儿子把他说得一无是处，但我估计他可能是去工作了。在家的时候，他经常坐在《三位哲学家》前面的那张沙发上，大家已经习惯把他的脑袋和那三人的脑袋看成是一体的了，他与那幅画看起来挺协调的。天气不好的时候，大家必须待在屋里，他也在家。大家要是想去后面父母

[①] 卡尔·考茨基（1854—1938），德国和国际工人运动理论家。
[②] 特奥尔多·高姆佩茨（1832—1912），奥地利哲学家、古典文学学者。

的卧室，会从客厅里那四个脑袋旁边经过。母亲会把托马斯推到里面去，这样，来访者就可以独自与他在一起，畅所欲言。

他母亲一心扑在他身上，其他人根本或是很少能引起她的关注。她的目光总是紧随着他或是要拿给他的东西，例如，滴入他口中的药水，或是一口一口喂给他的饭。他胃口很好，她只为他做饭，其他人吃什么能将就就将就了。但他从来没有赞美过那些饭菜。对一名哲学家来说，蔑视饭菜这种平常的东西也是很正常的。他习惯用蔑视的口吻去评价事物，这令我感到有些震惊；我不自觉地将他说的话拉到自己身上，尽管知道他指的是其他事情。他的眉毛、鼻孔及嘴角的相互配合就像一张东方的面具，只是他自己看不到。他曾经告诉我，他多次演练过这种蔑视的表情。有一次，我半开玩笑地说起莱布尼茨信中给我留下何种印象的一句话——"我几乎从来不鄙视什么"——他大怒，对着枕头上的那册莱布尼茨作品集气呼呼地说："莱布尼茨撒谎！"他不习惯有人在旁看他"喂食"。倘若确实有人在身边，他可以在整个进餐时间都保持那种蔑视的表情。然后，他会拒绝进食盘子里剩下的两三口饭，十分粗暴地对母亲说："拿走！我不想再见到它们！"

她从不违抗他，也从来不劝说他。她一声不响地执行他的每一个指令，这些指令有时候是那么简洁，那么盛气凌人，听起来就像是命令。在执行这些指令的时候，她那双深邃的眼根本不去看，闭着眼睛她也能把一切都做得很好。事实上，他最轻微的动弹或者其他人任何与他相关的事情都逃不过她的眼睛。有些人很讨她的喜欢，因为他们对他很好；也有些人令她讨厌，因为他们使他心情压抑。别人离开后，她很关注他的精神状态；一旦她觉察到别人提升了他的自信，这人就成了受欢迎的来访者。她最讨厌那些跟他谈起旅行或体育运动之类的人。有些人特别看不下去他的健康状况，他的样子令他们感到压抑，以致他们大谈生活中的一些事情，而这些事情与他的生活相距相当遥远。当这些人为自己的粗鲁行为辩解时，他们说自己其实是在给他"解闷"，而他们为他解闷的话题，往往都是他无法拥有的。然而他会屏息倾听，时不时地大笑一声，从而更加激起那些人的谈兴。

有一个大学生，出于"行善"的目的每周都来拜访他，曾经扣人心弦地向他讲述自己如何赢得跨栏赛跑的比赛。大学生跟他讲了每一个细节，几年之后，当托马斯跟我提起这件事的时候，居然没有遗漏一处。当那个获胜者离开的时候，他甚至绝望到不想活的地步。那时他刚测完体温，温度计还在枕头上，他就用舌头将它卷入口中，咬碎成小块，然后混同水银一起吞下。但什么事情也没有发生，他立刻被送往医院，他的内脏异常坚固，跟他开了个玩笑，他没感到任何疼痛，性命无忧。

这是他第一次企图自杀，后来又有两次自杀未遂。因为他的胳膊和双手拿不了什么东西，所以，他每次自杀都是极不寻常的迅速与果断。第二次的时候，他咬碎了一个饮水的杯子，吞下了那些碎片。第三次的时候，他咽下了整张报纸。他流着愤怒的眼泪说，后两次自杀他依然是安然无恙。"我是唯一无法自杀的人。"他对自己的某些"独一无二性"感到自豪，但在自杀这件事上却没有。我是不是以为，他在这种状况下不可能经常企图自杀？

失　足

　　我可以毫不拘束地对马雷克谈论群体，与他人不同，他会认真倾听。他是继弗莱多·瓦丁格之后第二个我可以与之促膝长谈的人，并且他的态度完全没有讽刺，而讽刺赋予了弗莱多广博的佛学知识。当我与他谈起群体时，尤是在早前那几年，我感觉自己有点像个未开化的人，总在重复相同的内容，而他却会告诉我一些复杂且已界定清楚的概念，其中一些给我留下了印象。特别是佛的出发点，即生老病死这些现象，一切都与死亡相关，其意义为我所接受，那时我就觉得，这一点比群体更重要。

　　如果我对托马斯谈群体，我感觉到的反应完全是另一种，它起初令我惊讶。个体融入群体之中，这对我来说是谜中之谜，而他却把这种状况与自身联系到一起，怀疑自己会不会变成群体。他请求过母亲带他去参加一次"五一"游行，她推着他——很不情愿，但他绝不妥协——走完那条漫长的进城的路。当他俩想加入到游行队伍中时，别人把他们分派到了残疾人那一组。这些残疾人坐着车过来。他抗议，用尽全力大叫，说自己想和其他人一起游行，但没人理他。这不行，他根本就不能一起迈进，只会阻碍队伍的行进；不行，残疾人都在一起，这样他们的速度是相同的，而且看上去也更好；他也不是唯一的一个，还有很多其他人，他们全都是在战争中致残的人。

　　他不是因战争而致残的，他愤怒地叫道，他是大学生，是学哲学的。他应该跟在由信仰社会主义的好战的大学生组成的学界方阵后面,因为跟在这一方阵后面的大学生具有同样的信念,他想和自己的同学在一起,否则就对一切都不感兴趣。但游行的组织者们没有让步,他们必须考虑到秩序问题,因此只能无情地将他归入战争伤残人员的行列;他们当中有些人能自己摇车,其他人就像他一样要被人推着。

  整个游行期间,他感觉像被强暴了一般。他走在队伍的边上,两旁夹道欢迎的人可以清楚地看见他。值得庆幸的是,他们没听懂他喘息着说出的内容:"我不属于这里!我不是战争伤残人员!"这是他最后一个愿望。他没有参加战争。他没有杀过任何人。他一本正经地说自己没去参战。其他人都出于怯懦去参战,结果受到惩罚,一个个身负重伤。很多人甚至是异常兴奋地去参战,但这种兴奋之情很快就消失了。现在,他们聚在一起,走在巨幅标语后面——"反对战争卷土重来!"这些人自然不会再上战场了,他们根本就没有这个能力了,至少这句口号不是谎言。但能正常行走的其他人会像羊群一样又跑去参战,将冠冕堂皇的"五一"口号抛到九霄云外去。谈起这次游行,他带着深深的憎恶。像在军营里那样,所有的残疾人分在一起,组成自己的连队。每个人只要愿意,就可以参加游行,这一点他赞成;他也不反对按地区分组,也不反对按工厂分组,但是根据身体的残疾分组,对他来说是一种耻辱,他再也不要去了。

  我问他,能否想象在另一种情况下会很乐意融入群体中去。毕竟他最初是被群体吸引去参加"五一"游行的,否则他也不会强迫母亲答应他的要求了。她很不情愿才做出让步,也许她早就料到了会发生的事。但还有其他一些场合,在那里能不能行进并不重要,比如说,大厅里的集会。他愿不愿意去这种场合?他当然已经去过这种地方了。他谈论战争的方式就已经向我证明,他是一个反战者,而且那种激动的情绪也是只有和其他很多人在一起的时候才会有的。

  对此他露出一副怀疑的神态。如果他正确理解了我的意思，那么，平等的感觉应该是这种经历的一个组成部分，而他恰恰没有这种感觉。他问我知不知道残疾人协会办的残疾人报纸。我说不知道。他说，等我下次来的时候，他会请他母亲为我准备一份。那些残疾人——他一再使用这个词，目的就是想清楚地向别人表明，他与他们是多么没有共同之处——那些残疾人也在报纸上发布集会通知。有一次，他去参加了，想看看与这些人在一起是什么样子。但他们没有一个人是坐在车里的，他们坐在一排排的椅子上，而主席台上坐着一个独臂人，正努力维持秩序。他母亲把他的车子推到一边，很靠前，好让别人也能听到他的叫声，因为他决心不放任他们做任何事。

  我完全无法想象，这种集会是怎样的水准。这些人把自己看作是工会的一种，而且他们的行为举止也完全像工会一样。他们开会的内容总是涉及某些要去争取的权利，总是抱怨自己的处境糟糕，根本无法忍受；而实际他们所缺的，要么是一只手臂，要么是一只眼睛。有些人装了假腿，有些人脑袋摇来晃去，所有的人都很丑陋。他一排排地看过去，想找出一张智慧的面孔，但在座的人中根本找不到一个可以与之谈论哲学的。他敢打赌，这大厅里坐着的四五百号人里，肯定没有一个听说过莱布尼茨的名字。在那里，满耳听见的全是增加养老金的要求，对，那是养老金领取者的集会。每次有人提出这种要求，他就会打断他们，发出一声呼喊。他们得到的已经够多了，他们过得已经够好了，到底还想怎么样呀。这些人真是无耻，每个人都能自己走着来参加集会，却还在这里抱怨！不管怎样，他尽可能地对集会进行捣乱。他打断别人的呼喊声比我能想象的要大，他不知道其他人是否听懂了，但有些人肯定是明白了，因为他们生气了，最后变得暴怒。这就是他们高喊的言论自由！那个独臂主持人请求他不要扰乱会场,说其他人也要发言。但他实在无法继续忍受这种荒谬,继续捣乱,直到那个独臂人请他离开会场!

"我应该怎么办?"他反问那个主持人,"您能告诉我,我该怎么办吗?"那个主持人无耻地对他说道:"您找到了来这个大厅的路,您也一定能找到出去的路!"那人认为,他母亲应该将他推出去。很遗憾,她也真的这么做了,因为那话让她很害怕。他很想留下来,看看那些人会怎么对他。也许那些能走路的人,会不知羞耻地冲到他面前,殴打他这个无力还击的人。我相不相信,那些人真会这么做?他认为很值得花些工夫等待这种情况发生,亲身经历一下。他不害怕。他将会朝他们脸上啐唾沫,叫他们"无赖"。但这种事情是说服不了母亲的。她一直在为他发抖,他是她的无价之宝。事实上,她把他当成一个襁褓里的孩子,而他依赖她,对此无能为力。总的来说,她都是按照他的意愿去做的。

现在我应该告诉他,这是不是"群体经历"?他根本没有感到自己是平等的人。那里所有的人都认为他的情况比他们差很多,他们就是那些除了伤残人员报纸外不阅读任何其他东西的人。因此,他们的情况比他要糟糕很多,正因为如此他们才差点儿冲到他跟前。事后想起这些,他不得不说,他们对他充满了嫉妒。也许那些人看到他就知道,他在为获得哲学博士头衔做准备。

托马斯说不出更多有关群体的事了。我开始意识到,自己在这种关于群体的谈话中是多么没有策略。我怎么能在他面前提起群体中的密集和平等呢?对他来说是什么样的平等呢?对于一直躺在车里的他来说,别人怎么能与他紧贴呢?将他那不容改变的、痛苦的另类状况转化成某种骄傲的东西,对他来说是一个攸关生死的问题。正因为此,他学会了借助舌头阅读,正因为此,他去读那些深奥的、只有少数特定的人才能看懂的书籍。就算他因为读大学而大受赞扬，但这只是暂时的。实际上，他想成为别人认可的哲学家，并写出具有气势与特色的著作，让后人像研究斯宾诺莎、莱布尼茨和康德一样去研究他，并写出厚厚的专著。这些人才是他认可的，他就属于这些人之列，虽然他还没有发展到这一步。只有在受到他人最严重的侮辱和耻笑的片刻，他才会对自己将来是否真的能被接纳进那个行列产生怀疑。

我还从未见过这么有抱负的人，尽管我不知道他的依据是什么，但我很喜欢他。因为托马斯至今为止向他母亲口授的内容，一些个别的想法，也是传记的开始，无论如何不会吸引我的注意，倘若我不熟悉他这个作者的生活状况的话。他还没拥有自己的风格，他口授的那些片段的语言是平淡乏味的，而在我们那长达几个小时的谈话中，他所说的事情要有趣得多。特别值得注意的是，这种谈话的内容会不断延伸，而且也会变得有趣。他很快注意到，我认为那些片段不怎么样，于是他说，那些东西都还算不上什么。第一，那是他几年前口授的，那时候他还没学会思考；其次——他指的是传记部分——显得忧郁、伤感。他总不能向母亲口授自己真实、残酷的思想，这会让她心烦意乱。那种口授需要一个实力相当的朋友，比如像我这样的人，当然这些还为时尚早。他对荣誉和不朽的观点让我喜欢，因此我相信了他的话。我决定相信他，抑制自己的怀疑，但并没有因此而完全打消它。

他对我什么话都谈，我还从未见过像他这么开诚布公的人。很多东西对我而言是不言而喻的，我甚至想都不去想一下，是通过他我才意识到的。我很少思考身体上的事情，我的身体对我而言并不意味着什么，它就在那里，为我服务，我接受它。在读中学的时候，那些只与身体有关的科目，例如体育，就让我深感无聊。又不赶时间，干吗要跑步呢？又没有生命危险，干吗要爬高呢？前提条件又不同,干吗要与其他人较量呢?他们又不是和我一样强壮或是一样羸弱。在体育方面,人们永远不会获得什么新的东西,总在重复着同样的事情,总处于同一区域里,空气中弥漫着锯屑和汗水的味道——但徒步旅行不同,人们可以认识新的地方,见识新的风景,不会有什么东西是重复的。

但现在的情况表明,正是那些让我觉得最无聊的事情,却让托马斯感到最有趣。他一再地问我跳高的时候是什么感觉,他也没忘记询问跳远、跳山羊和百米短跑。我试着向他描述这些项目的过程,满足他的愿望,却又不让他因为自己无法去做而感到太遗憾。但我的描述从没让他感到满意过。他一直沉默着,很长时间里不说一句话,而且往往是在下一次见面的时候才问问题。从中可以看出,他想知道得更详细。有时候,他指责我这种概述的方式。说这种傲慢不适合我,他感觉我就像一个吃饱饭的人,在跟一个饿着肚子的人聊天,而且试图向饿肚子的人证明,吃饭根本就没用。就这样,他强迫我多关注与身体相关的事情。这让我在走路的时候突然发觉自己在思考走路的事,特别是在跌跤的时候思考跌跤。我一直感觉向他讲述自己不行是很重要、很有用的,虽然他从未承认,但当我惭愧地跟他说起这些事情时,我能感觉到他很高兴,我在他面前又上演了可笑的一幕。

中学的时候,我的体育确实很差劲,所以在说起过去的事情时,我不需要捏造:我只要回忆那些自己在其他时候不愿想起的事情就够了。但现在,我已经习惯在散步的时候经常绊跤和摔倒,擦破膝盖和双手,然后可以在去看他的时候给他看。我不会立刻提到这些,而是把受伤的手藏起来,好像为此感到难为情似的。他很享受这种游戏,仔细地打量我,最后说道:"你的手怎么了?""没什么。没什么。""给我看看!"我假装推脱了一番,但还是把手拿出来,然后就看到,我的笨手笨脚令他如何高兴。"又弄破了!你又摔跤了！"他想起了爱奥尼亚的哲学家泰勒斯①，那人走路时不看路，而是看星星，结果掉进了一口井里。"从今天起，我就叫你泰勒斯！你要不要过去把血迹洗一下？我母亲在里面。"并没有出多少血，但已经让他很高兴，连他母亲都知道了我的笨手笨脚，这样我走进去时，她坚持要我把血迹洗掉。

如果我在去看他的路上，在离他几步远的地方绊了一跤，摔倒了，那他的欢呼简直就没完没了。这种情况不会经常发生，否则会让他起疑心的。我总是学着能让他信服的样子跌跤。托马斯嘲笑我，甚至建议我写一篇《摔跤的艺术》的散文，因为还没有这类文章。他还不知道，他的话是多么接近真相，我为了提升他的自我感觉，变成了一个真正的摔跤艺术家。幸好我在我们认识以前就已经预先准备好了。在我们互相观察的那三年里，在我们相互交谈之前，他深深吸引了我，而我真的没有留意脚下的路。有一次，就在他附近绊了一跤，摔倒了，这给他留下了深刻印象。现在，当我有意识地接受了这个摔倒传统，并将其继续下去时，他可以详详细细地跟我讲起那一幕的每一个细节。

今天我认为，他之所以这么喜欢我，正是因为我为了他上演的失足的缘故。当然，我们的谈话对他也很重要，因为在跟他谈话的时候，我也要设法"失足"。这可不是件容易的事。无论如何，我也不想失去我们之间的谈话，为了能与他交谈并赢得他的信任，我必须让他注意到我读过并了解某些东西。偶尔，但不会经常，我会装作自己没有读过他所熟悉的一本重要学术著作或是一位重要的哲人。这不是一个完全没有危险的游戏，我要装作只知道一个梗概，而他却对文章的每一处都很熟悉；我还必须放弃论证，这在辩论的时候是很容易就

---

① 泰勒斯（前624—前547），古希腊数学家兼哲学家，在西方，他被视为科学和哲学之祖。

会脱口而出的。倘若我在哪次谈话时成功地避免了引证，我就会大胆起来，犯下不可饶恕的错误：我把笛卡尔[①]的一句话归到斯宾诺莎名下，并坚持自己是对的，留给托马斯足够的时间进行他最严厉的斥责，在他怒发冲冠的时候，假装胆怯地看着他；最后，当我的观点被证明是错的后，我表现得那么沮丧和惭愧，这令托马斯重新变得宽容，甚至不得不安慰我。如果情况是这样，那么我知道，我的玩笑成功了，他有了优越感，并且很享受这种感觉，不会太鄙视我，因为我在以前的谈话中表现不错。如果我能在他获得这种胜利后立刻离开他，我会十分高兴。今天想起这一幕幕，我还是很高兴的。

哲学史是托马斯真正的专业，但他不只是在这方面打败我。他令我感到，他对另外一个十分重要的领域也不乏了解。起初，他谈起的时候还有所保留，也许是不想让我害怕。但也可能是他想知道自己能走多远，因为他认为我在两性关系上很古板。我时刻目睹的都是他的无助；有时候，他会在我面前吃饭、喝水，我是他生活不能自理的见证人。当他要解大便的时候，他会特意不让我留在他边上；如果很急，他会直接打发我离开，并等我离开他一定距离后，才开始叫他母亲。这之后，我不必再回来，要等到第二天才能见他。他在这方面很拘谨，这让我很得意。当他简单明了地告诉我，昨天"姑娘"来了时，我异常惊讶。他说，她很漂亮，头脑简单，只适合做一件事，一个小时后，他打发她走了。她的脚步声他没听对，他很想拿她去换另一个。这话听上去，好像他拥有一堆姑娘似的，他只需要使唤她们。我一句话都说不出来，他觉察到了我的尴尬，开始详细地讲述起来。

以前他一个姑娘也没有，他说，现在的这些成就全归功于高姆

[①] 笛卡尔（1596—1650），法国哲学家、数学家、物理学家。

佩茨教授。他很希望能和一个女的在一起,经常因此而不开心,甚至根本不想读书。接着他整日不碰书,他的舌头因为用不上而萎缩了,由于舌头无所事事,他就讽刺挖苦姐姐的那些追求者,令她哭着跑出房子。上课的时间里,高姆佩茨教授没法对他授课。问他到底是怎么了,他也向他承认:他需要一个女的。他说自己必须有个女的,否则无法继续学习。高姆佩茨教授铭记在心,并承诺会设法解决。

他去了凯恩特纳大街的一家咖啡馆,独自坐在一张圆桌边。那里经常有妓女出入,他还从未去过这种地方。他戴着墨镜,不想让人认出他来,毕竟,他是一名大学教授,而且还上了年纪。他穿着一件罗登缩绒厚呢制的披肩坐在那里,又高又直,他一直没有脱下披肩,在这种地方更是不能脱下。没过多久,他身边就来人了,三个妓女坐到了他的桌子旁。尽管她们对他没抱太大希望,因为他看上去像是碰巧走进这家咖啡馆的,但他一点都不傲慢,立刻与她们攀谈起来,他慢吞吞地向她们解释是怎么一回事儿,声调拖得很长,而且一再地强调:他有一个年轻的朋友,瘫痪了,他是为他而来的。他既不病怏怏的,也不令人讨厌,他也没有什么令人恶心的疾病,相反,他头发浓密,拥有世上最美的一双眼睛。他很敏感,自己无法做任何事情,甚至不能自己吃饭;他很出色、很有天赋,为了他,别人可以做任何事情。他要找一位年轻、有活力又健康的姑娘,每周去他在哈金的家里一次,要白天去,最好下午去。相关费用由他来支付。一旦谈定了价钱,这钱就一直会放在卧室的五斗橱上。在离开之前,姑娘只要从五斗橱上把钱拿走就行了,但前提是一切都让人满意,否则就不行。

每位姑娘都表现得很乐意去,当然是在确定了那个瘫痪者不是病怏怏之后。她们还想知道他的名字,姓与名都让她们觉得很亲切。同在酒馆里做事的一个女友也姓马雷克。她们请求高姆佩茨教授在她们当中,她们每人都愿意,挑出最让"托马斯"——她们当时就已经这么称呼他了——喜欢的一个。这是个很难的决定,她们都很漂亮,虽然各有各的不同。教授好不容易做出了选择,事后跟托马斯提到这次冒险经历时,他把它称为"他的帕里斯审判"。

姑娘第一次来的时候,他不在场,因为他不想让自己花白的胡子败了这一对的兴致,他说。那个女的很热心、很努力,托马斯经历了自己热烈期盼的事。他太高兴了,欣喜若狂之中忘了提醒那个姑娘拿走五斗橱上的钱。而她十分投入这项新任务,既没有朝那里看,也没有问起,并自愿承诺,一周以后,星期六下午三点会再来。她很准时地来了,没有漏掉一个星期六,托马斯必须提醒她拿上一次的钱,于是她就拿了。但等她与他在一起后,她从不拿钱,而当托马斯让她拿时,她说:"不要这样!我是为你而来的!"非要等一周过去之后,她才会把谈好的报酬从五斗橱上拿走。

这样持续了半年多,每次他都要提醒她。他暗自希望她忘记把钱带走,这种愿望很强烈,致使他每次都要编出些新花样。"有人把钱包掉在五斗橱上了,"他说,"请把它捡起来!"或者是:"为什么老有人把钱忘在我这里!真讨厌!难道我是乞丐吗?"这种情况想必发生在她刚来的时候,因为过了一阵子后,什么话对她都不起作用了。星期六,在他想为她的到来高兴的时候,他会突然之间想起这件愚蠢的事,他一定要想出些新鲜的点子来。这种事情与一位教授有关,这也令他觉得很受伤害,好像教授几个月过后还在操纵此事似的。当他心情不好,想痛打那个姑娘时,他就说"你那个教授朋友让我问候你"或是"教授又去咖啡馆找你了吗"?她头脑简单,不想惹他生气,所以顺着他。他很固执,毫不让步,她在做他提醒她的事情之前,不敢走近他身旁。她希望给他本人带些东西来,但当她拿着小礼物来的时候,情况更糟。"礼物在那里。"他用力说道,并且把头猛地移向五斗橱的方向。"这里只有教授才送礼物。"

倘若她理解他的真实意愿,那么一切都会顺利地继续下去的。但他的骄傲让他不得安宁,他强迫她做她根本不愿意的事情,起初溢于言表的感谢变成了愤怒。每个星期,他会突然充满仇恨地想起她。他躺在车子里晒太阳,一个女人走过,他喜欢她的脚步声,满怀愤怒地想着周六的来访。他向我讲述他们是如何决裂的,而且看上去一点都不后悔。他认为这么做才是个男人,才配得上一个自由的灵魂,特别是因为在这之后很长一段时间里,他没有任何女的。他非常粗鲁地对她说:"你又把东西忘了!"他等着那可恶的东西装进她的手提袋里,然后说:"从今往后,你不必再来了。"他没做任何解释。当她站在门口,充满疑问地张望时,他从牙缝中挤出一句:"我没时间。我必须花更多的时间学习。"她给他写了一封信,词语笨拙,满是错误;这是我从未见过的情书,如果我愿意背下它的话。

他让我读那封信,从旁观察我的反应。他看似无动于衷,虽然事情已经过去一段日子了,但他一直保留着那封信。当他想要信的时候,他只简短地对母亲说句:"把信拿来!"这就够了。他不必解释是哪封信,她已经明白他的意思了。看完这封信,我明白发生了什么事。显然是他对那个姑娘做得不对,但他死不让步,对此他说的最无理的一句话是:"真是那样的话,她可以把钱还给高姆佩茨,所有的钱!"

现在他学会了如何给女人留下印象。交谈的时候,他让人知道,在爱情问题上他是一个有经验的人。有女人来拜访他,她们可以坐在外面太阳底下他的车子旁,向他讲述不幸的婚姻,以及忍受自己粗暴的丈夫所带来的痛苦。他认真听着,她们感到自己被人理解。有时候,他会给她们提个建议,她们照做,然后回来感谢他,说他的建议起作用了。如果一个女人的脚步声令他不喜欢,他就不会跟她交谈。他母亲会得到一个信号，然后把他的车子推进屋里，这样就可以中断会面，或者更准确地说，会面根本就没有开始。

我们成为朋友后，他期待的奇迹发生了。在上圣法伊特开了一家诊所的一名女医生来给他看病，那次他感冒发烧。她是开着自己的轿车来的，并被很快带到卧室里，因此他根本没有看见她走路的样子。由于发烧，他有些昏昏沉沉，打着盹儿。她忽然来到他面前，自我介绍是个医生。就是在这种情况下，他也没忘像往常一样慢慢睁开大眼睛，其作用是普遍有效的。女医生当场就爱上了他，等他康复后，立刻邀请他坐着她的小车去兜风。只要她有时间，而且天气又好，她都会来接他。

一开始，在他母亲的帮助下，她把他从他的车子里抱出来，然后像放包袱一样把他放到她的汽车里。接着她会问他想去哪里，他可以选择自己想去的地方。起初，兜风的时间很短，后来变得越来越长，一直开车到塞默灵①。每次他被抱进汽车里的时候，都会开始唱一首自己编的歌。有好几次，我遇到了这种场面。我想拜访他，尽管我已经看见房子前面停着女医生的那辆车，但我不会折回去，而是走到他身旁，假装跟他打招呼，其实是想感知他发出的那愉快的声响，因为此时世界向他敞开了大门。女医生小心周到地照顾他，一有时间就开车带他兜风。她成了他的女朋友。在我认识他的日子里，他们一直是朋友。

---

① 位于奥地利中东部，为阿尔卑斯山最东和最低的山口。

康德着火了

自从我搬到市郊的小山上去住，维也纳就成了我的辖区，因为从薇莎在费迪南德大街的公寓到哈金，要横穿整个维也纳。深夜，从薇莎家返回住处的时候，我不搭乘有轨电车，虽然这条线路最短，而且终点站就是哈金-旭特尔村。离市内轻轨不远处，还有两路电车，平行行驶过一个人口稠密的住宅区，这对我来说很方便。在那段长长的路程中，我一时兴起，就可以在任何一处下车，漫无目的地穿梭在黑暗的街道上。漫步途中，这片广袤辖区里几乎没有哪条小巷、哪处房屋能逃过我的眼睛。可以肯定的一点是，每一家营业到很晚的夜间咖啡馆我都去过。

返回维也纳的途中，我对这种漫步的兴趣变得浓厚起来。内心里我对名字深深反感，我不想再听到任何名字，最好是能将它们全都痛打一顿。自从生活在那巨大的名字海洋里——第一次三个月，第二次六周，对此我有一种强烈的厌恶，我觉得——童年起就有的可怕幻觉——自己如同一只天鹅，被关起来，还被强行灌下由名字搅拌的饲料：嘴巴被掰开，被强行灌下名字构成的糊糊。其中混杂着哪些姓名并不重要，重要的是，这所有姓名构成的糊糊简直可以把人给噎死。我给每一个没有名字的可怜人加上名字，以此对抗这些名字联合起来给我造成的窘境和困顿。

我想看每一个人，听他说话，长时间地看他，一再地看他、听他说话,听他没完没了的重复。我越是不受阻碍,花在上面的时间就越多,了解到的东西就越多,我也就越来越为贫困、庸俗和滥用的多样性而吃惊,但不会因诗人的大话和吹牛而惊讶。

我进了一家夜间咖啡馆,如果有机会听人说话,我就会一直待在那里,兴致勃勃地观察那些进来的、出去的、又返回来的人,直到凌晨四点咖啡馆打烊。我享受这种乐趣,把眼睛闭上,像是半睡着一样,或是靠着墙,只是听。我学习仅凭声音去区分人。我没有看见人离开咖啡馆,但我开始听不到他的声音,当我再次听见时,我立刻知道,他又回来了。如果不害怕重复,如果没有鄙视地完全接受它们,那么,你会立刻听出说话和回答的韵律,这种一来一往,这种声音的假面,一幕一幕就从中诞生,与那些名字发出的光秃秃的自我宣称式叫喊相比,要有趣得多,因为这不是斤斤计较。不管他们有没有起到自己的作用,他们又回来了,更准确的说法也许是,他们的影响范围如此之小,很快就让听的人感到他们是失败的,因此也就让人觉得他们是徒劳的、无辜的。

我喜欢这些人,包括他们当中那些可恶的人,因为他们说的话没有气势,他们说的话令他们变得很可笑,他们同这些话语进行较量。他们说话的时候,就像在看一面哈哈镜,在走了样的言语中展示自己,而这走样的语言成了他们臆想中的自己。在谋求理解的时候,他们会背弃自己;他们相互指责的方式是完全颠倒的,令侮辱听上去像赞扬,令赞扬听上去像侮辱。在柏林,我感受到了自己周围那虚假声望的威力,我以为自己会在其中窒息而死。此后我对各种形式的无能为力极为敏感,也就可以理解了。它抓住了我,我感激它,对它们我看不够;这不是别人出于自私而运用并公开宣称的那种无能,而是根深蒂固地隐藏在个体身上的,它们是分散的,不会聚拢起来,至少说话的时候是这样。说话令它们分离,而不是将它们联系在一起。

托马斯·马雷克身上有很多东西吸引着我,尤其是他为了克服自己的无能而日复一日付出的努力。在我认识的所有人中,他的情况是最糟糕的,但他会说话,而我能理解他。他说的话是有意义的,能引起我思考的,并不仅仅是因为他要付出巨大的努力,用自己的气息组织那些话。我钦佩他,是因为他通过自己的思想才智取得了优势,这令他从一个被人同情的对象变成了一个让人朝拜的人物;他不是传统意义上的圣人,因为他热爱生活,而且热爱生活的各个方面,尤其是他无力做到的那些方面。他从小就开始了违心的苦行。现在,这些年来的异常努力所导致的一切都发挥了作用,他获得了对别人来说是理所当然的能力与工作。

我问他,要是别人朗读给他听,而不是他自己去读,这难道不会给他留下更深刻的印象吗?以前是这样的,他回答说,小时候姐姐会朗读给他听:诗歌、故事、戏剧。他们的友谊就是这样开始的,他们成了不可分离的。但后来,他不再满足于此,因为他想了解更复杂的东西,而这些是姐姐所不能理解的。是不是应该让她机械地朗读,不用知道所读的句子的意思?他不忍心这样待姐姐,她也不愿意这样待他。她读给他听的东西,会和他一起分享,那些内容必须对他俩同样重要,他不想将她贬低为一只纯粹的朗读鹦鹉。有时候他也感到,需要安安静静地思考问题。如果他不了解原文准确的意思,他就会查阅资料去弄明白。对他来说,出于这两个原因,自己阅读变得绝对必要。对于他的这种方法,我是不是有什么意见。

当然没有,正相反,我说,他用最明智的方式解决了全部问题,让人感到这是世界上最自然的事情了。

事实的确如此,但我从未习惯过,当他朗读给我听的时候(可能只是一句话，也可能是一整页纸），每次我都觉得，自己是第一次经历这种场景。在此我感受到的不仅仅是尊敬，还有我在阅读时很容易就产生的羞愧感，以及对从中得出的结果的期待。他以这种方式，用自己的气息组织起来的每一句话，在我听来都与我此前所听到的所有句子不同。

一九三〇年五月，在我开始去拜访托马斯的时候，我的计划已经在头脑里构思了半年有余。《疯子的人间喜剧》中的八个人物都已存在，而且像是约定了似的，他们每个人都将成为一本单独的小说的核心。他们并肩跑来，我不偏爱其中的任何一个；我在快速变换中时而转向这个角色，时而转向那个角色，没有忽略任何一个，也不会让任何一个占上风。他们每个人都有自己的语言和思考方式，好像我把自己分成了八个人，但我并没有因此而丧失对他们或是对自己的控制。我不敢给他们取名字，正如我已经说过的那样，我用他们的主要特征去标明他们，并且只选用最前面的字母。因为他们没有名字，所以他们不会相互察觉。他们远离无能，表现得不偏不倚，并且不会试图在自己没注意的事情上占上风。从"死亡的敌人"到"挥霍者"，再从"挥霍者"到"书迷"，道路是畅通的，他们自己不会去堵住它。我从没感觉自己处在强迫之下，我情绪高涨，兴高采烈。从此以后，我再也没有体会过这种感觉——我是孤独的筑路者和鸟瞰者，在那八个偏远、带有异国情调的版图上奔波，每天都处在从一处到另一处的途中，有时候还会变更在路上的停留地点。我不会违心地在任何一处滞留，不会被任何一处征服，我是一只猛禽，称八处版图为自己的地盘，而不是一处，也不会走进任何一个安全的鸟笼。

与托马斯的谈话涉及哲学和科学。他有不少东西要讲，而且喜欢讲，但他也想知道我所从事的事情。我跟他谈文化和宗教，我正在它们中寻找群体现象的踪迹。即便是在构思文学人物的时候，我每天也会抽出几个小时来做这项工作。他对文学不了解，一种肯定的感觉告诉我，我笔下人物身上的某些东西会伤害他，要么是他们那伸展的动作会让他感到绝望，要么是他们的局限会令他想起自己的处境。对此保持沉默，被我当作了自己的戒律，这并不让我觉得太难，因为我们还有其他的事情可谈，而且是没有穷尽的：一本同时进入他的生活和我的生活的著作，对我有着根本性的意义——雅各布·布克哈特[①]的《希腊文化史》。很早的时候，他就熟悉了希腊作家，不过，他是在正统的科学道路上与他们相遇的。他能够向我解释，当时对布克哈特的最新研究在哪些方面是偏离的，就他而发表的见解和鉴赏是深刻的、无与伦比的。我们一致认为，他是上个世纪伟大的历史学家，并且认为他现在必须得到应有的重视。

  这种交谈对我很重要，在其中我只展示了我天性中的一部分，但我感到，与托马斯的这种联系，我们经常在一起，对我的另一部分天性也起了作用，而那一部分正是我在他面前隐瞒的。

  他对我的重要，超过我认识的所有人。这不仅仅是因为他生存状态的无可比拟性——他也会用我无法期待的事情给我带来意外。有时候他就像我编出来的一个人物：如果了解了他所依存的前提条件，那么，他身上所发生的一切都是明确的、前后一致的，没有什么可以变成其他样子。大家认为，他的行为是一目了然的、可以理解的。虽然他没有出现在《疯子的人间喜剧》中，但他成了里面的核心部分，有力地证明了这部书的真实性。但因为他与他们又是那么的不同，所以他比其他所有人都更生动。他也不会死的，他三次

[①] 雅各布·布克哈特（1818—1897），瑞士文化艺术史家。

自杀的尝试都很认真,但对他全然没有影响,就这么过去了。那些可以置他人于死地的东西,损害不了他。现在他不会再自我放弃了,这一点他很清楚,也同意这样。如果他的情况不是特别差,他甚至会为自己从别人、包括从我这里获得令自己强大的东西而骄傲。

他远比充斥我内心的那些角色更重要,因为,他在依赖中赢得了自己的生活。即便是在他这种情况下,他也有能力做到转换,而这些转换是无法预见的。这就是他最让我感到吃惊的地方。别人以为了解了他,之后却发现他是不可估测的。今天我认为,正是由于他更强大、更具神秘性,所以才在我的心中与那八个角色碰撞,令他们毁灭。他不认识他们,而他们认识他;因为他们没有名字,因此就只能听任他的摆布。

就是他,在短短的几个月中,却成了对我的计划的威胁,他静静地、持续地发挥作用,在毫不知情的情况下找到了进入每个角色的入口,从里面侵蚀他们、削弱他们,但也成了拯救的诱因。他们中的七个崩溃了,还有一个活了下来。我计划中的这种无节制性本身就蕴含着惩罚,但这种灾难的结局是不彻底的,有些东西留存了下来,这就是今天取名为《迷惘》[①]的小说。

托马斯经常向我询问他无法经历的事情。有一次,他坚持要我细述七月十五日那天的事件。我毫无保留地将一切详细地告诉了他。以前我从没有这么回忆并这样把它们说出来过。三年过后,那一天在我看来仍然历历在目。他对此的感受与我不同,他没有感到恐惧,相反,飞速的运动和地点的不断变更令他兴奋。"火!"他说了一遍又一遍,"火!火!"我感觉他像快喝醉了似的。当我提到站

[①] 德文原名为 *Die Blendung*。

在群体边上、双手举过头顶鼓掌、一遍又一遍痛苦地高叫"烧毁档案！所有的档案！"的那个男子时，他爆笑起来，连他的车子都开始向前滑动。这种大笑变成了车子的驱动力，因为他无法停止笑，所以我必须跟在他后面跑，好让车子停下来。我感受到了他的大笑所带给那辆车的有力冲击。

在这一瞬间，我看到了"书迷"，我八个角色中的一个，他突然出现在那个讨厌档案的人的位置上，他站在熊熊燃烧的司法大厦的火焰上。我脑中掠过一道闪光：他和他的全部藏书要一起被烧掉。

"火，"我喃喃自语，"火。"托马斯在他的车子停下来并最终止住大笑之后，也重复道："火！肯定是一场大火！"他不知道，这个单词现在对我来说已经变成一个名字，就是那个"书迷"的名字。从现在起，他就叫这个名字。他是第一个，也是唯一一个得到名字的角色，其他人物都自我毁灭了，正是这个名字拯救了他。

角色之间的平衡被破坏，我对勃兰特[①]越来越感兴趣。我不知道他长什么样子，虽然他是来替代那个档案人的，但他长得绝对不像那个人。他不只是个边缘角色，我很认真地看待他，就像他很认真地看待大火一样，那是他的命运，他将自愿决定在火中结束自己的生命。今天看来，正是对这场火的期望才令其他角色慢慢枯萎。我大概有时候又会坐到那些角色旁，尝试继续写作，但现在重又燃起的那场大火就在近旁，有它在，其他角色都是平淡空洞的。不能对其构成死亡威胁的生物都是什么样的生物啊，我坚决让他们免受死亡的威胁，他们应该活着，就为了在我为他们选定的楼阁里聚集。在那里，他们应该交谈，我对此寄予厚望，甚至开始想象这种谈话将会有意义，与那些只会说陈词滥调却不能真正相互理解的

---

① "火"在德文中的单词为"Brand"，作者将其用作一个角色的名字，音译为"勃兰特"。

"正常人"不同。

自从我开始进行充满意外的真正交谈，尽管我尝试给它预定一个方向，但对它的想象还是失去了光辉。设计这些谈话要考虑到另一个人的感受，而这个人的敏感对我而言变得比我自己的敏感更为重要，而我在这些谈话里听到的东西，比我自己能想出的所有东西都更能引起我的思考。那座斯泰因霍夫城中的楼阁，很快就空了，犹如汇聚其中的角色。它让我感觉很可笑，在别人面前装腔作势，我无法理解自己为什么偏偏赋予它这种崇高的荣誉：它其实可以是任何一个楼阁。它们的相似性几乎无法辨别。

在这些角色变得越来越听天由命的时候——我没有强行结束他们，没有抛弃他们，没有隐藏他们，我就让他们停留在某个句子中，我正忙于思考"书迷"勃兰特，甚至在走路的时候都会四下里张望，寻找他。虽然我把他想象得又高又瘦，但我不清楚他的脸。在我看见这张脸之前，这个角色带着些许虚幻的色彩，令其余七个角色荡然无存。我知道勃兰特不在哈金，他的家位于市中心或市中心附近。我现在经常乘车进城，想着自己或许可以遇见他。

我的期待没有欺骗我。我找到了他，他是一家仙人掌店的老板。我经常路过那家店，却没有发现他的存在。这家小小的店铺就坐落在从煤市街通往普赫尔咖啡馆的道路开始处，位于左手边。它唯一的一面橱窗并不宽大，里面却放着许许多多、各式大小的仙人掌，仙人掌上的刺都一根根紧挨着。在橱窗后面，又高又瘦的店主朝外面的街道望去，那是所有这些刺后面的一道尖锐的目光。我站在橱窗前，盯着他的脸看。他比我高出一个头，越过我的头顶向别处望去。他的目光似乎也穿透了我，却没察觉到我。他心不在焉，又那么瘦，如果没有了仙人掌的刺，别人也不会注意到他，他就是由刺构成的。

我就这样找到了勃兰特，他在我脑中挥之不去。我在体内种了一棵仙人掌，它现在正坚定不移又无忧无虑地生长着。当时已是秋天，我开始工作；每天都会有一点进展，没有中断。上一年的放荡不羁已成过去，现在发挥作用的是严格的规定。我不允许自己有任何跳跃，也不向任何引诱低头。我看重的是紧密的关联，是被我称为扯不断的东西。在那放荡不羁的一年里，最让我钦佩的果戈理成了我的老师。在他的教导下，我热衷于自由创造，即便是后来忙于其他事情，我也没有丧失在这方面的兴趣。但现在，在我集中精力的一年里，在我重视明晰和紧凑、重视像琥珀那样没有任何瑕疵的透明的时候，我以另一部同样让我钦佩的作品为榜样：司汤达的《红与黑》。每天，在开始写作前，我都会先读几页，并重复他做过的事情，当然是另一个榜样，当时最新出版的著名新法典。

几个月里，我一直与勃兰特这个名字打交道。起初，角色的特征与其名字中闪烁的火光之间的对立并没有妨碍我，但当他的特征全都变得坚不可摧时，这个名字开始自我扩张，其代价是几个角色被牺牲掉了。它带我走近结局，而不到合适的时候，我是不想去想它的。我担心火会提前来临，将处于形成中的东西耗尽。我给勃兰特重新取名为康德。

他控制我长达一整年之久。坚持让工作不断进展，对我来说是一种全新的体验。我感到了一种规律性，它比我想到的自然学科中的规律性要强。尽管我坚决回避它，但它以特殊的方式融入我体内。它最初的影响可以从这本书的严谨上反映出来。

一九三一年秋天，康德放火烧了自己的图书馆，他把自己和那些藏书一起烧掉了。他的灭亡让我感觉形同身受，仿佛它发生在自己身上一样。从这部作品起，我开始有了自己的见解和体会。我没动过那份手稿，几年里，它一直都叫《康德着火了》。这一题目带来的痛苦是很难承受的。当我勉强做出决定要改变时,我无力做到完全与火脱离干系。

康德变成了基恩①,我感觉到世界的可燃性所带来的威胁,而这可燃性在主角的名字中保留了下来。痛苦在"迷惘"的名字里得到强化。没有人看出它保存了对《参孙被刺瞎》②的回忆,即便在今天我也不敢否认这一点。

---

① 德文为"Kien",本义为"松脂木",作为人名音译成"基恩",小说《迷惘》中主角名为彼得·基恩。
② 德文为 *Simsons Blendung*。